A MÁQUINA DE XADREZ

ROBERT LÖHR

A MÁQUINA DE XADREZ

Tradução de
ANDRÉ DEL MONTE e
KRISTINA MICHAHELLES

EDITORA RECORD
RIO DE JANEIRO • SÃO PAULO
2007

CIP-Brasil. Catalogação-na-fonte
Sindicato Nacional dos Editores de Livros, RJ.

Löhr, Robert
L825m A máquina de xadrez / Robert Löhr; tradução André Del Monte e Kristina Michahelles. – Rio de Janeiro: Record, 2007.

Tradução de: Der Schachautomat
ISBN 978-85-01-07530-7

1. Kempelen, Wolfgang von, 1734-1804 – Ficção. 2. Robôs – Ficção. 3. Romance alemão. I. Del Monte, André. II. Michahelles, Kristina. III. Título.

06-3888 CDD – 833
CDU – 821.112.2-3

Título original alemão:
DER SCHACHAUTOMAT

Impresso no Brasil

ISBN 978-85-01-07530-7

PEDIDOS PELO REEMBOLSO POSTAL
Caixa Postal 23.052
Rio de Janeiro, RJ – 20922-970

EDITORA AFILIADA

Neuenburg, 1783

No caminho de Viena para Paris, Wolfgang von Kempelen parou com sua família em Neuenburg e, em 11 de março de 1783, apresentou na hospedaria da praça do mercado seu legendário *autômato do xadrez,* um andróide em trajes turcos que dominava a arte do xadrez. Os suíços não haviam preparado nenhuma recepção calorosa para Kempelen. Afinal, os construtores de autômatos do principado de Neuenburg eram tidos como os melhores do mundo. Eis que aparecia um conselheiro real da província húngara — um reles funcionário para quem a relojoaria não era um ganha-pão, mas passatempo — que tinha conseguido ensinar o seu autômato a *pensar.* Uma máquina inteligente. Um aparelho feito de molas, rodas, cabos e rolos, que havia derrotado praticamente todos os seus adversários humanos no jogo dos reis. Em comparação com a extraordinária máquina de xadrez de Kempelen, os autômatos de Neuenburg não passavam de enormes caixinhas de música, um divertimento trivial para nobres muito ricos.

Apesar de todo o ressentimento, os ingressos para a apresentação do autômato do xadrez se esgotaram. Quem não tinha conseguido um lugar sentado teve de assistir de pé, atrás das fileiras de cadeiras. Os cidadãos de Neuenburg queriam ver como funcionava aquela maravilha da técnica, desejando no íntimo que Kempelen fosse um impostor, e que a invenção mais brilhante do século se revelasse, sob os seus olhares atentos, um simples truque de prestidigitação. Mas Kempelen frustrou suas esperanças. Quando, no início da apresentação, com um sorriso autoconfiante, mostrou o interior do aparelho, só o que apareceu foram engrenagens; e, quando deu corda nas engrenagens e o turco do xadrez começou a jogar, ele o fez com os inconfundíveis movimentos de uma máquina. Os patriotas locais tiveram de reconhecer que Kempelen não era nada menos do que um gênio da mecânica.

O turco derrotou seus dois primeiros oponentes, o prefeito e o presidente do salão de xadrez de Neuenburg, em um espaço de tempo vergonhosamente curto. Kempelen solicitou então um voluntário para a terceira e última partida do dia. Passaram-se alguns instantes até que finalmente alguém se apresentou. Kempelen e seu público procuraram pelo voluntário, mas só foi possível vê-lo quando ele saiu do corredor formado pelos espectadores que haviam recuado: o homem era tão baixinho que mal batia na altura dos quadris dos presentes. Wolfgang von Kempelen recuou um passo e apoiou uma das mãos na mesa de xadrez. Visivelmente, a visão do anão o assustara, e ele empalideceu, como se estivesse diante de um fantasma.

Gottfried Neumann — assim se chamava o anão — também era relojoeiro e viajara da vizinha La Chaux-de-Fonds a Neuenburg especialmente para ver o autômato do xadrez jogar. O anão tinha cabelos pretos com algumas mechas grisalhas, presos na nuca em uma trança prussiana. Os olhos castanhos eram iguais aos do turco do xadrez. O olhar era penetrante. As rugas na testa pareciam estar ali por obra da natureza, e as sobrancelhas pretas pareciam estar franzidas sobre os olhos desde o nascimento. Ele tinha a estatura de um menino de seis anos, mas era visivelmente mais forte; como se houvesse muito corpo para pouca pele. Ele trajava um *justaucorps* verde-escuro, feito sob medida, e um lenço de seda em volta do pescoço.

Sussurros encheram o salão quando Neumann foi ao encontro de Kempelen. Ninguém no público jamais tinha visto Neumann jogar xadrez. O presidente do salão de xadrez solicitou outros voluntários, que fossem reconhecidos como bons jogadores, e que talvez pudessem se esforçar por um empate com o autômato. Mas ele se calou com as vaias da platéia. O turco se revelara imbatível — mas o jogo entre uma *máquina* e um *anão* era algo que, no mínimo, valia a pena ser visto.

Kempelen não ajeitou a cadeira para o pequeno relojoeiro, como fizera para os jogadores que o antecederam. Como eles, Neumann sentou-se em uma mesa separada, com um tabuleiro separado, para permitir que o público visse o turco. Kempelen esperou que o anão se sentasse, pigarreou e pediu silêncio e atenção. Neumann contemplou o tabuleiro e as dezesseis figuras vermelhas à sua frente como se jamais tivesse visto algo semelhante, os ombros levantados e as palmas das mãos, como uma criança, apertadas contra o assento.

O assistente de Kempelen deu corda no autômato do xadrez com o auxílio de uma manivela e o mecanismo colocou-se em movimento com um rangido. O turco levantou a cabeça, moveu o braço sobre o tabuleiro e, com três dedos, colocou um peão no meio — da mesma forma como iniciara as partidas anteriores. O assistente repetiu o lance no tabuleiro de Neumann, mas o anão não reagiu. Ele nem ao menos levantou o olhar. Seguia olhando embasbacado para cada uma das suas figuras, como se fossem conhecidos que ele julgava mortos havia muito tempo. O público ficou inquieto.

Wolfgang von Kempelen já ia dizer alguma coisa, quando, finalmente, Neumann se mexeu. Ele moveu seu peão do rei duas casas para frente, desafiando assim o peão branco.

Veneza, 1769

Numa manhã de novembro de 1769, Tibor Scardanelli acordou numa cela sem janelas, com sangue seco sobre o rosto inchado e uma dor de cabeça lancinante. Na penumbra, procurou em vão por uma jarra d'água. O cheiro de álcool nos seus trapos causava-lhe mal-estar. Desabou sobre o colchão de palha e apoiou as costas na fria parede de chumbo. Pelo jeito, certas experiências em sua vida estavam fadadas a se repetir — a traição, o roubo, a surra, a prisão, a fome.

O anão jogara algumas partidas de xadrez por dinheiro em uma taberna, na noite anterior, e gastara seus primeiros ganhos com aguardente em vez de fazer uma refeição decente. Já estava bêbado, portanto, quando o jovem comerciante o desafiou por dois florins. Tibor vencia com facilidade, mas, quando ele se abaixou para pegar uma moeda que caíra, o veneziano recolocou no campo uma rainha há muito perdida. Tibor reclamou, mas o veneziano permaneceu irredutível — para a alegria dos seus acompanhantes. Finalmente, ofereceu um empate ao anão e recolheu seu dinheiro debaixo das gargalhadas dos que assistiam. O álcool atordoara o juízo de Tibor. Ele agarrou a mão do comerciante, que segurava o seu dinheiro. Na confusão, ele e o veneziano foram parar no chão. Tibor estava ganhando, até que um dos acompanhantes do comerciante quebrou o jarro com aguardente na sua cabeça. Tibor não chegou a perder a consciência, e permaneceu assim, enquanto os venezianos se revezavam no espancamento. Depois entregaram-no aos *carabinieri*, dizendo que o anão havia trapaceado no jogo e que os agredira e roubara. Os *carabinieri* levaram-no até a prisão mais próxima — as câmaras de chumbo acima do palácio dos Doges. Não deixaram para Tibor seu parco dinheiro nem seu tabuleiro de xadrez, mas pelo menos o amuleto com a Madona ainda estava pendurado no peito. Ele o agarrou com as duas mãos e pediu à Mãe de Deus que o libertasse daquele buraco.

Não tinha ainda terminado sua oração quando a porta da cela foi destrancada e o guarda deixou entrar um nobre. O homem era talvez dez anos mais velho do que Tibor, tinha cabelos castanho-escuros com entradas nas têmporas e um rosto anguloso. Estava vestido *à la mode*, sem copiar o janotismo dos venezianos: um casaco marrom com punhos em ponta, calças da mesma cor, botas de montaria altas e um sobretudo preto. Na cabeça, um chapéu de três pontas molhado da chuva, e uma espada no cinto. Não parecia italiano. Tibor se lembrou de tê-lo visto entre os clientes da taberna na noite anterior. Em uma das mãos, o fidalgo levava uma jarra d'água e um pedaço de pão e, na outra, um tabuleiro de xadrez para viagens, todo trabalhado. O carcereiro trouxe um candelabro e um banco, no qual o visitante se sentou. O homem colocou a água, o pão e o chapéu ao lado do leito de Tibor. Sem dizer uma só palavra, abriu o tabuleiro de xadrez no chão e começou a arrumar as peças. Assim que o carcereiro deixou a cela e trancou a porta, Tibor não suportou mais o silêncio e se dirigiu ao visitante.

— O que desejais de mim?

— Você fala alemão? Isso é bom.

Ele tirou um relógio de bolso do colete, abriu-o e colocou ao lado do tabuleiro.

— Quero jogar uma partida contra você. Se conseguir me derrotar em quinze minutos, pago sua multa e você estará livre.

— E se eu perder?

— Se você perdesse — respondeu o homem, depois de colocar a última peça —, eu ficaria decepcionado... e você teria de esquecer que algum dia me conheceu. Mas, se eu puder lhe dar um conselho, ouça: derrote-me, não existe nenhuma outra possibilidade de sair daqui. Colocaram mais grades aqui desde os tempos de Casanova.

Ditas essas palavras, o desconhecido saltou com seu cavalo sobre os peões. Tibor olhou para o tabuleiro e percebeu uma lacuna nas suas fileiras: sua rainha vermelha estava faltando. Tibor ergueu os olhos e o fidalgo se antecipou à sua pergunta. Bateu no bolso do colete no qual estava a dama.

— Com a rainha seria demasiado fácil.

— Mas como vou fazer sem a rainha...

— Isso fica por sua conta.

Tibor fez seu primeiro lance. O oponente reagiu imediatamente. Tibor fez cinco jogadas rápidas antes de se permitir, pela primeira vez, um pouco de pão e água. O fidalgo jogava de forma agressiva. A fim de se valer da quantidade favorável de peças e dizimar as figuras de Tibor, ele avançou com uma fileira de peões até a metade do tabuleiro de Tibor. No entanto, Tibor se afirmava. As pausas do adversário se tornaram mais longas.

— Vossa reflexão me custa tempo — reclamou Tibor, passados cinco minutos no relógio de bolso.

— Você terá de jogar mais rápido.

Então, Tibor, jogou mais rápido: saltou sobre a linha de peões brancos e encurralou o rei. Cinco minutos depois Tibor já antevia que ganharia. O adversário acenou com a cabeça, colocou seu rei de lado e recostou-se no banco.

— Vós desististis? — perguntou Tibor.

— Eu interrompo o jogo. Sabe muito bem que eu não posso mais ganhar. Então vou utilizar seus últimos cinco minutos de prisão de uma forma mais proveitosa. Meus parabéns, você jogou com habilidade. — Ele esticou a mão para Tibor. — Sou Wolfgang, barão de Kempelen, de Pressburg.

— Tibor Scardanelli, de Provesano.

— Muito prazer. Quero lhe fazer uma proposta, Tibor. Para isso, preciso antes explicar que sou conselheiro de Sua Majestade, a imperatriz Maria Teresa, da Áustria e da Hungria. Desde que me tornei funcionário em sua corte, ela me confiou inúmeras tarefas, e eu cumpri todas, de forma a deixá-la totalmente satisfeita. Mas eram tarefas que qualquer outro homem bom poderia ter cumprido. Eu quero fazer algo de *extraordinário*. Algo que me destaque diante de seus olhos... e que talvez me torne imortal. Está me acompanhando?

Wolfgang von Kempelen esperou que Tibor concordasse com a cabeça e prosseguiu.

— Há algumas semanas o físico francês Pelletier exibiu alguns de seus experimentos na corte: brincadeiras com magnetismo, mágicas com pregos e moedas voadoras que se mexiam sobre um pedaço de papel, aparentemente movidos por mãos invisíveis; cabelos que subitamente se eriçavam e coisas do gênero. O doutor Mesmer já cura pessoas com os seus conhecimentos do magnetismo... Aí vem aquele francês enfeitiçador e rouba o meu precioso tempo e o da imperatriz com seu charlatanismo. Maria Teresa me perguntou ao final da apresentação o que eu achava de Jean Pelletier, e eu fui bem claro. Disse a ela que a ciência já estava bem mais adiantada, e que eu, que nem ao menos tinha estudado na Academia, como Pelletier, teria condições de apresentar um experimento que faria as demonstrações de Pelletier parecerem truques de prestidigitação. Ela me fez cumprir a minha palavra... Licenciou-me de todos os cargos por meio ano para que eu pudesse preparar este experimento.

— Que experimento?

— Eu mesmo não sabia na ocasião. Mas imaginei construir uma máquina insólita. Não sou apenas um conselheiro, fique sabendo; disponho também de conhecimentos no campo da mecânica. De início, quis construir para a imperatriz uma máquina falante.

— Mas isso é impossível — objetou Tibor, involuntariamente.

O barão de Kempelen sorriu e balançou a cabeça, como se muitos, antes de Tibor, tivessem reagido da mesma maneira.

— Claro que é possível. Construirei para o mundo um aparelho que fale, tão claro quanto uma pessoa, todas as línguas deste mundo. No entanto meio ano é muito pouco para um trabalho hercúleo como esse, isso eu já percebi. O tempo não é suficiente nem mesmo para conseguir e testar todos os materiais necessários. E não se pode deixar uma imperatriz esperando. Portanto, pretendo construir outro tipo de máquina.

Kempelen retirou a rainha do bolso do colete e colocou-a junto das outras peças.

— Uma *máquina de xadrez.*

Kempelen saboreou o olhar interrogador de Tibor e prosseguiu.

— Um autômato que joga xadrez. Uma máquina que sabe pensar.

— Isso não é possível.

Kempelen sorria, enquanto tirava um maço de papel do colete e o desdobrava.

— Você acabou de dizer isso. E, desta vez, tem razão. Uma máquina jamais saberá jogar xadrez. Teoricamente é possível, mas na prática...

Ele entregou o papel a Tibor. Era o esboço de uma pessoa sentada diante de uma mesa; quase uma cômoda com as portas fechadas. Seus dois braços repousavam sobre a mesa e entre eles estava montado um tabuleiro.

— Assim será a aparência do autômato — explicou Kempelen. — E, como ele não poderá funcionar com força própria, necessitará de um cérebro humano.

Tibor estremeceu diante desse pensamento, e Kempelen riu novamente.

— Não tenha medo. Não pretendo serrar o crânio de ninguém. Minha idéia é que alguém conduza o autômato pelo lado de dentro.

Kempelen pôs o dedo sobre a cômoda fechada.

Só então Tibor entendeu por que o barão húngaro o procurara e perseguira, por que estava ali sendo tão simpático com ele, e principalmente disposto a pagar pela sua libertação. Kempelen cruzou os braços sobre o peito. Tibor balançou a cabeça por muito tempo, antes de responder.

— Não vou fazer isso.

Kempelen ergueu as mãos de forma apaziguadora.

— Calma, calma. Nem ao menos negociamos as condições.

— Que condições? Isso é trapaça.

— Não é nem mais nem menos trapaça do que magnetizar alguns pedaços de ferro e falar de "atração mágica".

— *Não mentirás.*

— Não jogarás por dinheiro, já que você me vem com a Bíblia.

— As pessoas vão examinar a máquina e descobrir tudo.

— Examinar, sim. Mas não descobrirão nada. Esta será a *minha* tarefa.

Tibor ainda não estava convencido, mas não lhe ocorriam outros motivos.

— *Uma* apresentação diante da imperatriz — disse Kempelen —, e depois disso destruo a máquina. Nos tempos atuais, até coisas sensacionais têm vida breve. Eu só preciso impressionar Maria Teresa uma única vez para me tornar um homem bem-sucedido. Então ela apoiará meus demais projetos. E quando, algum tempo depois, eu apresentar a minha máquina falante, o autômato do xadrez já terá sido esquecido há muito tempo.

Tibor contemplou o esboço do autômato.

— Ouça bem o que tenho a oferecer: você receberá uma remuneração generosa, uma boa estada e alimentação até a apresentação. E jogará diante dos olhos da imperatriz, talvez até mesmo *contra* ela. Muito poucos podem se vangloriar disso.

— Não vai dar certo.

— Supondo que realmente não dê certo, o que tem a temer? Eu provavelmente serei repreendido, mas você? Você poderá ficar com sua remuneração e sumir. Só tem a ganhar.

Tibor permaneceu calado por algum tempo e depois olhou para o relógio. O tempo tinha se esgotado.

— Se eu não fizer...vós não pagareis pela minha libertação?

— Claro que o farei. Eu lhe dei minha palavra. Assim como eu lhe dou minha palavra de que nosso autômato do xadrez será um sucesso sem igual.

Tibor dobrou o esboço cuidadosamente e devolveu-o.

— Muito obrigado. Mas não quero trapacear.

Kempelen encarou Tibor até ele desviar o olhar. Só então pegou seu papel de volta.

— É uma pena — disse Kempelen, e começou a recolher as peças do jogo de xadrez. — Você estará perdendo uma oportunidade única de participar de algo grandioso.

Wolfgang von Kempelen despediu-se rapidamente, ainda nas escadarias do palácio dos Doges, e disse a Tibor, em todo caso, o nome da sua hospedaria. Tibor seguiu-o com os olhos enquanto ele desaparecia pela praça de São Marcos. O húngaro deu a impressão de que Tibor seria apenas um dos muitos candidatos para a estranha tarefa.

Voltara a chover, uma chuva de novembro fina, fria e persistente. Tibor voltou pelas vielas vazias para a taberna no rio San Canciano, onde o taberneiro e suas duas criadas ainda estavam ocupados com a arrumação. O taberneiro não se alegrou ao rever o arruaceiro. Contou a Tibor que o comerciante levara dinheiro e o tabuleiro de xadrez do anão como suvenir. Quando Tibor indagou pelo nome e endereço do veneziano, o taberneiro o colocou porta afora.

Tibor permaneceu indeciso em frente à taberna, debaixo da chuva, até que as criadas puseram a cabeça para fora da porta. Uma delas prometeu que iria lhe contar o nome e o endereço. Em troca, queriam dar uma olhada no seu sexo, pois já desde a véspera estavam curiosas por saber se a vara dos anões realmente era maior do que a dos homens comuns. Tibor ficou sem fala, mas não tinha escolha. Sem o seu equipamento, o tabuleiro de xadrez, estaria perdido. Certificou-se de que estavam a sós e mostrou rapidamente o sexo. As criadas riram encantadas, e Tibor conseguiu o endereço.

Tibor montou guarda em frente ao *palazzo* o resto do dia. Ficou logo completamente molhado pela chuva, mas a vantagem daquele mau tempo era que os cidadãos — e principalmente os *carabinieri* — passavam correndo por ele sem tomar conhecimento da sua presença. Sob o capuz, ele dava a impressão de ser uma criança perdida.

Tibor teve de aguardar pacientemente até a noite. Só então o comerciante saiu do prédio. Trajava uma capa preta sobre o casaco colorido, e um chapéu com uma pena para se proteger da chuva. Tibor o seguiu, mantendo uma distância prudente. O perfume adocicado do veneziano era tão forte que Tibor não o teria perdido, apesar da chuva, nem mesmo se estivesse com os olhos vendados. Depois de alguns quarteirões, Tibor aproximou-se dele. O comerciante surpreendeu-se ao rever o anão e certificou-se de que estava com sua espada, segurando-lhe o punho. Ele não parou, e Tibor teve dificuldade para manter-se ao seu lado.

— Desapareça, seu monstro.

— Quero meu dinheiro e meu tabuleiro de xadrez de volta.

— Não sei como saiu das câmaras de chumbo, mas posso providenciar num instante para que volte para lá.

— *Vós* deveríeis estar preso! Dai-me meu xadrez!

O comerciante enfiou a mão na capa e pegou o jogo de Tibor.

— Isto aqui?

Tibor tentou agarrá-lo, mas o veneziano tirou-o do seu alcance.

— Vou jogar umas partidas agora com minha amada. Temos os nossos próprios jogos de xadrez, um de estanho e um muito valioso com figuras de mármore, mas este aqui — ele sacudiu o jogo vagabundo de Tibor, fazendo chacoalhar as peças — torna tudo mais rústico. Personalizado.

— Eu não posso viver sem esse tabuleiro!

O comerciante voltou a guardar o tabuleiro.

— Tanto melhor.

Tibor puxou a capa do homem. O veneziano se soltou com um movimento rápido, desembainhou a espada e colocou-a contra a garganta de Tibor.

— Todos os estetas ficarão agradecidos se eu o matar. Portanto, não me dê nenhum motivo.

Tibor ergueu as mãos num gesto pacificador. O veneziano recolocou a lâmina na bainha e afastou-se, rindo.

Pouco antes do fim da noite, o veneziano saiu da casa da amante para pegar o mesmo caminho de volta. Durante oito horas Tibor ficou imaginando como os dois — cercados de deliciosas comidas, vinhos e almofadas de seda — estavam jogando xadrez. Com certeza, como leigos. Depois, amaram-se, rindo repetidamente à custa do anão bêbado e surrado, que naquele momento, encharcado e sem um abrigo, sentia falta do seu miserável tabuleiro de xadrez. Tibor estava preparado. Ele se entrincheirara entre os materiais de construção de uma obra que ficava em uma viela estreita no canal, pela qual o veneziano retornaria. Encontrara uma corda e prendera a ponta em um cesto cheio de tijolos, o qual estava na margem do canal.

Quando o veneziano passou, Tibor esticou a corda. Seu inimigo foi ao chão, e imediatamente Tibor pulou sobre ele para amarrar suas mãos atrás das costas. Tibor nunca roubara nada antes; apenas queria recuperar o que lhe pertencia. Abriria mão até do seu dinheiro. Quando o comerciante percebeu o que estava acontecendo, gritou por socorro. A mão de Tibor tapou-lhe a boca. Com a outra mão, o anão tentou puxar o tabuleiro por baixo da capa. Mas de repente o veneziano se empinou e jogou Tibor de costas no chão. O jogo de xadrez caiu e se abriu. As peças se espalharam sobre o calçamento, algumas caíram nas águas do canal.

O veneziano foi mais rápido do que Tibor. Como ainda estava com as mãos amarradas, deu um forte pontapé em Tibor. O anão caiu de costas sobre o cesto com os tijolos, fazendo com que este passasse da borda para dentro do canal. A corda se esticou e arrastou o comerciante pela calçada. Ele gritou horrorizado quando foi puxado para dentro do canal pelo peso dos tijolos. Tibor estava no caminho e foi arrastado junto para dentro da água.

Mal afundou, Tibor começou a fazer movimentos de nado como um cachorrinho. Um forte chute do comerciante o acertou embaixo d'água. As roupas de Tibor se encharcaram rapidamente e o puxaram para baixo. Sua cabeça bateu em um muro e ele o seguiu para cima. De volta à superfície, cuspiu a água imunda do canal e se agarrou a uma saliência no muro.

Somente depois de recuperar o fôlego é que Tibor se deu conta de que o comerciante não viera à tona com ele, e que as pedras e a corda o mantinham no fundo. Imóvel, Tibor observou como as ondas e as bolhas de ar diminuíam. Uma última série de bolhas estourou na superfície, depois o silêncio voltou. Só se ouvia a respiração ofegante de Tibor.

Tibor seguiu pelo muro e tentou chegar à escada mais próxima. No caminho, seu pé bateu na cabeça do afogado. O contato despertou nele um verdadeiro horror, e ele temeu que o morto fosse agarrá-lo e puxá-lo para baixo a qualquer momento. Em pânico, agarrou-se aos degraus da escada e saiu de dentro d'água.

Assim que sentiu os pés em solo firme, Tibor olhou fixamente para a água negra do canal. Imaginou estar vendo uma ratazana nadando na superfície, mas era apenas uma das suas peças de xadrez. O ridículo chapéu de penas do veneziano boiava na outra margem, como se fosse um pato colorido; além disso, não sobrara nada dele. Tibor juntou avidamente algumas peças, mas o jogo estava incompleto. Na pressa, jogou tudo dentro d'água, percebendo tarde demais que nem o tabuleiro nem as peças afundariam. Então, saiu em disparada.

A igreja mais próxima era a de San Giovanni Elemosinario, mas as portas não abriam. As igrejas de San Polo e San Stae também estavam trancadas. Por entre as frestas de dois *palazzi*, Tibor viu o dia amanhecendo. Para ele, o sol era o olho de Deus, e Tibor precisava se esconder dele a qualquer preço. Ele só queria voltar a ver a luz do dia depois de confessar seu ato abominável diante de um altar.

A porta de carvalho de San Maria Gloriosa finalmente cedeu, e Tibor suspirou aliviado quando se viu sozinho na igreja. O odor de cera de velas e de incenso o acalmou. Ele pegou água benta, passou na sua testa molhada e seguiu direto pela nave lateral até o altar de Maria, pois não poderia suportar, naquele momento, a visão de Jesus crucificado. O salvador atado o lembraria do veneziano no canal.

Tibor caiu de joelhos diante da Virgem enlutada, arrependeu-se e rezou. De vez em quando, olhava para cima, e cada vez lhe parecia que Maria sorria de forma mais compreensiva. Agora que a tensão o abandonara, começou a sentir frio. O frio subiu das lajotas de pedra pela sua roupa, e logo ele tremia dos pés à cabeça. Desejou estar nos cálidos braços da Mãe de Deus, onde estava agora o Menino Jesus. Mas era bom sofrer — afinal, ele acabara de matar uma pessoa.

Até mesmo a guerra poupara Tibor desse pecado. Tendo sido expulso aos quatorze anos do sítio dos pais, da sua cidade natal Provesano e da República de Veneza, porque vizinhos o acusavam de molestar as meninas do povoado, um regimento de dragões austríaco que passava pelas cercanias de Udine o acolheu. Os soldados iam para o norte, para libertar a Silésia dos usurpadores prussianos, e Tibor foi recrutado como descalçador de botas e amuleto de sorte.

Foi assim que, na primavera de 1759, Tibor participou da Guerra dos Sete Anos, desencadeada três anos antes. O descalçador de botas acompanhou seu regimento passando por Viena e Praga até a Silésia, e os dragões creditaram a vitória sobre as tropas prussianas em Kunersdorf à sorte que ele lhes trazia. Tibor vivenciou a ocupação de Berlim e não levava uma vida difícil nos acampamentos e nas cidades ocupadas. Aprendeu a falar alemão, ganhou um pequeno uniforme feito sob medida para o seu corpo, era alimentado lautamente e participava de vez em quando das bebedeiras dos soldados.

Mas a sorte abandonou os austríacos em novembro de 1760. O regimento de Tibor foi aniquilado na batalha de Torgau. Apesar do não tomar parte no combate, o descalçador levou um tiro de mosquetão na coxa e não conseguiu ir muito longe na retirada noturna. Soldados montados fizeram-no prisioneiro. Como os couraçados prussianos tinham perdido mais da metade do seu batalhão durante o combate, eles ansiavam por vingança. O anão era uma presa original, e seria pena executá-lo sumariamente. Então os prussianos esvaziaram um barril de peixe conservado na salmoura, enfiaram Tibor dentro dele, pregaram a tampa e jogaram o infeliz no rio Elba.

Tibor ficou preso por dois dias e duas noites. Ele não podia se mover, muito menos se libertar. O ferimento na coxa estava enfaixado precariamente, e a água gelada do Elba minava por uma fresta entre as tábuas do barril. Tibor tinha de virar o buraco para cima ou tapá-lo para não se afogar. O barril foi a prisão de Tibor, mas também seu barco salva-vidas, já que ele não sabia nadar. O fedor de peixe o fez vomitar, mas dois dias depois, esfomeado, ele lambia a salmoura das aduelas. O extenuado anão gritou por socorro até perder a voz. Então lembrou-se do medalhão de Maria no seu pescoço e buscou sua salvação na oração, jurando para a Mãe Maria que nunca mais beberia se ela o libertasse daquele cárcere flutuante. Seis horas depois ele lhe prometeu sua virgindade e, outras três horas mais tarde, fez promessas de ir para um mosteiro.

Se tivesse agüentado mais uma hora, teria sido salvo sem fazer nenhuma daquelas promessas, pois o barril chegou à cidade de Wittenberg. Barqueiros pescaram Tibor de dentro do Elba e o libertaram; e justamente ali, na cidade de Lutero, ele caiu ao chão, cobriu-o de beijos e balbuciou orações de agradecimento católicas — como se um anão marinado, fedendo a peixe e num uniforme ensangüentado dos dragões não fosse uma visão suficientemente estranha.

Tibor foi preso, o ferimento foi tratado, e o uniforme fedorento, queimado. Ele se recuperou rapidamente e se impacientou com igual rapidez: dera sua palavra à Virgem Maria e queria cumpri-la o quanto antes. Tibor teve de esperar três meses antes de ser libertado. Embora a guerra estivesse a pleno vapor, o custo de manter Tibor preso era mais alto para os prussianos do que a serventia que ele poderia ter para os austríacos.

Novamente em liberdade, agregou-se a um grupo de atores a caminho da Polônia. Era o caminho mais rápido para voltar ao solo romano-católico.

Quando o repicar dos sinos despertou Tibor de sua devoção, a água dos canais já havia escurecido a pedra sob seus joelhos. Alguns fiéis madrugadores já estavam reunidos nos bancos ou diante do confessionário. Tibor acendeu uma vela para o morto, fez uma oração pela sua alma e pôs-se a caminho da hospedaria de Wolfgang von Kempelen.

O barão húngaro já tinha partido. Enquanto Tibor tentava dominar o pânico, o porteiro acrescentou que Kempelen faria uma parada em um vidreiro de Murano antes de voltar para casa.

Tibor atravessou o canal para Murano e, apesar de sua aparência esfarrapada, foi imediatamente encaminhado ao escritório do *signore* Coppola. Um empregado conduziu-o através da vidraria até uma porta, na qual bateu três vezes. Enquanto aguardavam um sinal do lado de dentro, o empregado observava Tibor, ou melhor, um de seus olhos observava Tibor, já que o outro, como se tivesse vida própria, olhava fixamente para a porta. E, como se não bastasse, um dos olhos era castanho e o outro verde. Tibor já estava a ponto de dar meia-volta quando uma voz vinda de dentro o mandou entrar. O criado vesgo abriu a porta para Tibor.

O escritório de Coppola parecia uma oficina de alquimista, com a diferença de que o que importava ali eram os vidros, balões e frascos, não seu conteúdo. Na única mesa livre no centro da sala sem janelas estavam sentados Wolfgang von Kempelen e, diante dele, Coppola, um homem gordo, sem queixo, com um avental de couro. Entre ambos, sobre a mesa, havia uma caixinha não muito alta. Kempelen não pareceu muito surpreso ao rever Tibor.

— Chegou na hora certa — cumprimentou-o. — Sente-se.

Coppola indicou um banquinho, que Tibor colocou ao lado de Kempelen. O mestre vidreiro não disse uma só palavra nem pareceu se importar com a aparência incomum de Tibor. Mas o encarou de forma tão penetrante que Tibor não agüentou, piscou e desviou o olhar.

Kempelen fez um sinal com a mão, pedindo ao veneziano pançudo que prosseguisse. Coppola girou o estojo com o fecho voltado para Kempelen e Tibor, abrindo-o solenemente. No estojo, em pequenos buracos revestidos com veludo vermelho, havia doze globos oculares — seis pares de olhos — e todas as pupilas estavam voltadas para Tibor. Horrorizado, Tibor fez o sinal-da-cruz. Kempelen soltou uma gargalhada e Coppola uniu-se a ele com uma gargalhada rouca.

— Delicioso! — elogiou Kempelen o vidreiro num italiano impecável. — Não poderia haver melhor prova do seu trabalho.

Coppola calçou uma luva de pano, retirou um olho muito azul do seu buraco de veludo e colocou-o diante de Kempelen sobre um pedaço de tecido. Kempelen pegou o olho de forma menos cuidadosa e o fez girar nas mãos, fazendo com que a pupila sempre aparecesse entre os seus dedos. Depois recolocou o olho no estojo de veludo, junto ao seu par, mas revirado de um jeito que deixou os olhos inanimados horrivelmente vesgos. Coppola mostrou outros olhos para Kempelen.

Tibor percebeu então que se tratava de olhos de vidro, não de olhos de mortos, devidamente conservados, como imaginara no início. Mas isso não tornava a visão dos olhos mais suportável para ele.

Depois de olhar bastante, Kempelen perguntou a Tibor:

— Então, quais devem ser os seus olhos?

— Meus...?

— O autômato. Quais deles você escolheria para o autômato?

Tibor apontou para o par de olhos azuis vesgos. Coppola concordou ofegante, mas Kempelen sacudiu a cabeça.

— Um turco de olhos azuis? Assim, a imperatriz se sentiria realmente ludibriada.

Wolfgang von Kempelen tinha pressa em retornar para Pressburg, e isso ia ao encontro do que Tibor queria. A qualquer momento uma gôndola esbarraria no cadáver do comerciante, e o anão seria procurado. Kempelen não procurou saber o que tinha feito com que o anão mudasse de idéia tão rapidamente. Em Mestre, já em terra firme, comprou-lhe roupas novas, e eles partiram em um coche.

No dia seguinte Tibor foi acometido de uma forte gripe. Kempelen abasteceu o doente com remédios e agasalhos, mas sem interromper a viagem. Durante o trajeto, negociou com Tibor as condições do seu contrato. Kempelen sugeriu uma remuneração semanal de cinco florins, com casa e comida de graça, além de um bônus de cinqüenta florins, caso a apresentação diante da imperatriz transcorresse com sucesso. Tibor ficou tão impressionado com aqueles números que nem lhe ocorreu regatear.

O último emprego mais duradouro de Tibor tinha sido no verão de 1761, no mosteiro polonês de Obra, onde fora parar ao fugir da Prússia. Trabalhou como jardineiro, aprendeu a ler e escrever e agradecia diariamente ao Deus Pai, ao Salvador e principalmente à Santa Mãe de Deus pelo fato de existirem os muros protetores do mosteiro. Mas não se tornou um monge, já que isso ele nunca prometera à Santa Mãe.

A estadia de Tibor no mosteiro não foi eterna; durou apenas quatro anos. Um grupinho de noviços desobedeceu à proibição do abade de jogar xadrez, e Tibor também foi iniciado no jogo dos reis. Um noviço explicou as regras ao anão, e Tibor venceu todos os seus adversários desde o primeiro jogo. Impossível imaginar que ele nunca tivesse jogado xadrez antes. Passadas algumas semanas, ele se tornou uma atração: cada vez mais monges iam sendo iniciados na confraria secreta do xadrez, jogavam e perdiam para o recém-descoberto gênio do xadrez. O anão desfrutou da sua fama até que um mau perdedor chamou a atenção do abade para o jogo de azar dentro dos seus muros. O caso necessitava de um bode expiatório, e a escolha recaiu sobre Tibor. Unânimes, os noviços reiteraram que o anão os seduzira para o jogo. Assim, ele teve de deixar Obra. Recebeu o seu salário e o tabuleiro, já que — assim disseram os noviços ao abade — ele o contrabandeara para dentro do mosteiro.

Tibor, portanto, estava novamente na rua no outono de 1765 e, como fazia muito frio, resolveu rumar para o sul. Seu caminho de volta à República de Veneza levou três anos. O jogo de xadrez lhe custara o emprego, portanto devia agora alimentá-lo: ele ganhava dinheiro com as apostas dos seus adversários nas tabernas ao longo do caminho. Freqüentemente jogava por bens materiais: uma refeição aqui, um pernoite acolá ou um assento na carruagem dos correios. Poderia certamente ter ganhado mais dinheiro nas cidades, mas ele evitava todas as grandes localidades. Ter um povoado inteiro observando-o com espanto já era suficientemente incômodo para ele.

O pequeno jogador de xadrez tornou-se uma sensação nos vilarejos, mas nunca foi realmente benquisto; muito menos depois de tirar o dinheiro dos seus moradores. Tibor buscava consolo nas orações à Madona diante das hostilidades. Ele se detinha em cada oratório ou capela que encontrava à beira do caminho. Mas a distante Mãe de Deus nem sempre estava junto dele. Então ele descobriu outro consolo, bem mais palpável: a aguardente. Como passava a maior parte do tempo nas estalagens, o caminho até a cachaça não era muito longo. Quando caminhou, ao anoitecer, perto da divisa com a República de Veneza, foi derrubado e roubado por moradores do vilarejo, que haviam perdido na véspera mais de quarenta florins para ele.

No verão de 1769, aos vinte e quatro anos, ele estava de volta à pátria — a pé, em farrapos, e como um ébrio. Alguns meses depois ele a deixava. Em uma carruagem, bem-vestido e com um saco cheio de moedas.

· · ·

Wolfgang, barão de Kempelen, e Tibor Scardanelli chegaram ao seu destino na tarde do dia de São Nicolau. Pouco antes de chegarem à margem do Danúbio, do lado oposto de Pressburg, Kempelen mandou a carruagem parar num morro. Caía uma neve tênue que se desmanchava ao tocar o chão.

Tibor olhou para a cidade depois de urinar. Pressburg parecia quase monótona em comparação com Veneza: uma cidade organizada, que se expandira além dos seus muros; em primeiro plano, as cabanas dos pescadores e barqueiros, atrás, os vinhedos. Somente a catedral de São Martinho, com a sua torre verde, sobressaía. À esquerda, o morro sobre o qual ficava o abrutalhado castelo, que mais parecia uma mesa virada; as quatro torres nos seus cantos lembravam pés de mesa estendidos para o céu.

O Danúbio corria cansado em seu leito ao longo de Pressburg, dividido ao meio por uma ilha. Kempelen aproximou-se de Tibor e apontou para uma ponte que unia as duas margens.

— Está vendo aquilo? A ponte flutua. Quando algum navio quer passar, as duas metades da ponte são separadas uma da outra, e depois amarradas novamente.

— Uma ponte flutuante?

— Exatamente. Uma obra extraordinária, não é mesmo? Agora pergunte quem a construiu.

— Quem foi?

— Wolfgang von Kempelen. E quem consegue construir uma ponte sobre o maior rio da Europa com certeza consegue esconder um anão dentro de um móvel.

Kempelen ajoelhou-se ao lado de Tibor e colocou uma das mãos sobre o seu ombro.

— Olhe bem para esta cidade, pois você não verá muita coisa dela nos próximos meses.

— Por quê?

— Muito simples: porque em nenhum momento nenhum cidadão de Pressburg deve vê-lo.

— O quê?

— Um gênio do xadrez de baixa estatura mora na casa de Kempelen, e alguns meses depois o barão apresenta uma máquina de xadrez. Não acha que alguém acabaria desconfiando de alguma coisa?

Tibor examinou a catedral de São Martinho. Ele queria muito ver a Virgem Maria pelo menos uma vez.

— Sinto muito, mas são as minhas condições. Tenho muito mais a perder do que você, nunca se esqueça disso. — Kempelen deu um tapinha nas costas de Tibor para animá-lo. — Mas não se preocupe, minha casa é uma cidade em si. Nada lhe faltará.

Kempelen levantou-se, limpou a terra dos joelhos e voltou para a carruagem. Segurou a porta para Tibor como se fosse um lacaio e fez uma reverência.

— Por favor: sua primeira prova na arte de se esconder.

Tibor subiu na carruagem e, pouco depois, os dois atravessavam o rio pela ponte flutuante de Kempelen.

Pressburg, rua do Danúbio

A casa de Kempelen ficava perto da Porta de São Lourenço, do lado de fora dos muros da cidade, onde a viela de São Clemente desembocava na rua do Danúbio. Tinha três andares, e, ao contrário das casas vizinhas, não só as janelas do pavimento térreo, mas também as do primeiro pavimento eram gradeadas. Já estava escuro, e por isso ninguém viu quando o anão saltou da carruagem e entrou na casa. Mal entraram, Kempelen pediu a Tibor que seguisse na frente para a oficina no andar de cima. Tibor subiu pelas escadas mal-iluminadas, tirando o xale, o capuz e o pesado casaco que Kempelen comprara para ele. Nas paredes pendiam retratos e mapas; no primeiro andar, o brasão da família — uma árvore sobre uma coroa. No andar de cima, Tibor abriu a porta dupla que levava à oficina.

O cômodo em que Tibor passaria quase todas as horas nos meses seguintes media aproximadamente oito passos de comprimento e seis de largura. Do lado esquerdo havia três janelas altas, e, como as cortinas estavam abertas, um pouco da luz dos lampiões da rua penetrava na oficina. Na parede da direita e na parede em frente havia duas portas que levavam a outros aposentos. Nos armários de carvalho ficavam inúmeros livros; a maior parte atrás de portas de vidro, para protegê-los da poeira da oficina. Sobre duas mesas e uma bancada estavam distribuídas ferramentas de marcenaria, serralheria e relojoaria — esquadro, plaina, serras, martelos, furadeiras, cinzéis, buris, formões, tesouras, facas, chaves, virolas, grosas, e principalmente limas e alicates de todos os tamanhos que se possa imaginar; além disso, outros instrumentos que Tibor nunca tinha visto, e, finalmente, lentes de aumento e espelhos que refletiam a tênue luz da rua. Os materiais ficavam guardados sob as mesas e nas paredes: tábuas e ripas, tintas, fios, cabos e cordões, tachas e pregos, finas tiras de metal e os mais variados tecidos. Onde não havia móveis, os tapetes franceses estavam praticamente cobertos de gravuras e de desenhos. A maioria dos esboços eram projetos de construção que Tibor não entendia. Mas na penumbra ele reconheceu alguns desenhos que o faziam lembrar do esboço que Wolfgang von Kempelen lhe apresentara na cela da prisão em Veneza.

Mas Tibor viu tudo isso apenas com o canto dos olhos. O que chamou logo sua atenção foi o objeto no centro do cômodo, coberto por um lençol, aguardando o retorno do seu criador. Pelos contornos sob o lençol, Tibor reconheceu o autômato do xadrez. Conseguiu ver a cabeça, os ombros e a mesa de xadrez na frente. Tibor aproximou-se cuidadosamente do autômato, como alguém se aproximaria de um defunto, e levantou o lençol como se fosse uma mortalha.

A visão o fez estremecer. O jogador sentado atrás da mesa num tamborete com as pernas cruzadas — ou a jogadora, já que ainda não se podia identificar o sexo daquela criatura artificial — não passava de um esqueleto estropiado. O peito e as costas estavam abertos e mostravam ripas e cabos em vez de costelas e músculos; o braço esquerdo terminava próximo ao punho, como se a mão tivesse sido decepada, e do coto pendiam três pedaços de cabos. O mais decepcionante, no entanto, era o rosto do jogador de xadrez, ou melhor, sua cabeça, já que lhe faltava totalmente um rosto. No lugar onde deveria estar a boca desembocava um cano, e no lugar dos olhos terminavam duas cordas, como se fossem dois inúteis nervos de visão. O crânio, na sombra por trás, estava vazio. Tibor ficou tão fascinado com a visão daquele monstro de madeira que se esqueceu por muito tempo de fazer o sinal-da-cruz.

A porta que Tibor fechara atrás de si abriu-se repentinamente e um homem que não era Kempelen entrou com um candeeiro. Deveria Tibor esconder-se dele? O homem não o viu, já que a cabeça de Tibor mal passava da altura do tampo da mesa de xadrez. De costas para Tibor, ele acendeu todos os candeeiros do cômodo. Era magro, seus cabelos castanho-claros despenteados quase batiam nos olhos; usava óculos e as mãos estavam com luvas cujos dedos haviam sido cortados. Devia ser da mesma idade que Tibor. Uma tábua do assoalho rangeu sob o peso de Tibor. O homem se virou e descobriu o anão. Ele se assustou de tal forma com aquela visão que levou a mão ao coração e soltou um palavrão.

Os dois homens se entreolharam por um breve momento de silêncio. Então um sorriso se formou no rosto do homem que estava na frente de Tibor. O sorriso transformou-se em gargalhadas que não queriam mais parar.

— Fantástico — disse o homem depois de se recompor. — Isso é realmente... uma pequena sensação — riu-se da piada, até que Kempelen chegasse.

— Vocês já se conheceram? Tibor, este é o meu assistente Jakob. Jakob, este é Tibor Scardanelli, de Provesano.

Contrariado, Tibor pegou a mão estendida. O assistente sacudiu-a vigorosamente.

— Vocês vão passar muito tempo juntos — disse Kempelen. — Jakob me ajuda na construção do jogador de xadrez. Ele construiu a mesa e agora vai construir o turco.

— O turco?

— Sim. A princípio, queríamos que o nosso autômato fosse uma jovem mulher, uma figura graciosa com pele de porcelana e um vestido de seda, mas depois mudamos de idéia.

Kempelen colocou uma das mãos sobre o ombro do andróide inacabado.

— Não será uma bela moçoila, e sim um feroz muçulmano. Um sarraceno, horror dos cruzados, assassino de crianças cristãs, que só deve satisfações a si mesmo e a Alá. Queremos assustar um pouco os nossos oponentes. E, afinal, o jogo de xadrez vem do Oriente. Quem mais deveria dominá-lo senão um oriental?

Jakob fez menção de tirar o casaco de Tibor.

— Chega de conversa. Eu gostaria de ver como o cérebro se encaixa no crânio.

— Agora não, Jakob. Acabamos de chegar de uma longa viagem e não queremos tirar o nosso hóspede de uma caixa para enfiá-lo em outra. Leve-o até o quarto dele.

Jakob conduziu Tibor até um quarto pequeno, ao qual se chegava pelo corredor atrás da porta da direita. Ali, havia somente o indispensável: cama, mesa, cadeira, bacia e uma pequena janela para o pátio interno, que mesmo um homem de estatura normal só podia alcançar nas pontas dos pés. O ajudante de Kempelen trouxe roupa de cama e um penico; mais tarde o próprio Kempelen trouxe uma bandeja com o jantar: um pouco de pão preto e presunto, chá quente e duas xícaras. Enquanto tomavam chá, Kempelen explicou a Tibor o funcionamento da casa.

— Nesta casa moram minha mulher, minha filha e três empregados. Logo você será apresentado à minha mulher, mas praticamente não irá encontrar meus empregados. Não me preocupo com o meu criado, mas a criada e a cozinheira são pessoas simples, do povo, e são mulheres. Infelizmente, o sexo frágil não se distingue pela discrição. Portanto, elas não devem ouvir falar em você. Têm ordens de só entrar em meus aposentos quando isso lhes for permitido, e na oficina não entram de forma alguma. Portanto, não as encontrará aqui em cima. Quando quiser tomar banho ou precisar se aliviar, terá de fazê-lo à noite. Se precisar de alguma coisa, dirija-se primeiro a Jakob. Ele mora no porão, mas dorme freqüentemente na oficina, quando fica muito tarde. Não tenho medo de espiões, mas as pessoas simples de Pressburg — os camponeses, os serviçais, os eslovacos — têm uma péssima mania: a curiosidade. Ela só é superada pela sua superstição.

Kempelen tomou um gole do chá.

— Lamento ter de sobrecarregá-lo com tantas instruções, mas este é um empreendimento ambicioso, e não posso me dar ao luxo de fracassar. Um pequeno descuido pode pôr tudo a perder.

Tibor inclinou a cabeça, concordando.

— Está satisfeito com o seu quarto? Precisa de algo mais?

— Um crucifixo.

Kempelen sorriu.

— Naturalmente.

Em seguida, levantou-se.

— Boa noite, Tibor. Estou satisfeito por estarmos trabalhando em equipe. Tenho certeza de que foi vantajoso para ambos termos nos encontrado.

— Sim. Boa noite, *signore* Kempelen.

Na luz do dia seguinte, Tibor pôde observar o autômato detalhadamente. A mesa de xadrez, ou melhor, a cômoda em frente à qual o andróide estava sentado, media quase dois côvados de largura, e um côvado e um quarto de profundidade e de altura. Foram colocadas rodas nos seus quatro pés. Na parte da frente tinha três portas: uma do lado esquerdo, e do lado direito uma porta dupla. Sob as portas havia uma longa gaveta, da largura do móvel. Tanto a gaveta quanto as portas tinham fechaduras. Na parte de trás da mesa ficavam duas portas, uma de cada lado do jogador de xadrez; ambas bem menores do que as que ficavam na parte da frente. O banco sobre o qual o andróide ficava sentado estava firmemente preso à mesa. A mesa era de nogueira, e as folhas das portas revestidas com rádica. O tampo da mesa de xadrez fora encaixado na mesa e só podia ser desmontado se fosse puxado para a frente, na direção contrária ao andróide. No meio do tampo havia um quadrado livre; nele seria encaixado o tabuleiro de xadrez que ainda estava sobre uma das bancadas de trabalho.

Quando Jakob e Kempelen removeram cuidadosamente o tampo da mesa e abriram as cinco portas, Tibor pôde ver as entranhas da máquina.

O fundo era totalmente revestido com feltro verde. Assim como as portas dianteiras, o interior era dividido em duas partes, sendo que a da esquerda ocupava um terço e a da direita os dois terços restantes. Uma parede de madeira separava totalmente as duas partes. O compartimento da direita não tinha nada além de dois arcos de latão parecidos com pedaços de um sextante.

O mecanismo do autômato ficava no compartimento menor, da esquerda: do lado de baixo havia um cilindro do qual saíam pinos em distâncias irregulares. Sobre o cilindro ficava um pente com onze dentes de metal, os quais, assim supunha Tibor, seriam empurrados ou puxados pelos pinos, numa seqüência diferenciada, como as cordas de um clavicórdio ou de um cravo. Ele já vira algo semelhante, mas muito menor, numa caixa de música: quando se movia uma manivela, o pequeno cilindro também se mexia e os pinos batiam em pedaços de metal com comprimentos diferentes, e os sons emitidos se fundiam numa melodia.

Kempelen mandou Jakob dar corda no mecanismo. O assistente encaixou uma manivela em um buraco do lado esquerdo da mesa e deu algumas voltas. O cilindro começou a se mover lentamente, e todo o emaranhado de engrenagens e molas de diversos tamanhos, que ficavam por trás do cilindro e do pente, se moveu. Tibor olhou atentamente para o mecanismo, na expectativa de que algo acontecesse, mas não acontecia nada além do movimento contínuo das engrenagens.

— O que faz esse mecanismo? — perguntou Tibor, depois de observá-lo por um tempo, por educação.

— Barulho — respondeu o assistente, antes que Kempelen pudesse dizer alguma coisa.

— Jakob tem razão — confirmou Kempelen. — Esse mecanismo existe apenas para aparentar um mecanismo complexo e fazer barulho. Como você é quem irá fazer todo o trabalho, toda essa maquinaria não passa de adorno. Acessório.

— Ilusão — corrigiu Jakob.

Tibor se surpreendeu com a impertinência do assistente, mas Kempelen desculpou-o novamente.

— Ou então ilusão, se assim preferirmos.

Tibor olhou novamente para a máquina de xadrez. Ele era baixinho, mas não tão baixo que pudesse caber em algum canto da mesa de xadrez — sem falar que ainda por cima teria de se mover. O compartimento da direita talvez tivesse tamanho suficiente, se não fosse pelos arcos de latão.

Kempelen antecipou-se à pergunta de Tibor.

— E agora começa a mágica.

Jakob segurou a mesa e empurrou a divisória para o lado — pois a peça não era inteiriça, e sim dividida ao meio. Dessa forma, os dois lados ficavam interligados. E não só isso. Jakob rebateu um tampo revestido de feltro que cobria o piso do compartimento direito. A gaveta sob as três portas era a última ilusão, já que só tinha a metade da profundidade da mesa; com o fundo duplo rebatido, ainda deixava mais dez polegadas livres.

Jakob trouxe um banco para Tibor. Com a ajuda dos dois, ele entrou na máquina, sentando-se do lado esquerdo, atrás do mecanismo, esticando as pernas no espaço livre atrás da meia gaveta. O espaço era suficiente. Tibor não esbarrava em nada, nem mesmo no mecanismo ao lado do seu ombro direito. Parecia que Wolfgang von Kempelen construíra aquele autômato sob medida para ele. O orgulho estava estampado no rosto do inventor.

— Mas como é que eu vou jogar xadrez? — perguntou Tibor. — Mal consigo me mexer.

À esquerda de Tibor, do lado em que o andróide estava sentado, havia uma tábua na parede. Kempelen soltou um gancho e a tábua girou, caindo no colo de Tibor. Pela abertura que ficou, Tibor podia ver o interior daquela criatura de madeira. Kempelen puxou uma régua de latão da barriga do andróide, levou-a até a tábua que estava no colo de

Tibor e moveu-a algumas vezes. O braço do andróide se movia simultaneamente.

— Isto é um pantógrafo — explicou ele. — Cada movimento que você fizer aqui embaixo será feito lá em cima pelo turco, numa escala maior. Por enquanto ele só consegue mexer o braço, mas brevemente receberá a mão com a qual poderá segurar as peças.

— E como poderei olhar para o tabuleiro?

Kempelen inspirou ar através dos dentes cerrados.

— Esse problema ainda precisa ser resolvido. Mas já tenho várias idéias em mente.

— E como poderei...

— Temos ainda quatro meses pela frente, Tibor. Até lá poderemos responder a todas as perguntas. — Kempelen e Jakob ergueram o tampo da mesa que estava encostado ao lado. — Agora vamos mergulhá-lo na escuridão.

Os dois encaixaram o tampo na mesa. Jakob fechou todas as portas. Por um momento, Tibor se sentiu como se estivesse no fundo de um poço quadrado, já que ainda entrava luz pela abertura no centro do tampo — mas em seguida Kempelen colocou o tabuleiro no lugar e ele ficou em total escuridão. Os barulhos que vinham de fora ficaram abafados. Tibor podia ouvir a própria respiração.

— Agora vamos brincar de cabra-cega — ouviu Jakob dizendo do lado de fora, e a mesa de xadrez começou a se mover. Jakob girou-a sobre as rodas em torno do próprio eixo.

A oscilação fez com que ele se lembrasse, de forma pungente, dos dois dias que passara no Elba, preso num barril de madeira, sem perspectiva de salvamento. Suas mãos se cerraram imediatamente. O coração batia no pescoço e ele teve a sensação de que a sua cabeça inchava e desinchava a cada batimento. O fluxo sangüíneo soava nos seus ouvidos como as águas do rio a correr. A parede à sua esquerda e o mecanismo à sua direita pareciam se mover repentinamente, como se quisessem esmagá-lo; como se as pontas das engrenagens quisessem rasgá-lo. O ar ficou escasso e havia um forte cheiro de madeira e óleo. Tibor quis pedir educadamente que abrissem o tampo da mesa, mas assim que abriu a boca saiu um grito; ele gritou por socorro, primeiro em alemão, depois em italiano. Ele vira as tábuas com as quais a mesa tinha sido feita e sabia que eram tão grossas que seria impossível para ele sair dali. Se ninguém de fora o ajudasse, ficaria preso com vida naquele sarcófago, esmurrando as paredes até sufocar, morrer de sede ou perder a razão.

Quando Jakob e Kempelen afastaram o tampo da mesa e puxaram Tibor para fora pelos braços, ele estava ensopado de suor e tão pálido quanto a fronte inacabada do andróide. Kempelen buscou um copo d'água e Jakob trouxe uma toalha. O anão se sentiu ainda menor enquanto Kempelen e seu assistente o observavam de cima para baixo, enquanto ele, sentado numa cadeira, secava o suor.

— Você me ocultou alguma informação? — perguntou finalmente Wolfgang von Kempelen, depois que Tibor tinha esvaziado seu copo.

— Não. Foi a escuridão.

— Você receberá uma vela.

— Vou me acostumar. Prometo.

Kempelen aquiesceu, mas sem desviar o olhar de Tibor. Jakob voltou a sorrir.

— Um anão com medo do escuro. Milagre dos milagres! Nas suas minas também é bastante escuro, não é?

Com isso estava encerrada a jornada de trabalho de Tibor, e ele se recolheu a seu quarto. Kempelen entregou-lhe um pequeno tabuleiro de xadrez e todos os livros que possuía sobre o assunto — *Schach — oder Königs-Spiel,* de Selenus; *Kunststück des Schachspiels,* de Rabbi Ibn Ezra; *Essai sur le jeu des échecs,* de Stamma, junto com uma cópia do seu *Segredos do jogo de xadrez;* naturalmente o famoso *Kunst im Schachspiel ein Meister zu werden,* de Philidor; e, finalmente, o recém-impresso, e trazido de Veneza, *Il giuoco incomparabili degli scacchi* — e o incumbiu de estudá-los nas semanas seguintes, a fim de aperfeiçoar o seu jogo. Tibor já tinha ouvido falar desses livros, mas nunca tinha visto nenhum deles. E agora tinha seis deles nas mãos. Ele passou o livro do judeu para baixo dos outros e abriu primeiro o de Stamma. Para sua decepção, não estava traduzido para o alemão; era uma edição francesa. Tentou decifrar o conteúdo usando a sua língua materna, mas teve muita dificuldade. No final, perdeu totalmente a concentração, imaginando Kempelen e seu maligno ajudante discutindo se ele, Tibor, seria o homem certo para a estréia da máquina de xadrez diante de Sua Majestade, a imperatriz. Que ele mesmo duvidasse do que tinha pela frente não mudava muita coisa, mas lhe desagradava o fato de que outros pudessem duvidar dele.

À tarde, Tibor foi chamado ao primeiro andar para ser apresentado no salão a Anna Maria e Mária Teréz, mulher e filha de Kempelen. Anna Maria von Kempelen era esbelta, tinha cabelos castanhos e era graciosa, mas uma constante expressão de desconfiança estragava as suas feições. Ela segurava a criança no colo o tempo todo, mesmo enquanto esta dormia, e Tibor teve a impressão de que ela o fazia somente para não ter que lhe estender a mão. Kempelen mandara fazer café e bolo. Assim, Tibor ficou ali, sentado, comendo pão de mel e tomando café com creme em xícaras de fina porcelana. Enquanto isso, Kempelen não deixava que se instalasse um só momento de silêncio constrangedor. Falava sem parar, tentando fazer com que Anna Maria se interessasse por Tibor e vice-versa; falou um pouco sobre as aventuras de Tibor, e do tempo em que Anna Maria fora dama de companhia da condessa de Erdödy — mas a sua conversa animada não frutificou. Anna Maria respondia às informações do marido com monossílabos. Quando Tibor arriscou corajosamente uma investida, elogiando o delicioso bolo de Natal, ela respondeu secamente, sem olhar para ele, que não fora ela e sim sua cozinheira Katarina quem preparara o bolo. A situação ficou ainda mais desagradável quando Kempelen saiu da sala para buscar mais bolo. Os dois permaneceram em absoluto silêncio durante um minuto inteiro; Tibor olhando para um retrato da imperatriz, ouvindo a respiração da criança e o balançar do pêndulo de um relógio, desejando que Kempelen finalmente voltasse da cozinha. Kempelen encerrou o lanche depois de meia hora com as seguintes palavras: "Nós ainda temos o que fazer", e Tibor desejou que nunca mais tivesse de se encontrar com Anna Maria. Se dependesse dela, ele realmente nunca mais a teria visto. Ele não sabia o que ela achava mais insuportável: ele mesmo ou o papel que desempenhava no engodo do autômato do xadrez. Provavelmente um pouco dos dois.

Nos dias que antecederam o Natal, os três homens tentaram achar uma forma de Tibor enxergar o tabuleiro. Experimentaram um tabuleiro semitransparente e um periscópio no tronco do turco, mas nenhuma dessas duas soluções foi satisfatória. Não era possível aquecer suficientemente a oficina, por isso os três homens trabalhavam de casaco, usando luvas. Nos intervalos, Tibor se sentava junto a uma janela e olhava para fora, para a rua do Danúbio, com os cidadãos de Pressburg andando pela neve. Camponeses e pescadores a caminho do mercado, nobres a cavalo ou em carruagens, carvoeiros com seus trenós cheios de carvão e lenha, trabalhadores e serviçais — todas pessoas com as quais Tibor jamais se encontraria. Ele podia vê-las, mas elas não o viam, e ele se sentia bem assim.

Wolfgang von Kempelen se ausentava freqüentemente da casa. Apesar de a imperatriz o ter liberado de suas obrigações, inúmeras tarefas exigiam sua presença. Ele tinha de comparecer várias vezes durante a semana à Câmara Real Húngara. Nessas ocasiões, Tibor teria preferido permanecer em seu quarto, lendo os livros que Kempelen lhe dera, a fim de refazer as partidas magistrais ali descritas, mas o trabalho na máquina de xadrez era mais importante. Assim, tinha de trabalhar com Jakob, cuja companhia ele achava tão insuportável quanto a de Anna Maria.

Jakob cantava freqüentemente uma das suas antipáticas canções, enquanto eles treinavam o manuseio do pantógrafo.

O papa vive neste mundo muito bem, o dinheiro das indulgências ele tem.
Os melhores vinhos ele pode beber, por isso papa eu gostaria de ser.
Mas sua vida não é assim tão maravilhosa, já que não o beija uma mocinha graciosa.
E na minha cama sozinho eu dormiria, ser papa então eu não gostaria.

O sultão vive cercado do bom e do melhor, ele mora numa casa grande e tem ao seu redor
Muitas moças bonitas que só lhe dizem amém, portanto eu gostaria de ser sultão também.
Mas um pobre homem ele não deixa de ser, pois segundo o seu Alcorão ele tem de viver.
Nem uma gota de vinho ele não bebe não, por isso eu não gostaria de ser sultão.

Com a sorte dos dois em separado, nem por um segundo eu gostaria de ser agraciado.
Mas eis o que me deixaria feliz e sem tormento: ser papa agora e sultão no próximo momento.
Por isso menina, beija-me de uma vez, pois agora sou sultão, tu não vês?
Por isso sirva-me bem meu irmão, para que eu seja papa sem discussão.

— Sabe de uma coisa — disse Jakob depois —, não deixa de ser curioso que você não poderá nunca se tornar um grande mestre do xadrez, nem daqui a cem anos.

— Por que não? — perguntou Tibor, desconfiado.

— Olhe só para você — explicou Jakob e começou a rir. — Grande mestre de xadrez? Só fisicamente já é uma impossibilidade.

Tibor ficou tão furioso que bateu com o braço do turco no rosto de Jakob enquanto este ria. Os óculos do assistente caíram dentro da máquina, e ele levou a mão ao nariz. Quando afastou a mão, estava suja de sangue. Jakob limpou o sangue do nariz e ficou olhando para ele, incrédulo.

— Você viu isto? — perguntou Jakob, indignado.

Tibor se preparou para um ataque do assistente. Podia ser baixinho, mas era forte, e já tinha acabado com muitos outros oponentes.

Mas Jakob não saiu do lugar.

— Ele me bateu! — Virou-se para o andróide, gritando na sua cara: — Eu sou o seu criador, sua coisa ingrata! Como ousa agredir o seu pai? Se fizer isso de novo, vai virar lenha. — E caiu na gargalhada.

Esse tipo de reação era a última coisa que Tibor poderia esperar. Jakob ainda deu um tapa na cabeça desnuda do turco e limpou o sangue do rosto. Então continuou a trabalhar como se nada tivesse acontecido. Tibor ficou perplexo.

No mesmo dia eles montaram um tabuleiro de xadrez sobre a tampa que ficava no colo de Tibor. Assim, este poderia reproduzir a partida que acontecia no tampo da mesa. Wolfgang von Kempelen teve a idéia de usar o tabuleiro como escala, para determinar a posição da mão do autômato: ele ajustou o pantógrafo de tal forma que, quando Tibor colocasse seu terminal sobre uma determinada casa, a mão do andróide oscilaria sobre a casa correspondente. Como o pantógrafo já tinha sido equipado com uma garra para os dedos, Tibor tinha condições de segurar uma peça e movê-la para outra casa. A única desvantagem dessa solução era que ele tinha de olhar o tabuleiro de lado: as figuras ficavam à sua esquerda e à sua direita, da mesma forma que estavam no andar de cima, no tabuleiro do andróide. No começo, Tibor não conseguia raciocinar com o giro de noventa graus. E, embora continuasse a vencer todas as partidas, isso lhe custava muito esforço, provocando dor de cabeça.

As nevascas dos dias anteriores cessaram e deram lugar a um frio escuro e sem ventos. O autômato do xadrez foi novamente coberto com o lençol no dia 22 de dezembro.

— Nós já avançamos bastante. Vamos conceder ao autômato e a nós mesmos uma semana de pausa.

Jakob despediu-se de Tibor quando Kempelen estava em seu escritório.

— Boas festas. Você vai morrer de tédio. Espero que pelo menos os livros lhe façam uma companhia agradável.

— Você vai festejar o nascimento de Cristo com a família?

— Nem uma coisa, nem outra. Meus pais estão em Praga, ou mortos, sei lá. E essa festa não é para mim.

— Por que não?

— Coisa de religião.

Tibor franziu a testa.

— Você não é luterano, é?

Jakob ergueu as mãos.

— Deus me livre, não! Sou judeu.

O assistente saboreou a mudez de Tibor e deu um tapa nas suas costas.

— Nos vemos no novo ano. Eu até o convidaria para tomar um vinho quente, mas nós dois sabemos que você não pode deixar este santuário.

Depois que Jakob saiu, Tibor dirigiu-se a Kempelen.

— Ele é judeu?

— Sim.

— Mas ele é louro.

— Nem todos os judeus têm cabelos pretos, uma corcunda e um nariz aquilino, meu caro.

— Por que não me dissestes isso?

— O que teria mudado? — prosseguiu Kempelen, antes que Tibor encontrasse uma resposta: — A religião dele me é indiferente. Mesmo que ele fosse muçulmano, ou brâmane, ou acreditasse no Grande Manitu, não mudaria em nada o fato de ele ser um excelente entalhador e marceneiro. E, além disso, você deve ser grato aos judeus por poder viver do jogo de xadrez. Sem eles nós ainda estaríamos jogando xadrez com dados, ou talvez nem estivéssemos mais jogando.

Jakob não só surpreendeu Tibor pelo fato de ser judeu, mas também pelo presente que Kempelen lhe entregara ao meio-dia da véspera de Natal. Era uma peça de xadrez que Jakob entalhara para Tibor — um cavalo branco, que carregava nas costas um anão, cujos traços se assemelhavam aos de Tibor. A figura não fora minuciosamente esculpida, mas Jakob tinha levado seguramente de uma a duas horas para esculpi-la. Tibor observou o cavalo e o cavaleiro com atenção, mas não conseguiu identificar nem escárnio, nem qualquer coisa decididamente judaica nela.

O presente de Kempelen foi bem mais valioso: o tabuleiro para viagem com o qual eles tinham jogado sua primeira partida em Veneza — inclusive com a rainha vermelha que Kempelen mantivera à parte naquela ocasião.

Kempelen convidou Tibor para passar o Natal com eles, mas Tibor recusou gentilmente. Ele não queria estragar mais ainda a harmonia conjugal entre Kempelen e Anna Maria. Kempelen saiu de casa com a família na noite de Natal e foi à missa do galo na catedral de São Martinho. Tibor queria ter ido com eles. Havia mais de um mês que ele não entrava numa igreja, não se confessava nem recebia os santos sacramentos. Tibor ficou só em casa e rezou diante do seu crucifixo despojado de adornos até a meia-noite, quando o repicar dos sinos das igrejas ecoou pelas ruas da cidade.

A profecia do judeu se cumprira: Tibor estava entediado e ansiava por qualquer tipo de companhia. Até mesmo Jakob era melhor do que a solidão. Ele lia pouco e não jogava, já que não queria pensar em xadrez por alguns dias; o que era bem pouco natural para ele. Em vez disso, dormia mais do que o necessário.

Tibor foi arrancado da sua sesta, três dias depois do Natal, pelos gritos de uma criança. Ergueu-se na cama e esperou para ouvir o ruído de novo. Na verdade, não eram gritos, parecia mais o barulho de uma gralha, um som animalesco, que não mudava de tom nem de intensidade. Como se estivessem machucando uma criança que gritava automaticamente, mas não sentia dor de verdade. Só podia ser Teréz. Tibor pulou da cama, saiu do quarto e seguiu os gritos; eles provinham evidentemente do escritório de Kempelen; Tibor atravessou a oficina e empurrou a porta que estava encostada, sem bater.

O escritório de Kempelen era bem menor do que a oficina, com armários dos dois lados e uma escrivaninha no centro do cômodo, posicionada de forma a que a luz do dia entrasse pelas costas de quem escrevia. Ao lado da porta pendiam um mapa da Europa e uma pintura de Maria Teresa na sua coroação. Na parede estava encostada uma espada na sua bainha decorada. Sobre a escrivaninha, no meio de ferramentas, havia um busto feito de gesso pintado: uma cabeça humana dividida ao meio, como se tivesse sido cortada por um golpe de espada. Assim era possível ver o seu interior — o crânio, o cérebro, os dentes e as cavidades do nariz e da garganta, dois grandes buracos que desembocavam numa goela estreita que seguia para baixo pelo pescoço. A língua não era longa e plana, e sim um bolo carnudo. Por mais horrível que fosse, não era de lá que tinham saído os gritos. Foi um pequeno objeto que Kempelen segurava nas mãos: duas conchas sobrepostas, como uma noz semi-aberta, alimentadas por um fole acionado por Kempelen. Em algum lugar no interior daquelas conchas deveria estar uma língua que produzia aquele som penetrante, com a passagem do ar. O espanto de Tibor deixou Kempelen com um ar divertido.

— Bom-dia — disse ele ao ver o rosto de Tibor amassado pelo sono.

— O que é isso? — perguntou Tibor.

— Minha máquina de falar. Ou pelo menos o início dela. O *a*. Eu não queria deixá-la totalmente de lado. Falei a respeito dela em Veneza, lembra-se? Este aqui é só um som — Kempelen fez o grito soar de novo —, mas algum dia terei inúmeros tons, sílabas, e irei arranjá-los como num órgão, e, quando você tocá-los numa determinada seqüência, ela vai falar com você. Uma máquina falante.

— Mas para quê?

— Sim, para quê? Esta é a falta de espírito que você compartilha com inúmeros dos seus contemporâneos. Uma máquina falante, meu caro, tem muito mais utilidade do que uma máquina que joga xadrez. Imagine só que os mudos poderão voltar a falar! Os sem-voz ganharão uma voz! Que enorme ganho seria!

Kempelen acenou quando compreendeu que Tibor não compartilhava sua opinião.

— Como vai? Ainda tem livros para ler? Sirva-se, minha biblioteca é grande. Você está de férias. Leia um livro que não tenha nada a ver com xadrez.

— Não consigo mais ler. As letras já estão começando a dançar diante dos meus olhos.

— Ah. O que posso fazer por você?

— Eu gostaria de sair.

— Ah. Bem.

Kempelen virou-se para a janela e olhou para fora, para o pátio interno da construção, como se fosse achar ali o motivo pelo qual Tibor queria sair da casa. A tarde começara a cair. Uma névoa cinzenta pairava no ar e logo iria escurecer. Kempelen tamborilou com os dedos sobre o tampo da mesa. Então tirou uma chave da gaveta da direita, colocou-a no bolso do casaco e levantou-se.

— Vamos. Agasalhe-se bem. Ontem eu vi um pedaço de gelo boiando no Danúbio com dois patos congelando em cima, como se fossem passageiros.

Eles se encaminharam para o pátio interno e saíram para a rua pelo portão. Kempelen colocou um capuz em Tibor, que lhe escondia quase todo o rosto, e pediu a ele que pegasse em sua mão.

— Vós achais que eu vou fugir? — perguntou Tibor, indignado.

Kempelen riu.

— Não. Eu só gostaria que parecesse que estou passeando com uma criança. Já disse uma vez: ninguém em Pressburg deve saber que Wolfgang von Kempelen está abrigando um anão na sua casa.

De mãos dadas, eles viraram para a direita na rua do Danúbio, para o lado oposto da cidade. O temor de Kempelen era infundado; havia pouca gente na rua com aquele frio penetrante, e todas as pessoas estavam tão ansiosas por chegar às suas casas aquecidas que não abordariam aquele par desigual. Do lado direito, entre as casas, Tibor podia ver o indolente Danúbio a correr, e, quando ele se virava, via o muro da cidade, as torres pontiagudas das igrejas e o poderoso castelo lá atrás. Ventava tão pouco, que os inúmeros rolos de fumaça subiam verticalmente para o céu, e podia-se ouvir os gritos das gralhas que voavam pelo meio deles com preguiçosos movimentos de suas asas.

Então chegaram ao seu destino; o grande cemitério Andreas, totalmente vazio num dia como aquele. Kempelen viu que eles estavam a sós e soltou a mão de Tibor, desapontado com o fato de que o seu primeiro e talvez o último passeio fosse precisamente no cemitério. Teria preferido levá-lo a um mercado ou dar uma caminhada pelo centro da cidade. Inspirou avidamente o ar gelado, olhou para as plantas e árvores desfolhadas do inverno e leu as inscrições nas lápides. O cemitério estava completamente coberto pela neve, que estalava sob as suas botas. Os dois homens não falaram.

Quando Tibor leu o nome *Von Kempelen*, seu acompanhante parou. Kempelen trouxera Tibor ao túmulo da sua família, um pequeno mausoléu no estilo de um templo, cercado de hera, cujos brotos apareciam sob a neve em alguns lugares. Sobre o frontão havia um anjo com as mãos estendidas, o mármore branco escurecido pela água e pelos anos. As duas janelas sem vidro, bem como a porta, eram gradeadas. Kempelen tirou uma chave do bolso e abriu o portão de ferro. Sem dizer palavra, deixou que Tibor entrasse na frente.

O interior do monumento era apertado e os sons ecoavam tão pouco quanto na máquina de xadrez depois de fechada. Na penumbra, Tibor pôde ler nomes e datas de nascimento e de morte, gravados em letras douradas na pedra. Kempelen tirara o chapéu de três pontas. Ele catava as folhas secas no chão, trazidas pelo vento. Tibor leu o nome *Andreas Johann Christoph von Kempelen.*

— Vosso pai?

— Não. Meu pai era Engelbert, ali do outro lado. Andreas era meu irmão mais velho. Morreu quando eu tinha dezoito anos. Ele estava prestes a se tornar o preceptor do jovem imperador, quando a tuberculose o levou.

Kempelen deu um passo à direita, onde as letras eram mais brilhantes e mais novas: *Franzciska von Kempelen, nascida Piani,* morta em 1757.

— Franzciska. Minha primeira mulher. Ela morreu quase dois meses depois do nosso casamento, imagine só. Varíola.

— Sinto muito.

Tibor sentiu mais ainda quando imaginou, por um momento, o quanto mais encantadora Franzciska devia ter sido do que a atual senhora Von Kempelen.

— Você pode se afligir com o fato de ter poucos amigos e de ter sido expulso pela sua família — opinou Kempelen. — Mas quem não tem uma amada tampouco pode perdê-la. Não se esqueça nunca disso.

Kempelen ajoelhou-se, como se fosse rezar, já que os últimos três nomes estavam junto ao chão: *Julianna, Marie-Anna* e *Andreas Christian von Kempelen.* Em todos eles o ano do nascimento era o mesmo da morte. Kempelen limpou a poeira da parte de cima das letras com as mãos descalças.

— O pequeno Andreas. Recebeu o nome do tio falecido. Talvez tenha sido um mau agouro. Nasceu na véspera de Natal, não conseguiu respirar direito por três dias e morreu assim que as festas acabaram. Há exatos cinco anos.

Tibor quis dizer algo sábio e reconfortante, parecido com o que Kempelen acabara de dizer para ele, mas nada lhe ocorreu. Kempelen calou-se; seu olhar não estava mais fixo nas letras, mas num ponto bem mais longe. As folhas secas estalaram em suas mãos.

— Já sei — disse ele depois de algum tempo.

Tibor olhou para ele.

— Tive uma idéia de como se podem ver as peças de xadrez pelo lado de dentro.

Ele se levantou, jogou as folhas pela porta, recolocou o chapéu de três pontas e limpou as luvas.

— Vamos voltar para casa. Minha mulher comprou cacau. Ela nos fará um chocolate quente.

Assim que o novo ano chegou, e com ele Jakob, Kempelen explanou sua idéia. Não seria necessário ver o tabuleiro. Bastaria que se soubesse qual peça tinha sido movida. Ele colocaria um ímã forte em cada peça e do lado de debaixo do tabuleiro, algo que o magneto atraísse ou deixasse cair quando a peça fosse movida.

— Isso não ajuda — opinou Jakob. — Tibor só vai saber que peça foi movida, não para onde.

— Raciocine, seu tolo. O magneto irá atrair em outra casa. Tibor só precisa observar o tabuleiro atentamente.

A pausa tinha sido benéfica para os três homens. Eles trabalhavam com mais energia do que no ano anterior, e até mesmo Kempelen se deixou contagiar pelas piadas de Jakob.

— No fim das contas, estaremos seguindo as pegadas daquele charlatão francês quando nos apresentarmos diante da imperatriz. Afinal, nossa máquina também só funciona com ímãs escondidos.

Eles colocaram sessenta e quatro pregos de latão do lado de debaixo de cada casa. Em cada prego havia uma pequena placa de ferro com um furo no meio. Quando o magneto era colocado sobre a casa, atraía a placa de ferro; quando removido, a placa caía de volta sobre a cabeça do prego.

Kempelen enviou seu criado Branislav a Viena a fim de comprar ímãs do mesmo feitio. Branislav voltou três dias depois com uma caixa que continha as placas magnéticas, embaladas em palha, para evitar os danos que poderiam ser causados pelo sacolejar durante a viagem. Jakob e Tibor tiveram muito trabalho e muita diversão tentando separar os magnetos que vieram fortemente grudados uns nos outros. A solução dos magnetos funcionou bem. Tibor conseguia reconstruir o jogo no seu tabuleiro, mesmo se não tivesse visto na hora qual das plaquinhas tinha sido atraída ou caído. Seguindo o sistema de Philippe Stamma, eles marcaram as casas horizontais tanto do tabuleiro de Tibor quanto do andróide com as letras A até H, e as casas verticais com os números 1 até 8.

Com isso, tinham sido superadas as principais barreiras. Agora que já não era mais necessário mexer nas barras e nos cabos no interior do andróide, Jakob pôde colocar o enchimento sobre as costelas e um rosto sobre a cabeça. Ele começou instalando na cabeça os olhos de vidro castanhos que Kampelen comprara do *signore* Coppola, em Veneza. Ele o fez de forma a que Tibor pudesse movê-los puxando um cabo. O efeito foi espantoso. Quando Tibor movimentava os olhos de vidro, o andróide parecia realmente um ser vivo; como se pudesse ver perfeitamente o que o seu oponente fazia. Tibor também podia mover a cabeça para a frente e para trás, graças a um sutil mecanismo desenvolvido por Kempelen.

O segundo trabalho de Jakob consistiu no entalhamento de dezesseis peças vermelhas e dezesseis peças brancas, cada uma com um magneto enfiado em seu interior. O assistente desenhou vários esboços de como as peças poderiam ser, mas, para sua decepção, Kempelen se decidiu por uma forma clássica, um pouco rombuda, que tivesse espaço suficiente para os magnetos.

— Não queremos reinventar o jogo de xadrez — disse ele a Jakob —, e sim o jogador de xadrez.

Jakob começou o trabalho e torneou, um pouco mal-humorado, as trinta e duas peças.

Enquanto isso, orientado por Kempelen, Tibor aprendeu a conduzir o autômato: pegar, mover e soltar as peças com o pantógrafo, reconhecer as jogadas dos oponentes, derrubar as peças do adversário e o ocasional movimento dos olhos. O trabalho exigia concentração e sensibilidade extremas. Tibor não queria nem imaginar como seria quando, além daquilo tudo, ele ainda teria de jogar uma partida de verdade, e ainda por cima com alguém à sua altura. Tibor saía sempre empapado de suor de dentro da máquina, apesar de as cinco portas do autômato estarem sempre abertas e o mês de janeiro continuar frio.

No fim do mês eles passaram a fechar as portas da cômoda. A partir de então, Tibor passou a ter de se virar com a luz de uma vela. Ele tinha luminosidade suficiente, mas a fumaça enchia rapidamente o pequeno espaço, fazendo com que Tibor começasse a tossir. Faltava uma chaminé. O problema foi resolvido de forma insólita: como havia uma abertura ligando diretamente a mesa ao corpo do andróide, Jakob serrou um buraco na cabeça deste, para fazer a passagem do ar. O barrete que eles pretendiam colocar na cabeça do turco iria não apenas cobrir o buraco como também filtrar a fumaça da vela, tornando-a imperceptível.

Durante um desses testes — Anna Maria estava fora, na casa de Nepomuk, seu cunhado e irmão de Kempelen —, os três homens receberam uma visita inesperada: uma mulher empurrou a porta da oficina antes que Branislav pudesse detê-la.

— Então é aqui que você se esconde — disse ela com sotaque húngaro.

Ela tinha cabelos pretos que lhe caíam em cachos sobre os ombros e, sob o casaco de pele, trajava um vestido cor de vinho, com brocados, tão apertado que os seios saltavam dele como duas ondas. Foi exatamente assim que Tibor havia imaginado a mulher com quem o veneziano passara a noite anterior à sua morte. Seu perfume, que lembrava maçãs, chegou logo ao nariz de Tibor — apesar de ele estar dentro da mesa de xadrez, e a porta do mecanismo ser a única aberta naquele momento. Tibor estava no escuro, atrás do mecanismo, imperceptível para ela, e, para continuar assim, ele soprou a vela. A fumaça que saiu do pavio sufocou o perfume.

— Ibolya — disse Kempelen sem graça —, que surpresa!

A mulher ficou parada, no lugar em que estava, e o criado Branislav gesticulava atrás dela, dando a entender que não fora possível detê-la. Kempelen dispensou o criado depois que este pegou o casaco da mulher. A húngara desviou o olhar de Jakob — que a cumprimentara como "baronesa" — para o turco, e ficou admirando o boneco.

— Este é ele? É maravilhoso.

Aproximou-se do autômato do xadrez, fazendo com que Tibor só conseguisse ver o seu vestido. Kempelen colocou-se entre ela e a mesa, enquanto fechava a porta, antes que ela conseguisse alcançá-la.

— O que posso fazer por você? — perguntou Kempelen. — Como pode imaginar, infelizmente o meu tempo é curto.

— Tenho uma surpresa para você.

— Vamos ao meu escritório.

Tibor ouviu os passos se afastando e a porta do escritório se fechando atrás deles.

— Posso imaginar a surpresa — disse Jakob.

— Uma baronesa? — perguntou Tibor.

Jakob abriu a porta de detrás e olhou para dentro.

— Não seja tão submisso, Tibor. A baronesa de Jesenák é o melhor exemplo de que a nobreza obedece aos mesmos impulsos que o mais simples dos camponeses.

— O que ela veio fazer aqui?

— O que ela está fazendo agora, não sei; mas posso imaginar por que veio. *Post scriptum*: o fato de Anna Maria estar fora de casa hoje não é um mero acaso.

Banat

Wolfgang von Kempelen nasce em 23 de janeiro de 1734. É o caçula de três irmãos. O pai, Engelbert von Kempelen, funcionário da Alfândega na 30ª Repartição municipal, ascende na sociedade de Pressburg através do seu casamento com Teréz Spindler, filha do prefeito nessa época, e do título de nobreza concedido pelo imperador Carlos VI por serviços prestados.

Andreas, o irmão mais velho, estuda filosofia e ciências jurídicas, serve como secretário do embaixador em Constantinopla e combate como capitão na guerra da Silésia. Uma moléstia nos pulmões impede que se torne o preceptor do príncipe herdeiro Joseph. Nem mesmo as fontes sulfurosas de Pozzuoli conseguem evitar a sua morte precoce.

Nepomuk von Kempelen, segundo irmão de Wolfgang, também serve no exército e é promovido a coronel. A família imperial o acolhe ainda mais do que a Andreas, quando ele se torna diretor da chancelaria do duque Albert von Sachsen-Teschen, em Pressburg. A amizade com o duque Albert, governador da Hungria, é tão estreita que ambos se tornam membros da loja maçônica *À Pureza.*

Wolfgang, o caçula, também estuda filosofia e direito, primeiro em Raab e depois em Viena. Aos vinte e um anos, depois de uma viagem pela Itália, começa a servir a Maria Teresa com um feito notável: em pouquíssimo tempo, verte o código de leis da imperatriz do latim para o alemão. Esse feito impressiona de tal forma Maria Teresa que ela o nomeia pessoalmente escrevente da câmara da corte real húngara em Pressburg.

Graças às suas realizações, Kempelen é nomeado secretário da câmara real no verão de 1757. A ascensão profissional meteórica encontra um paralelo em sua vida particular, pois no mesmo verão Kempelen desposa Franzcisca Piani, camareira da grã-duquesa Maria Ludovika. Dois meses depois, porém, Franzcisca von Kempelen adoece e morre de varíola. Kempelen precisa de muito tempo para superar esse golpe do destino. Ele se entrega totalmente ao seu trabalho.

Um ano mais tarde surge uma nova mulher na sua vida: a baronesa Ibolya Jesenák, nascida baronesa de Andrássy. Ela chegou a Pressburg em companhia do seu irmão János de Tyrnau para contrair núpcias com o barão Károly Jesenák, o tesoureiro real, com o dobro da sua idade. O casamento é harmonioso, mas não é feliz; Ibolya não tem filhos e Károly passa mais tempo viajando do que em casa, devido ao seu cargo de tesoureiro. Ibolya, que acaba de completar vinte anos, começa a se entediar e busca diversão nas inúmeras recepções e bailes oferecidos em Pressburg. Com as ausências do marido, ela começa um caso, logo depois um outro e um terceiro com Nepomuk von Kempelen. Nepomuk se cansa dela e a apresenta ao seu irmão. O plano dá certo: Ibolya se apaixona ardentemente por Wolfgang von Kempelen — o viúvo inteligente e vistoso, enlutado de forma contida, porém duradoura e comovente, com a morte da esposa. Apesar de ostentar um grau de nobreza baixo, ele parece ter o mundo inteiro à sua frente. Ibolya relata ao seu marido os inúmeros talentos de Kempelen e Jesenák passa os elogios adiante em Viena. Kempelen é promovido pouco tempo depois a conselheiro real e, na *soirée* seguinte, Ibolya lhe revela a quem ele deve ser grato pela inesperada promoção. Kempelen se permite correr o risco de ter um caso com a baronesa, e só tem a lucrar com isso: finalmente, supera a morte de Franzciska, e o barão Jesenák, sem suspeitar de nada, torna-se seu protetor. As pessoas que sabem da sua ligação lhe rendem respeito silencioso e, conforme a moda vigente, guardam o segredo para si. Até mesmo o duque Albert, apesar de só tratar com Kempelen de assuntos profissionais, deixa que ele lhe conte os detalhes picantes sobre a ardente baronesa húngara.

Mas Kempelen sabe que um caso com uma mulher casada não tem muito futuro, além de poder ser perigoso a longo prazo. Assim, ambos resolvem de comum acordo encerrar os seus encontros. Passados cinco anos de luto, Kempelen resolve procurar uma nova esposa e, por recomendação da grã-duquesa Christine, desposa Anna Maria Gobelius, a dama de companhia da condessa de Erdödy. Kempelen acha a maioria das mulheres frias, em comparação com Ibolya. O mesmo se dá com Anna Maria: o casamento tem um cunho de respeito e cordialidade, mas nunca de paixão. Mesmo o desejo de formar uma família não se realiza: os três primeiros filhos que Anna Maria dá a seu marido morrem logo após o parto.

Em 1765, Kempelen é nomeado encarregado de assuntos de colonização em Banat. Nessa função, junto com colegas de Viena, supervisiona a colonização da região entre os rios Marros, Theiss e Danúbio e a Transilvânia por camponeses e mineiros da Suábia, Baviera, Hesse, Turíngia, Luxemburgo, Lotaríngia, da Alsácia e de Kurpfalz. Estes são encarregados de explorar o solo e as jazidas para a Áustria. Pequenas aldeias se enchem de imigrantes alemães, vilas se transformam em cidades, novas vilas são fundadas. No período de cinco anos, perto de quarenta mil pessoas se mudam para Banat, e nem todas são muito respeitáveis: duas vezes por ano, o projeto de colonização que passou para a História com o nome de "Temeschburger Wasserschub" leva para a região de Banat sujeitos que precisam ser afastados de suas terras natais, tais como vagabundos, caçadores ilegais, contrabandistas e mulheres de baixa reputação. Kempelen é obrigado a apaziguar contendas, examinar confrontos e conduzir julgamentos. Suas sentenças sensatas lhe rendem respeito por parte de toda a população. Sua incorruptibilidade é algo novo naquela região. A região de Banat é selvagem, e por mais de uma vez Kempelen e seus acompanhantes têm de se defender de ladrões que seguidamente saem dos seus esconderijos nos Cárpatos para fazer expedições saqueadoras. Kempelen evita que os bandidos sejam enforcados ou fuzilados no local e hora em que são presos e cuida pessoalmente dos seus ferimentos para que sejam levados a julgamento em boas condições. Kempelen apresenta relatórios regulares ao conselho de guerra da corte, sobre os problemas e sucessos de política de deslocamento populacional.

Kempelen escreve relatos de viagem sobre o território selvagem de Banat, publicados na *Pressburger Zeitung*. Assim nasce o contato, e depois a amizade, com o editor do semanário, Karl Gottlieb Windisch. Essa amizade perdura enquanto Windisch ascende de mero conselheiro a senador, capitão municipal e, por fim, é eleito prefeito de Pressburg, tornando-se governante de mais de vinte e sete mil habitantes, entre eles quinhentos nobres, setecentos religiosos e dois mil judeus. Aproximadamente a metade dos habitantes de Pressburg é alemã, a outra metade se divide novamente em eslovacos e húngaros, sendo que os húngaros perfazem a maioria dos nobres.

Enquanto a colonização do Banat prossegue, mantendo a legislação imperial, Kempelen é nomeado *Director salinaris*, responsável pelo controle das minas de sal húngaras. Ele comanda um órgão público com mais de cem funcionários, um órgão no qual seu pai havia trabalhado como um simples funcionário. O nobre utiliza o escasso tempo livre que esse cargo de responsabilidade lhe deixa para continuar seus estudos no campo da mecânica e da hidráulica. Tais conhecimentos são necessários, em primeiro lugar, para entender o funcionamento das máquinas das minas de sal e para melhorá-las ocasionalmente. Mas logo ele passa a se interessar também por autômatos. Ele lê obras de e sobre Regiomontanus, Schlottheim, Leibniz, de Vaucanson e Knaus e monta uma oficina no último andar da sua casa. Durante uma festividade da cidade, ao ouvir um tocador de gaita de foles, cujo som se parecia muito com a voz de uma criança, vem-lhe pela primeira vez a idéia de construir uma máquina falante.

O barão Károly Jesenák morre em 1768. Ibolya então se muda para a casa de seu irmão János Andrássy. Seu luto não dura muito tempo, e ela volta a se insinuar para Wolfgang von Kempelen. Mas seus esforços são em vão, pois em maio de 1768 nasce Mária Teréz von Kempelen — e permanece viva. O nascimento da filha estreita a relação entre Wolfgang e Anna Maria, mais do que o casamento jamais fizera.

Em setembro do ano seguinte, Kempelen apresenta um relatório final sobre a colonização na região de Banat. A imperatriz fica satisfeita com o trabalho de Kempelen e lhe pede, quase como uma recompensa pelos seus esforços, que permaneça por algum tempo na corte em Viena. Wolfgang von Kempelen se muda para uma casa no subúrbio de Alser. Kempelen está presente quando o sábio francês Jean Pelletier se apresenta no castelo de Schönbrunn. Ao final da apresentação e dos aplausos frenéticos, Maria Teresa lamenta que somente estrangeiros e nunca austríacos sejam capazes de assombrar o mundo com suas novas invenções e experimentos. Kempelen então pede a palavra. Ele promete à imperatriz apresentar, no prazo de seis meses, um experimento capaz de fazer sombra ao de Pelletier. Os cortesãos vienenses farejam um escândalo, pois aquele Kempelen que pedira a palavra, apesar de alto funcionário, não passa de um membro da baixa nobreza. Além disso, vem da província — e até o momento não havia se destacado como cientista. Mas Maria Teresa lhe dá ouvidos e lhe concede meio ano de folga para essa tarefa, prometendo cem moedas de ouro caso ele consiga superar a magia científica de Pelletier.

Kempelen sabe que nem os seus conhecimentos nem o tempo são suficientes para construir tal máquina. Mas serão suficientes para um falso autômato. Ele quer construir uma máquina de xadrez. Ele se lembra de uma história contada pelo seu amigo Georg Stegmüller, um farmacêutico. Numa viagem através do império, numa estalagem em Steinbrück, ele vira um anão que jogava por dinheiro vencer três colonos, um após o outro. Se fosse possível esconder uma pequena pessoa, um menino ou uma menina, dentro de uma máquina, e além disso ganhar algumas partidas, o aplauso seria certo.

Enquanto Kempelen constrói o autômato, dá-se conta de que sua máquina não pode apenas ganhar algumas partidas, mas todas. Ele precisa encontrar o anão errante visto por Stegmüller, por mais difícil que isso possa parecer. Portanto, parte o mais rapidamente possível para Steinbrück e começa a investigar. O anão com o tabuleiro de viagem ficou na memória de muita gente e, assim, Kempelen consegue seguir o rastro de Tibor até Veneza, encontrando-o no mês de novembro, praticamente à sua disposição, nas câmaras de chumbo.

Wolfgang von Kempelen provara à imperatriz ser um funcionário eficiente e leal. Agora mostraria a ela que sua capacidade não se limitava somente àqueles atributos. E, para tanto, não precisaria nem do barão nem da baronesa de Jesenák.

Apoiado na escrivaninha, Kempelen girava o presente de Ibolya em suas mãos: um pequeno livro com versos de Wieland. A baronesa estava sentada numa cadeira diante dele e o observava com olhos brilhantes.

— Tudo de bom pelo seu aniversário, Farkas. E muito sucesso com o seu autômato.

— Obrigado. Naturalmente você sabe que meu aniversário é só depois de amanhã.

Ibolya sorriu.

— Tanto quanto sei que sua esposa não vai me convidar para tomar café e comer uns biscoitinhos. Eu queria vê-lo a sós. Dê uma folga a Jakob, e passaremos o resto do dia juntos.

— Não dá. Eu realmente preciso trabalhar.

— Você sempre precisa trabalhar.

— Sinto muito.

Ibolya suspirou.

— Farkas, estou deprimida. Você não vai fazer nada para que eu melhore?

— É o clima. Tome um Tokaj quente.

— Que conselho mais horroroso. Você é um malcriado, não sabe como se portar. Adivinhe só o que eu bebi antes de subir na carruagem?

A baronesa Ibolya de Jesenák se levantou, aproximou-se de Kempelen, levou seu rosto próximo ao dele, levantando o queixo para que sua boca ficasse na altura do nariz dele, e soprou de forma quase imperceptível. Sua respiração tinha um leve sabor de vinho Tokaj, como se Kempelen estivesse com o nariz sobre um copo com água e vinho quentes.

— Delicado — limitou-se a dizer.

— Vou procurar sua imperatriz gorducha e contar a ela que pessoa horrível você é. Ela vai mandá-lo para o trabalho escravo nas minas de sal, ou pelo menos desterrá-lo para o Oceano Pacífico, a fim de servir como embaixador junto aos canibais. É o que eu vou fazer.

— Não duvido de que seja capaz de fazer isso.

A húngara colocou uma das mãos sobre a coxa dele.

— Não. Eu jamais faria isso. Vou continuar dizendo a ela que você é uma pessoa talentosa, e que mesmo as tarefas mais difíceis estarão em boas mãos se forem confiadas a você.

Ela começou a roçar as pontas dos dedos para cima e para baixo, depois fechou os dedos em forma de garras, deixando as unhas presas nas reentrâncias do tecido. Beijou-o, e o seu beijo também tinha o gosto de vinho doce. Kempelen não tirou as mãos de cima da mesa. Ibolya afastou-se e limpou com o dedão o batom que ficara nos lábios dele.

— É muito triste. Posso entendê-lo. Nós somos como os infantes reais: quando você está casado, eu não estou; então você fica viúvo e eu estou casada, e agora a situação está invertida. É desesperador.

Kempelen aquiesceu.

— Será que algum dia as coisas voltarão a ser como já foram antes?

— Não. Isso, com certeza, não; mas certamente terei mais tempo depois que a máquina de xadrez estiver pronta.

— Mais tempo. Mas terá mais tempo para mim também?

— Nós nos veremos em Viena, Ibolya. Isso me deixa contente.

Kempelen conduziu-a de volta pela oficina e pediu a Branislav que lhe trouxesse o casaco de pele. Ibolya despediu-se de Jakob e olhou novamente para o turco, sem esconder a admiração. Kempelen despediu-se na porta com um beijo na mão e retornou para a oficina. Enquanto isso, Jakob ajudara Tibor a sair da mesa, e eles estavam juntos na janela, observando a baronesa subir na sua nobre carruagem. Kempelen lançou um olhar de repreensão ao flagrar os dois olhando embasbacados pela janela. Mesmo que o incidente anterior lhe tivesse causado desconforto diante de Jakob e de Tibor, ele não deixou transparecer nada.

O ensaio geral, a primeira partida do autômato do xadrez, aconteceu pouco tempo depois. Coube a Dorottya, a criada eslovaca, a honra de ser a primeira pessoa a jogar contra o autômato conduzido por Tibor. Ele já estava dentro da mesa quando Kempelen desceu ao pavimento térreo para buscar Dorottya. Tibor pôde ouvir Jakob circundando várias vezes o autômato. Então o assistente parou e proferiu palavras ininteligíveis:

— *Shem hamephorash! Aemaeth!*

De repente aquele não parecia mais Jakob.

— O que está fazendo? — perguntou Tibor.

— *Aemaeth! Aemaeth! Viva!*

— Pare com isso!

— Não me interrompa, mortal! — ameaçou Jakob com voz gutural. — Se você interromper as sete fórmulas da vida, o rabino Jakob não conseguirá nunca dar vida ao homem de madeira e pano.

— Pare imediatamente, ou saio e faço você parar!

— Você não pode sair daí, já se esqueceu? Pode cantar, meu passarinho, mas não pode voar — disse Jakob com sua voz normal. — Pronto! Já está feito. A matéria está viva.

— Não está, não.

— Está sim, seu anão peçonhento. E agora sossegue, porque a empregada vai chegar a qualquer momento. Fale menos e faça mais.

Tibor ouviu Jakob colocar a mão sobre o tampo da mesa e tamborilar com os dedos.

— Um fenômeno — disse ele após uma pequena pausa —, um maometano com cérebro cristão e alma judaica.

— Seu lugar é no calabouço.

— Não, meu caro, o seu lugar é que é no calabouço. Eu sou judeu, o meu lugar é na fogueira.

O trabalho no turco estava concluído. Jakob torneara as trinta e duas peças vermelhas e brancas com o miolo magnético, e eles tinham vestido o turco. O andróide trajava uma camisa de seda turca, sem colarinho, com listras marrons. Sobre a camisa, um caftan com mangas três-quartos. O caftan de seda vermelha era guarnecido com uma pele branca nas mangas e no colarinho, o que conferia ao turco um ar majestoso. As mãos foram cobertas por luvas brancas para que não se visse nenhuma pele dos braços. Como os três dedos da mão esquerda, que serviam de pegadores, tinham um aspecto de garras, mesmo quando não estavam em movimento, um cachimbo oriental foi colocado entre eles. Este cachimbo, com uma piteira de um côvado de comprimento, fora comprado por Jakob numa loja de quinquilharias na viela dos judeus. Isso ajudava a dar a impressão de que os dedos tinham alguma função mesmo quando o turco estava em repouso. A mão com o cachimbo repousava sobre uma almofada de veludo vermelho, no intuito de proteger o mecanismo dos dedos. A almofada era retirada quando o autômato era posto em movimento. As calças eram bufantes, de linho tingido de índigo. Os pés de madeira do turco vestiam pantufas igualmente de madeira, com as pontas levantadas, trazidas por

Kempelen de Veneza, assim como os olhos de vidro. O turco usava um turbante branco na cabeça, arrematado por um fez vermelho. O fez fora confeccionado com várias camadas de feltro, para filtrar a fumaça da vela antes de sair.

Jakob gastara a maior parte do tempo com a cabeça do turco — papel machê sobre um crânio de madeira. Diversas operações haviam modificado o rosto. O nariz ficara maior, a face mais angulosa, a boca mais estreita, o bigode mais pontudo — o turco foi ficando com uma aparência cada vez mais firme, sombria. A última medida tomada por Jakob foi levantar as pontas das sobrancelhas para dar a impressão de que o andróide estava com raiva do seu oponente. Kempelen ficou extremamente satisfeito com o resultado; Jakob deixava escapar de vez em quando que uma bela figura feminina como jogadora de xadrez teria dado mais prazer a ele.

Kempelen voltou acompanhado de Dorottya e Anna Maria. A velha Dorottya entrou na oficina com passos pequenos. O turco fora colocado de forma a olhar diretamente nos seus olhos. Kempelen teve de insistir para ela seguir, tal o acanhamento que aquele olhar lhe causara.

— Senhoras, eu lhes apresento a máquina que joga xadrez — disse Kempelen com ar de conferencista.

A eslovaca olhou para o turco com um misto de curiosidade e pavor. Kempelen deu a volta ao aparelho e girou algumas vezes a manivela posicionada ao lado do mecanismo. O movimento do mecanismo era perceptível através da madeira. O braço esquerdo do turco elevou-se, moveu-se sobre o tabuleiro até a mão alcançar o peão branco na frente do rei. Lá, o braço estancou. O dedão, o indicador e o dedo médio se abriram simultaneamente, a mão desceu sobre a cabeça do peão, os dedos se fecharam pegando a peça pelo colarinho, levantando e recolocando-a no tabuleiro, duas casas à frente. Isso feito, o braço oscilou para a esquerda repousando ao lado do tabuleiro.

Dorottya observou a apresentação, boquiaberta.

— Agora é a sua vez, Dorottya — incitou-a Kempelen.

— Não, senhor. Eu não quero.

— Vamos lá. Veja, ele está esperando por você.

— Não sei jogar.

— Então já está na hora de aprender. Trata-se de uma diversão estimulante.

Kempelen acompanhou Dorottya até a mesa e indicou a fileira de peões vermelhos.

— Você pode, por exemplo, mover cada uma destas pequenas peças uma ou duas casas para frente.

Finalmente, Dorottya pegou um peão da beirada e andou uma casa com ele, sempre prestando atenção nas mãos do turco, como se elas de repente pudessem avançar para agarrá-la. Ela deu um passo para trás e fungou.

— Tem alguma vela acesa por aqui?

— Não — disse Kempelen.

O andróide levantou a mão novamente para mover o seu cavalo da direita, mas não conseguiu segurar a peça. A peça caiu para o lado enquanto o braço continuava se movendo.

— Pare — ordenou Kempelen —, você não conseguiu segurá-la.

Kempelen recolocou a peça no lugar, e foi possível ouvir nitidamente os movimentos de Tibor no interior da máquina de xadrez.

Anna Maria pigarreou para chamar a atenção para o problema. Dorottya, no entanto, acreditou que Kempelen estivesse falando com a máquina e que esta pudesse compreendê-lo. Fez o sinal-da-cruz e murmurou alguma coisa em seu dialeto. Tibor não conseguiu segurar o cavalo na segunda tentativa, e Kempelen interrompeu o jogo.

— Pare! — O turco baixou o braço ao lado do tabuleiro. — Dorottya, pode ir. Muito obrigado pela sua ajuda.

Dorottya inclinou a cabeça e saiu visivelmente aliviada da oficina, fechando a porta atrás de si.

— Bom, ela terá assunto para os próximos dias — opinou Jakob com um sorriso. — E a conversa será no mercado.

— A quem vocês pretendem enganar? — perguntou Anna Maria com ar severo. — A imperatriz da Áustria, Hungria e dos Países Baixos austríacos junto com toda a sua corte? Bem, boa sorte na empreitada.

Jakob afastou o tampo da mesa a ajudou Tibor a sair da máquina.

— Não vai dar certo — afirmou o anão. — Já vos disse isso. Já dissera isso em Veneza.

— Evidentemente, você parece estar totalmente empenhado em me provar que vai falhar — retrucou Kempelen rispidamente. — E com essa postura não vai mesmo dar certo, concordo totalmente.

— O anão tem razão — opinou Anna Maria. — E, já que você não me dá ouvidos, pelo menos dê ouvidos a ele. Diga à imperatriz que desistiu, ela compreenderá. Enterre esse turco e retome o seu verdadeiro trabalho.

— Isso é completamente inaceitável. Nós ainda temos mais de três semanas. Jakob, vá buscar papel e uma pena; vamos relacionar idéias sobre o que ainda temos de fazer.

Anna Maria bufou ao ver sua sugestão ser recusada daquela forma. Kempelen dirigiu-se a ela:

— Você pode nos dar licença?

Procurando ajuda, ela olhou para Jakob, o único que ainda não se manifestara. Mas, como ele permanecesse calado, ela retirou-se pisando forte e batendo a porta atrás de si.

Kempelen ditou para Jakob os problemas que ainda precisavam ser solucionados; primeiro, a pontaria de Tibor; segundo, o cheiro da vela; e, finalmente, os ruídos comprometedores que saíam do interior da mesa.

— Vamos procurar sugestões, ainda que descabidas. Tibor, você está convidado a participar, a não ser que não esteja interessado, por achar que não teremos sucesso. Neste caso, estará naturalmente desculpado.

Tibor aquiesceu, obediente.

— Não. Quero ajudar.

— Muito bem. Comecemos pela vela.

— Podemos usar uma lamparina a óleo — sugeriu Jakob.

— O cheiro não é menos forte. Só é diferente.

— E se deixássemos a tampa traseira aberta?

— Neste caso, teríamos de manter a parte traseira da mesa coberta o tempo todo. No entanto quero que se possa ver o autômato por todos os lados; que ele possa ser girado sempre que se queira.

— Então Tibor terá de jogar no escuro e se virar tateando.

— Isso, eu não consigo — retrucou Tibor com voz baixa.

— O que você não consegue? Tatear?

— Não consigo jogar às cegas. Já tentei, e não consigo. Preciso ver o tabuleiro e as figuras.

Kempelen fez um gesto concordando com a objeção de Tibor à sugestão de Jakob. Este, porém, não se deu por vencido.

— Então vamos perfumar o autômato com os aromas da Arábia. Vamos impregnar o nosso turco com almíscar e sândalo, de forma que ninguém consiga sentir o cheiro da vela.

Diante do olhar cético de Kempelen, ele se limitou a retrucar:

— *Ainda que descabidas.*

Tibor teve a sensação de que ele também tinha de finalmente apresentar uma sugestão.

— Nós vamos jogar à noite. Por que não colocamos simplesmente um castiçal a mais sobre a mesa? Ninguém ficará se perguntando de onde vem o cheiro de vela.

Kempelen e Jakob se entreolharam. Kempelen sorriu, e Jakob riscou o item vela da lista sem dizer palavra. Kempelen bateu nas costas de Tibor.

— Gosto bem mais de você assim, Tibor. Simples e, no entanto, perfeito. Pelo visto, já não conseguimos enxergar soluções que estão na nossa cara. Continue assim.

Em seguida passaram a tratar do problema dos ruídos. Jakob sugeriu forrar o interior da máquina com outra camada de feltro para camuflar ainda mais os movimentos de Tibor. Kempelen se propôs a equipar o mecanismo — que funcionava mas sem executar nenhuma função real — de forma a estalar e ranger tão logo a corda fosse dada. Isso não só abafaria os ruídos de Tibor, como também aumentaria a sensação de que um mecanismo poderoso estaria movimentando o turco.

— Será que isso basta? — perguntou Kempelen. — Não estaremos jogando diante de pessoas simplórias que se deixem ofuscar meramente pelos movimentos dos olhos do turco. Estarão presentes pessoas eruditas, cientistas e talvez até mecânicos. Nenhum detalhe lhes passará despercebido, nem mesmo um pequeno ruído.

Jakob falou de um prestidigitador que vira no ano anterior na quermesse. Ele distraía o público sempre com a mão que naquele momento não estava fazendo nada sumir ou aparecer. Ao fazer um lenço sumir, enfiando-o na mão direita fechada, ele fazia um gesto largo mostrando a mão direita vazia, enquanto com a esquerda, que não estava em evidência, despercebidamente dava sumiço no lenço por trás das costas.

— Você acha que eu devo executar uma pequena dança, atraindo assim a atenção para mim? — perguntou Kempelen.

— Sim. Ou então eu mesmo visto trajes chamativos. Ou um chapéu extravagante. Não, melhor ainda: providenciamos duas damas de harém, vindas diretamente do Oriente, com poucos trajes, os rostos cobertos por véus, e as deixamos flanando em volta do turco como duas gatas em volta de uma casca de valeriana.

Jakob apertou os olhos e imitou garras de gatos com as mãos, tal a excitação que a imagem provocara nele.

— Isso só nos faria parecer mais suspeitos. Além disso, não sou um artista; sou um cientista. Mas não posso negar que gostaria de ver o seu chapéu.

— E eu gostaria de ver as damas do harém.

— Vamos reservar essa idéia. Talvez possamos adaptá-la de uma outra forma... um pouco mais séria.

Restou a questão da segurança de Tibor ao manusear o pantógrafo. Tibor prometeu treinar muito nas próximas semanas, ainda que tivesse de entrar pela noite adentro. Tibor não quis decepcionar Wolfgang von Kempelen novamente. Ele apenas se esquecera do que estava em jogo para o nobre.

Neuenburg. À tarde

O jogo começara no início da tarde, e já se passara mais de uma hora. Entardecia do lado de fora, e a luz do salão escasseou. As velas instaladas sobre a mesa do autômato se fizeram então necessárias para que se pudesse acompanhar o jogo. Às vezes, quando o ajudante de Kempelen caminhava de um tabuleiro para o outro para repetir as jogadas, ou então quando as janelas eram abertas por alguns instantes a fim de renovar o ar, uma lufada fazia os trajes de seda do turco se mexerem. Afora isso, ele seguia tão imóvel quanto Gottfried Neumann. Kempelen estava de pé ao fundo, os braços cruzados nas costas. O olhar, antes dirigido ao público, agora não desgrudava do anão.

No início pareceu que a partida ia ser uma decepção: Neumann jogava de forma torturantemente lenta, pensando vários minutos mesmo nas jogadas mais simples. E cada um dos seus movimentos não passou de uma resposta espelhada dos movimentos do turco: o posicionamento e a tomada do primeiro peão e do cavalo, o roque menor, a torre na casa desocupada pelo rei. Só depois do décimo segundo lance o jogo começou a assumir uma feição própria: Neumann não passou a jogar mais rápido, mas de forma mais obstinada e agressiva. Ameaçou as peças brancas com o seu bispo, e depois de dez jogadas começou uma rápida sucessão de tomadas de peças, ao final da qual três peões e quatro oficiais de cada jogador tinham sido varridos do tabuleiro. O autômato continuava mais forte do que o homem, isso era indiscutível. O presidente do salão de xadrez não se cansava de sussurrar isso aos que estavam à sua volta — mas, pela primeira vez naquele dia, ele ficou na defensiva, e só isso já era sensação suficiente. A partida ficou dramática. Os cidadãos de Neuenburg esticavam o pescoço depois de cada jogada para ver a situação da partida. Felizes daqueles que, previdentes, haviam trazido seus tabuleiros e podiam acompanhar o jogo com ele montado sobre o colo.

O mecanismo da máquina de xadrez parou pela segunda vez depois da vigésima quarta jogada, e dessa vez o ajudante não deu corda novamente. Kempelen deu um passo à frente e se desculpou; infelizmente, via-se obrigado a interromper a partida, pois a máquina precisava de uma pausa. Ele estava disposto a oferecer um empate ao voluntário, em nome do turco, e em reconhecimento ao seu desempenho. Protestos ecoaram pelo salão. Os cidadãos de Neuenburg queriam assistir ao final daquela partida, não a um mísero empate antecipado. Kempelen acenou com as mãos, apaziguante. Agradeceu pelo grande interesse em sua invenção, mas lembrou que já avisara antes da apresentação que interromperia as partidas depois de uma hora, caso elas não terminassem antes. Além disso, no dia seguinte ele seguiria para Paris; e não havia a menor possibilidade de deixar o rei e a rainha da França esperando por ele. Por último, acrescentou com um sorriso, o autômato precisava de descanso, uma vez que se tratava "apenas de um ser humano".

Com isso, os cidadãos de Neuenburg se acalmaram. Os primeiros espectadores começavam a se levantar das suas cadeiras, quando Jean-Frédéric Carmaux, proprietário de uma fábrica de toalhas, objetou:

— Senhor Von Kempelen, com todo o respeito pelo descanso noturno do seu autômato, como é que nós outros vamos conseguir dormir essa noite com esta partida não concluída na cabeça? Dê corda novamente no seu turco e deixe-o jogar até o final. Eu lhe pagarei quarenta táleres por isso.

As pessoas no salão aplaudiram, mas Kempelen meneou a cabeça suavemente.

— A oferta é demasiado generosa, *monsieur*, mas não será possível aceitá-la.

Carmaux não se deixou abater. Deu uma olhada em sua bolsa e disse:

— Sessenta táleres? E mais alguns trocados? É o que eu tenho comigo.

Ouviram-se risos. Kempelen não aceitou a oferta, e o famoso construtor de autômatos Henri-Louis Jaquet-Droz pediu a palavra.

— Eu acrescento mais quarenta, perfazendo cem.

Novos aplausos. As pessoas olhavam para o jovem Jaquet-Droz. Carmaux desviou o olhar dele para Kempelen, que ainda não queria concordar. Então um terceiro se manifestou, um quarto e um quinto; cada nova oferta era aplaudida e louvada. As pessoas agiam como se estivessem em um leilão, até que se chegou a cento e cinqüenta táleres, uma soma significativamente maior do que todos os ingressos da apresentação. Kempelen olhou para o seu ajudante como pedindo ajuda, mas este se limitou a dar de ombros, perplexo. Eles cochicharam algumas palavras. Kempelen parecia disposto a manter sua decisão, quando Neumann — que se limitara a assistir ao leilão por cima do seu tabuleiro — levantou a mão como uma criança na escola e disse:

— Eu gostaria de continuar jogando. Eu pago cinqüenta táleres.

A agitação se acalmou. Kempelen e todos os outros olharam para Neumann. Se cinqüenta táleres eram uma soma considerável até para Carmaux, para o pequeno relojoeiro representavam certamente uma fortuna.

Duzentos táleres, no entanto, foram suficientes para fazer Kempelen ficar.

— Muito bem, *messieurs*, como eu poderia dizer não diante disso? Dou-me por vencido — disse ele —, porém a minha máquina vai continuar lutando.

A um aceno seu, o ajudante deu corda no mecanismo e o silêncio voltou a se instalar no salão.

— *Merci bien* pelo seu apreciado interesse. E que vença o melhor.

Dois criados acenderam velas no salão, e o ajudante de Kempelen substituiu as velas gastas do candelabro da mesa de xadrez. As chamas se refletiam nos olhos de vidro do turco, que pareciam úmidos, fazendo com que o autômato inanimado parecesse mais vivo ainda. Ele pegou a torre que lhe restava com seus três dedos.

Schönbrunn

No dia 6 de março de 1770, uma terça-feira, eles partiram com o turco para Viena, a fim de apresentá-lo na sexta-feira seguinte no palácio de Schönbrunn. O andróide foi desmontado da mesa junto com o banco e as peças levadas separadamente para o pátio. Eles foram ajudados por Branislav, o empregado de Kempelen, que Tibor já vira algumas vezes pela janela do seu quarto, sem jamais tê-lo encontrado. Tibor se deu conta de que Kempelen fizera uma boa escolha, pois Branislav era forte, calado e tão desinteressado que nem se deu ao trabalho de olhar uma segunda vez para o anão. Isso só acontecia com Tibor raramente. Enquanto o empregado descia com Jakob carregando o andróide, um pensamento passou pela mente de Tibor: Branislav também era como um autômato que não falava e fazia tudo que lhe era ordenado sem reclamar.

Jakob organizara um coche puxado por dois cavalos, no qual o autômato foi acondicionado — protegido dos sacolejos do caminho — com a bagagem, que continha principalmente os trajes e perucas de Kempelen. Também Tibor deveria se esconder nesse veículo até que eles alcançassem a estrada para Viena. Branislav os acompanharia até Viena, dividindo a boléia com Jakob, enquanto Kempelen iria cavalgando seu corcel. Katarina, a cozinheira da casa, preparara um farnel para os viajantes com pastéis frios, maçãs, pão e queijo. Anna Maria mostrou-se estranhamente calorosa na despedida, abraçando o marido várias vezes e desejando-lhe sucesso na apresentação do autômato.

A despeito da fria garoa que caía, Tibor insistiu em trocar seu lugar coberto no carro pelo de Jakob do lado de fora, assim que eles atravessaram o Danúbio. Embrulhou-se com cobertas e se fartou de olhar para a paisagem desinteressante, para o céu cinzento sobre o horizonte plano, para os campos virgens e as relvas de um vermelho esmaecido, aqui e acolá surgindo árvores desfolhadas. Durante a sua longa viagem da Polônia até Veneza, Tibor se dera conta de que detestava as intermináveis estradas, encarando-as meramente como um mal necessário entre dois albergues secos e aquecidos. Mas agora, depois de três meses secos e aquecidos dentro da casa de Kempelen, alegrava-se com o reencontro.

Eles chegaram em Viena à noite e montaram acampamento na residência de Kempelen, na Casa da Santa Trindade, no subúrbio de Alser. Passaram a quarta e a quinta-feira ensaiando. Kempelen apresentou um trunfo para ajudar a disfarçar o turco: ele confeccionara uma caixa de cerejeira, medindo um palmo e meio de lado e dois palmos de altura. Kempelen colocou a caixinha sobre uma mesa ao lado do autômato do xadrez, e Tibor e Jakob olharam pasmos para ele.

— O que há aí dentro? — perguntou Tibor.

— Não vou contar a vocês! — disse Kempelen —, mas isto fará com que as pessoas olhem menos para o autômato.

— Isto não é uma dama de harém. Isto é um... — Jakob procurava a palavra — ...uma caixa. Ou seja, quase o oposto.

— Brilho e paetês seriam muito evidentes. Esta caixa insignificante, no entanto, é tão discreta que chama a atenção. E todos os espectadores se perguntarão: o que diabos há ali dentro?

— O que diabos há ali dentro? — perguntou Tibor.

— Não vou contar! — disse Kempelen com ar maroto. — Mas, pela curiosidade de Tibor, temos de reconhecer: Funciona! Pouco importa o que tem aí dentro; poderia inclusive estar vazia.

Tibor e Jakob se entreolharam. Nenhum dos dois compartilhava o entusiasmo de Kempelen.

— Então está vazia? — perguntou Tibor.

Kempelen sorriu.

— Se perguntar isso mais uma vez, considere-se despedido.

Kempelen recebeu a visita de dois ajudantes da imperatriz, que tinham vindo transmitir os votos de sucesso na apresentação, além de combinar o andamento da apresentação e a sua adaptação ao cerimonial. Depois Kempelen apresentou a lista de convidados e o protocolo para os seus colaboradores.

— Por volta do meio-dia seremos apanhados por quatro dragões de Sua Majestade, que nos escoltarão até Schönbrunn. A apresentação será na Grande Galeria, mas antes disso poderemos colocar o autômato num gabinete vizinho, onde não seremos incomodados. Jakob, vamos precisar de água suficiente para ele, inclusive dentro da máquina, pois pode ficar muito quente — e um penico para as suas necessidades.

— Será que eles vão acreditar? — perguntou Tibor uma última vez.

— *Mundus vult decipi* — disse Kempelen. — O mundo quer ser enganado. Eles vão acreditar porque querem acreditar.

Eles aguardaram o início da apresentação dentro do gabinete chinês. Ouviam-se o murmúrio na galeria ao lado e, ao fundo, uma orquestra de câmara, que tocava uma peça *alla turca* de Haydn. Cinco lacaios vieram ter com Kempelen no pequeno recinto oval; dois para abrir e fechar as portas, dois para empurrar o autômato para o salão, e o quinto para anunciar Wolfgang von Kempelen e seu invento. Enquanto um deles ficou postado junto à porta, prestando atenção a um sinal vindo do outro lado, os demais conversavam em voz baixa, sem se incomodar com a presença de Kempelen e de Jakob. Um deles comia frutas secas, outro abotoava a fileira de botões do seu casaco, e um terceiro limpava o couro do sapato no culote. De vez em quando olhavam furtivamente para o autômato, que estava no centro do cômodo preto e dourado, coberto por um lençol que pendia até poucos centímetros do chão. E sob o lençol, a madeira e o feltro, estava Tibor, o corpo já tenso, esforçando-se por não fazer nenhum barulho. Ele checava seguidamente a posição do tabuleiro, o funcionamento do pantógrafo e principalmente o pavio da vela: caso ela se apagasse, qualquer que fosse o motivo, ele estaria perdido.

Kempelen trajava um casaco azul-claro com listras de seda entrelaçadas. O resto da sua vestimenta — com exceção dos sapatos — era branco; os punhos e o colarinho, o colete e o *jabot*, as calças, e finalmente as meias de seda — como a indicar, com sua indumentária, que, caso houvesse alguma *magia* em jogo no seu experimento, ela seria exclusivamente branca. Sobre a cabeça ele usava uma peruca. Faltava apenas um cetro, na opinião de Tibor, para que ele ficasse com a aparência de um rei. Então Tibor se deu conta de que até então só conhecera um Kempelen: o Kempelen de casa e da oficina, o seu Kempelen; que se vestia de forma simples mas sem descuido. Calças largas até as canelas, as mangas arregaçadas acima dos cotovelos quando sentia calor; aquele Kempelen que, ao final de um dia de trabalho, recendia a suor, assim como Tibor. Na corte, porém, a aparência de Kempelen era outra; aquele era o Kempelen cortesão, o mesmo na essência, mas em um invólucro diferente. Tibor ficou com inveja dele e de Jakob por conta dos seus trajes festivos. No interior da máquina, ele trajava uma camisa de linho, calças amarradas na altura dos joelhos e meias; abrira mão até mesmo dos sapatos, a fim de poder movimentar-se silenciosamente.

Desde o início, Jakob se sentiu incomodado com a sua vestimenta. Kempelen comprara para ele usar na apresentação um *justaucorps* amarelo-claro, com estampa florida. Segundo Jakob, o tecido parecia "uma relva mijada salpicada de florezinhas do campo". Ele recusara veementemente a maquiagem e o pó-de-arroz. E ficou tirando a peruca com a trança preta seguidamente, para coçar o couro cabeludo — o que era dificultado pelo fato de estar usando luvas.

— É assim que você se comporta quando usa o quipá? — perguntou Kempelen em voz baixa, conseguindo com isso que ele parasse de tirar a peruca.

A música cessou no ambiente ao lado, seguida dos aplausos dos cortesãos. O lacaio que estava junto à porta estalou os dedos e os demais tomaram seus lugares, ficando de prontidão. Ouviu-se a imperatriz proferindo algumas palavras. Novos aplausos. Então dois lacaios abriram as portas duplas, e a procissão adentrou a galeria: o arauto à frente, atrás dele Kempelen, o autômato do xadrez empurrado por dois serviçais e, por fim, Jakob, que carregava a caixinha de forma teatral, como se ali dentro estivesse a coroa real húngara. A corrente de vento fez o lençol encostar no rosto do turco, tornando possível identificar seu nariz, sua testa e o turbante. Só isso bastou para que surgisse um murmúrio. O arauto parou diante da imperatriz, que estava sentada em um trono colocado no meio do salão, aguardou que os homens atrás dele seguissem seu exemplo e anunciou com voz forte:

— *Votre honoré Majesté, Mesdames et Messieurs*: Johann Wolfgang Chevalier de Kempelen de Pázmánd e seu experimento.

Kempelen fez uma longa e profunda reverência. Dois lacaios vieram ao fundo trazendo uma mesa sobre a qual Jakob colocara a caixa, enquanto dois outros fechavam a porta do gabinete chinês. Maria Teresa sorriu quando Kempelen se ergueu, retribuindo-lhe o sorriso. A imperatriz estava mais gorda do que no seu último encontro, o que, em vez de diminuir, apenas fazia aumentar sua autoridade e dignidade. Ela enchia um vestido preto — sinal do seu prolongado luto pelo esposo falecido — em cujas mangas e decote reluzia uma ponta branca. Em volta do pescoço usava uma corrente de ônix negro, e sobre os cachos brancos da sua peruca repousava um pequeno diadema para sinalizar sua alteza. Quando ela expirava, surgiam rugas no seu decote, porém quando sorria aparentava não ter idade.

— *Cher* Kempelen — começou ela —, meio ano atrás vós vos encontráveis neste mesmo lugar e anunciastes que seríeis capazes de nos causar espanto com um experimento. Agora estais novamente aqui, para que possamos fazer-vos cumprir vossa palavra.

— Eu agradeço Vossa Majestade pela confiante recepção e pelo precioso tempo que vós tivestes a bondade de me dispensar — respondeu Kempelen com voz firme. — Meu experimento, que apresento aqui pela primeira vez *en public*, é apenas uma bagatela, um feito modesto comparado com as conquistas das ciências contemporâneas; principalmente aquelas dos inúmeros excelentes sábios, os quais, graças ao generoso incentivo de Vossa Majestade, atuam aqui na corte e causam espanto na Áustria e no mundo com suas descobertas e invenções.

Kempelen virou-se para a platéia e com um gesto indicou os rostos de Gerhard van Swieten, diretor da Escola de Medicina de Viena, Friedrich Knaus, mecânico da corte, Abbé Marcy, diretor do Real Gabinete de Física, e padre Maximilian Hell, professor de astronomia. Os quatro homens agradeceram a menção lisonjeira, acenando com a cabeça de forma quase imperceptível.

— Porém, se Vossa Majestade tiverdes, ao final da minha *présentation*, a graça de me aplaudir ou de ter uma palavra amigável, todos os meses de trabalho, os reveses e as decepções serão apagados da minha memória. Mesmo que o meu experimento contribua com um simples grão para engrandecer a fama do vosso reinado e do vosso reino, serei então, que Deus me ajude, um homem mais do que feliz.

— E seríeis cem *souverains d'or* mais rico, se bem me lembro do nosso acordo.

Maria Teresa olhou para os convidados à sua volta, e um riso simpático percorreu o salão, até atingir os espelhos e as janelas.

— E ainda que fossem mil *souverains*... — disse Kempelen —, o aplauso de Vossa Majestade, que não tem preço, é o meu maior desejo.

Ele coroou sua louvação com uma nova reverência. Maria Teresa acenou na direção do autômato.

— Agora não nos tortureis por mais tempo, caro Kempelen. Desvendai vosso segredo.

Dois lacaios fizeram menção de remover o pano, mas Kempelen antecipou-se a eles. Segurou o pano nas duas pontas e o puxou, com um gesto quase dançante, de cima daquilo que cobria. Ao mesmo tempo, anunciou:

— O autômato do xadrez!

O silêncio se instalou no salão por um breve momento, até que os espectadores compreendessem o que Kempelen mostrava. Os presentes trocavam as primeiras impressões em voz baixa, e inúmeros leques foram abertos para que suas donas pudessem se refrescar um pouco. As últimas fileiras se aproximavam ou ficavam nas pontas dos pés para conseguir ver o autômato. Alguns poucos olhavam simplesmente para os espelhos que refletiam a imagem do turco.

— Um autômato — disse a imperatriz, sem ficar muito claro se se tratava de uma pergunta ou uma afirmação.

— Um autômato — confirmou Kempelen, depois de se voltar novamente para Sua Majestade. — E com isso parece que se está dizendo "apenas um autômato". Pois um autômato... certamente um autômato não é uma novidade; um autômato não é motivo suficiente para tomar o precioso tempo de Vossa Majestade e de *mesdames et messieurs* presentes.

Kempelen ainda segurava o pano enquanto falava.

— Nós conhecemos uma infinidade de autômatos: autômatos que dirigem ou andam; aqueles que tocam estandartes com sinos, órgão, flauta, flauta de Pã, trompete ou tambor; tartarugas automáticas, cisnes, lagostas e ursos autômatos, até arenques mecânicos, ou o igualmente realista e adorável pato de *monsieur* de Vaucanson, capaz de comer, digerir sua aveia e, *mes pardons*, excretar.

Algumas damas riram baixinho, envergonhadas.

— E não podemos esquecer o até hoje mais notável exemplar dessa nova raça: um autômato capaz de escrever, construído pelo mecânico de Vossa Majestade, Friedrich Knaus.

Friedrich Knaus deu um passo à frente e, com uma reverência, recebeu o simpático aplauso. Apesar do seu *justaucorps* verde e da sua peruca serem com certeza mais chiques que os de Kempelen, as peças combinavam tão pouco que ele parecia mais precário — impressão ainda mais reforçada pelo seu rosto magro com as maçãs saltadas. Ele observava Kempelen atentamente com seus olhos castanhos, como se adivinhasse o que se seguiria.

— Vossa *Maravilhosa máquina que tudo escreve, monsieur* Knaus, foi uma obra-prima do seu tempo. Mas a escrita é uma coisa. O que diríeis se eu tivesse criado um autômato capaz não de escrever, mas de muito mais... — Kempelen ergueu um dedo indicador e olhou fixamente para Maria Teresa — ... capaz de pensar!

Kempelen observou com benevolência o rumor que se seguiu, porém sem desviar o olhar da imperatriz.

— Então, o que diríeis, Knaus? — perguntou ela.

Knaus sorriu cortesmente para Kempelen.

— Diria que estais louco, por favor não me leveis a mal. Autômatos podem fazer muitas coisas e ainda aprenderão a fazer muitas outras. Pensar, nunca.

— Minha máquina vos provará o contrário. Este autômato irá, por meio da sua mecânica perfeita, derrotar cada um dos seus desafiantes humanos, e no mais difícil dos jogos, o jogo dos reis, o xadrez. A idéia para este experimento me veio após uma partida de xadrez que Vossa Alteza Imperial me deu o prazer de jogar comigo certa feita.

— Será que eu joguei como se fosse um autômato? Ou será que eu me pareci com um autômato? — perguntou a imperatriz, para divertimento de todos.

— Absolutamente. E, mesmo que assim fosse, depois que virdes meu autômato jogar tal julgamento só Vos honraria. Então, quem é suficientemente corajoso o suficiente para enfrentar o meu autômato e aceitar o seu desafio?

Kempelen olhou ao redor na galeria, mas nenhum dos presentes levantou a mão, nem se aproximou. Muitos deles tinham vindo na esperança de assistir ao fracasso de Kempelen naquela noite, não conseguindo cumprir o que havia prometido meio ano antes. Ninguém quis servir de trampolim para o triunfo de Kempelen. Jakob colocou uma cadeira junto à mesa de xadrez, em frente ao turco.

— Knaus, por que não jogais? — perguntou a imperatriz. — Sois um consumado jogador de xadrez, segundo me consta, e além disso tendes familiaridade com autômatos.

Knaus e Kempelen estremeceram de forma imperceptível, quando a escolha da imperatriz recaiu sobre o mecânico da corte. Knaus então se curvou diante dela e disse:

— Isso seria honra demais, Vossa Majestade. Meu talento no jogo de xadrez é incipiente, e eu não gostaria de aborrecer os convidados com as minhas jogadas desajeitadas.

— Não sejais modestos. A humanidade foi desafiada por este turco de madeira. Cabe a Vós defendê-la.

Friedrich Knaus aquiesceu e sentou-se na cadeira que Kempelen lhe ofereceu junto à mesa de xadrez. Kempelen então se dirigiu até a manivela e girou-a várias vezes com força, até dar a impressão de que a mola não poderia ser mais esticada. Jakob retirou então a almofada de veludo vermelho e o cachimbo da mão do turco.

— A máquina fará a primeira jogada — anunciou Kempelen, e, antes que o autômato começasse a se mover, ele e Jakob recuaram um passo, para junto da outra mesa, sobre a qual repousava a caixinha de cerejeira. Permaneceram ali até o final da partida.

O mecanismo começou a ranger e, diante dos olhares atônitos dos espectadores, o braço de madeira se levantou, oscilou sobre o tabuleiro, baixou sobre o peão do rei e moveu-o duas casas para a frente, no meio do tabuleiro. O jogo ainda não oferecia perigo, e Friedrich Knaus não olhava para o tabuleiro, mas somente para o turco e seus movimentos. Colocou então o seu peão vermelho diante do branco. Muito embora esta não fosse uma jogada extraordinária, a tensão do público se desfez com um breve aplauso para aquela primeira jogada completada entre homem e máquina.

O turco moveu um peão à direita da peça que movera antes. Knaus olhava para as peças de forma intensa e, sem conseguir detectar nenhuma armadilha, tomou o peão branco com o seu, retirando-o do tabuleiro. Esta primeira tomada contra o autômato também colheu aplausos. Friedrich Knaus permitiu-se a vaidade de levantar o olhar rapidamente e sorrir para o público. Ele viu também que aquela jogada não abalara Wolfgang von Kempelen, que não saiu de perto da sua caixa, inclusive participando dos aplausos.

Enquanto isso, o turco levantou seu cavalo sobre as fileiras.

Tibor tinha de reclinar a cabeça para conseguir ver o lado de baixo do tabuleiro. Já estava sentindo dores, mas não podia perder nenhuma jogada. A plaqueta metálica embaixo de g7 caiu sobre a cabeça do prego, fazendo um leve ruído metálico; a que estava embaixo de g5 foi atraída. O oponente tinha movido um peão. Tibor copiou a jogada no tabuleiro sobre o seu colo. Então levantou a ponta do pantógrafo, guiando-a sobre o tabuleiro, até chegar a f1. Apertou o cabo, abrindo assim os dedos do turco. Então baixou o pantógrafo, até ele parar, e soltou o cabo. Assim, segurou o bispo. Ele levantou o pantógrafo novamente, levou-o até a metade do tabuleiro e baixou-o da mesma forma sobre c4. O ruído das plaquetas de metal acima dele confirmou que ele segurara o bispo corretamente. Finalmente, repetiu a jogada no seu próprio tabuleiro. Seu oponente atacou igualmente com um bispo. Ele ainda estava jogando de forma pouco surpreendente. Tibor só iria descobrir o quanto ele sabia jogar depois das primeiras dez ou doze jogadas.

Kempelen colocara o mecanismo para fazer tanto barulho, que no início era um sofrimento para Tibor, como se estivesse preso dentro de um relógio de torre de igreja. Mas aos poucos foi-se acostumando com o ruído, e mais: alegrando-se com o fato de que com o barulho ele mal conseguia ouvir o que se passava do lado de fora, o que só desviaria sua atenção da condução da máquina. Só conseguia ouvir as vozes das pessoas do lado de fora se colasse sua orelha na parede da mesa. Uma leve corrente de ar passava pelas frestas e pelos buracos das fechaduras; ar que era consumido por Tibor e pela vela. A chama da vela queimava reta, só dançando um pouco quando Tibor se mexia. A fuligem subia; uma parte da fumaça subia conforme planejado pelo corpo do andróide, saindo pela cabeça; a outra parte ficava retida sob o tampo da mesa, formando ali seus desenhos. Se no início das partidas o interior ainda cheirasse a madeira, feltro, metal e óleo, pouco depois esses odores eram encobertos pelo da vela acesa. Ele não conseguia sentir nem mesmo o cheiro do seu próprio suor.

Depois de outras duas jogadas, Tibor teve tempo pela primeira vez de mexer os olhos do turco. Ele alcançou o interior do corpo do andróide e puxou várias vezes os dois cordões que movimentavam os nervos ópticos artificiais do turco. O alvoroço dos espectadores ecoou até mesmo através da madeira, e Tibor riu-se secretamente dos crédulos que caíam num efeito tão simples. Kempelen instruíra Tibor a demonstrar todas as capacidades do autômato, e ele seguiu as instruções: quando o segundo bispo vermelho passou para o lado de Tibor, ele executou um roque menor. Ficou um pouco decepcionado por não receber nenhum aplauso pela jogada. Tibor tomou um pequeno gole da mangueira de água que ele guardara num nicho e esperou a dança das placas de metal acima dele.

O rangido e os estalos do mecanismo foram ficando mais lentos, até que silenciaram totalmente. Tibor tinha de fazer um movimento na hora em que as engrenagens paravam, parando o braço do turco no meio do caminho — dando a impressão de que o autômato tinha parado da mesma forma que um relógio quando acaba a corda. Com o silêncio dentro da máquina, Tibor pôde ouvir claramente quando os cortesãos começaram a discutir — aparentemente sobre se a invenção de Kempelen tinha sofrido algum dano. Então Kempelen informou o público e pediu a Jakob que desse corda novamente no autômato. Jakob girou a manivela, as rodas voltaram a girar e o rangido voltou com a mesma intensidade. Tibor concluiu a jogada.

A armadilha de Tibor funcionou na décima jogada: ele deixou sua dama desprotegida, e seu oponente a tomou com o bispo. Ele escutou o aplauso do público enquanto seu adversário retirava a dama do campo e ficou imaginando como este deveria estar olhando à sua volta, cheio de si, talvez até levantando a mão em agradecimento aos elogios. No entanto alegrou-se cedo demais: perdeu o bispo e seu rei ficou um pouco desprotegido. Tibor colocou o rei em xeque com o seu cavalo. Ele colocou a mão novamente dentro do corpo do andróide; desta vez para balançar a cabeça, não para mexer os olhos. Do lado de fora Kempelen iria explicar aquele gesto: um aceno significava *xeque*, dois acenos significavam *xeque da rainha* e, finalmente, três acenos significavam *xeque-mate*.

Com isso, a partida foi chegando ao seu desfecho, de uma forma não muito agradável para o oponente de Tibor. Tibor tomou a dama vermelha e foi perseguindo o rei pelo tabuleiro com seus bispos e cavalos, enquanto dizimava as figuras vermelhas, acenando com a cabeça e mexendo os olhos nos intervalos. Logo ficou claro que as brancas iriam ganhar, mas as vermelhas se recusavam a desistir; seu rei andava de uma casa para a outra e voltava novamente, fugindo dos seus caçadores — até que finalmente ficou em xeque-mate. Vinte e um lances. Tibor baixou o pantógrafo e puxou o cordão da cabeça três vezes, como se estivesse tocando um sino. Colou então o ouvido na parede da mesa, para não perder nenhuma palma dos calorosos aplausos que se seguiram ao final da partida. Tibor sentiu toda sua tensão se esvaindo, dando lugar a uma agradável sensação, como se ele estivesse entrando numa tina com água quente. Kempelen parou o mecanismo com um pino próximo à manivela. Tibor pôde então ouvir melhor; os aplausos, os gritos de bravo, até mesmo o agradecimento mudo de Kempelen ao público.

Wolfgang von Kempelen percebeu como Friedrich Knaus estava suado; o suor escorria de debaixo de sua peruca sobre a têmpora, e, quando ele lhe deu a mão, ela estava úmida. Knaus certamente teria preferido retomar prontamente o seu lugar nas fileiras dos espectadores, mas Kempelen não o deixou sair: somente a visão do primeiro derrotado faria com que o quadro do autômato genial ficasse perfeito — no caso Knaus, por mais que ambos tivessem preferido que fosse outra pessoa. Quando Kempelen finalmente o largou, ele se curvou diante de Knaus e pediu um expressivo aplauso para o mecânico da corte, que enfrentara a máquina de forma tão corajosa — e se deixara vencer por ela em vinte e uma jogadas rápidas. Knaus sorriu com os dentes cerrados. Kempelen olhou para a platéia, tentando identificar quem estava entre aqueles que haviam testemunhado o seu triunfo. No meio da multidão reconheceu o seu irmão Nepomuk e o rosto de Ibolya Jesenák, que estava de pé ao lado do irmão János, acenando orgulhosa para Kempelen. Alguns convidados viravam o rosto quando o olhar de Kempelen parava sobre eles, aparentemente com medo de que o seu olhar pudesse transformá-los em pedra, como se fosse a cabeça da medusa; ou pior, que pudesse transformá-los em um autômato sem vida.

A imperatriz tomou a palavra assim que os aplausos acalmaram.

— *Cher* Kempelen, vós nos vedes *enthousiasmés*. Esta máquina esperta... esta obra maravilhosa faz sombra até mesmo aos mais ousados trabalhos dos mestres relojoeiros de Neuchâtel. Vós não nos prometestes nada menos. O que achais, Knaus?

— Realmente. Uma obra maravilhosa — confirmou Knaus. — Quase que se poderia supor que há magia envolvida nisso. Eu só gostaria... Não, desculpai-me, sou muito curioso.

— Manifestai-vos.

— Bem, Vossa Majestade, se não for dar muito trabalho ao valoroso cavalheiro Von Kempelen — disse ele olhando diretamente para Kempelen —, eu gostaria de dar uma olhada no interior desse autômato fabuloso, onde, sem sombra de dúvida, está o espírito dessa máquina que acaba de me derrotar.

Ficou claro aonde Knaus queria chegar. Kempelen parou de sorrir por um breve momento. Fez-se silêncio no salão. Kempelen olhou para a imperatriz.

— Pois bem, Kempelen. Satisfazei o desejo dele.

Um sorriso de alívio voltou ao semblante de Friedrich Knaus. Kempelen dirigiu-se para o autômato e pegou uma chave no bolso do seu casaco.

Enquanto isso, Tibor apagara a vela e guardara o seu tabuleiro e as peças. Em seguida escorregara para o compartimento maior, fechando a parede móvel atrás de si. Quando Kempelen abriu a porta da esquerda, Tibor já tinha desaparecido e só se podiam ver as engrenagens.

— Este é o mecanismo que insufla vida e razão no autômato — esclareceu. Abriu a porta que ficava do lado oposto, na parte de detrás da mesa. A luminosidade que passava pelas engrenagens, molas e rolos provava que o espaço estava vazio. Para confirmar, Kempelen pegou a vela de cima da mesa e colocou-a no espaço vazio atrás do mecanismo onde Tibor estivera sentado até então. Os espectadores curiosos se abaixavam ou se ajoelhavam para olhar pelos dois lados do autômato.

Kempelen, em seguida, fechou a porta de detrás, foi novamente para a parte da frente da mesa e puxou a gaveta para fora, até o fim. Dentro estavam dois jogos completos de tabuleiros e de peças; de reserva, esclareceu Kempelen. Tibor usou o tempo que Kempelen levou abrindo a gaveta para afastar a divisória, esgueirar-se para o espaço atrás do mecanismo e fechar novamente a divisória. Suas pernas estavam sob a tábua recoberta de feltro que formava o fundo duplo. A porta frontal do mecanismo ainda estava aberta, mas, devido à escuridão no fundo do espaço e ao denso emaranhado de engrenagens, não era possível vê-lo.

Kempelen abriu por fim a porta dupla e a porta da direita, na parte de detrás da mesa, de forma a deixar o espaço vazio bem visível.

— Aqui temos inclusive mais espaço, caso eu resolva ensinar o jogo de damas ou o tarô para o turco.

Os cortesãos estavam convencidos: a gaveta estava puxada para fora, e quatro das cinco portas estavam abertas — naquela mesa não podia haver ninguém escondido, nem mesmo uma criança. Friedrich Knaus foi o único a verificar o espaço entre a mesa e o assoalho.

— Vejo que o senhor Knaus ainda não está completamente convencido. Mas garanto que não há nenhuma passagem secreta para baixo.

E, para provar as suas palavras, Kempelen, ajudado por Jakob, girou a mesa uma vez em torno do próprio eixo, e arrastou-a alguns passos para frente e para trás.

— E o que, se me permite a pergunta, há dentro dessa caixa? — indagou Knaus, apontando para a caixinha de cerejeira.

— Podeis perguntar, senhor Knaus, mas infelizmente eu lhe ficarei devendo a resposta. Gostaria de guardar alguns pequenos segredos para mim, se assim o permitirdes.

— Permiti isso a ele, por favor — disse a imperatriz ao seu mecânico da corte.

— Certamente, Vossa Majestade. No entanto tenho a certeza de que autômatos não podem pensar, logo deve haver...

— Não sejais cabeça dura, meu bom Knaus. Vós já vistes que o autômato é um boneco sem vida.

A entonação da imperatriz proibiu uma outra réplica, e Knaus curvou-se, obediente.

Obedecendo a um sinal da imperatriz, os lacaios trouxeram bebidas para os presentes se refrescarem — vinho e confeitos, servidos em bandejas de prata — e a orquestra de câmara voltou a tocar. Alguns convivas fuçavam em volta do autômato, cujas portas permaneciam abertas, e em volta da caixa misteriosa. Jakob tomava conta de ambos, respondendo amavelmente às perguntas e agradecendo os elogios.

Um dos primeiros a congratular-se foi Nepomuk von Kempelen. Nepomuk, dotado de uma estrutura visivelmente mais forte, e trajando um conjunto marrom cheio de estilo, com a faixa vermelha-brancavermelha sobreposta, cumprimentou o irmão mais novo com um aperto de mão, acompanhado de um jovial puxão na nuca.

— Toda vez que se acredita que os irmãos Von Kempelen já atingiram tudo o que está ao seu alcance, surge um de nós dois e acrescenta mais alguma coisa. Meus maiores respeitos, Wolf. Heda!

Nepomuk segurou um lacaio pelo fraque, pegou duas taças de vinho da bandeja, entregando uma ao irmão.

— À família Von Kempelen. Que eles possam seguir extasiando o mundo.

— A nós.

— Pena que nosso pai não esteja presenciando isto.

Nepomuk tomou um gole rápido e olhou para o autômato.

— Há um mês Anna Maria estava reclamando desse jogador de xadrez, achando que você ainda iria ter muitos problemas com ele.

— Você a conhece. Não é a primeira vez que ela carrega nas tintas.

Kempelen olhava pelo salão, enquanto conversava, no caso de alguém querer ir falar com ele.

— Acho o seu turco simplesmente brilhante. Essa expressão feroz por si só já foi bem-sucedida. O seu judeu é um segundo Fídias. Numa outra hora mais calma você precisa me contar qual o truque por trás disso tudo. Knaus, aquele suábio velho e ossificado, daria o braço direito para saber.

— Você vai pagar um preço bem menor.

— Não, espere, eu prefiro nem saber; deixe que eu morra na ignorância. Sabe que eu detesto ficar decepcionado. Segure seu copo e feche suas calças; lá vem a nossa ninfa.

Ibolya trilhava seu caminho pelo meio dos convivas, esbarrando aparentemente sem querer, com o seu vestido de crinolina rosado, nas batatas das pernas dos homens, que se voltavam para ela. Seu corpete verde-claro tinha um fundo decote quadrado, deixando entrever sua respiração pelo subir e descer do colo maquiado. Ela usava ruge na face e uma falsa pinta logo acima da boca vermelha. Sua peruca era bastante alta e guarnecida com plumas, flores de seda e fitas. Carregava um leque e uma pochete no pulso. Seu sorriso era encantador.

— Nepomuk — cumprimentou ela, ao que ele tomou a sua mão, levando-a à boca, beijando a luva pontuda.

— Ibolya. Você está parecendo a própria primavera.

— Eu estou me sentindo a própria primavera.

— E cheira como ela.

— Já basta — disse ela, batendo levemente com seu leque em Nepomuk, que queria cheirar o seu ombro. Então, ela se virou para o irmão.

— Farkas, estou orgulhosa de você.

Wolfgang von Kempelen também beijou-lhe a mão.

— Obrigado. Mas por favor não me chame de Farkas aqui, e sim de Wolfgang.

— Por que não?

— Estamos em Viena, não em Pressburg. Aqui se fala alemão.

Ibolya fez um muxoxo e olhou para Nepomuk.

— Wolfgang Farkas de Pozsony não deseja mais ser um húngaro.

Nepomuk sorriu e colocou a mão na cintura de Ibolya.

— Kempelen Farkas agora é um homem famoso, Ibolya. A imperatriz rendeu homenagem a Kempelen Farkas.

Kempelen acenou com a mão.

— Vocês podem ficar se divertindo à minha custa à vontade.

Ibolya tomou um grande gole de vinho da taça de Nepomuk, tendo de limpar cuidadosamente, com as costas da mão, a gota que escorrera pelos seus lábios. O barão János Andrássy juntou-se aos três e cumprimentou os irmãos Kempelen com uma reverência. Deteve-se por um momento ao perceber que Nepomuk ainda estava com a mão na cintura de Ibolya. Nepomuk retirou a mão. Assim como a irmã, Andrássy era bem moreno. Era o único na galeria — com exceção do turco — a usar uma barba, além de um bigode negro com pontas finas. Andrássy trajava o uniforme dos hussardos; um dólmã verde-escuro com botões amarelos, calças vermelhas, botas altas, e a pele aberta pendurada sobre o ombro esquerdo. No cinto pendia o sabre dos oficiais, com a bainha do seu regimento.

— O senhor vai me prometer — pediu ele a Kempelen — que me colocará na lista. Eu preciso jogar uma partida contra esse turco, para mostrar a ele que um hussardo não se deixa afugentar dessa forma pelo campo de batalha, como fez esse tonto relojoeiro de Sua Majestade.

— Estou certo de que o autômato iria suar sangue e óleo, caso tivesse que enfrentá-lo, barão. Porém temo que não haverá mais partidas. Pretendo desmontar o autômato depois desta apresentação de hoje à noite para poder me dedicar a outros projetos.

Um ajudante da imperatriz se aproximou enquanto Andrássy ainda protestava e cochichou-lhe algo ao pé do ouvido.

— *Excusez-moi* — disse Kempelen —, mas Sua Majestade me solicita para uma conversa.

— Oh, não é prudente deixar Sua Majestade esperando — disse Nepomuk. — Vá logo.

— Boa sorte — acrescentou Ibolya, e Andrássy acenou para ele.

Kempelen se deleitou com os olhares invejosos dos cortesãos pelos quais passou a caminho da imperatriz. Friedrich Knaus estava a seu lado, secando a testa com um lenço de seda. Kempelen fez uma reverência para a imperatriz e acenou para Knaus com a cabeça.

— *Mon cher* Kempelen, estávamos conversando com Knaus sobre a sua admirável invenção — disse Maria Teresa. — E concordamos que vós fizestes mais do que por merecer os seus cem *souverains* de ouro. *N'est-ce pas*, Knaus?

— Certamente. Uma máquina pensante... Quem iria imaginar tal coisa? Eu ainda não consigo acreditar.

— Por que nunca me falastes sobre os talentos adormecidos em vós? Todos esses anos vos ocupei com tarefas burocráticas, e então num prazo tão curto vós inventastes essa obra maravilhosa.

— Eu só queria trazê-la à tona quando ela estivesse totalmente sem máculas, Vossa Majestade.

— E dizei, o que pensais em fazer em seguida?

— Pretendo voltar para os braços da burocracia — respondeu Kempelen com um sorriso — e paralelamente, se houver tempo disponível, trabalhar em novas invenções.

— Poderíeis nos confidenciar vossos planos?

A imperatriz olhou rapidamente para Knaus, que observava a conversa de ambos com as mãos nas costas e o sorriso forçado.

— Mas ele pode fazê-lo decerto. Vós sois a imperatriz.

— Bem, pretendo confeccionar uma máquina que fala. Um aparelho capaz de falar como qualquer pessoa de carne e osso. Qualquer idioma.

— *C'est drôle.* Knaus, vós também já vos propusestes a fazer uma máquina falante. O que foi feito dela?

— O... projeto teve de ser... adiado. Muitas outras obrigações, Vossa Majestade, no Gabinete de Física.

— Talvez os dois pudessem trocar algumas palavras sobre o assunto e comparar os resultados de um com os do outro. Um projeto desses seria sem dúvida levado a cabo mais rapidamente em conjunto, *n'est-ce pas*?

Os dois homens concordaram com um aceno de cabeça, obedientes, mas nenhum dos dois respondeu.

— Ide olhar novamente esse famoso jogador de xadrez — disse a imperatriz para Knaus.

— Não é necessário. Já pude olhar o suficiente para ele.

— Eu quis dizer: estais dispensado.

Friedrich Knaus se deu conta do seu erro. Fez uma reverência diante da imperatriz e de Kempelen, mas seu sorriso já havia desaparecido antes de ele se virar para o lado.

— O que será que todos querem com máquinas de falar? — perguntou Maria Teresa. — As pessoas deste mundo já falam mais do que o necessário, por que deveriam as máquinas aprender a falar também? Máquinas de calar, isto é o que eu desejo às vezes. Pensadores, isso, sim, é o de que nós precisamos; precisamos de mais pensadores *comme il faut*, como o vosso famoso turco.

Wolfgang von Kempelen permaneceu calado.

— Mas estou certa de que a vossa máquina de falar seria igualmente maravilhosa, como o seu jogador de xadrez. Talvez eu não possa enxergar tão longe, ou talvez eu não seja jovem o suficiente para reconhecer o que isso poderia nos trazer no futuro.

— Vossa Majestade! — protestou Kempelen, mas ela interrompeu seu protesto erguendo a mão.

— Sem falsas gentilezas, Kempelen. Este não é o vosso estilo.

Maria Teresa olhou pelo salão e o seu olhar parou sobre Knaus, que rondava o autômato do xadrez, as mãos ainda nas costas, e o olhar fixo, como uma garça na várzea à procura de sapos.

— *À propos*, Knaus também não é dos mais jovens.

— Ele realizou coisas grandiosas.

— Há pelo menos dez anos.

A imperatriz acenou para que Kempelen se aproximasse mais um pouco e perguntou, em tom mais baixo:

— Vós não estaríeis eventualmente interessado no posto de mecânico imperial? Gostaria de ter-vos na corte, e Knaus talvez ficasse grato pela dispensa.

— Muita bondade, Vossa Majestade.

— Poupai a lisonja. — A mão esponjosa da imperatriz segurou o antebraço de Kempelen e o apertou. — Sabeis do que sois capaz, e eu também sei. E, além disso, sei que esse posto vos agradaria.

— Vossa Majestade não podeis vos esquecer de que tenho de dar conta de outras tarefas importantes.

— Colonizar territórios e controlar minas de sal? Outras pessoas podem fazer isso tão bem quanto vós. Vós sois destinados a coisas maiores. Mas deixai tudo isto passar pela vossa cabeça com calma.

— Por certo, Vossa Majestade.

— Mas em hipótese alguma esta terá sido a primeira e última apresentação do autômato do xadrez. Quero que apresenteis essa maravilha por todo o meu reino, e que também os estrangeiros vejam do que nós somos capazes. Voltai a Pressburg e colocai-o em exposição por lá. Reduzi vossas demais obrigações ao mínimo; tendes a minha chancela. Vosso salário permanece evidentemente o mesmo. E retornai oportunamente a Viena, pois estou com cócegas nos dedos para jogar pessoalmente contra o vosso turco.

— Quanta honra. Esse seria um tremendo acontecimento.

— *En effet.*

— E a minha máquina de falar?

— Quando ninguém mais demonstrar interesse pelo seu autômato do xadrez.... então, meu querido Kempelen, surpreendei-nos com a sua máquina de falar. — Kempelen inclinou-se. — E agora de volta para o meio das pessoas. Vós já falastes o suficiente com esta velha matrona sem encantos. Ide receber os elogios das jovens e belas.

Ela desviou o olhar de Kempelen, recostou o corpo pesado na cadeira, gemendo de forma teatral, para reforçar a impressão de ser uma pessoa de idade avançada.

Enquanto isso, Nepomuk, que tinha se desvencilhado de Ibolya, falava com outras mulheres; o barão Andrássy estava imerso numa conversa política com um grupo de conterrâneos. Ibolya andava sem rumo certo pelo salão, trocando de quando em quando um copo que esvaziara por outro cheio, da bandeja de um lacaio. Ela sorria para os homens quando seus olhares se cruzavam, e os homens retribuíam-lhe o sorriso, sem no entanto dirigir-lhe a palavra. Ela se postou por fim de novo na frente de um dos inúmeros espelhos, para verificar a posição do seu corpete e da sua peruca. Uma das flores de seda havia se soltado da armação de cabelos e pendia murcha. Ibolya prendeu-a novamente no seu lugar. De repente, sentiu que alguém a observava; alguém que estava atrás dela. Em vez de se virar, ela procurou no espelho. Olhou as fileiras de cabeças brancas atrás dela, mas só viu a maioria dos convivas de costas. Os demais olhavam para algum outro lugar. Somente quando examinou mais atentamente foi que viu os olhos do turco, que fixava o olhar nela. Então as costas do mecânico da corte bloquearam sua visão.

Ibolya saiu da frente do espelho e seguiu em linha reta para a máquina de xadrez. A multidão cedera um pouco. As portas dianteiras da mesa continuavam abertas, permitindo uma ampla visão aos espectadores, e as peças brancas sobre o tabuleiro mantinham a posição de xeque-mate ao rei vermelho. Ibolya parou a cerca de dois passos do turco. Ele seguia olhando para ela com seus reluzentes olhos castanhos. Ibolya retribuiu o olhar e examinou o entorno dos olhos; as sobrancelhas pesadas e o orgulhoso bigode, a face austera e, finalmente, a pele escura reluzente. Uma corrente de vento movia de vez em quando a camisa de seda sobre os largos ombros do turco, dando a impressão de que ele respirava. Era curioso: apesar de o turco ser uma máquina no meio de muitas pessoas, dava a impressão de ser mais humano do que todos eles juntos. Ibolya teve que piscar, e aquilo pareceu uma derrota, uma subjugação, visto que o turco mantinha seus olhos bem abertos.

A baronesa de Jesenák só se desvencilhou daquele encanto quando percebeu que Jakob estava olhando para ela. Ela se deu conta de que estava respirando mais rápido, devido à pressão no seu corpete. Jakob sorriu para ela, orgulhoso do seu interesse por sua obra. Ela retribuiu o sorriso, envergonhada pelo momento de distração diante de um boneco, baixou as pálpebras e sumiu no meio da multidão, em busca de mais uma taça de vinho.

Jakob seguiu-a com o olhar. Então percebeu que Knaus, até então envolvido com o exame extremamente minucioso do autômato, havia desaparecido. Jakob procurou por ele, encontrando-o ajoelhado diante da porta aberta, com uma das mãos dentro do mecanismo.

— Por favor, *monsieur*! Não toque!

Knaus sorriu.

— Se existe alguém que entende destas coisas, sou eu. Não vou danificar nenhuma engrenagem.

— A despeito disso, eu tenho de lhe pedir...

Knaus aquiesceu, tirou a mão do mecanismo e limpou os dedos, nos quais ficara um pouco de óleo, com o seu lenço.

— O senhor é o aprendiz de feiticeiro?

— O assistente do senhor Von Kempelen, sim.

— E responsável por... certamente não por tomar conta do boneco?

— Não. Eu colaborei no trabalho de marcenaria.

Knaus passou a mão limpa sobre o tampo escuro de nogueira.

— Um bom, não... um excelente trabalho. O senhor é muito talentoso.

— Obrigado.

— O senhor sabe que eu dirijo o Real Gabinete de Física. Nós sempre precisamos de pessoas capazes por aqui.

— Eu não tive a oportunidade de me formar.

— E Wolfgang von Kempelen por acaso é um relojoeiro formado? Não. Apesar disso, ele nos surpreendeu a todos com uma obra que desafia todas as leis conhecidas e desconhecidas da relojoaria.

Knaus apresentou com ambas as mãos o turco do xadrez. Impossível não perceber a ironia no seu tom de voz.

— Eu já tenho um ofício.

— Sim, eu sei. Em Pressburg. Viena é um pouco mais abastada que a província, meu caro.

— Bondade sua. Mas estou satisfeito com o meu trabalho, e por isso pretendo permanecer em Pressburg.

Friedrich Knaus suspirou, como se estivesse fora do seu alcance demover um inocente do caminho errado.

— Bem, a decisão é sua. Mas estarei sempre à disposição, caso o senhor mude de idéia. Venha me visitar no meu gabinete na corte quando voltar a Viena.

Knaus pegou o seu rei vermelho de cima do tabuleiro e colocou-o junto das outras peças que tinham sido tomadas. Então acrescentou com voz abafada:

— Escute: se houver alguma coisa errada com este assim chamado autômato — e eu estou partindo desta premissa, pois é o que me diz o meu entendimento —, serei o primeiro a descobrir. E então a imperatriz ficará sabendo, e ai daqueles que ousaram iludi-la e a toda a sua corte, ofendendo o reino. E isto não vale só para o inventor, mas para todos os que tiverem participado do embuste. Mantenha isso em mente. Quanto a mim, pode contar tudo para o exibido do seu mestre.

Knaus fez uma pequena pausa para que as palavras surtissem efeito, afastou-se de Jakob e do autômato, voltando a atenção para a sua acompanhante, uma jovem mulher num vestido turco.

Tibor ouvira as últimas palavras de Knaus, apesar de terem sido proferidas em voz baixa. Pediria a Kempelen que não deixasse mais a porta do mecanismo aberta. Foi bom poder acompanhar uma parte do que acontecera depois da apresentação; as inúmeras pernas e vestidos que passaram em frente à sua pequena janela; os inúmeros rostos que se abaixaram, olhando na sua altura, por vezes bem nos seus olhos, sem enxergá-lo no escuro; a movimentação social no salão, os agradáveis perfumes dos cavalheiros e das damas; e todos os elogios ao turco e ao seu brilhante jogo, proferidos pelos convivas. Mas Tibor se assustou quando o rosto magro de Knaus surgira na frente da abertura. Quando ele enfiou a mão dentro do mecanismo, Tibor achou que tudo estava perdido, e que Knaus iria arrancá-lo lá de dentro como a uma lesma de dentro da sua concha.

Tibor pôde ver novamente a baronesa de Jesenák. Ela estava tão bonita quanto da última vez, apesar de ele ter preferido o vestido mais simples que ela usava então. Ele a observou, tanto quanto lhe era possível, enquanto ela se movia pelo salão com uma taça na mão. Tibor viu o reflexo do seu rosto quando ela parou em frente a um espelho com moldura dourada e teve a impressão de estar olhando para uma pintura. E, quando ela se aproximou do autômato, sentiu novamente o seu perfume: o doce aroma de maçãs.

Já passava muito da meia-noite quando os três homens voltaram para a casa da Santa Trindade na viela de Alser, mas todos estavam bem acordados. O suor de Tibor já secara havia muito. Jakob tinha arrancado a peruca da cabeça e não se cansava de passar as unhas pelo couro cabeludo. Seus cabelos úmidos estavam totalmente emaranhados, e o lugar onde a peruca estivera presa parecia uma faixa vermelha na sua cabeça. Ele tirou o *justaucorps* amarelo. Enquanto Jakob limpava a maquiagem e o suor, Kempelen retornou ao quarto com sua peruca numa das mãos e uma garrafa de champanhe na outra.

— Brindemos à "maior invenção do século" — exclamou ele. — São palavras do conde Cobenzl.

— O século ainda está longe de ter acabado — retificou Jakob. — Quem sabe o que ainda haverá de ser inventado nos próximos trinta anos.

Kempelen passou a garrafa a Jakob, sem fazer nenhum comentário, e saiu novamente do quarto para pegar taças. Quando Jakob abriu a garrafa, um pouco do champanhe escorreu por cima da sua mão. Ele voltou-se para o andróide.

— Eu o batizo com o nome... — Ele olhou para Tibor pedindo ajuda, mas este não tinha nenhuma sugestão para dar, sem falar que não queria participar de um batizado feito por um judeu. — *Paxá* — disse então Jakob, aspergindo o champanhe dos dedos sobre a cabeça do turco. — Não é muito criativo, eu sei. Mas ele está sentado aí como um velho paxá. — Jakob olhou para a porta e sussurrou: — Ele vai querer prolongar o seu contrato.

— Kempelen?

— Sim. Não se deixe engabelar. Sem você não vai ser possível. Não se venda por um preço baixo, ouviu bem?

— Mas... e você?

— Meu trabalho está feito. Ele pode prescindir de mim. De você, não.

— Mas eu não posso... — começou Tibor, mas Kempelen chegou com as taças e ele se calou.

Kempelen serviu o champanhe com tamanha vontade que ele transbordou. Ofereceu primeiro uma taça a Tibor, depois a Jakob, ergueu a sua e olhou para o turco.

— Ao autômato do xadrez.

Jakob e Tibor repetiram o brinde e os três bateram com suas taças umas nas outras. Kempelen esvaziou a sua taça com um só gole.

— E este foi só o começo — anunciou ele. — A imperatriz me pediu... não, na verdade ela me ordenou que exibisse o autômato em Pressburg, para que todos possam vê-lo jogar. Esta máquina vai retumbar como o raio em Brescia.

Kempelen encheu a sua taça e a de Tibor novamente.

— Eu sei que disse em Veneza que iria precisar de você somente para uma apresentação. Mas aquilo foi um disparate. Subestimei o efeito que o autômato iria causar. Você estaria interessado em continuar trabalhando para mim? Para você também foi uma experiência incrível, não é mesmo? Imagine só, a imperatriz insiste em jogar contra você.

Tibor aquiesceu. Jakob esticou a cabeça como se estivesse com câimbra na nuca, e Tibor entendeu o sinal.

— Mas eu quero mais dinheiro.

Tibor gostaria de ter se expressado de uma forma um pouco menos direta. Ele tomou mais um gole de champanhe para disfarçar o embaraço.

Kempelen ergueu uma sobrancelha.

— Ahã. Em quanto você estava pensando?

Tibor pôde ver Jakob pelo canto do olho, esticando o polegar e mais dois dedos da mão que estava livre, sobre a sua coxa, sem que Kempelen pudesse perceber.

— Tre... — ia dizendo Tibor, mas, ao perceber Jakob apertando mais os dedos, ele completou: — ...inta. Trinta *gulden* por mês. — Ele não ousou olhar nos olhos de Kempelen, que, com certeza, estaria achando que ele era um ingrato.

Kempelen, porém, aquiesceu.

— Vamos voltar a falar disso quando estivermos em casa.

— E ainda precisamos modificar algumas coisas.

— Concordo plenamente. Não vamos mais deixar ninguém chegar tão perto da máquina como Knaus o fez. Vamos colocar o oponente numa outra mesa. E vamos dizer simplesmente que com isso os espectadores podem apreciar melhor o turco. Ou alegaremos motivos de segurança. Mas foi realmente fatal que logo o pobre Knaus tenha sido o escolhido. Uma mente tão brilhante, mas hoje ficou parecendo um boboca na hora do exame. O suor escorria em bicas. Toda Viena estará zombando dele amanhã.

Kempelen sorriu, tomou mais um gole de champanhe e corrigiu:

— Não. Toda Viena só estará falando sobre o jogador de xadrez. A máquina pensante de Wolfgang von Kempelen.

— Ela não é uma máquina pensante — disse Jakob.

— O quê?

— Bem, ela não é uma máquina pensante. O autômato não faz nada além de barulho e de girar engrenagens. É Tibor quem pensa. Tudo não passa de uma ilusão virtuosa.

— Mas isso nós todos sabemos.

— Eu gostaria de deixar bem claro que o risco de que esta ilusão seja desmascarada aumenta na medida em que as apresentações do autômato forem mais freqüentes.

Kempelen olhou de Jakob para Tibor, voltou a olhar para Jakob e começou a rir. Colocou uma das mãos no ombro de Jakob, apertando um pouco.

— Nossa pobre Cassandra! O velho Knaus andou intimidando você, não é mesmo? Vi quando estavam conversando. Ele me pareceu zangado.

— Eu não me deixo intimidar — retrucou Jakob, obstinado. — Apenas acho que não devemos abusar muito da nossa sorte.

— Tenho uma grande compreensão para com o fato de que a virtude da confiança tenha sido perdida por vocês, judeus, ao longo dos séculos, de forma bastante triste. Porém a sorte, Jakob, a sorte está aí para ser desafiada. Fiz isso até agora com sucesso e pretendo continuar fazendo. O que naturalmente não significa que não devamos ser mais cuidadosos agora do que antes. Todos os meus passos serão observados, bem como a minha casa.

Ele se virou para Tibor.

— Portanto, você não vai me acompanhar amanhã de volta para Pressburg. Fique por aqui mais uns dois ou três dias e depois pegue uma carruagem. Assim, ninguém que eventualmente o veja pelo caminho irá fazer alguma conexão entre nós.

— Vou ter que ficar aqui sozinho?

Kempelen olhou para Jakob, que balançou a cabeça.

— Bom, então Jakob vai ficar também. Mas vocês não podem botar os pés na rua durante estes três dias. Não cheguem nem perto da porta.

— É claro — assegurou Jakob.

Os três terminaram de tomar o champanhe enquanto conversavam sobre a apresentação. Kempelen contou sobre a conversa com Maria Teresa, Jakob mencionou os elogios dos convidados, e Tibor por fim descreveu o jogo, como havia transcorrido pelo lado de dentro. Ele se calou tanto sobre o ocorrido com a baronesa Ibolya Jesenák como sobre o fato de ter sido uma testemunha despercebida do diálogo entre Knaus e Jakob.

Palais Thun-Hohenstein

Ludwig VIII, príncipe de Hesse-Darmstadt, presenteia Maria Teresa, em 20 de outubro de 1750, por ocasião do décimo aniversário da sua ascensão ao trono, com um relógio que tem a altura de um homem adulto. O assim chamado *Relógio de Apresentação Imperial* pesa mais de duzentas e cinqüenta libras, das quais mais da metade é de prata de lei. Abaixo do mostrador fica um pequeno palco, quase um teatro de figuras de estanho, emoldurado com folhas de acanto, querubins, ninfas e a águia dos Habsburgos. O fundo do palco é adornado com arcadas e no pano de fundo podem-se ver o exército imperial e o castelo de Pressburg.

Um mecanismo extremamente complexo coloca esse *tableau animé* em movimento: as figuras de Maria Teresa e de Francisco I entram em cena ao som festivo de uma caixa de música. O imperador entra pela esquerda e sua esposa pela direita, se encontrando no centro, junto a um altar de oferendas com chamas ardentes. Ambos são acompanhados por pajens, que se ajoelham diante deles, estendendo suas coroas: para Maria Teresa as coroas da Hungria e da Boêmia, para Francisco I a coroa imperial do Sacro Império Romano.

Uma nuvem escura desliza de repente sobre o céu azul e surge um demônio com feições que lembram as de Frederico II da Prússia. Ninguém menos do que o arcanjo Miguel desce do reino dos céus, para expulsar o malvado com uma espada flamejante. No final, o gênio da

História escreve, com um bico de pena, letras pretas sobre o firmamento — *Vivant Franciscus et Theresia;* enquanto isso, descem coroas de louros sobre as cabeças do casal de soberanos, ao som de fanfarras.

O príncipe Ludwig incumbiu seu relojoeiro da corte, Ludwig Knaus, da construção desse presente singular. Knaus trabalhou junto com seu irmão mais novo, Friedrich. Tamanho foi o reconhecimento da corte de Viena para com os irmãos vindos de Aldingen em Neckar, que eles ingressam no serviço da casa imperial. Ludwig se torna engenheiro do exército austríaco. Friedrich Knaus, no entanto, vai para Viena, após o início da Guerra dos Sete Anos, para se tornar o celebrado mecânico da corte de Suas Majestades. Torna-se membro do Gabinete de Física, Matemática e Astronomia da Corte, construindo lá outros autômatos — entre eles quatro autômatos escreventes, dos quais o quarto, a *Máquina maravilhosa que tudo escreve*, é apresentado por ocasião do aniversário da coroação, no ano de 1760. Ele é composto de uma estatueta de latão, que escreve com pena e tinta, até sessenta e oito letras sobre um papel móvel. A *Máquina maravilhosa que tudo escreve* se torna uma sensação e consolida a fama de Friedrich Knaus como o maior mecânico do seu tempo.

Friedrich Knaus se manteve calado, olhando pela pequena janela da carruagem, durante todo o trajeto de volta para casa. O clima frio e úmido retratava bem o seu estado de espírito. Diante da sua casa, ele se esqueceu de ajudar sua acompanhante a desembarcar; ela precisou chamá-lo de volta. Ele bateu a aldrava com veemência e, enquanto esperava pelo criado, afugentou com a bengala duas pombas que se abrigavam da chuva numa cornija.

— Prefere ficar sozinho hoje à noite? — perguntou a dama.

— Bem que você gostaria — respondeu ele, mal-humorado. — Quem mais iria me animar, além de você?

O criado abriu. Knaus entregou-lhe o sobretudo, o chapéu, a bengala e as luvas, pediu uma garrafa de vinho e algo para comer. Subiu em seguida, na frente dela, para os seus aposentos no andar de cima. Enquanto ela tirava a peruca, limpava o pó-de-arroz, o ruge e o batom, sentada em frente a uma penteadeira, ele andava pelo quarto com os braços cruzados, ora no peito, ora nas costas.

— Sou capaz de jurar que havia alguém escondido na máquina — disse ele depois de um longo silêncio. Então parou e olhou para ela. — Não vai me dizer nada? Não concorda comigo? Detesto monólogos.

Ela suspirou e respondeu sem se virar:

— Você verificou pessoalmente se a máquina estava vazia. E ela estava.

— Sim, mas... um... um macaco talvez? Ouvi dizer que o sultão de Bagdá tem um macaco adestrado, que sabe jogar xadrez. Ou uma pessoa... sem os membros... sem abdome; um veterano cujo corpo tenha sido atingido por uma bala de canhão... que o tenha partido ao meio... Deus todo-poderoso, me interrompa! Estou dizendo loucuras! Eu teria de ser um idiota para perder para um macaco? Seria muito melhor perder para uma máquina.

Knaus arrancou a peruca do crânio e jogou-a sobre uma poltrona, mas ela caiu no chão.

— Deus, como odeio esse Kempelen. Esse arrivista, esse bajulador da província, com sua modéstia insuportável, mais vaidoso do que toda e qualquer vaidade! Por que ele não se ateve aos seus afazeres? Eu não me meto nos negócios dele.

— Sim — disse ela.

Ele se livrou do seu *justaucorps*.

— O abade e o padre Hell são da mesma opinião: tem alguma coisa errada com essa máquina. Mas para eles tanto faz; Kempelen não está se metendo na seara deles. Ele deveria ter descoberto um novo planeta, ah! Aí, sim, o padre Hell sacaria suas armas imediatamente!

Ele bateu com a mão espalmada no ombro do seu casaco para limpar o pó-de-arroz.

— Talvez tenha alguma coisa a ver com magnetos. Com certeza tem alguma coisa a ver com magnetos; todo mundo está fazendo alguma coisa com magnetos agora. Nada mais consegue despertar o interesse das pessoas, se não tiver um maldito magneto em alguma parte. Você percebeu como ele ficou a partida inteira ao lado daquela caixa? E depois não quis abri-la de jeito nenhum? É lá que está todo o segredo. Ele mesmo conduz o autômato, à distância... com a ajuda de ondas magnéticas. Não existe máquina pensante, o próprio Kempelen é quem pensa e a conduz.

— Isso seria brilhante.

— Com certeza seria brilhante, mas de qualquer forma seria um engodo. E eu vou desmascará-lo.

Enquanto isso, ela tinha terminado de retirar todos os grampos que prendiam os seus cabelos louros debaixo da peruca e os escovava.

— Por quê?

— *Por quê*? Você está me perguntando a sério pelo porquê? Porque logo, logo receberei ordens para esvaziar a minha mesa, minha querida, só por isso. Conheço aquela velhota francófila; assim que surge uma nova moda — ele mudou o tom de voz —, "*o ça c'est drôle, c'est magnifique, o je l'aime absolument!*", todo o resto não presta mais. Ela admira esse charlatão, esse Cagliostro húngaro, eu percebi isso muito bem; e sabe Deus o motivo. Talvez por ele ser nobre e eu não. Kempelen também quer construir uma máquina falante, imagine só! Isso não pode ser uma simples coincidência. Ele quer me derrotar no meu próprio território. Mas não vou permitir que isso aconteça. Vou revelar a todos o seu embuste, e ele estará acabado. Aí ele poderá fazer as malas, fugir para a Prússia ou, melhor ainda, para a Rússia!

Enquanto proferia a última frase, Knaus esticou involuntariamente o dedo indicador e apontou para o leste, até se dar conta da posição ridícula em que estava. Em seguida, começou a desabotoar o casaco.

— Você está exagerando — opinou ela. — Com certeza ele não lhe deseja nenhum mal, já que nem ao menos o conhece. E quem sabe, talvez todo esse alvoroço em torno do turco dure apenas algumas semanas.

— Não posso esperar tanto tempo. Como é que eu vou conseguir?

Como Knaus não achasse uma resposta, ela sugeriu:

— Suborne o ajudante dele.

— E você acha que já não tentei isto? Mas nem todas as pessoas são venais, minha cara Galatée.

Ela parou por um momento, passando um lenço úmido sobre o rosto.

— Sinto muito — disse Knaus, indo até ela, abraçando seus ombros nus e beijando-a no pescoço. — Eu realmente sinto muito. Me perdoe. Não sei onde estou com a cabeça. Estou com tanta raiva, que acabo agredindo o que amo.

Ela moveu as mãos para trás, para abrir os colchetes do espartilho. Knaus tomou para si este trabalho, ajoelhando-se atrás dela, e abrindo o espartilho de cima para baixo. Enquanto fazia isso, ele a observava no espelho. Seus cabelos eram perfeitos, sua pele também, e principalmente os seios. Mas eram as suas imperfeições que o seduziam: os olhos azuis aspergidos de verde, que ele não sabia explicar, a pequena cicatriz na testa, o canto direito da sua boca, sempre um pouco mais levantado que o canto esquerdo, e a pinta acima da boca, que nenhuma maquiagem conseguia disfarçar. Ele teve uma inspiração enquanto a beijava nas costas.

— Você vai descobrir! — disse ele.

— Como?

Friedrich Knaus ergueu-se, entusiasmado com sua idéia.

— Você vai descobrir para mim como funciona o autômato do xadrez. Você é capaz de seduzir qualquer homem e vai conseguir com o Kempelen também. Ninguém pode resistir aos seus encantos! Isto é uma dádiva! Sou um gênio!

— Não vou fazer isso. O que é que você está pensando? Não sou uma espiã.

— É claro que você não pode ir logo perguntando. Vai ter de ser mais engenhosa. Mas vai encontrar um jeito. Você é muito esperta. No fim das contas, tanto faz como você vai conseguir.

— Não.

— Você consegue. Não é uma tarefa difícil. E você tem todo o tempo do mundo.

— Não. Tire isso da cabeça.

Ela já estava despida. Ergeu-se então, deixando a anágua deslizar pelo corpo até o chão. Seguiu para a cama totalmente nua.

Knaus estalou a língua.

— Você vai ter de fazer, Galatée. Quando sua gravidez ficar visível, não vai mais encontrar clientes por aqui.

Ela deixou cair o lençol que estava segurando e se virou.

— Como é que você sabe?

— Eu não sabia até agora. Só desconfiava. Mas a forma como você se abalou, foi reveladora — disse ele, sorrindo. — Não se esqueça: posso não ser um médico, mas sou um cientista. E nós, cientistas, temos um olhar aguçado para as coisas que acontecem à nossa volta.

Ela se enfiou debaixo do lençol, virando o rosto. Ele observou, com um olhar benevolente, o tecido ir repousando sobre as suas curvas.

— Você vai tirá-lo?

— Não.

— Então terá de deixar Viena. As novidades se espalham rapidamente na corte; logo todos ficarão sabendo. E você não poderá mais exercer a sua profissão depois do parto. De quem é, afinal? Meu? Ou será que o badalo de Joseph espirrou aí dentro, fazendo um pequeno imperador crescer dentro de você?

Ele colocou a mão suavemente sobre a sua barriga, mas ela tirou-a dali. Então ele sussurrou no seu ouvido:

— Galatée, evite Viena, trabalhe para mim em Pressburg. Posso recompensá-la regiamente, sabe disso. Tão regiamente que depois de tudo você não precisará ser amante de mais ninguém, nem mesmo do imperador.

Ela não reagiu. Quando terminou de se despir, ele apagou as velas, colou o seu corpo nas costas quentes dela e o rosto nos seus cabelos.

— E agora, minha querida, vou me recompensar por esta inspiração excepcional.

Duas noites após a partida de Kempelen, Jakob entrou no quarto trazendo o sobretudo de Tibor. Ele estava vestindo o *justaucorps* amarelo e tinha penteado os cabelos para trás.

— Achei que você não queria usar isso nunca mais.

— Já que vou andar pela capital do reino, não quero parecer um carroceiro, e sim o nobre cavalheiro que eu sou no fundo do meu coração.

— Você vai sair? — perguntou Tibor com uma ponta de decepção.

— Não. Nós vamos sair.

— O quê? Para onde?

— Não faço a menor idéia. Não conheço muito bem esta cidade, mas certamente em algum lugar eles hão de nos servir uma cerveja decente.

Tibor falou mais baixo, como se alguém estivesse escutando atrás da porta.

— Mas Kempelen nos proibiu!

— Você parece com os sete cabritinhos — disse Jakob balançando a cabeça e acrescentando com uma voz fraquinha: — *A mamãe proibiu, nós não podemos, nós temos medo do lobo mau!*

— Não conheço essa história.

— Tibor, quantas vezes já esteve em Viena até hoje?

— Nenhuma.

— Então, faça-me o favor. Você não pode estar pensando seriamente em passar a sua primeira visita à pérola do reino dos Habsburgos numa casinha de subúrbio, escutando os cupins fazendo a sua refeição. Além disso, já deveria me conhecer suficientemente bem para saber que eu me lixo para proibições. Pior ainda, elas me estimulam, criatura doentia que sou.

Tibor vestiu o casaco que Jakob segurava para ele.

— Como termina aquela história? — perguntou ele.

— Que história?

— A dos sete cabritos.

— Ah, bem. Os cabritos deixam o lobo entrar na casa, e ele os devora.

Tibor olhou para Jakob com os olhos arregalados. O judeu soltou uma sonora gargalhada e segurou o anão pelo pescoço.

— Não tenha medo. O menorzinho sobreviveu, escondido na caixa do relógio.

Chovia, e chovera o dia todo, obrigando-os a saltar sobre poças profundas e pequenos riachos que procuravam seu caminho até o lago de Alser. As meias de Tibor ficaram logo molhadas, e ele começou a duvidar de que fosse gostar do passeio proibido, já que, com o crepúsculo, não conseguia enxergar muita coisa da cidade. Eles passaram pela casa dos Inválidos e pela igreja dos Trinitários; caminharam entre a caserna e o Fórum, depois pela praça do Tiro de Guerra, ao longo dos muros do centro da cidade até o portão dos Escoceses, pela igreja dos Escoceses, até o Mercado Alto, chegando finalmente a um emaranhado de vielas que fizeram Tibor se lembrar de Veneza. Jakob ainda teve fôlego suficiente para deixar passar uma taberna perto de Sankt Ruprecht e outra na viela dos Gregos, que lhe desagradaram quando as examinou pela janela.

Finalmente eles entraram numa estalagem que de fato era mais acolhedora do que as anteriores. Vagou uma mesa perto do fogão e eles se sentaram. Jakob pediu ao estalajadeiro que trouxesse alguma coisa quente, qualquer coisa, para reaquecê-los. O estalajadeiro veio com duas águas quentes com Arrak e muito açúcar — doce como o pecado e quente como o inferno. Depois disso, eles provaram os vinhos locais. Tibor se sentiu novamente aquecido; suas botas estavam ao lado do fogão para secar, e ele começou a observar os clientes; um público simples porém bem-cuidado, enquanto Jakob recomeçava a tecer ironias sobre os cortesãos em Schönbrunn. Jakob se destacava dos demais pela sua indumentária e pela encenação que apresentava: fazia ares de nobre, falava de forma afetada com o estalajadeiro, levantava o dedo mindinho ao beber e limpava os cantos da boca com um lenço depois de cada gole. Havia poucas mulheres presentes e todas já tinham olhado pelo menos uma vez para Jakob. Tibor estava certo de que Jakob percebera muito bem aqueles olhares. Uma hora e meia depois entrou um nobre na estalagem, com o chapéu de três pontas encharcado numa das mãos e a bengala na outra. Ele se encostou no balcão, sorriu como se tivesse acabado de ouvir uma piada e perguntou ao estalajadeiro se tinha vinho espumante em estoque. Pediu então oito garrafas, e que elas fossem acondicionadas para transporte em um caixote de madeira forrado com palha. Enquanto o estalajadeiro preparava a encomenda, o olhar do nobre recaiu sobre Jakob e Tibor. Ele acenou para ambos, e Jakob acenou polidamente de volta, sempre desempenhando o seu papel:

— *Monsieur.*

— O senhor tem um criado estranho, *monsieur* — comentou o nobre olhando para Tibor.

— As aparências enganam — respondeu Jakob. — Ele não é o meu criado, eu é que sou o criado dele.

O estranho examinou as vestimentas de ambos.

— Não se deixe enganar pelas nossas indumentárias — disse Jakob. — Estamos viajando *incognito.*

— Vocês poderiam me revelar quem são?

— Se nós o fizéssemos, seria um anonimato muito miserável, não acha?

Jakob olhou para Tibor, mas este não sabia o que dizer. Jakob dirigiu-se novamente ao nobre.

— O senhor consegue guardar um segredo?

— E se eu não conseguir?

— Então teremos de matá-lo.

Tibor se contraiu, mas não interferiu. Kempelen ficaria fora de si se soubesse o que eles estavam aprontando por ali; mas o álcool atordoava a sua consciência e ele queria saber o que Jakob estava engendrando. A curiosidade do estranho foi finalmente aguçada. Ele sorriu, puxou uma cadeira vazia e sentou-se junto a eles, com a cabeça apoiada sobre o tampo da mesa.

— Sou todo ouvidos.

Jakob pediu permissão a Tibor:

— *Sire*?

Tibor concordou. O judeu prosseguiu então, sussurrando.

— O senhor certamente já ouviu falar da famosa marquesa de Pompadour, a amante do rei da França?

O nobre acenou rapidamente com a cabeça e fez um gesto com a mão, pedindo que Jakob continuasse a falar.

— No ano de 1745, a Pompadour engravidou de Sua Majestade, o rei. Como ela não era a rainha, a criança se tornaria um bastardo, portanto Luís tomou uma atitude... de uma forma horrível, mais do que indigna de um rei: socou o ventre da Pompadour.

— *Sacré!* — exclamou o nobre.

— Só que não aconteceu um aborto. Mas a gravidez foi encurtada em dois meses inteiros, e a criança... veio ao mundo inacabada.

Jakob girou a cabeça lentamente, muito lentamente, na direção de Tibor, e o nobre foi seguindo o seu olhar boquiaberto.

— *Monsieur*, o senhor está vendo na sua frente o delfim, Luís XVI, legítimo sucessor do trono francês.

Jakob deixou as palavras surtirem efeito e acrescentou:

— Nós estamos fugindo da polícia secreta de Sua Majestade, desde o nascimento dele. Estamos no momento a caminho de Londres, onde o rei George nos concederá asilo.

O nobre olhou de Jakob para Tibor, e de volta para Jakob, soltando então uma sonora gargalhada.

— Não acredito nem um pingo nessa história.

— Para nós, tanto faz.

O estalajadeiro colocou as duas caixas com o vinho espumante sobre o balcão. O estranho se levantou, sacando a sua bolsa. Então, bateu com a mão na mesa.

— Fui convidado para uma *soirée* que certamente será de morrer de tédio. Apesar do álcool. Os senhores não gostariam de me acompanhar? Seriam convidados de honra, e tenho certeza de que iriam contribuir para o nosso divertimento.

— Vossa Alteza? — perguntou Jakob a Tibor, dando-lhe um chute violento por baixo da mesa.

— Minha carruagem está ali fora, com dois encantadores seres femininos — disse o nobre.

— Nós aceitamos — respondeu Tibor.

Ele calçou as botas, que já estavam secas e quentes, e Jakob, mantendo os papéis, ajudou-o respeitosamente com o sobretudo. Enquanto isso, o nobre pagou pelo vinho espumante, assumindo também a despesa dos dois.

A carruagem estava bem em frente à estalagem, e os três se espremeram dentro dela, junto com as caixas de vinho; Tibor por último, para aumentar ainda mais a surpresa das damas. O nobre não exagerara: ambas eram realmente encantadoras e usavam roupas vistosas, apesar de a chuva ter sujado a bainha dos seus vestidos, da mesma forma que sujara as meias de seda dos homens. Elas davam risadinhas e faziam perguntas, enquanto Jakob repetia a narrativa, a caminho da *soirée*. A mais jovem parecia estar realmente acreditando na história da carochinha de Jakob.

— O que é que tem? — disse ela à outra. — Essas coisas acontecem!

Depois de um quarto de hora, a carruagem parou diante de um palacete. Eles esperaram que os criados viessem com os guarda-chuvas. Finalmente chegou um, acompanhado de um homem que enfiou a cabeça pela janela da carruagem, cumprimentando os passageiros.

— *Bonsoir mesdames, bonsoir Rodolphe.* Não entrem — advertiu ele. — Isto aqui está mais sem graça do que um culto calvinista. Vamos seguir para Thun-Hohenstein, ele está recebendo uma *société* magnética.

O nobre de nome Rudolph ordenou ao cocheiro que seguisse para o palácio do conde Von Thun-Hohenstein. Só pediu a concordância de

"Sua Alteza o delfim", Tibor, depois que a carruagem já estava em movimento. A duração do trajeto mais um vento frio que soprava dentro da carruagem fizeram com que Tibor ficasse um pouco mais sóbrio, se dando conta de que eles estavam cometendo um erro terrível. Ele estava a ponto de pedir a Jakob que saltassem no meio do caminho, quando o nobre, como se tivesse percebido alguma coisa, pegou uma garrafa de vinho espumante de dentro da caixa, tirou a rolha, oferecendo o primeiro gole a Tibor. O vinho, que estava maravilhoso, foi a solução: tudo de que Tibor precisava era de álcool em doses contínuas para passar a noite sem crises de consciência.

A carruagem parou debaixo de uma entrada coberta. Jakob ajudou a dama mais jovem a descer a escadinha, e Rudolph ajudou a amiga dela. Tibor quis levar o vinho, mas o nobre o impediu; na casa dos Thun-Hohenstein sempre havia bebida, e, além disso, seria uma tarefa indigna para um delfim. Eles se encontraram de novo com o homem que haviam visto antes, junto com os seus acompanhantes, na suntuosa antecâmara. Lacaios pegaram seus sobretudos, xales e chapéus, o que fez com que Tibor chamasse ainda mais a atenção: além da sua pequena estatura, usava roupas pouco adequadas. Jakob e ele eram os únicos que não usavam perucas nem estavam com os cabelos cobertos com pó-de-arroz. Apesar disso, ninguém questionou o direito de eles estarem ali, e os criados os trataram com o mesmo respeito. Havia um criado, no início da escadaria que levava ao andar superior, em frente a uma mesa com máscaras. Elas eram iguais às que Tibor conhecera no carnaval de Veneza. O amigo de Rudolph explicou que o uso das máscaras era obrigatório, para evitar eventuais inibições no decorrer do tratamento. Nenhum dos convidados deveria ter medo de exteriorizar os seus sentimentos mais profundos, por isso todos usavam as máscaras para se disfarçar. Tibor e Jakob pegaram as suas máscaras. Elas eram enfeitadas com plumas e pedrarias coloridas e cobriam o rosto todo, exceto a boca e o queixo. As damas ajudaram-nos a amarrar as suas máscaras. Jakob piscou para Tibor pelo buraco dos olhos.

No andar de cima, atravessaram primeiro um salão vazio, depois outro, no qual estava montado um bufê. Uns quarenta convidados se encontravam ali, divididos em pequenos grupos; havia mais mulheres do que homens. Todos estavam muito bem vestidos e usavam máscaras. As janelas estavam fechadas e as cortinas cerradas. Estava quente e abafado. Pingava cera de vela, vinda de dois grandes lustres, sobre o chão. O ar estava impregnado com o cheiro de vinho. Tibor ouviu o canto melódico de uma mulher, vindo de um dos cômodos vizinhos. Meia dúzia de convidados estavam em volta do bufê. Um brinquedo de latão se movia em círculos sobre a mesa: um pequeno navio, com o deus Baco agarrado ao mastro e um pequeno barril de estanho a bordo. O navio parou em frente a um dos convivas, que pegou o barril, sorriu e bebeu seu conteúdo de uma só vez. Depois encheu o barril, deu corda no mecanismo, e o navio seguiu viagem com a nova carga.

O anfitrião veio falar com os recém-chegados assim que as portas se fecharam atrás deles. Deu as boas-vindas ao grupo, e, quando o amigo de Rudolph quis se apresentar, fez um gesto com a mão, pedindo silêncio.

— Ai! Ai! Meu jovem amigo, não quero saber disso. Nesta sociedade não temos nomes, ou melhor, usamos outros nomes, coloridos como as máscaras que cobrem os nossos rostos! Não sou ninguém menos do que *Netuno*. Refresquem-se, travem conhecimento com outros heróis e ninfas, aqui nós somos uma grande família no Olimpo. O espetáculo vai começar em breve. — Ele baixou o olhar para Tibor. — Seu sofrimento é evidente, meu amigo. Fantástico! Se for bastante corajoso, estou certo de que ainda há lugares disponíveis em volta do *baquet*. Não se deve jamais perder a esperança.

Netuno seguiu em frente, e o grupo se dispersou. Jakob, Tibor e a mais jovem das suas acompanhantes permaneceram no mesmo lugar.

— Vou me chamar *Chloris* — disse ela.

— Evidentemente você conhece bem a antiga Grécia — disse Jakob. — Seja gentil e nos dê um nome também.

— Você, irmãozinho, se chama a partir de hoje... *Acis*, e você — disse ela olhando para Tibor — chamar-se-á *Pan*, naturalmente — concluiu, deixando escapar um risinho, deliciada.

Jakob beijou a mão de Chloris, olhando nos seus olhos.

— Esteja certa da gratidão de Acis, ó bela.

Tibor esperou que Chloris se afastasse e disse:

— Isto é loucura.

— Não é mesmo? — respondeu Jakob com ironia.

— O que eu quis dizer é que nós deveríamos sair daqui o mais rápido possível.

— Se você quiser ir embora, não se acanhe, mas eu não vou perder isto aqui por nada neste mundo. Estou usando uma máscara. E além disso me chamo *Acis*, se me faz o favor.

— Nenhuma máscara é capaz de esconder o fato de que eu sou pequeno!

Jakob não respondeu, e deixou o seu olhar percorrer os convidados.

— Esta Chloris é mesmo uma coisinha linda — disse, absorto, e, sem dizer mais nenhuma palavra, dirigiu-se ao salão contíguo, o mesmo para o qual ela seguira.

Tibor conteve não só o impulso de seguir Jakob como também a raiva que sentiu da sua falta de responsabilidade, além do seu próprio medo de ser descoberto. Pegou alguma coisa para comer no bufê, além de um copo de vinho quando o navio automático com Baco passou singrando na sua frente. Sentou-se então numa espreguiçadeira, pois quando se sentava o seu defeito físico ficava menos visível. Ele não sabia o que era que estava comendo, mas estava uma delícia; não se lembrava de ter comido tão bem na sua vida. Um homem sentou-se a seu lado, sem no entanto olhar para ele. Sua respiração estava pesada, e a pele por baixo da máscara era pálida. Seu tronco oscilava descrevendo pequenos círculos.

Tibor ouviu um grupo que estava por perto conversando sobre Kempelen. Uma das mulheres estivera evidentemente na apresentação do autômato do xadrez no castelo de Schönbrunn. Ela descrevia para os demais aquela experiência inesquecível. Estava visivelmente bêbada e, para alegria de Tibor, exagerava muito: segundo seu relato, o autômato se movimentava com a velocidade de uma máquina a vapor e o turco de madeira se mexia bem mais rápido do que era capaz na realidade. Quando um homem duvidou da autenticidade do autômato, a mulher jurou, com uma voz estridente, que não cabia ninguém dentro da mesa, nem uma criança, sim, nem mesmo um bebê. Ela recomendou a todos que fossem ver o autômato do barão Von Kempelen, caso fossem a Pressburg. Tibor ficou tonto de orgulho.

Enquanto isso, alguns convivas que tinham reparado na presença de Tibor soltavam risinhos atrás dos leques e apontavam para o anão. A cena realmente devia ser bem insólita: ele sentado na espreguiçadeira, ao lado do ébrio, com pernas que mal chegavam até o chão. Tibor esvaziou seu copo e foi para o salão vizinho.

O cômodo era bem menor. No meio estava o *baquet*, uma tina oval, com aproximadamente quatro pés de comprimento e um de profundidade. A tina estava cheia de água. Uma limalha de ferro escura boiava na superfície. Dentro da água estavam uma dúzia de garrafas de vinho, arrumadas de forma radial, com o gargalo virado para a borda da tina. A cantora, de pé sobre um pequeno pedestal num canto da sala, ainda cantava, como se fosse uma incansável caixa de música. Tibor procurou por Jakob, mas não o encontrou. Este salão tinha, assim como o anterior, uma série de portas através das quais os convidados circulavam. Tibor presumiu que Jakob tivesse passado por uma delas. Ele também não viu Chloris, Rudolph e os outros.

Então chegaram dois homens vestidos de preto, com máscaras sem adornos. Eles colocaram uma tampa sobre a tina, fechando-a. A tampa tinha orifícios exatamente no lugar das garrafas. Em seguida, introduziram barras de ferro nas garrafas através dos orifícios, deixando a ponta das barras para fora da tina.

O anfitrião entrou no salão acompanhado de duas damas, seguido por alguns convidados. Ele bateu palmas, e a cantora emudeceu. Os dois homens de preto colocaram doze cadeiras em volta da tina. Netuno explicou que a magnetização iria começar, e que qualquer um que buscasse cura para o seu sofrimento deveria tomar assento em volta da tina. Algumas damas sentaram-se prontamente, então Netuno e suas acompanhantes as seguiram, assim como alguns outros convidados. Outros tantos recuaram ostensivamente um passo; queriam assistir ao espetáculo, sem no entanto tomar parte nele. Sobraram dois lugares em frente ao anfitrião.

— Avante, avante, pequeno homem! — exclamou ele. — O magnetismo opera milagres e nunca fez mal a ninguém.

Tibor balançou educadamente a cabeça, mas de repente alguém segurou a sua mão — uma jovem mulher, num vestido rosado com galões dourados e uma máscara com penas de pavão sobre o rosto — e puxou-o sorridente até a tina. Ela se sentou, sem largar a mão de Tibor, que seguiu seu exemplo, já que todos os olhos no salão estavam voltados para ele. Netuno aplaudiu.

Os dois assistentes pediram aos demais espectadores que deixassem o salão e fecharam as portas atrás deles. A vizinha de Tibor inclinou-se na sua direção e sussurrou:

— Eu sou Callisto.

— Eu sou Pan — respondeu Tibor, sentindo-se um mentiroso.

Ela soltou uma risada curta e sonora.

— Não tema, Pan. É como uma magia maravilhosa. Ouvi dizer que ela conseguiu até fazer um cego enxergar novamente.

Os cochichos cessaram abruptamente, e, quando Tibor se virou, compreendeu o motivo: um homem vestindo uma toga roxa entrara no salão. Seus cabelos batiam no ombro e o olhar era penetrante. Na mão trazia uma barra magnética branca. Em seguida, atravessou o salão com ar alegre, olhando firmemente para cada um dos voluntários, e disse:

— Um fluido preenche o universo, ligando entre si todas as coisas existentes: os planetas, a Lua e a Terra, assim como a natureza: pedras, plantas, animais, pessoas e todas as partes do corpo. O fluido percorre os membros, os ossos, os músculos e os órgãos, conecta a cabeça com os pés, uma das mãos com a outra. Se este fluido, porém, entrar em desequilíbrio, surgem sofrimentos, doenças, cólicas, maus humores e medos. Eu estou aqui para restabelecer esse equilíbrio, livrando vocês dos seus sofrimentos. E para isso utilizo a força divina do magnetismo animal. — Ergueu o magneto no ar, diante de si, como se fosse a pedra filosofal. — O fluido irá percorrer os seus corpos, eliminando os seus sofrimentos e bloqueios como se fossem diques apodrecidos, arrastando-os para bem longe, agora e definitivamente!

— Ora, ora — disse uma mulher baixinho.

O mestre pediu aos seus assistentes que apagassem as velas, deixando somente uma acesa.

— Estamos providenciando o escuro da noite para que vocês possam se concentrar bem no seu interior, sem nada para distraí-los. Durante a cura, sentirão sensações desconhecidas e farão coisas que não desejam fazer, mas não há o que temer: nada de mal lhes acontecerá; é somente o fluido se apossando de vocês. Estarei aqui o tempo todo prestando atenção. Segurem as barras de ferro agora.

Tibor segurou a barra quase sem enxergar. O ferro esquentou rapidamente debaixo dos seus dedos, e foi tudo o que sentiu.

— Agora pressionem os joelhos contra os joelhos dos vizinhos. É imprescindível para o fluxo que vocês estejam todos interligados e que a corrente não seja quebrada!

Tibor ouviu o farfalhar de roupas dos dois lados, e então os joelhos dos seus vizinhos encostaram nos seus. Ele abriu as pernas um pouco mais, para fazer um pouco mais de pressão. A cantora recomeçou a entoar uma canção, só que desta vez de forma mais desconexa do que antes; as palavras eram irreconhecíveis, e os sons eram interrompidos por longos silêncios. Ela alternava de forma abrupta os tons mais altos com os mais baixos — parecia o canto de um doente mental. Tibor não ouvia mais nenhum som vindo dos cômodos vizinhos. O mestre se dirigia aos pacientes com voz calma, se repetindo com freqüência; falava do fluxo do fluido, do equilíbrio, da força do magnetismo animal, das estrelas e dos planetas. Ouviu-se um soluço. Tibor levantou os olhos e percebeu que viera de uma das vizinhas de Netuno. O mestre estava atrás dela, fazendo alguma coisa com o magneto, mas Tibor não conseguiu ver o que era. Os dois assistentes também se ocupavam atrás de outros convidados. Os soluços aumentaram, e outros ruídos foram surgindo: um riso, depois uma gargalhada insana, um gemido extático, um zumbido animalesco, um gemido, e de repente um grito. Por mais que Tibor arregalasse os olhos, não conseguia enxergar nada na escuridão. O magnetizador seguiu falando sem se deixar perturbar, mas, tal como a cantora, elevou o tom de voz para se sobressair aos devastadores sons dos pacientes. De repente o joelho de Callisto começou a tremer sem parar. Tibor teve de escorregar para a frente na cadeira, esticando a perna para não perder o contato. Uma mulher chorava e parecia chamar pela mãe. De repente Tibor sentiu uma pressão na nuca. Um dos assistentes, talvez o próprio magnetizador, estava atrás dele, passando um magneto na parte de trás da sua cabeça, na coluna vertebral, e por cima dos braços. Tibor sentiu calor onde o magneto encostava na sua pele, um calor que permanecia depois que o magneto se deslocava. Um choque elétrico subiu pela mão que segurava a barra, percorrendo todo o seu corpo. Ele começou a respirar mais rápido, muito mais rápido, e percebeu que estava prestes a perder os sentidos. Então o calor passou da barriga para a região dos rins. Tibor envergonhou-se. Passou pela sua cabeça, por um instante, que o que ele estava fazendo ali era um pecado, uma dança extática em volta de um bezerro de ouro, mas ele se deixou levar. Callisto gemeu, o assistente nas suas costas, e Tibor colocou a mão que estava livre em seu joelho, para mantê-lo firme junto ao seu, para interromper seu gemido e principalmente para poder senti-la. Em vez de repelir aquele gesto imoral, Callisto colocou sua mão sobre a dele, apertando-a. Uma cadeira tombou e alguém caiu no chão. Com isso, o círculo se rompeu, mas a sensação de calor permaneceu. O magnetizador acalmou o círculo, mas já não havia o que acalmar; os participantes estavam fora de si. Um chutava continuamente a lateral da tina, outro se levantou aos pulos, gritando e arrancando os cabelos, um terceiro puxava os seus membros, como se quisesse se livrar do seu próprio corpo, tal como Hércules fizera com a camisa envenenada; alguns caíram desacordados no chão, outros se jogaram. Callisto puxou a mão de Tibor, subindo pela sua coxa até que os dedos dele encostassem nas vergonhas, que ele pôde sentir apesar das roupas. Então ela apertou as pernas, como se quisesse espremer as mãos de Tibor. A cantora se calou, já que não era mais possível se impor à barulheira no salão.

Callisto se levantou com um salto, com tal ímpeto, que a cadeira caiu para trás. Ela puxou Tibor pela mão para fora do salão, chamando:

— Erato.

A mulher com esse nome levantou-se e os acompanhou. Eles chegaram a um corredor através de uma porta lateral e Callisto os conduziu para a direita, enquanto as tábuas rangiam sob os seus pés. Ela empurrou uma porta, os três entraram no quarto, e a porta foi trancada. Só então ela soltou a mão de Tibor. Erato trouxera um castiçal do corredor, que iluminava o quarto. Eles tinham entrado em um pequeno quarto de dormir — Tibor não sabia dizer se fora por acaso ou não. O quarto estava mobiliado com uma penteadeira, duas poltronas e uma cama de dossel. Callisto ainda estava ofegante. As roupas e os cabelos dos três estavam em desalinho.

— Ele é grandioso — disse Erato olhando para Tibor. Ela chorara, a maquiagem borrada sob a máscara denunciava isso. Qualquer que tenha sido o motivo, toda a tristeza parecia ter desvanecido. Callisto quis tirar a máscara, mas a outra a impediu com um gesto.

— Pan — disse Callisto —, agora queremos ver se você faz jus ao nome.

As mulheres sorriram entre si. Tibor não reagiu.

— Dispa-se — disse Callisto quase sem voz.

— Eu não sou Pan — defendeu-se Tibor, apesar da sua excitação não ter cedido.

— Então nós vamos despertar o Pan em você — respondeu Erato.

Tibor prendeu a respiração. As duas mulheres se deram as mãos, unindo seus rostos num longo beijo. Tiveram de inclinar as cabeças para que as máscaras ornadas com plumas não esbarrassem uma contra a outra. Sob a luz bruxuleante da vela, pareciam dois pássaros executando uma notável dança de acasalamento. As costas de Tibor tocaram a parede; sem se dar conta, ele dera um passo para trás. As mulheres olharam para Tibor, sem se afastar totalmente, satisfeitas com a impressão que aquele beijo causara nele. Começaram então a se despir, com o olhar quase sempre voltado para Tibor, sabedoras do encanto que exerciam. Tibor ficou tonto, e a cada peça de roupa que ambas deixavam cair descuidadamente no chão o seu desejo aumentava. Elas subiram na cama e ali mesmo começaram a desabotoar seus espartilhos, gritando de prazer e gemendo com luxúria. Tibor dava ora um passo à frente, ora um passo para trás, incapaz de ter uma idéia clara do que estava acontecendo.

Obviamente, ele já vira mulheres nuas na sua vida, e também já havia se deitado com duas mulheres. Certa feita, na Silésia, seus dragões se divertiram, pagando uma prostituta para transformar o rapaz de quinze anos em um homem. Mas eles sentiram mais prazer do que o próprio Tibor. Mais tarde, durante a sua peregrinação, a dois dias de caminhada de Gran, ele se envolvera com uma jovem camponesa, bonita, mas que tinha um defeito no pé. Tibor achou triste a idéia de ali estarem duas pessoas horríveis se amando; pessoas que ninguém mais desejaria. Mesmo assim, permaneceu mais alguns dias, até que o pai descobriu aquele envolvimento, e Tibor teve de fugir. Ele não a amava, muito menos a sua perna, mas o resto do seu corpo era maravilhoso, e ele sentia sua falta com freqüência — e agora ele estava ali, novamente sob o baldaquim da cama, em cima de lençóis e travesseiros macios, buscando a pele que lhe era oferecida, a pele destas duas meninas, que não vestiam nada além das suas meias de seda e das suas máscaras. Elas riam, triunfantes, porque de fato o haviam transformado em Pan. Tocar aquelas coxas e braços macios teria sido suficiente para ele, mas elas conduziram as mãos dele por outros territórios: a barriga, o pescoço, os seios e finalmente o colo. Enquanto isso elas o despiam pelas duas pontas, mas ele insistiu em permanecer com a máscara. Sabia que seu membro não era maior do que o dos outros homens, e ele mesmo era menor do que os outros homens; assim, sua excitação, tal como ele desejara intimamente, não causou decepção: as mulheres sorriram diante daquela visão. Erato tocou e segurou seu membro, mas não se atreveu a beijá-lo. Agora foi Tibor quem gemeu. Ele se agarrou nos lençóis. Erato então recostou sua cabeça sobre uma pilha de travesseiros, puxou as costas de Callisto para cima do seu colo, segurou os seios da sua amiga por trás, enquanto acariciava o seu pescoço com a língua. Callisto abriu bem as pernas, e Erato fez um sinal para Pan, que se aproximou, apoiou as duas mãos sobre a cama e penetrou Callisto. Como as pernas delas estavam sobrepostas, ele pôde segurar quatro coxas. Ele deixou a cabeça cair sobre os seios de Callisto, e Erato os apertou contra as suas bochechas.

Foi muito rápido, a volúpia acabou rapidamente. Tibor segurou o grito de prazer, tanto quanto possível. Então, como se alguém tivesse jogado um balde de água fria em cima da sua cabeça, deu-se conta da situação: ele estava unido a um ser dos contos de fada, com duas cabeças emplumadas e quatro pernas, que começou a rir, com o bico, de um anão que se esvaíra no seu colo duplo. Ele sentiu o frio do seu escapulário sobre o peito. Escorria-lhe o suor pelo rosto, principalmente por baixo da máscara.

— Pan, seu magneto me libertou dos meus sofrimentos — disse Callisto, que estava tão sem fôlego quanto ele, e as duas recomeçaram a rir. Tibor já estava procurando suas roupas, que estavam espalhadas pelo chão e sobre a cama.

Tibor retornou ao grande salão onde estava montado o bufê. O recinto estava praticamente vazio. Restavam somente um casal que conversava baixinho, e não tomou conhecimento da sua presença, e dois bêbados que dormiam embriagados — um deles era o mesmo que se sentara ao lado de Tibor na espreguiçadeira. Ele ressonava, deitado sobre um tapete, ao lado de uma poça de vômito. Tibor se perguntou por que ele não tinha se arrastado um pouco mais para a frente, vomitando sobre as tábuas, e não em cima do precioso tapete. Mas aparentemente para essa gente não fazia a menor diferença. Tibor adoraria saber como estava a sala ao lado, onde estava o baquet. Mas não foi olhar, porque não tinha vontade de reencontrar o estranho magnetizador com a toga roxa. Ele também não queria ver Callisto e Erato novamente. Em vez disso, comeu um pouco da comida que sobrara, e bebeu mais uma taça de vinho. O navio de corda do capitão Baco, batera contra um suflê, e jazia ali adernado.

Jakob só apareceu meia hora depois. Usava uma máscara diferente e se desculpou muitíssimo por ter feito Tibor esperar tanto tempo. Pegou então duas garrafas fechadas, e eles deixaram o salão. Recolocaram as máscaras no mesmo lugar onde as tinham pegado. No andar de baixo restavam somente dois lacaios sonolentos, que trouxeram seus sobretudos, sem fazer nenhuma menção às garrafas trazidas, e desejaram aos "nobres senhores" uma boa noite.

A chuva cessara. Jakob respirou profundamente. Eles saíram da propriedade a pé, passando pelas carruagens dos poucos convidados que ainda vagavam pelos quartos e pelos salões do palácio. No caminho de volta, através da cidade adormecida, esvaziaram uma das garrafas de vinho, e Jakob contou, em detalhes, como havia passado o tempo com Chloris, que permitira que ele beijasse não só a mão e a boca, mas o pescoço também; e mais tarde inclusive os pés de porcelana. Tibor permaneceu calado.

Neuenburg: noite

Não importava se Carmaux, Jaquet-Droz e os outros haviam pagado para ver a máquina de xadrez de Kempelen ser derrotada pelo anão ou para assistir a uma partida eletrizante entre os dois: eles receberam tudo a que tinham direito. Neumann empurrou as brancas de volta para o seu lado do tabuleiro e caçou a rainha de uma casa para a outra. Conseguiu inclusive a rara façanha de trocar um peão: o peão de c7 conseguiu batalhar o seu caminho até o outro lado do tabuleiro e foi trocado por uma rainha em e1. Neumann recebeu aplausos, apesar de as três rainhas terem saído do jogo logo nas jogadas seguintes.

O braço do autômato parou novamente depois da trigésima sexta jogada. O tabuleiro à sua frente tinha sido visivelmente esvaziado. A noite caíra, e desta vez Kempelen interrompeu a partida sem contestações: todos os participantes necessitavam de descanso. O tabuleiro ficaria intocado durante a noite e no dia seguinte a partida seria concluída. Ele esperava poder cumprimentar novamente o maior número possível dos presentes, principalmente o oponente do autômato do xadrez. Neumann se levantou sem dizer palavra e se misturou aos espectadores que estavam de saída, sendo elogiado por muitos deles, que lhe estendiam as mãos ou batiam nas suas costas em sinal de reconhecimento. Neumann saiu da Hospedaria do Mercado na companhia do seu colega Henri-Louis Jaquet-Droz, do pai deste, Pierre, e outros mais. Ao mesmo tempo, Wolfgang von Kempelen e seus assistentes empurravam a mesa de xadrez com o turco para a sala contígua.

Assim que todos haviam saído do salão, as portas foram fechadas e as cortinas cerradas. Então abriram a mesa para deixar sair o jogador que estava escondido dentro dela. Ele era um pouco maior do que Kempelen, jovem e magro. Estava pálido e suado devido ao longo tempo que tinha ficado dentro da mesa. Esticou seus membros gemendo, apertou a nuca com a mão e girou a cabeça sobre os ombros. Deu para ouvir os estalos.

— Anton, traga uma toalha para Johann. E água — pediu Kempelen ao seu ajudante.

O jogador tomou alguns goles e limpou o suor da testa.

— Deus do céu — disse ele —, eu já achava que vocês iriam me deixar ali dentro até morrer e só iriam me tirar quando estivesse igual a uma ameixa seca.

— Mas você ouviu a parte sobre o dinheiro — disse Anton.

— Claro que sim.

Kempelen apertava os punhos sobre a mesa, à esquerda e à direita do tabuleiro.

— Sou um louco de pedra por ter me deixado envolver neste negócio.

Anton esfregou as mãos.

— Por duzentos táleres? Por uma bolada dessas, eu jogaria pessoalmente uma partida contra o amigo Hein.

— Vamos perder — disse Kempelen olhando para o tabuleiro de xadrez.

— Mesmo assim, o senhor vai receber o dinheiro. As condições são de que a partida seja concluída, não de que o turco ganhe.

— E, além disso — Johann tomou a palavra —, não vamos perder.

Ele foi até Kempelen, junto do tabuleiro, e mostrou a posição das figuras.

— Ele tem dois peões a menos. E joga num estilo antigo. Se espalhou muito com o seu ataque, e vou conseguir pegá-lo. Nunca perdi.

— Então amanhã será a primeira vez. Nós vamos perder. Tanto faz o que você pensa agora. Podem acreditar em mim, nós vamos perder — disse Kempelen, e Johann não ousou contradizê-lo.

Anton deu de ombros.

— Que seja: duzentos táleres! Vocês não ganharam tudo isso nem em Regensburg e Augsburg juntos.

— Isso terá conseqüências. Se perdermos, nossa fama estará arruinada e os danos não poderão ser medidos com dinheiro.

Kempelen começou a perambular pela sala.

— Você devia tê-lo visto — disse Anton, voltado para Johann, e colocou a mão na altura do umbigo. — Um anão, que mal tinha esta altura. Sentado na cadeira, seus pés não encostavam no chão.

— E era um relojoeiro?

— Certamente. Todos por aqui são relojoeiros, imagine só. É curioso. Havia um relojoeiro anão em Amsterdã. Ele também só era um pouco mais alto do que os seus relógios.

— Silêncio — disse Kempelen —, preciso pensar.

Os dois colaboradores foram calados cuidar dos seus afazeres, Anton verificou a mesa, Johann vestiu uma camisa limpa, até que Kempelen se manifestou novamente.

— Johann, vá descobrir onde ele mora ou onde montou acampamento.

Johann e Anton se entreolharam.

— O que o senhor tem em mente? — perguntou Anton.

— Isso é problema meu.

— O Anton não pode ir no meu lugar? — perguntou Johann, fazendo uma careta de dor. — Estou morto de cansaço.

Kempelen balançou a cabeça.

— Eles já viram o Anton na apresentação, mas ninguém ainda viu você por aqui. Não terá dificuldade em encontrá-lo: é um anão. E pergunte se ele está acompanhado de uma mulher.

— Uma anã?

— Não, seu tonto. Uma pessoa... bonita inclusive.

Depois que Johann saiu, Anton disse:

— Um anão que joga muito bem xadrez. Ele não teria de ficar espremido dentro da máquina. O senhor devia tê-lo contratado no lugar de Johann.

Kempelen não respondeu.

Viela dos Judeus

Eles estavam arrumando o cômodo vizinho à oficina. Jakob o chamava de "depósito de peças de reposição do criador", pois Kempelen guardara ali os objetos criados durante a confecção do autômato do xadrez. Peças que não tinham sido utilizadas por serem defeituosas; entre elas inúmeras partes artificiais do corpo humano, tais como mãos, dedos, cabeças e perucas, depositadas em armários e caixas ou simplesmente penduradas no teto. Poder-se-ia construir mais um andróide com elas, mas o resultado teria sido uma estranha colcha de retalhos: uma cabeça feminina sobre um corpo de homem com braços de tamanhos diferentes, de um lado uma mão branca e, do outro, preta. Tibor reencontrou uma caixinha forrada de veludo, contendo mais dois pares de olhos vindos de Veneza. Depois que eles esvaziaram o cômodo, Kempelen escolheu as peças que queria guardar. O lixo foi retirado por Branislav, dentro de uma caixa da qual saíam pernas de madeira e mãos espalmadas como as de bêbados que procuram salvação. O cômodo agora serviria para guardar o turco do xadrez. Ele deveria ficar guardado ali entre uma apresentação e outra. Kempelen mandou colocar uma fechadura na porta e tapar a janela com tijolos.

A oficina foi transformada em um teatro para as apresentações do turco: as bancadas e as ferramentas desapareceram, os esboços e desenhos construtivos foram retirados das paredes. Foram feitas mais duas mesas, além da mesa de xadrez: sobre a menor delas deveria ficar a caixa misteriosa. A maior também recebeu um tabuleiro de xadrez; nela se sentariam os oponentes do turco, já que ninguém mais poderia chegar tão perto do autômato como Knaus o fizera. Por último, foram colocadas cadeiras na oficina: vinte lugares, com uma passagem no meio.

Tal como Kempelen desejara, a fama da sensacional máquina que jogava xadrez o acompanhara de Viena até Pressburg. Ainda durante os preparativos, ele foi consultado inúmeras vezes sobre a data em que o autômato deveria jogar sua primeira partida em Pressburg. As cartas e os bilhetes eram dos cidadãos e dos nobres. Duas semanas após a estréia em Schönbrunn, Kempelen teve de viajar a Ofen a fim de tratar de assuntos das minas de sal. A primeira apresentação do turco do xadrez seria na sua volta. Kempelen convidou cidadãos proeminentes para esta apresentação: conselheiros municipais, ricos comerciantes, irmãos da loja maçônica, e outros tantos, dos quais se esperava que fizessem propaganda ampla e rápida do turco. A partir daí, o turco se apresentaria inicialmente duas vezes por semana. Kempelen escolheu as quartas-feiras e os sábados, mesmo que com isso Jakob tivesse de trabalhar no *shabat*.

Kempelen e Tibor chegaram a um acordo comercial: Tibor receberia os trinta *gulden* por mês que solicitara. Em contrapartida, comprometeu-se a passar no mínimo três horas por dia lendo livros sobre xadrez ou jogando. Seu oponente preferencial nessas partidas era Jakob, que não aprimorava o seu jogo nem tinha intenção de fazê-lo. Como Kempelen tinha pouquíssimo tempo livre, pediu à esposa que fosse parceira de jogo de Tibor. Garantiu a Anna Maria que o sucesso do autômato do xadrez e, conseqüentemente, a carreira da família Kempelen só estariam assegurados se Tibor jogasse com perfeição. Sem treinamento, sua habilidade iria diminuir.

Com isso, eles voltaram a se encontrar. Nenhum dos dois falava uma só palavra durante a partida, e ao final era dito somente o estritamente necessário. A postura de Anna Maria em relação a Tibor não se modificara, a despeito da brilhante apresentação para a imperatriz. Para sua surpresa, porém, ela sabia jogar xadrez muito bem, melhor ainda do que o marido. Tibor, contudo, seguia ganhando todas as partidas. Mas Anna Maria se defendia com galhardia, e Tibor começou a perceber um quê de paixão nela; uma paixão pelo enfrentamento com o anão, por se esquivar o maior tempo possível da derrota e conseguir aniquilar o maior número possível de peças brancas, antes que o seu próprio rei tombasse. Certamente não se tratava de uma paixão agradável, mas não deixava de ser um sentimento. Tibor sentia pena das investidas obstinadas contra o seu talento imbatível. Certa feita, ele quis deixá-la ganhar, movendo o seu rei para um beco sem saída, do qual seria impossível escapar. Ela recusou a esmola, desfazendo a jogada e admoestando-o a pensar melhor — depois disso, aparentemente, passou a odiá-lo ainda mais.

Tibor começou a se entediar novamente, apesar dos jogos diários. Jakob, cujo trabalho propriamente dito no autômato estava terminado, também se sentia assim. O judeu se ofereceu então para iniciar Tibor nas artes da tornearia e da relojoaria. Kempelen permitiu que eles utilizassem suas ferramentas e materiais. O anão passou a aprender esses ofícios, na oficina ou no seu quarto, sob a orientação de Jakob. Em contrapartida, Tibor se ofereceu para familiarizar Jakob com a arte de jogar xadrez, o que foi polidamente recusado.

— Posso vislumbrar outras formas de passar o tempo — disse ele. — Talvez esteja mesmo na hora de seguir em frente.

— O que quer dizer com isso? — perguntou Tibor.

— Ir embora de Pressburg. Procurar novos trabalhos. Não permitir que eu me transforme em um filisteu embolorado.

— Isso, não!

Jakob sorriu.

— Não se preocupe. Não sou nenhum idiota. Em primeiro lugar, não quero perder a marcha triunfal do turco, e além disso Kempelen me paga um salário tão polpudo quanto o seu. Sabe por que ele me paga tão bem?

— Porque você fez um excelente trabalho.

— Com os diabos, não! Isso já foi há muito tempo. Ele me paga para que eu não o abandone e saia por aí revelando o segredo do seu turco.

— Você não faria tal coisa.

— Pois deixe que ele pense assim — disse Jakob e bateu no seu bolso, fazendo as moedas tilintarem lá dentro.

Kempelen só se manteve rígido em relação a uma questão: não permitia que Tibor fosse a uma igreja se confessar. Tibor não se confessava havia mais de três meses, e esta situação lhe era insuportável. Ele queria confiar a um servo de Deus principalmente os acontecimentos de Viena, que voltavam à sua mente como um sonho embriagante. Mas Kempelen não permitia que Tibor colocasse um pé para fora da porta.

Quando soube do desejo de Tibor, Jakob jogou uma faixa de tecido sobre os ombros e perguntou, com voz grave, que pecados ele pensava confessar. Colocou um prego em cada mão e disse:

— Caramba, eu sou tão bom quanto o seu Jesus: também sou judeu, também sou marceneiro, tenho pregos nas mãos, e meu pai nunca cuidou de mim.

Tibor não estava para risadas. Estava aborrecido, porque tinha usado os três dias livres e anônimos em Viena para prazeres fugazes, não para finalmente entrar numa igreja de novo.

Já que não podia receber a absolvição com a confissão, ele desejava pelo menos a bênção de uma prece com o terço. Só que ele não possuía um rosário e não queria pedir a um livre-pensador como Kempelen, muito menos a um judeu, que lhe conseguisse um. Por isso se virou de outra forma: ele usou o tabuleiro de xadrez como se fosse um rosário. As casas do tabuleiro substituíam as contas do rosário: Tibor atribuiu a cada uma das sessenta e quatro casas uma oração e, enquanto movia a rainha de casa em casa — em vez de deixar as contas passarem pelos seus dedos —, acompanhava que oração tinha de rezar, quando e quais ainda tinha pela frente. Tibor passou a rezar o terço diariamente e se acostumou de tal forma ao tabuleiro na função de rosário, que a simples visão dele lhe proporcionava consolo e paz.

Dorottya pediu demissão da casa dos Kempelen de forma totalmente inesperada. Wolfgang e Anna Maria tentaram em vão fazê-la mudar de idéia: ela queria voltar o quanto antes para Prievidza, sua aldeia natal, pois sua irmã estava muito doente e ela tinha de ir cuidar de sua família. Como Dorottya não queria deixar os Kempelen totalmente na mão, pensou em uma substituta. Por sorte, a filha do seu primo estava à procura de um trabalho como empregada. Ela era bonita, apesar de um pouco simplória, tinha excelentes referências, formara-se em um colégio religioso e estava familiarizada com todas as tarefas domésticas, podendo começar a trabalhar imediatamente.

No dia seguinte, os Kempelen receberam Dorottya e sua sobrinha na grande cozinha do pavimento térreo da casa. Ela usava roupas simples de linho verde e marrom, além de um lenço branco sobre os cabelos louros. Quando Dorottya a levou para dentro, ela examinou a cozinha respeitosamente, como se fosse uma imponente sala do trono.

— Esta é Elise Burgstaller — apresentou Dorottya.

Elise fez uma pequena reverência diante do casal. Depois tirou dois manuscritos cuidadosamente dobrados de dentro da cesta que trazia consigo e entregou-os a Anna Maria. Eram cartas de referências, que certificavam ser ela uma serviçal diligente e virtuosa; ambas provenientes de Ödenburg. A primeira de um fabricante de perucas e a outra de um barão húngaro. Hesitante e com voz baixa, Elise contou sua trajetória desde o colégio conventual em Ödenburg até os seus empregos e a mudança para Pressburg. Quando Kempelen indagou por que ela aos vinte e dois anos ainda não se casara, ela enrubesceu e explicou que nem ela nem seu tutor haviam encontrado a pessoa certa até agora. Dorottya concordava com a cabeça, o tempo todo, com o que Elise dizia. Então Teréz acordou do seu sono e gritou pela mãe. Quando Anna

Maria a trouxe para a cozinha, Elise tapou a boca com as mãos, de puro encantamento com o "pequeno anjo":

— A senhora deve estar muito orgulhosa — disse para Anna Maria.

Os Kempelen pediram a Dorottya e Elise que aguardassem no pátio interno enquanto conversavam sobre ela na cozinha.

— Ela é perfeita — achou Anna Maria.

— Ela dá a impressão, me desculpe, de ser um pouco ingênua. Ou estou enganado?

— Dorottya também não era das mais inteligentes e foi uma boa criada.

— Então você não quer continuar procurando?

— Não. Por que deveria? Ou será que devo esperar você construir uma criada?

Assim, Elise Burgstaller foi contratada na casa dos Kempelen. Dorottya ficou durante dois dias familiarizando Elise com a casa e suas rotinas. Depois disso foi embora de Pressburg. Levou consigo uma generosa indenização dos Kempelen, e a consciência pesada, além de um saco com cinqüenta *gulden*: dinheiro de suborno, entregue pela amante Galatée, de Viena, que conseguira acesso à casa de Wolfgang von Kempelen com dinheiro, roupas simples, referências falsas e uma biografia mentirosa, passando a servir como criada com o nome de Elise.

— Quando o gato sai, os ratos fazem a festa — disse Jakob.

Com efeito, um espírito mais livre se fez sentir pela casa depois que Kempelen partiu a cavalo para Ofen. O turco estava trancado no seu quarto. Anna Maria fez Tibor saber, através de Jakob, que por enquanto não iria mais jogar as partidas de treinamento com ele. Tibor então se pôs a ler literatura, em vez de anotações de partidas, já que a antologia de poesia que Kempelen possuía era impressionante. Paralelamente ele aprimorava sua destreza com a lima.

Quatro dias depois da partida de Kempelen, Jakob entrou no quarto de Tibor sem bater na porta, enquanto ele trabalhava numa engrenagem. Jakob trazia nos braços dois velhos casacos de Kempelen — um verde e outro marrom —, que apareceram durante a limpeza do cômodo.

— Qual é a sua cor preferida?

Tibor levantou os olhos e respondeu:

— Branco.

Jakob explodiu numa gargalhada.

— Muito engraçado, seu gnomo maluco. Você tem mais uma chance, mas pelo amor de Deus não diga preto.

— Verde?

— Por exemplo.

— O que você tem em mente?

— Isso eu não vou te contar. — Jakob olhou por cima dos ombros de Tibor para o seu trabalho. — Você deveria limar um pouco mais esse pino. Ele deve se encaixar assim no mancal... A propósito de pino e mancal, já viu a nossa nova empregada?

Tibor balançou a cabeça.

Jakob apontou para a pequena janela do cômodo.

— Ela está no pátio pendurando as roupas. Arrisque uma olhada, o seu próprio pino vai lhe agradecer — disse ele, saindo em seguida.

Tibor empurrou o banquinho para baixo da janela, subiu nele e olhou para o pátio interno. As cordas estavam esticadas de parede a parede, e a criada, com um grande cesto nas mãos, pendurava nelas toalhas brancas, lençóis e cobertas, fazendo com que o piso escuro do pátio ficasse parecendo um tabuleiro de xadrez, com os panos brancos dispostos daquela forma. Tibor não conseguia ver o rosto dela lá de cima, mas podia ver-lhe os seios, principalmente quando ela se curvava para pegar novas peças de roupa de dentro do cesto. Ela esticou as costas para trás, com os braços na cintura, e olhou para cima, bem para a janela. Tibor abaixou a cabeça imediatamente e esperou alguns segundos antes de olhar de novo. Jakob estava entrando no pátio, levando nas mãos o casaco verde e uma caixa contendo tesoura, linhas, agulhas e botões. Ele a cumprimentou de forma jovial, entregou os pregadores de que ela precisou para pendurar o último lençol e mostrou o casaco verde. Eles se sentaram juntos no banco. Ele se aproximou para explicar alguma coisa sobre o tecido. Por fim, ela começou a consertar o casaco, encurtando-o, enquanto Jakob a observava com os braços esticados sobre o encosto do banco. Em seguida, ele levantou a cabeça, olhou Tibor nos olhos, mostrou os dentes e passou a língua de forma lasciva sobre os lábios — até que a criada lhe dirigiu novamente a palavra, e ele voltou a atenção para ela. Tibor desceu do banquinho e recomeçou, sem muito entusiasmo, o seu trabalho na engrenagem. Ele achou curioso o fato de a criada ter uma pinta acima da boca, já que isso — pelo menos era o que Tibor achava desde que estivera em Viena — era uma prerrogativa dos nobres.

Alguns dias depois, Jakob ajudou Tibor com o casaco verde, que Elise consertara. Ele estava perfeito — com exceção do comprimento. As abas do casaco encostavam no chão. Tibor olhou para Jakob com ar de interrogação, ao que ele lhe apresentou um par de sapatos; sapatos com saltos tão altos que mais pareciam pernas de pau. Os sapatos couberam nos pés de Tibor, apesar de ele ficar um pouco inseguro neles. Ficou quase dez polegadas mais alto — ainda assim, bem mais baixo do que Jakob, mas sem parecer mais um anão.

— Se vestirmos calças bem largas por cima dos sapatos, ninguém notará a diferença — disse ele. — Parabéns pelo seu aniversário!

— Mas não é meu aniversário. Só faço anos em outubro.

— Não posso esperar tanto tempo.

— E para que isto tudo?

— Para você não chamar a atenção quando formos à cidade. Não estamos em Viena. Há pessoas que me conhecem por aqui.

Dessa vez, Tibor não tentou objetar que Kempelen os havia proibido de sair. O passeio deles em Viena fora fabuloso, e agora ele queria ver Pressburg, além do mais a primavera estava começando, enquanto Tibor tinha de ficar preso no seu quarto. Ele não conseguia se lembrar quando sentira o sol sobre a pele pela última vez. Anna Maria Kempelen estava num salão e só retornaria à noite. Eles passaram se esgueirando pelos empregados para fora da casa. A tarde mal começara, e as ruas da cidade estavam cheias; assim, os dois não chamaram muito a atenção no meio do povo. Tibor estava usando uma peruca velha, um chapéu de três pontas e uma bengala. A última se fez necessária, porque ele não conseguia andar direito com os sapatos que Jakob lhe dera, principalmente sobre pisos irregulares. Por mais de uma vez perdeu o equilíbrio ou quase caiu, mas conseguiu se manter de pé todas as vezes, graças à bengala, ao apoio da mão de Jakob ou a uma parede próxima. Ninguém prestava muita atenção em Tibor. Os olhares passavam por ele e seguiam em frente. O disfarce de Jakob o tornara um deles.

Eles atravessaram o fosso da cidade por cima de uma ponte e entraram na cidade pelo Lorenzer Tor. Era a primeira vez que Tibor atravessava os muros da cidade. Até então só os tinha visto pelo lado de fora. Jakob o conduziu em linha reta até a praça principal em frente à câmara municipal. Ali eles fizeram uma pausa, junto à Fonte Roland. Tibor enfiou as duas mãos dentro da água fresca até a altura das mangas e ficou observando os incontáveis reflexos do sol sobre a superfície trêmula até seus olhos começarem a doer. Ele se sentia como um eremita que, depois de muitos anos, tinha empurrado a pedra que fechava a caverna e dava agora seus primeiros passos curiosos pelo mundo. Alegrava-se com absolutamente tudo: com as outras pessoas, com o sol e as nuvens sobre os telhados da cidade, o primeiro verde das árvores, o cheiro da bosta dos cavalos e o barulho das ruas. Jakob falava. Tibor não se lembrava de alguma vez tê-lo visto se calar por tanto tempo.

Tibor levantou seus olhos da fonte quando o relógio da torre da câmara municipal bateu quatro horas. Ele observou a torre com o sino, e a câmara municipal, com seu telhado de ripas coloridas, até o som se perder totalmente.

— O prefeito está se queixando, temos de seguir em frente. — disse Jakob.

— O prefeito...?

— É assim que chamam o sino, porque ele morreu lá dentro — explicou Jakob.

— No sino?

— O prefeito incumbiu o mestre Fabian, o melhor sineiro da cidade, da confecção do sino da torre da câmara municipal. Durante os trabalhos, o prefeito costumava visitar a oficina do mestre Fabian e acabou se apaixonando pela bela esposa do sineiro. Ela, por sua vez, sucumbiu aos encantos do rico prefeito, com seus doces elogios e presentes caros. Mas mestre Fabian descobriu o caso entre ambos e, no dia em que estava fundindo o metal no forno, chamou o prefeito às falas. O prefeito se fez de desentendido e negou até o fim o romance. Quando começou a se gabar do "seu" novo sino, dizendo que ele e o sino estariam ligados para sempre, o sineiro não suportou mais: jogou o prefeito dentro do ferro derretido. O infeliz não conseguiu nem gritar, tão rápido ele foi engolido pelo fogo líquido. "Sim, você estará ligado para sempre a este sino", gritou mestre Fabian. Ele moldou o metal na fôrma na mesma noite e, antes que o sino tivesse esfriado totalmente, já tinha abandonado a cidade e não foi visto nunca mais. O prefeito também não, naturalmente. Mas quando o sino foi erguido na torre, com cordas muito fortes, e tocou pela primeira vez, a esposa do prefeito gritou; o sino a chamava, ela podia ouvir a voz do seu marido lá dentro! Todos acharam que ela estava maluca, mas ela subiu na torre e descobriu na parede do sino uma mancha verde no meio do metal amarelo. Aquilo, disse ela, seria o anel de esmeralda do prefeito — a mesma esmeralda que ela dera de presente ao seu marido no dia do casamento, e que a brasa não tinha conseguido derreter. A esmeralda agora estaria brilhando verde através do metal. Desde então as pessoas chamam o sino de prefeito, e se diz que as pessoas que não têm a consciência tranqüila são afetadas até a medula pelo som deste sino.

Então Jakob mostrou a Tibor o local de trabalho de Kempelen propriamente dito: a Câmara Real Húngara, na viela de São Miguel. Eles chegaram à viela dos Senhores com o magnífico palácio da nobreza de Pressburg, passando pela viela da Ventura. Tibor, no entanto, só tinha olhos para a torre de São Martinho, que se sobressaía acima das casas, com sua ponta coroada com uma réplica da coroa húngara. Alguns minutos depois eles estavam aos pés da enorme catedral de pedra cinza e Tibor a admirava como um sedento diante de uma fonte de água fresca.

Jakob torceu o nariz.

— Nosso Deus tem uma casa mais bonita.

Tibor lançou um olhar tão venenoso, que fez com que Jakob levantasse as mãos para acalmá-lo.

— Acalme-se — disse ele. — Quanto tempo você vai precisar para... acender as suas velas, ou seja lá o que você precisa fazer?

Enquanto Tibor pensava, Jakob disse:

— Venho buscá-lo dentro de uma hora. Talvez seja melhor não se pôr de joelhos, para não ter problemas na hora de se levantar com esses sapatos.

Isso posto, Jakob se virou e voltou passeando, com as mãos nos bolsos, pelo mesmo caminho que tinham vindo.

De fato, Tibor teve problemas para se levantar depois de se ajoelhar diante da Pietà. Teve de se erguer segurando numa grade antes de conseguir colocar os pés no chão. Pegou água benta de dentro da pia batismal e passou na testa. Depois jogou vários *gulden* dentro da caixa de esmolas. Era a primeira vez que ele gastava novamente um pouco do dinheiro que ganhara. Por fim, acendeu uma vela e rezou pela salvação da alma do veneziano.

Tibor ficou admirando a nave principal da igreja, até que uma mulher se levantou do confessionário, e ele pôde assumir o lugar dela. Ele se ajoelhou, fechou a cortina roxa, inspirou profundamente o odor da madeira velha e esperou que as tábuas debaixo dos seus joelhos parassem de ranger.

— Pai, perdoe-me, porque pequei em pensamentos e atos. Confesso-me humildemente e estou arrependido. — Como lhe fez bem poder proferir aquelas palavras novamente. — Já faz... quase três meses e meio que não me confesso.

— É um tempo bastante longo — disse o padre do outro lado da grade.

— Sinto muito. Quis vir antes, mas não foi possível.

— O que você fez? — Durante as curtas pausas no seu diálogo, Tibor pôde ouvir o ar sibilando quando o padre inspirava pelo nariz.

— O terceiro mandamento. Deixei de ir à missa muitas vezes.

— Sabe que isso é um pecado mortal?

— Sim. Mas eu estava impossibilitado. De certa maneira, me impediram de ir à missa.

— Quem o proíbe de assistir à santa missa é um sacrílego apóstata, e você deve romper com essa pessoa.

— Sim.

— O que mais fez?

— Eu... atentei contra o sexto mandamento. Tive pensamentos impuros. Desejei mulheres. Desejei várias mulheres.

— Nós caímos em tentação muitas vezes, e muitas vezes é difícil resistir a ela.

— Sim. Eu fui para a cama com uma mulher.

O padre acenou.

— O que mais?

Enquanto Tibor pensava sobre o que deveria confessar em seguida — que ele tinha bebido demais em companhia de Jakob ou que tinha se tornado amigo de um judeu — alguém abriu a cortina subitamente. Era Jakob. Tibor se assustou, enquanto Jakob apontava com o dedo para o lado de fora. Seu semblante traía que ele estava bastante sério. Tibor balançou a cabeça com veemência e, quando Jakob pegou o seu braço, ele se livrou.

— Meu filho? — perguntou o padre.

— Só isso, padre.

Tibor fez um sinal para Jakob fechar a cortina. Este revirou os olhos e recuou alguns passos do confessionário.

— Bom. Como penitência você rezará três padre-nossos e oito ave-marias. Procure se corrigir. Se a carne o levar para o mau caminho, procure consolo na oração. E não leve tanto tempo para se confessar de novo, está ouvindo?

— Sim, padre.

— *Deinde ego te absolvo a peccatis tuis in nomine patris et filii et spiritus sancti.*

— Amém.

Tibor se levantou com dificuldade e pegou sua bengala.

Jakob estava a alguns passos, olhando para a estátua de São Martinho, como se nada tivesse acontecido.

— Você já não passa tempo suficiente preso dentro de caixas de madeira, para ainda continuar a fazê-lo no seu tempo livre?

Tibor não respondeu e passou sem olhar para ele. Só depois de sair da igreja é que lhe falou. Sua respiração estava pesada, e o rosto, vermelho.

— Você me interrompeu na minha confissão.

— Sim. Mas era importante.

— O que... o que pode ser tão importante assim para você interromper minha confissão?

— Quis evitar que você contasse ao padreco a história do autômato.

Tibor perdeu a fala por um momento.

— O quê? O que eu iria confessar?

Jakob sorriu.

— Que nós estamos enganando as pessoas em grande estilo. Isso não é proibido na sua religião? Na nossa, é.

Tibor não havia pensado nisso, mas agora lhe vinha à mente o que dissera a Kempelen nas câmaras de chumbo: *Não mentirás.* Jakob tinha razão: o que eles estavam fazendo com o autômato era, no fim das contas, um pecado, um pecado contra o oitavo mandamento.

Jakob percebeu o que se passava com Tibor.

— Se não queria confessar isso, tanto melhor.

— Existe uma coisa que se chama segredo de confissão — disse Tibor, sibilante.

— Sim, exatamente. E existe uma coisa que se chama máquina que joga xadrez. Acredita mesmo que um padreco iria guardar uma história dessas para si? Em dois dias a cidade inteira ficaria sabendo que o cérebro do autômato tinha ido se confessar.

— Como pode falar assim? A santa confissão... isso são coisas que vocês judeus desconhecem completamente.

— E por quê?

— Porque vocês não se preocupam com a salvação das suas almas; porque vocês só pensam em si mesmos, e só se interessam pelo dia de hoje, juntando cada vez mais bens materiais, sem gastar um só pensamento com aqueles de quem vocês sugam tudo, como os anjos no pântano; e, se por acaso sentirem a consciência pesar, vocês pegam um bode e o mandam para o deserto, ou matam uma galinha e sacodem sobre as suas cabeças, e então todas as faltas são perdoadas, pelo menos é nisso que vocês acreditam. Mas algum dia vocês serão julgados, justamente vocês serão julgados, e então que Deus se apiede de vocês!

Jakob coçou a nuca.

— É isso que você pensa de nós judeus?

Tibor, ainda furioso, concordou com veemência. Então Jakob o empurrou com as duas mãos. Tibor caiu de costas no chão e bateu com o cotovelo no calçamento, se machucando. Ele olhou para Jakob sem entender nada.

— Eu ouvi e agüentei isso por muito tempo, Tibor — disse ele com voz dura. — Mas agora chega. Talvez eu não ligue muito para a minha religião, mas se você acha que tem carta branca para ofender o meu povo, está muito enganado. Não sei por que vocês todos pensam que nós não ligamos a mínima. Ninguém tem o direito de julgá-lo só por ser um anão. Não olhe para o jarro, olhe para o conteúdo! E se até agora não consegui modificar a imagem que você tem de nós, de hoje em diante guarde as suas opiniões para si, caso contrário vai passar uns meses muito solitários por estas bandas.

Algumas pessoas perto da catedral pararam e ficaram olhando para os dois, mas isso não incomodou Jakob. Tibor esfregou o cotovelo, que doía.

— Agora vou para o bairro judeu, onde moro — disse Jakob um pouco mais calmo —, e você está gentilmente convidado a me acompanhar. Mas, se o amontoado de sanguessugas e matadores de galinhas o enojam, pode ir para onde quiser.

Tibor concordou com a cabeça. Então Jakob estendeu a mão, puxou-o para cima, entregou a bengala e o chapéu e limpou a sujeira das costas do casaco.

— Está tudo bem?

— Meu braço está doendo. — Tibor sentiu que o tecido da camisa por baixo do casaco estava grudando. Pelo visto a pele tinha se arrebentado.

— Você quase me quebrou o nariz uns meses atrás. Agora estamos quites. E eu não fiquei choramingando.

Calados, eles saíram do centro pelo Weidritztor, passaram pela sinagoga, entrando assim no bairro judeu, espremido num vale entre o muro da cidade e o monte do castelo. Jakob tinha um quarto numa casa na viela dos judeus. Para chegar ao quarto, eles tiveram primeiro de passar por um pátio interno escuro e minúsculo, e de lá por uma série de escadas íngremes, que subiam por dentro e por fora da construção, até chegar ao topo, sob o telhado. Tibor não soube identificar se era o terceiro ou o quarto pavimento, porque aparentemente havia alguns andares intermediários, como se nenhuma moradia estivesse no mesmo nível das outras. Tibor também não conseguiu distinguir que partes pertenciam à Jakob e quais ao seu vizinho, tamanho era o emaranhado dos telhados, vigas e sacadas. Havia pombas sentadas sobre a sua própria sujeira, em cima de cada janela e de cada cornija, e os seus arrulhos ressoavam pelo pátio de iluminação. Jakob levantou uma telha de cima do telhado, em frente a uma porta. Uma chave caiu, e ele a usou para destrancar a porta. Eles entraram em um pequeno corredor com outras duas portas. A que dava no apartamento de Jakob não estava trancada.

O quarto dele tinha praticamente o dobro do tamanho do quarto de Tibor. Os móveis talvez tivessem tido algum valor algumas décadas antes. Reinava a maior desordem; esboços estavam espalhados sobre a mesa, junto com blocos de madeira já esculpidos e outros ainda virgens, além de algumas ferramentas. Um candelabro judaico, com o metal embaçado e totalmente coberto por pingos de cera de vela, parecendo uma estalactite, ficava ao lado da cama. As sete velas já tinham queimado até o final e três pavios já estavam mergulhados na cera. Havia uma janela e uma porta absurdamente estreita que não levava a lugar nenhum: dava para o céu aberto, e um passo abaixo via-se a cumeeira do telhado vizinho. Podiam-se ver os telhados vermelhos com as chaminés pretas, respingadas de cocô de passarinho, e ao fundo o muro da cidade e as torres das igrejas. Jakob apontou para um buraco no meio do mar de telhados; ali ficava o pequeno cemitério da comunidade judaica. Tibor viu a torre de São Miguel, que tinha relógios de três lados, menos na face voltada para o bairro judeu. Jakob explicou que isso se devia ao fato de os judeus não terem contribuído com nenhum centavo para a construção da torre.

Havia uma loja de quinquilharias no pavimento térreo de uma das casas mais à frente. Jakob tinha comprado o cachimbo do turco ali. Algumas tralhas estavam espalhadas do lado de fora; como a viela era mais larga naquele trecho, permitindo a passagem de uma carroça, os objetos estavam dispostos bem rente à parede. Alguns estavam pendurados em pregos e outros na placa com a inscrição *Mercadorias de Metal Aaron Krakauer* — panelas, caçarolas, talheres, móveis e toda sorte de miudezas; nada daquilo, porém, num estado desejável para Tibor.

Quando Jakob e Tibor desceram para a viela, viram um judeu com cabelos grisalhos, barba e um boné redondo, carregando uma mesinha para o lado de fora. Era uma mesa com um tabuleiro incrustado, as casas feitas com madeira clara e escura.

— *Shalom*, Jakob — cumprimentou ele com um sorriso desdentado.

— Salve, Aaron.

— Que tal uma Borovicka?

— O Danúbio está molhado? — perguntou Jakob de volta.

O velho judeu sorriu e desapareceu dentro da sua loja. Jakob pegou duas cadeiras de uma pilha, colocando-as ao lado da poltrona do comerciante, junto à mesa. Krakauer retornou com uma garrafa de barro e uma caixinha com as peças, colocando ambas sobre a mesa. Ele estava impregnado com o cheiro de papel velho. Pegou então três copinhos de dentro de um cesto que estava atrás dele e limpou o pó com a beirada do casaco antes de servir.

Enquanto isso, Jakob apresentava Tibor.

— Este é o meu amigo... Gottfried Beato Neumann, de Passau. Ele é sineiro em Walz.

Gottfried Beato... Pelo visto, Jakob não tinha perdido o senso de humor. Os três homens brindaram e beberam. A aguardente de zimbro queimava na garganta, nos lábios, e tinha um gosto horrível. Tibor apertou os olhos e puxou um fio de cabelo, que tinha ficado dentro do copo, da sua língua. Ele adoraria ter um copo de água, ou melhor, de leite para enxaguar a boca.

— O que há de novo na cidade, Aaron? — perguntou Jakob.

— Não se faça de modesto! — esbravejou o comerciante, enquanto servia um pouco mais. — Todo mundo está falando do turco mecânico que o seu senhor Kempelen construiu! Parabéns.

— Obrigado.

— Faço questão de ver o autômato, na verdade gostaria de jogar com ele. O rabino Meier Barba diz que vai escrever ao senhor Kempelen, perguntando-lhe se o tal homúnculo não poderia vir jogar aqui no gueto. O senhor joga xadrez, senhor Neumann?

Antes que Tibor pudesse responder, Jakob interveio:

— Não. Gottfried é de opinião que o jogo de xadrez só serve aos imprestáveis, para matar o tempo; aos sonhadores, para esquecer do mundo; e aos falastrões, para ficarem se exibindo.

Krakauer lançou um olhar penetrante a Tibor, que deu de ombros e disse:

— E então. Não é isso mesmo?

— De modo algum, senhor Neumann! Saiba que o jogo de xadrez é capaz de fazer coisas maravilhosas. Certa vez ele salvou os habitantes da Cidade dos Judeus, evitando que morressem de fome. Foi no tempo em que Sigmund era o rei da Hungria. Ele não foi um bom rei e revelou-se um comerciante ainda pior. Pegou dinheiro emprestado com os judeus, para gastar com os seus divertimentos e com a construção do castelo de Pressburg. E nunca pagou o empréstimo. O caixa da comunidade foi ficando cada vez mais vazio. Um dia ele solicitou mil *gulden* para uma de suas guerras. Como os judeus não conseguissem levantar o dinheiro, o tirano ficou enfurecido: mandou todos os judeus para o gueto, trancou os portões de ferro das saídas e deixou guardas tomando conta. Enquanto não conseguissem os mil *gulden*, não poderiam sair. Só que os pobres não tinham mesmo o dinheiro! Em desespero, o rabino enviou uma carta ao prior da catedral, pedindo ajuda. E, a despeito de todas as suas divergências, o prior consentiu em ajudá-lo. No momento, o rei e ele estavam jogando uma partida de xadrez; quando se encontrassem no dia seguinte, o prior iria pedir, caso ganhasse a partida, um favor ao rei. Ele conseguiu derrotar o rei depois de duas horas de jogo. O prior então pediu que o rei reabrisse o gueto, antes que os seus habitantes morressem de fome ou de doenças. E o rei de fato deu a ordem, libertando os judeus. No domingo seguinte, quando o prior estava recebendo altos prelados e conselheiros municipais para uma refeição, chegou um jovem judeu e lhe entregou um ganso assado, com os melhores votos do rabino. Quando o prior cortou a magnífica ave, verificou que ela não estava recheada com maçãs... e sim com moedas de ouro.

— Tudo isso pela paz entre as religiões — disse Jakob, olhando para Tibor.

— Brindemos a isso então um Amém, um *Allah'u akbar* e um *Adonai echad*! — disse Krakauer.

Depois da terceira e da quarta Borovicka, o judeu os convidou para dar uma volta na sua loja. Estava quente e com cheiro de mofo, no meio das prateleiras abarrotadas com todo tipo de tralhas. Provavelmente desabaria uma avalanche por cima de Tibor, se ele tentasse remover algum dos objetos atochados nas prateleiras. Sobre uma secretária antiga estava um animal empalhado, que Tibor nunca tinha visto. Um peixe amarelo, desidratado, com uma boca sorridente, e acima dela dois olhos de vidro pretos e no tronco uma longa cauda. Mas o realmente curioso era que ele estava de pé sobre dois pés de galinha, e da sua cabeça saía um pequeno emaranhado. Quando Jakob viu aquela criatura esquisita, disse achar estranho que até hoje nenhum relojoeiro tivesse tido a idéia de inserir um mecanismo dentro de um animal morto, para dessa forma trazê-lo de volta à vida.

— Um gatinho que levanta mecanicamente a pata ou um cachorro que abana sem parar o rabo de dar corda, apesar de estar morto há muito tempo. Os donos, enlutados, pagariam uma fortuna por esse tipo de coisa.

Tibor achou uma edição italiana, bastante manuseada, do *Decamerão*, e quis comprá-la. Krakauer, no entanto, insistiu em dá-la de presente.

— Não quero dinheiro, senhor Neumann, já que o destino vai se encarregar de fazer com que eu lucre de outra forma com o nosso encontro.

O *Decamerão* era um dos livros cuja leitura era proibida em Obra, sob pena máxima, e só agora Tibor pôde compreender o motivo. As fábulas eram realmente picantes. Ele gostou muito da história dos amantes Egano e Beatrice, que versava sobre o jogo de xadrez.

Tibor nunca imaginara que justamente o seu jogo fosse capaz de abrir o coração de uma mulher. Nos seus sonhos, começou a se ver no papel de Egano.

O turco do xadrez derrotou o dono de cervejaria, Michael Spech, em vergonhosas dezesseis jogadas. Spech recebeu a derrota com humor e disse jogar xadrez tão mal, que até um tear seria capaz de derrotá-lo. A segunda partida foi com ninguém menos do que o prefeito de Pressburg, o amigo de Kempelen, Karl Gottlieb Windisch, editor do *Pressburger Zeitung*. Durou muito mais, terminando na quadragésima jogada, e os aplausos depois do xeque-mate foram mais para Windisch do que para o autômato. Todas as vinte e quatro pessoas convidadas compareceram. Até o irmão de Kempelen, Nepomuk, pedira para estar presente de novo. Anna Maria foi uma anfitriã perfeita. Todos os conhecidos da família Kempelen comentaram que raramente a tinham visto tão alegre. Após a apresentação, ela mandou Katarina e Elise servirem bebidas e comidas, enquanto os convidados conversavam. Tibor conseguiu entreouvir, no meio do burburinho, Windisch sugerindo a Kempelen que pusesse um anúncio no *Pressburger Zeitung*, indicando as futuras apresentações do turco. O editor parecia ser, entre todos os presentes, o mais interessado no funcionamento do autômato, tomando Kempelen de assalto com as suas perguntas.

Eles concordaram em que futuramente as portas da máquina de xadrez seriam abertas antes, não depois das apresentações. A vantagem era que Tibor não precisaria, depois de terminada a partida, arrumar correndo as peças, recolher o pantógrafo e dobrar seu tabuleiro. E, do fechamento das portas até o início da partida, Tibor tinha tempo suficiente para montar tudo. Depois de fechar as portas dianteiras, Kempelen abria mais uma vez a porta de detrás, no lado direito do andróide, sob o pretexto de fazer um ajuste. Quando ele colocava a vela dentro da mesa, Tibor a utilizava para acender a sua própria vela. Caso a vela de Tibor se apagasse durante uma partida, Kempelen podia, sob pretexto de fazer novos ajustes no mecanismo, passar-lhe o fogo novamente.

Depois da apresentação, enquanto Tibor se lavava numa bacia, com o tronco nu, para remover o suor do corpo, bateram à porta, e Kempelen entrou, acompanhado do irmão. Orgulhosamente, Kempelen apontou para Tibor e disse:

— Ei-lo.

Nepomuk franziu a testa e coçou o queixo.

— Ah, bom.

— Não ficou satisfeito? — perguntou Kempelen.

Os dois se comportavam como se Tibor, que acabara de pegar uma toalha, não pudesse ouvi-los.

— Sim, estou. O que poderia haver de ruim nele? Ele jogou muito bem. — Tibor recebeu o elogio acenando com a cabeça. — Na verdade, é mais... a coisa como um todo.

Os irmãos saíram do quarto de Tibor e continuaram a conversa do lado de fora. Tibor se secou. Ele se aborrecia quando alguém sentia alguma coisa que não fosse empolgação pelo autômato do xadrez.

Tibor usou a tarde para treinar um pouco mais de mecânica. Ele tinha limado engrenagens perfeitas, que, por não terem utilidade alguma, eram jogadas no lixo. Agora estava fazendo uma coisa que teria alguma utilidade: as chaves da casa de Kempelen, que só o próprio Kempelen e sua mulher possuíam; uma da porta de entrada e a outra da oficina, que por sua vez levava ao quarto de Tibor. Um dia ele reuniu coragem suficiente, amassou durante horas cera de vela dentro do bolso das calças e, quando Kempelen foi por alguns momentos para o escritório, deixando as chaves na oficina, Tibor fez um molde das duas chaves na cera. Depois, conseguiu pedaços de ferro com o tamanho adequado e serrou-os e limou-os até que se encaixassem nos moldes de cera. Escondeu as duas chaves, depois de prontas, debaixo de uma tábua solta no assoalho. Assim, sentiu-se mais livre, sabendo que poderia sair da casa a qualquer momento.

Weidritz

No dia em que Wolfgang e Anna Maria von Kempelen saíram para um baile em Fertöd a convite do príncipe Nicolau Esterházy, Tibor e Jakob fizeram o seu segundo passeio proibido pela cidade. Esperaram anoitecer e foram caminhando ao longo dos muros da cidade até Weidritz, uma colônia de pescadores. Jakob gostava de ir, de vez em quando, a uma taberna chamada *À Rosa Dourada*, que ficava no mercado de peixes.

Tibor calçou novamente seus sapatos com plataformas. Ficara com as pernas e os pés doloridos durante bastante tempo depois da primeira incursão e voltou a sentir dor nos pontos submetidos à pressão. Mas a liberdade, ainda que passageira, valia o sacrifício.

A taberna À Rosa Dourada estava instalada numa construção cujas vigas tinham sido entortadas pela ação do tempo e da força de gravidade. A fuligem das velas e a fumaça dos inúmeros cachimbos se acumulavam sob o teto baixo. As janelas de vidro amarelo estavam todas fechadas, apesar do ar empesteado. Os clientes eram alemães e eslovacos. Tibor não conseguiu ver nenhum húngaro, muito menos mulheres — com exceção das duas moças que serviam, com passos ensaiados, driblando cadeiras, cantos de mesas e o assédio dos clientes sem perder o sorriso. Elas carregavam grandes canecas de cerveja e tábuas de madeira com cavidades em que se encaixavam fileiras de copos de estanho com aguardente. Numa das mesas jogavam-se dados, em outra, tarô, e, numa terceira, outro jogo de cartas. As pessoas acabavam se acostumando ao barulho, bem como ao fedor de tabaco, álcool, suor e peixe. O taberneiro careca cumprimentou Jakob com um aceno amigável, sem sair do seu posto atrás do caixa, onde tirava o chope e enchia os copos com aguardente.

Eles encontraram uma mesa livre em um nicho e Jakob se sentou de forma a poder observar, a partir do seu lugar, a maior parte possível da taberna. Para Tibor, foi um alívio poder se sentar, descansando assim os pés e as pernas. Ele esticou as pernas, mas não se atreveu a tirar os sapatos falsos. Jakob pegou duas almofadas para elevar o seu assento.

Uma das duas moças se aproximou deles e passou um pano sobre a mesa. Em vez de limpar a mesa, só espalhava as poças de cerveja e migalhas de pão. Seus cabelos eram ruivos, num tom claro, e caíam em cachos sobre as orelhas; era bonita, apesar de estar com a pele alva suja por causa do ar carregado; e a ponta do nariz era um pouco torta, como se já tivesse sido quebrado alguma vez. Jakob olhou para ela de forma insistente e franca, e ela, apesar de não desviar os olhos da mesa, sorriu.

— Constança, você é muito bonita — disse ele. — E olhe que eu ainda não estou bêbado.

— Você diz a mesma coisa quando está bêbado — disse ela.

— Algum dia você vai posar para mim, promete? Tornarei a sua beleza imortal. Você será minha Afrodite, minha Beatriz. Minha Helena.

Constança continuava sorrindo, mesmo tentando não fazê-lo.

— O que querem? Cerveja?

— Tanto faz. Qualquer coisa terá o sabor de néctar, desde que seja trazida pelas suas mãos, minha encantadora Constança!

A moça bateu em Jakob com o pano e saiu dali. Os dois homens ficaram observando-a. Então ele piscou o olho para Tibor.

— Ela é um doce. E bebe tanto, que, quando alguém a beija, é como se estivesse lambendo um cálice de vinho vazio.

Quando olhou novamente para Constança, Tibor foi tomado por um desejo súbito e violento. Quis repetir a experiência que tivera em Viena, só que desta vez sem máscaras e sem ser magnetizado antes. Sentiu o sangue lhe subir à face, e suas orelhas esquentarem antes de conseguir subjugar aquele movimento. Ele já pecara uma vez, e pecar novamente seria pior do que fazê-lo pela primeira vez.

— Ela me fará companhia, até que chegue a hora de Elise — disse Jakob.

— A nossa Elise?

— Sim. Elise é muito bonita quando tira aquele lenço. Mas como é simplória. E mais carola do que você. É por isso que estou deixando as coisas irem devagar.

— Kempelen vai mandá-lo embora!

— Não precisa gritar, ele não vai fazer isso. Já expliquei por que não posso ser mandado embora.

Tibor queria poder proibir Jakob de se meter com Elise, mas com que autoridade e, principalmente, baseado em quê? Imaginou o judeu beijando-a, e isso lhe causou mal-estar. Jakob era, e continuaria sendo, uma pessoa imoral.

— Há outros judeus aqui? — perguntou Tibor, olhando pelo salão.

— Não. Não tem mais nenhum judeu por aqui. E quando estou aqui também não sou judeu, ouviu?

Diante do olhar de interrogação de Tibor, ele explicou:

— Eles não precisam saber tudo a meu respeito. Quero poder vir aqui, tomar a minha cerveja a qualquer hora. Lá na Casa de Cultura Judaica não servem nada, e além disso ficam a noite inteira discutindo o Talmude, com pedaços de madeira em cima da testa. Para mim, lazer é outra coisa.

Constança trouxe a cerveja e Jakob ergueu um brinde à sua beleza. Depois do primeiro gole, brindou também com Tibor.

Na segunda cerveja, Jakob pegou os dados e explicou a Tibor as regras muito simples daquele jogo. Tibor perguntou duas vezes para se certificar de que não tinha deixado de ouvir alguma coisa. Depois de algumas jogadas para se acostumar ao jogo, Jakob sugeriu que apostassem, inicialmente dois *kreuzer*. Jakob ganhou quase todas as partidas e Tibor não se incomodou. Afinal, agora tinha mais dinheiro do que jamais tivera, graças ao salário que recebia de Kempelen. Tibor achou o jogo desinteressante, já que não tinha influência nenhuma sobre os números que saíam — apesar de Jakob ter insistido em lhe assegurar que cuspir nos dados, sacudindo-os por muito tempo e finalmente lançá-los com a mão esquerda, a que fica mais perto do coração, influenciava positivamente o resultado. Eles continuaram jogando até os primeiros clientes saírem da taberna, as conversas ficarem mais baixas e as empregadas poderem descansar um pouco.

Enquanto lançava os dados, Tibor entreouviu a palavra "Kempelen" na mesa ao lado, separada da deles por uma meia parede de madeira. Ficou atento. Fez um sinal com a mão para Jakob se calar. O assistente sentou-se a seu lado, e eles ficaram escutando a conversa, expressada num dialeto que misturava eslovaco e alemão.

Eles diziam que Kempelen emparedara as janelas da sua casa não para evitar que alguém ficasse espiando ou tentasse entrar para roubar, mas para prender quem estava lá dentro: o turco.

— Se ele tem esperteza suficiente para vencer uma partida de xadrez contra o senhor prefeito, então certamente consegue abrir uma porta e se mandar. Isso explica as paredes — disse um dos três homens.

Jakob tapou a boca com a mão para segurar o riso.

— Por que acha que ele quer fugir? — perguntou o outro.

— Escutei ele gritando. Um dia pela manhã, quando eu passava pela casa, escutei ele gritar lá em cima. Um grito que não tinha nada de humano, parecia mais um animal no matadouro.

— Talvez fosse um animal — disse o terceiro.

— Ou então uma pessoa de verdade — disse o segundo. — Um autômato não grita, não é mesmo?

— Pior ainda, se ele estivesse torturando alguém — disse o primeiro. — A santa mãe de Deus que nos proteja. Peter me contou que sua mulher viu aquele empregado bobo deles, o que tem os braços compridos, carregando um cesto com pedaços de corpos cortados. Peter diz que ela viu braços, pernas e até cabelos. E tudo foi queimado do lado de fora da cidade.

— Isso explica os gritos.

— A empregada deles foi embora da cidade, pouco tempo depois de o turco nascer; ou então foi Kempelen quem a expulsou. Seja como for, ninguém ouviu mais nada sobre ela. Talvez ela soubesse coisa demais.

Os três homens se calaram. Tibor ouviu as canecas de cerveja sendo levadas várias vezes à boca e colocadas de volta sobre a mesa. Jakob abanava a mão como se quisesse extrair mais alguma coisa deles através da parede divisória. E, de fato, o primeiro voltou a falar:

— Ele está na loja.

— Hein?

— Kempelen é da loja. Ele é maçom. Que os abutres devorem essa associação! Talvez o estejam forçando a fabricar escravos inteligentes, e a imperatriz, que Deus a proteja, está se deixando cegar por esse sacrílego ateu. O bispo Batthyány tem de fazê-los parar. Se eu ficasse frente a frente com esse turco, não tenham dúvida: pegaria um pedaço de pau e esmagaria o seu crânio. Não por ele ser muçulmano, ele não tem culpa! Mas para livrá-lo do seu sofrimento.

Depois pararam de falar de Kempelen, mas continuaram conversando sobre turcos, trocando impressões sobre os triunfos da czarina Catarina na guerra contra os turcos no mar Negro.

Jakob estava com Constança junto ao caixa, por volta da meia-noite, quando Tibor voltou do banheiro. Conversavam, e ela sorria como antes. Tibor sentou-se e observou como Jakob pegava a sua mão, passando a ponta dos seus dedos sobre os dela, seguindo as linhas da sua palma com as unhas e acariciando a pele no ponto em que os dedos se encontram. O taberneiro parecia não se incomodar e Constança também não puxava a mão. Ela ajeitou uma mecha do seu cabelo ruivo e encaracolado atrás da orelha. O taberneiro falou com ela rapidamente, e, enquanto isso, Jakob olhou para Tibor e apertou a boca como se estivesse dando um beijo. Depois voltou a atenção novamente para Constança. Tibor compreendeu que sua noitada conjunta acabara. Terminou de beber sua cerveja, colocou sobre a mesa moedas em número suficiente para pagar a conta dos dois e saiu da taberna. Jakob acenou com a cabeça, já que não podia saudá-lo com a mão, pois suas duas mãos estavam segurando a moça.

A lua despontara sobre a cidade, fazendo uma sombra nítida atrás do monumento à peste no meio da praça, igual à sombra de um relógio de sol. Por trás da colônia de pescadores o Danúbio murmurava. Ou seria o murmúrio nos seus ouvidos? Tibor segurou-se no umbral da porta com uma das mãos até se acostumar com o ar fresco nos pulmões.

Ele voltou para casa atravessando o bairro de Weidritz. Adoraria poder tirar os sapatos e voltar descalço. No mercado de peixes ainda vira dois guardas fazendo a ronda, mas agora as ruas estavam vazias e o barulho dos seus sapatos e da bengala ecoavam nas paredes das casas. Por isso, ele se assustou quando uma voz feminina falou com ele:

— Para onde vai, moço bonito?

Tibor virou-se devagar. Uma viela coberta se bifurcava à esquerda — na escuridão ele não conseguia ver aonde ela levava — e a mulher estava encostada na parede da casa que ficava naquela confluência. Ela usava um vestido claro e um xale sobre os ombros. Tinha cabelos longos e escuros, e sua boca estava pintada. De alguma forma, parecia com a baronesa Jesenák. Seu sotaque traía que era eslovaca. Tibor olhou para ela, mas não disse nada.

— Quer fazer amor? — Com essas palavras ela levantou o vestido, descobrindo a canela coberta por uma meia branca. Enquanto Tibor balançava a cabeça lentamente, o que poderia dar a entender que ele estava pensando, ela subiu mais a saia, até Tibor ver uma liga brilhar na sua coxa.

— Não — disse Tibor.

— Você é um homem tão bonito, para você eu faço bem barato.

— Não.

A mulher sorriu, colocou um dedo sobre os lábios e disse:

— Cinco *groschen*.

Depois apontou para o colo e disse:

— Dez *groschen*.

Ela se afastou da parede, já que Tibor não tinha ido embora suficientemente rápido e segurou sua mão, abaixando-se para beijá-lo. Apesar de Tibor manter os lábios fechados, conseguiu enfiar a língua em sua boca. Ele sentiu o gosto de ervas frescas, menta, limão e canela, tão intenso que fez seus lábios arderem. Tibor se lembrou do que um dos seus colegas dragões lhe contara: putas têm um hálito podre, porque cada homem que as beija vai deixando o seu mau hálito nelas, e todas as centenas de hálitos se misturam num só, tão horroroso, que tem um gosto pior do que o rabo de Lúcifer — por isso as putas que se prezam mascam ervas aromáticas, para não afugentar seus clientes.

Enquanto beijava, ela pôs a mão no meio das pernas dele e segurou aquilo que se levantara quase automaticamente. Tibor arregalou os olhos e viu que ela não fechara os seus. Ela terminou o beijo e puxou-o para dentro da viela escura. Ele parou de resistir.

O chão da viela não era pavimentado e o barro estava amolecido pela chuva, por isso Tibor teve de prestar muita atenção onde pisava. A viela seguia para a esquerda e terminava num beco sem saída, bastante estreito. A puta sentou-se sobre uma passadeira desenrolada sobre um patamar de escada e ergueu o vestido.

Tibor disse novamente "não" — aparentemente ele não conseguia falar nada mais além disso — e a prostituta se levantou.

— Entendo. Você quer se manter fiel à sua mulherzinha lá de casa. Muito nobre da sua parte.

Ela pegou a passadeira, empurrou Tibor contra a parede da casa, esticou a passadeira novamente e se ajoelhou na sua frente. Em seguida, abriu suas calças com mãos hábeis, puxou o membro dele para fora, beijando-o enquanto o segurava com uma das mãos. Alguns segundos depois interrompeu a atividade e olhou para cima.

— Você tem de me dar seis *groschen*.

Tibor engoliu antes de falar.

— Você disse cinco.

— Isso foi antes, meu belo senhor. Devo parar?

Tibor entregou o dinheiro com as mãos trêmulas. Ela enfiou as moedas numa bolsa escondida e prosseguiu sorridente. Mas Tibor não conseguia desfrutar daquele momento: os sapatos de Jakob faziam seus pés doerem mais quando ficava parado do que quando caminhava. Ele teve de se segurar na parede da casa para não cair, sem conseguir se decidir se olhava para a parede em frente ou para a cabeça da mulher, que se movia no seu colo num vaivém grotesco, como se fosse um brinquedo mecânico. Ele não quis mais que a mulher continuasse ali. Sua embriaguez até então intensa parecia ter desvanecido. Ele cerrou os olhos e, apesar da escuridão, não conseguiu imaginar mulheres ou cenários mais bonitos.

Distinguiu vozes vindo da outra rua. Vozes de uma mulher e de alguns homens. Tibor arregalou os olhos. Não poderia fugir daquele beco sem saída. As vozes foram se aproximando e ficando mais altas. A prostituta prosseguia sem se incomodar. Então a mulher que estava na rua gritou. Tibor afastou a cabeça da prostituta do seu corpo com força. Uma mulher gritara, e mais: ele conhecia a voz daquela mulher. A puta não reclamou quando ele foi embora. Ele abotoou as calças enquanto andava, acabou tropeçando e caindo de cara no barro molhado. Com grande esforço, conseguiu se levantar, usando a bengala; a mulher continuava gritando, e os homens também falavam mais alto.

Quando saiu do beco, pôde ver um homem segurando Elise por trás, enquanto um outro tentava abrir o seu corpete — sem sucesso, já que a empregada de Kempelen não parava de chutá-lo. Ela já tinha perdido um sapato. Quando atingiu a barriga do seu agressor com o calcanhar, este ficou furioso, desferindo-lhe uma bofetada, tão forte que arremessou sua cabeça para o lado.

Nenhum dos três viu Tibor se aproximar. O anão golpeou o agressor com a bengala por trás dos joelhos, levando-o ao chão, na altura de Tibor, que lhe desferiu um soco na testa. Quando o queixo do homem foi parar no peito, ele bateu a bengala com tanta força na nuca dele que a madeira quebrou. Então o anão se voltou para o segundo homem. Este soltara Elise, que batia com o cotovelo na altura do seu estômago. Aparentemente ele não sentia nada, já que era maior e estava mais bêbado do que o seu camarada. Além disso, usava um avental de couro. Tibor se jogou em cima dele e ambos caíram no chão. Tibor agarrou a garganta do oponente e apertou-a com toda a força das suas mãos pequenas, procurando ignorar os golpes dolorosos que levava no rosto e no corpo. Os golpes foram ficando mais fracos enquanto sua vítima tentava respirar e empurrava, com mãos grandes e rudes, a cabeça de Tibor para longe. Seus braços eram mais compridos. Tibor tentava se livrar deles empurrando com a nuca. Seus músculos começaram a tremer.

O primeiro homem, que já se recuperara do susto e dos golpes, pegou um caixote de madeira vazio encostado na parede. Foi até Tibor, mas havia se esquecido de Elise: ela estendeu o pé, fazendo-o tropeçar e cair no chão; então ela o chutou na cabeça, antes que ele conseguisse se levantar. Ela o acertou na têmpora e ele caiu mudo no calçamento.

Os dedos de Tibor escorregaram pela pele suada do pescoço do homem, que conseguiu se livrar do anão. Tibor caiu de costas e sentiu a corrente que usava no pescoço arrebentar. Ela ficara presa na mão do seu oponente. Tibor se virou de barriga para cima e conseguiu se levantar, mas o homem já se erguera havia bastante tempo e estava longe. Enquanto olhava para ele, Tibor sentiu uma coisa quente escorrer no seu olho direito; sua sobrancelha devia estar cortada. Ele colocou a mão sobre o ferimento e percebeu que todo o seu rosto estava coberto de lama. Janelas começaram a se abrir e luzes se acenderam nas casas vizinhas.

Tibor sentiu uma mão sobre o seu ombro. Ele se voltou, mas era somente Elise, tão ofegante quanto ele. O outro homem estava caído a seus pés. Ela observou Tibor e ele retribuiu o olhar com o olho que estava aberto. Elise estava despenteada, sua pele brilhava de suor, havia um arranhão na testa e o corpete estava rasgado até embaixo dos seios, além de sujo das mãos dos seus agressores. Apesar de ela estar com os olhos arregalados de medo e a boca aberta, Tibor acreditou, por um momento, jamais ter visto algo tão maravilhosamente belo.

Passos se aproximaram, da direção para onde o homem de avental tinha fugido. Eram os guardas. Tibor procurou pelo chão mas não conseguiu achar o seu amuleto. Olhou mais uma vez para Elise e depois saiu correndo na direção oposta. Ela fez um gesto para detê-lo e disse: "Espere", mas não conseguiu fazer com que ele parasse. Ele correu tanto quanto suas pernas artificiais permitiram.

Quando chegou de volta ao mercado de peixe, Tibor diminuiu o passo. Virou-se e viu alguém correndo atrás dele. Era um dos dois guardas, com o mosquetão balançando enquanto corria. Tibor continuou correndo e, por um momento, ficou sem saber para onde. Poderia fugir para a À Rosa Dourada, onde Jakob estava, mas como ele o poderia ajudar? À direita estava o muro da cidade com o portão Weidritz fechado; à esquerda, o Danúbio; ele só podia, portanto, continuar a correr em frente, na direção do castelo. O guarda ordenou a Tibor que parasse; primeiro em alemão, depois em eslovaco.

Tibor tropeçou e caiu. A perna falsa parecia estar quebrada. Ele se livrou das duas próteses, jogou-as por cima de um muro e continuou a correr descalço, com as calças, agora muito compridas, atrapalhando. O guarda foi se aproximando de Tibor e, ao ver que o fugitivo não ia parar, poupou o seu fôlego, parando de gritar.

Tibor chegou ao bairro de Zuckermandel, que ficava entre o Danúbio e o penhasco do monte do castelo. Um subúrbio estreito, com casas térreas, cortado por uma única rua mal-iluminada. Aqui o cheiro não era só de peixe, mas também de sangue, óleo e tanino, vindo dos curtumes locais. Tibor estava perdendo as forças. Numa curva da Zuckermandelstrasse, quando ficou fora do alcance da visão do seu perseguidor, Tibor pulou por cima do muro do pátio de uma casa que ficava do lado do rio. Ele se jogou do outro lado sem tomar cuidado e se machucou. Caiu sobre pedras, pedaços de metal e galhos secos, num nicho estreito entre o muro e um alpendre. Tibor permaneceu encolhido ali e ainda escutou o guarda passar correndo do outro lado do muro.

Tibor engoliu em seco. Sua respiração voltou ao normal, a dor nos pulmões e as pontadas no baço cederam. Ele arregaçou as calças rasgadas. Uma das meias estava manchada de vermelho no calcanhar, bem onde o sapato de Jakob roçara sua pele. Tibor quis massagear os pés machucados, mas qualquer pressão provocava dor. O belo casaco verde que Jakob mandara consertar para ele estava imundo de lama, assim como o seu rosto. O ferimento na sobrancelha parara de sangrar, mas a sobrancelha estava inchada, fazendo uma sombra escura sobre o campo de visão do olho direito. Suas pálpebras grudentas faziam um leve ruído quando ele piscava. Ele havia arruinado suas roupas, perdido seus sapatos e gastado seis *groschen* em troca de um contato imundo que não lhe dera nenhum prazer. Sentiu nojo de si próprio depois daquilo. Não era coincidência ter perdido o seu amuleto de Maria. Por que a mãe de Deus deveria ficar ao seu lado, depois de ele a abandonar novamente? Instintivamente, colocou a mão no pescoço, onde a querida figura de Maria não mais estava. Aquele amuleto lhe transmitia segurança, todo santo dia, desde Kunersdorf até hoje. Agora seus dedos estavam vazios. Rezou uma ave-maria baixinho e lembrou-se da noite em que ganhara o medalhão.

Em 12 de agosto de 1759, os prussianos foram esmagados nas colinas de Kunersdorf, em Frankfurt, por tropas russas e austríacas. Os couraçados prussianos, que deviam ter atacado o inimigo pela direita, nos flancos, só tinham conseguido avançar lentamente pela charneca intransitável. O Hühnerflies, um riacho entre as frentes, não passava de um mísero córrego, mas o seu leito era tão lamacento que os canhões prussianos tinham atolado ali. Havia só uma ponte sobre o riacho, mas era tão estreita que os carros com a artilharia mal conseguiam atravessá-la. Dois cavalos foram fuzilados com Frederico II sobre a sela; um terceiro foi atingido na artéria do pescoço quando ele colocou a bota no estribo. Uma bala russa também o atingira, a ele, o rei, mas milagrosamente chocara-se contra uma caixa de tabaco dourada no bolso do casaco. Abalado com a derrota, o rei fez de tudo para morrer como seus soldados em campo de batalha. Clamava por uma bala inimiga que viesse lhe tirar a vida, porém seus ajudantes pegaram as rédeas do seu cavalo e saíram galopando com o seu comandante supremo para um local seguro. Em vez de perseguir o grande Frederico incansavelmente, como queria o general austríaco Laudon, os exauridos russos permaneceram, sob as ordens do general Saltykov, no local do triunfo, para comemorar naquela mesma noite — e Laudon, cujas tropas mal perfaziam um quarto das russas, viu-se obrigado a ficar com eles.

Tibor agradeceu quando o tenente informara a ele e aos seus camaradas que a batalha estava terminada e que eles não iriam perseguir os prussianos do outro lado do rio Oder, onde o sol já estava se pondo. Um barril de água circulou entre eles, que beberam com goles ávidos. Durante o dia não ventou nem apareceram nuvens no céu; talvez fosse o dia mais quente do ano, e a água que carregavam em seus cantis acabou-se rapidamente. Os dragões despiram seus uniformes, empoeirados por fora e molhados de suor por dentro, e limparam a sujeira do seu rosto. Nenhum deles falava. Ouviam-se gemidos, mas ninguém se lamentava, pois o regimento perdera poucos homens. O pelotão de Tibor não tinha perdido nenhum. Do alto da colina onde eles estavam era possível ver o rio Oder e a cidade de Frankfurt do outro lado, tendo à volta a fumaça dos inúmeros fogos ainda acesos. Eram pequenas colunas de fumaça sobre o campo de batalha e grandes nuvens sobre Kunersdorf, Trettin, Reipzig e Schwetig, os subúrbios de Frankfurt que os cossacos haviam incendiado mais pelo prazer de destruir do que por motivos estratégicos. As chamas só não tinham conseguido destruir a igreja de Kunersdorf, que era de pedra.

O tenente chamou-os novamente, depois de meia hora, para que seguissem até Reipzig, a fim de procurar fugitivos prussianos nos destroços. Assim, pegaram as rédeas dos seus cavalos e desceram pelo capim seco na direção de Reipzig. Já estava escuro quando chegaram à cidade. Algumas poucas chamas clareavam a noite, aqui e acolá; o resto das casas, no entanto, não passava de brasas e cinzas. Alguns homens permaneceram montados na entrada da pequena cidade — entre eles Tibor, dando de beber aos seus cavalos no riacho local, o Eilang. Os demais seguiram com as armas carregadas e as baionetas em riste através das ruas vermelhas de brasa. Fazia mais calor agora do que durante o dia no sol escaldante. Quando uma viga carbonizada caía, as faíscas saltavam, misturando-se no céu com as estrelas.

Após o reconhecimento da cidade deserta, o pelotão de Tibor se dividiu em dois grupos em volta de Reipzig. Tibor, Josef, Wenzel, Emanuel, Walther e Adam, seu cabo, acamparam entre a beira da localidade e a fábrica de papel, única construção poupada pelos russos. Josef foi escalado para o primeiro turno de guarda. Os demais enrolaram suas cobertas para fazer travesseiros e adormeceram imediatamente. Tibor acordou no meio da noite, encharcado de suor. Permaneceu deitado, olhando para o céu, ouvindo os grilos, o murmúrio do riacho Eilang, os estalos do moinho da fábrica de papel e a respiração dos homens. Wenzel, responsável pela guarda, adormecera recostado no tronco de uma árvore. Tibor levantou-se, foi caminhando descalço pela grama até o riacho, bebeu um pouco da água tépida com as mãos e lavou o rosto. Quando estava desabotoando as calças para tirar uma água do joelho, os estalos do moinho, que ele ouvira desde que haviam chegado, pararam subitamente. A roda d'água, que já não estava fazendo muito barulho antes, ficou totalmente silenciosa. Tibor tentou enxergar alguma coisa no escuro, vislumbrando apenas sombras. Olhou para os seus camaradas, porém todos dormiam.

Tibor caminhou pelas margens arenosas do riacho, na direção contrária ao fluxo das águas, até o moinho. Os estalos recomeçaram quando ele estava no meio do caminho. Talvez tivesse sido apenas um galho preso nas palhetas. Mesmo assim, Tibor seguiu em frente. A porta do moinho estava trancada, mas uma janela estava aberta. Tibor espiou para dentro. Na escuridão, conseguiu ver diversas rodas e correias que interligavam o pilão com a roda do moinho; depois um grande caldeirão, um monte de trapos e lenha e, finalmente, faixas de papel penduradas para secar, que pareciam nuvens quadradas penduradas no espigão do telhado e que iluminavam o ambiente com uma luz peculiar. A porta que dava para o cômodo ao lado estava fechada. Junto ao pilão havia um vulto no chão. Era uma mulher com a cabeça encostada em uma pele de carneiro. Ela dormia. Seus pés e as suas mãos estavam amarrados com tiras de couro, e ela estava amordaçada com um grande pedaço de pano.

Tibor certificou-se de que estava com a sua pequena faca e pulou para dentro. Os estalos do moinho encobriam o barulho dos seus passos. Quando se aproximou da mulher, percebeu que ela não estava recostada em uma pele de carneiro, e sim num carneiro inteiro, morto, com um buraco de tiro na testa. A mulher, no entanto, estava viva. Ela despertou, enquanto Tibor arrancava sua mordaça, e tentou gritar. Tibor fez um sinal para ela ficar quieta, mas já era tarde: alguém escutara a sua voz. A porta do cômodo ao lado se abriu e um soldado se postou no umbral. Tibor respirou fundo: não era um prussiano, era um russo. Um oficial russo. Tibor disse prontamente as poucas palavras em russo que lhe haviam ensinado: "austríaco" e "amigo". O russo respondeu em seu idioma, sorriu e não parou de falar enquanto se aproximava de Tibor, que acenou, embora não estivesse entendendo nada. Então o russo apontou para si, para Tibor e para a mulher e fez um gesto inconfundível. Tibor não reagiu; só quando o russo repetiu o gesto mais detalhadamente é que ele balançou a cabeça. Tibor não passava de um rapaz de estatura anã diante de um soldado russo bastante alto. Precisava voltar urgentemente para o acampamento para buscar ajuda.

— Fritz — disse o russo, apontando novamente para a mulher e dando a entender que se tratava de uma prussiana.

— Eu sei — respondeu Tibor. — Mesmo assim, não quero. Muito obrigado. Até logo.

A mulher amordaçada gemeu quando Tibor se encaminhou para a porta. O russo, que pareceu adivinhar o que Tibor tinha em mente, segurou-o por trás, pela cabeça. Walther havia lhe falado sobre esse golpe: era assim que se quebrava o pescoço de uma pessoa. Em vez de tentar se livrar da torção da cabeça, Tibor acompanhou o puxão repentino tirando a faca do cinto e enfiando-a na coxa do oficial. O russo soltou um gemido de espanto e libertou Tibor, que correu, procurando abrigo atrás do pilão. O russo sacou a lâmina da carne e jogou a faca no chão, sorriu novamente e foi tentando convencer Tibor, enquanto se aproximava. Quando chegou ao pilão, acionou uma alavanca grande, que acoplava as palhetas ao pilão. As rodas e correias entraram em movimento com um rangido, e os braços da máquina começaram a bater dentro do recipiente vazio. O russo queria, aparentemente, evitar que Tibor se esgueirasse por baixo da máquina, conseguindo fugir. E foi exatamente o que Tibor fez: quando o russo circundou o pilão para pegá-lo, ele pulou por cima de uma correia e trepou num rolamento horizontal. Mas o oficial conseguiu agarrá-lo pelo pé descalço, segurando-o. O tornozelo de Tibor e a mão do russo escorregaram entre duas esferas do rolamento e, quando a roda se moveu, seus membros foram parar nos dentes da roda vizinha, sendo esmagados. Tibor gritou; o russo sorriu. O mecanismo do moinho parou. Tibor e seu agressor estavam presos um ao outro e Tibor não sabia como se libertar. Qualquer movimento das rodas só aumentaria a dor, já que a pressão da engrenagem não cedia. Seriam necessários vários homens fortes para fazer retroceder a roda.

O russo levou a mão esquerda, que estava livre, até a bota e sacou um punhal fino. Tibor estava deitado sobre a roda diante dele, como se estivesse em um altar para ser imolado. O russo ainda disse alguma coisa, e então parou. Ouviu-se um tiro. O russo gritou como se tivesse sido picado por uma vespa, deixou o punhal cair e curvou-se de dor. Um buraco fumegava na lateral do seu corpo. O russo soltou impropérios, colocou a mão livre sobre o ferimento, coçou o buraco como se fosse uma picada de inseto, mexeu-se um pouco, e caiu morto. Suas mãos ainda apertaram o pé de Tibor com mais força antes de despencar sobre a roda.

Walther estava de pé na porta e tinha baixado o fuzil.

— Caramba! — disse ele. — E ainda por cima é um russo, seu fanfarrão. Os russos estão do nosso lado.

Eles haviam vindo em três: Walther, Emanuel e o cabo Adam. Soltaram Tibor da engrenagem. Seu pé estava vermelho e roxo, mas os ossos não estavam quebrados. Depois desamarraram a mulher, que era de Reipzig e não tinha conseguido fugir a tempo. Emanuel sugeriu, sorrindo, que eles terminassem de fazer com ela aquilo que o russo não conseguira, sendo severamente repreendido pelo cabo. A mulher agradeceu aos quatro homens com um beijo no rosto. Depois entregou a Tibor o cordão com uma pequena medalha de Maria que usava no pescoço e fez votos de que aquela medalha o protegesse para sempre. Em seguida, desatou a chorar. Walther tentou consolá-la, mas Adam foi contra, dizendo que consolar mulheres prussianas não era sua tarefa, mandando-a embora.

Emanuel obteve permissão do cabo para incendiar o moinho. Os trapos secos pegaram fogo como se fossem pavios. Os soldados ficaram no interior do moinho até não suportar mais o calor, já que a visão do papel queimando no espigão era tão bonita quanto fogos de artifício.

Eles deixaram o oficial russo, cuja perna ainda se mexia automaticamente como a de um inseto morto, ardendo nas chamas junto com o prédio. Mas levaram o carneiro para o acampamento. Walther carregou Tibor nas costas. Eles saborearam aquele banquete noturno à luz das chamas da fábrica de papel.

Desde então, desde o seu décimo quinto ano de vida, Tibor possuíra e usara a medalha. E agora ela estava perdida, afundada no lamaçal de uma viela de Pressburg. Tibor ouviu passos do outro lado do muro, provavelmente do seu perseguidor, voltando para o mercado de peixe, onde estavam o seu colega, o homem caído e Elise. Elise: o que, em nome de Deus, ela estivera fazendo ali, à meia-noite, no povoado de pescadores? Tanto quanto ele sabia, ela morava no quarto que tinha sido de Dorottya, que ficava na viela do Hospital, não muito longe da casa de Kempelen. De lá até o mercado de peixes era uma longa caminhada. E quem seriam aqueles dois homens? Tibor estava orgulhoso por tê-la ajudado, mesmo que ela não pudesse saber quem ele era. Apesar de ficarem muito próximos um do outro, quando ele se escondia dentro do turco do xadrez e ela servia os convidados de Kempelen, muito provavelmente nunca mais se reveriam. O breve toque de sua mão antes — a sua tentativa de fazê-lo parar — seria o único.

Ele se levantou do chão. Como era mais baixo agora! Tibor sempre fora baixinho, mas depois das poucas horas que ficara com o disfarce de Jakob ele já tinha se acostumado com a nova altura. O muro do lado em que ele estava era alto demais para ser escalado. Tibor teria de achar uma outra saída.

Ele saiu do nicho entre o muro e o alpendre, que ficava no pátio de uma casa, com muros por todos os lados. Tibor se assustou ao perceber, à luz do luar, inúmeros rostos que o encaravam. Mas os rostos eram escuros e não se moviam: ele caíra no meio de uma coleção de esculturas ou na oficina de um escultor. Havia pelo menos duas dúzias de bustos metálicos reunidos naquele pátio; alguns sobre bases de madeira ou de pedra, a maioria, porém, de pé ou caída no chão. Alguns olhavam para as estrelas no céu, outros diretamente para o chão. Outros tantos olhavam através do pátio ou para o muro; um casal de bustos se entreolhava, com os olhos bem abertos, como se estivessem disputando quem piscaria primeiro os olhos com pálpebras de chumbo. Com tantos rostos espalhados por ali havia sempre pelo menos um par de olhos fitando Tibor. Onde quer que ele estivesse, podia sentir os olhares em cima dele. E que rostos eram aqueles! Não eram iguais aos que se costuma ver fundidos em metal; não eram reis ou imperadores, marechais ou sacerdotes, com traços definidos, olhar altivo e perucas perfeitas — eram cabeças de homens sem cabelos e com os pescoços e peitos descobertos, de forma a que se pudesse ficar concentrado nas caretas horrorosas que faziam. Cada fisionomia expressava um sentimento diferente: pesar, espanto, raiva, ingenuidade, cansaço, nojo, serenidade, luxúria, mau humor e náusea, e mais intensamente do que nos seres vivos. Todos os sentimentos humanos estavam representados naquele curioso gabinete, para toda a eternidade; em chumbo e cobre, através das diferentes expressões das dobras nos olhos, bocas, pescoços e testas. Tibor percebeu que os rostos não eram diferentes. Era sempre a mesma fisionomia, entreolhando-se em inúmeras cópias.

Tibor ouviu um ruído na casa ao lado. Alguém parecia gemer de dor. Só naquele momento deu-se conta de que havia uma luz acesa ali. O pátio murado tinha um porão que dava para a rua, mas ele estava muito bem trancado. Tibor se esgueirou até a janela iluminada e espiou para dentro. Um homem alto estava sentado junto a uma mesa, sob a luz de várias lamparinas, com as costas viradas para Tibor. Sobre a mesa havia um espelho e um pequeno busto de argila úmida que o artista esculpia com os dedos e espátulas de madeira. O homem estava de torso nu e usava um gorro de peles típico dos camponeses locais. O homem moldou a argila, parou, levou a mão esquerda até as costelas direitas e apertou com tanta força que a carne ficou branca debaixo dos seus dedos. Ele tentou segurar o gemido, mantendo o apertão dolorido por mais de meio minuto enquanto estudava sua careta no espelho. Era evidente que a fisionomia de argila seria esculpida com aquela expressão, assim como as inúmeras cabeças do pátio — com os traços do homem que Tibor viu refletido no espelho; o original vivo de todas as duplicatas inanimadas. E o olhar do homem seguia pelo espelho diretamente para Tibor, que desejou, em vão, não ser visto na escuridão. O homem levantou-se com um salto.

Tibor recuou. Estava preso dentro daquele pátio, e sua única esperança era a de que o escultor lhe desse ouvidos, deixando-o ir embora ileso. Mas, quando a porta se abriu e a luz da lamparina se espalhou em forma de cunha sobre o pátio, Tibor viu que ele estava segurando uma pistola na mão. Ele gritou:

— Saia, saia, você não vai me pegar!

Tibor quis falar, mas o que deveria responder diante daquelas palavras inusitadas? Ele correu para o portão apesar de saber que estava trancado. O escultor ouviu seus passos, virou-se e apontou a pistola para ele.

— *Vade retro*! — exclamou ele, e disparou.

Uma chama branca saiu da arma.

Se Tibor fosse uma pessoa de estatura normal, a bala teria acertado na sua cabeça, mas ela acertou o busto que estava acima dele — uma réplica bocejante do artista — bem dentro da boca aberta. A bala de chumbo bateu no palato de chumbo e foi engolida com um som abafado. O escultor deixou a pistola cair e foi na direção de Tibor.

— Eu o pego! Eu o pego antes de você me pegar! — gritou ele.

Tibor correu para a porta aberta, era a sua única saída, mas o agressor barrou-lhe o caminho para a oficina. Eles começaram a correr no meio dos bustos como se fossem duas crianças brincando na floresta. Mas o escultor era mais rápido e mais ágil do que Tibor e, quando o anão tentou dar uma corrida até a porta, segurou suas pernas por trás, fazendo-o cair no chão. Ele virou Tibor de barriga para cima enquanto ria triunfante. Seu riso estancou imediatamente. A luz da oficina batia no rosto de Tibor e ficou evidente que o escultor o confundira com outra pessoa. Sua expressão era de espanto. Ele saiu de cima de Tibor e, como este não fizera menção de se levantar, ajudou-o a se erguer.

— Sinto muito — disse ele, com súbita docilidade. — Que monstro eu sou. O que fiz com você? — Ele levou a mão até a sobrancelha de Tibor, mas parou antes de tocar nela. — Venha, vamos cuidar disso.

Tibor seguiu-o até o ateliê. O artista puxou uma cadeira na qual Tibor se sentou e foi buscar uma bacia com água e uma toalha. Primeiro lavou as mãos para remover a argila ressecada, depois limpou o barro e o sangue do rosto de Tibor. Enquanto limpava, pedia desculpas pelos ferimentos que acreditava ter causado, lamentando tê-lo confundido com outra pessoa. Pegou uma coberta da sua cama e colocou-a sobre os ombros de Tibor. Depois foi até a cozinha, dois cômodos à frente, e Tibor pôde ouvi-lo mexendo com panelas e água.

O anão aproveitou para dar uma olhada no ateliê, que parecia ser também a moradia do artista: havia uma cama, uma grande mesa de trabalho e diversas cadeiras; no mais, diversas taças e jarros, ferramentas e livros com títulos tais como *Mikrokosmisch Vorspiele des neuen Himmels und der neuen Erde* (Prelúdios microcósmicos do novo céu e da nova terra), *Berichte vom sichtbarem Gluten — und Flammenfeuer der uralten Weisen* (Relatos sobre o fogo visível das chamas e brasas dos antigos sábios) ou *Die sieben heiligen Grundsäulen der Zeit und der Ewigkeit* (Os sete pilares fundamentais e sagrados do tempo e da eternidade). Numa das paredes estavam encostados vários bustos de alabastro. Os retratos ali reproduzidos eram normais, sem nenhum tipo de careta. Tibor reconheceu um dos rostos: era o magnetizador, o curandeiro de toga que tratara de Tibor e dos outros reunidos em volta da tina com a força do magnetismo animal. Tibor examinou a cabeça de argila na qual o escultor estava trabalhando. Os olhos estavam arregalados, a boca aberta, o maxilar inferior caído para baixo, a cabeça toda estava um pouco retraída e os músculos do pescoço estavam retesados. Não havia dúvida sobre o que aquela careta expressava: era espanto, horror diante de algo desconhecido, repugnante, horripilante, monstruoso. Tibor vira aquela expressão fazia pouco tempo, e não no rosto do artista — mas em Elise. A empregada de Kempelen olhara para Tibor com aquela mesma expressão, e isso enquanto ele admirava a sua beleza. Uma beleza imaculada, que nem mesmo aquela expressão de repugnância conseguiu desfazer. O olhar de Tibor deslizou do busto para o espelho, e o seu rosto olhou de volta para ele — o queixo inchado cortado pelo canto inferior do espelho, porque seu corpo não era mais alto —, uma fisionomia com cabelos pretos, sem brilho, olhos castanhos, muito afundados nas órbitas, como se fossem ratazanas medrosas; bochechas ridículas como as de uma menina pequena, vários caroços e buraquinhos espalhados, como numa massa solada no forno — e tudo isso em cima de um corpo disforme e parecido com uma batata, de gnomo. O que ele esperava? Que Elise fosse abraçar seu salvador, encantada? As mulheres em Viena tinham estado liberadas pelo magnetismo; além disso, ele usava uma máscara muito bonita, a prostituta de agora e a de antes tinham sido pagas pelos seus carinhos, e a moça em Gran só se entregara a ele porque também era horrorosa. Então os traços de Tibor se deformaram ainda mais; ele apertou os olhos, os cantos da boca caíram, o queixo tremeu, e ele começou a chorar. Ele se observava no espelho enquanto chorava; o tremor grotesco do seu corpo grotesco, enquanto soluçava. Seguiu a trilha das suas lágrimas pelos sulcos no seu rosto e viu o muco pingar do seu nariz — quanto mais chorava, mais horrível ficava, e quanto mais horrível ficava, mais chorava por causa da sua feiúra.

— Por que está chorando? — perguntou o escultor, sem nenhum vestígio de piedade na voz.

Tibor não percebera que o homem tinha voltado. Ele colocou um bule e duas xícaras de porcelana chinesa na mesa e serviu uma bebida quente e esbranquiçada. Tibor secou as lágrimas do rosto, primeiro com a coberta que estava em seus ombros, depois com as mangas do casaco.

— Por que seria? — replicou Tibor. — Porque sou horroroso.

O escultor ofereceu-lhe uma xícara. Ambos ficaram calados por alguns momentos. Tibor segurou a xícara com as duas mãos e inspirou o vapor que ela exalava. Era água quente com leite.

— Olhe para mim — disse o escultor — e me diga se você me acha horroroso.

Tibor olhou para o escultor, cujo rosto era tão bem proporcionado quanto o torso nu. Ele sacudiu a cabeça. Daria tudo para ter uma aparência igual à do escultor.

— E os rostos lá fora no pátio?

— Sim. Eles são horríveis.

— Mas aquele lá fora sou eu, eu, e eu de novo; em cobre, chumbo e estanho. E as caretas que estou fazendo são normais. Portanto reconheça: a feiúra é relativa. Assim como um homem bonito pode ficar horrível, um homem feio pode ficar bonito; temos isso tudo dentro de nós.

Enquanto Tibor se pôs a pensar naquilo, o escultor fechou a porta do pátio e empurrou dois trincos.

— Quem era que o senhor estava esperando antes? — perguntou Tibor.

— O espírito das proporções. — respondeu o homem, olhando para a janela através da qual vira Tibor.

Como o artista não deu mais explicações, Tibor perguntou novamente:

— Quem?

— O espírito das proporções. Ele vem à noite, e às vezes durante o dia, para atrapalhar o meu trabalho. Não quer que eu desvende os segredos das proporções.

— Não compreendo...

— Tudo neste mundo está sujeito às leis das proporções. Cada coisa deste mundo mantém uma determinada proporção em relação a todas as outras. Da mesma forma que o nosso rosto se comporta em relação ao nosso corpo. Quando sinto dor numa determinada parte do meu corpo, meu rosto se deforma de uma determinada maneira.

O escultor beliscou novamente as costelas do seu lado direito e fez a mesma careta que o pequeno busto de argila.

— Existe um total de sessenta e quatro dessas expressões. Muitas delas já estão lá fora no pátio. Mas eu só descansarei quando tiver fundido todas as sessenta e quatro.

— Por quê?

— Porque então eu terei decifrado o sistema das proporções, e quem domina as proporções torna-se o senhor do espírito das proporções!

Com certeza, Tibor parara na casa de um maluco e poderia se dar por feliz pelo fato de o escultor não ter partido para cima dele com várias pistolas. Ele tomou um gole da sua bebida e pensou em como fazer para sair ileso da companhia daquele lunático.

— Como posso chamá-lo, espírito? — perguntou o escultor.

— O quê...?

— Você é um espírito, não é verdade? Com certeza você é um espírito.

Tibor concordou.

— Sim. Sou um espírito. Ninguém pode me ver... além de você.

— Eu sei — disse o escultor, sorridente.

— E você não deve falar sobre mim com ninguém.

— Por quê?

Tibor parou por um momento e depois proclamou com voz enérgica:

— Porque senão eu também virei assombrá-lo.

Aquela idéia pareceu realmente intimidar o homem. Ele levantou as mãos, suplicante.

— Me perdoe. Não quis ser insubordinado. Ninguém ficará jamais sabendo de você.

— Bom.

— E como posso chamá-lo?

O olhar de Tibor parou sobre o busto do magnetizador.

— Eu sou o espírito do magnetismo.

O escultor se encolheu, baixando a cabeça humildemente.

— Você me honra com a sua visita, espírito do magnetismo. Me perdoe por tê-lo agredido.

— Você passou na prova, porque me largou e me tratou bem.

O artista concordou com um gesto da cabeça. Como aparentemente acreditava em tudo o que Tibor estava inventando, ele acrescentou:

— Agora preciso ir. Eu preciso... voar de volta para o meu templo. Abra as portas para mim, e eu irei... ajudá-lo futuramente com as minhas forças magnéticas na sua busca e na sua luta.

— Você vai voltar?

Tibor tentou imaginar qual a resposta que o maluco gostaria de ouvir e disse:

— Sim. Pois gostei de você, servo fiel.

Ele fez então um gesto com a mão, como se o abençoasse.

Voltando para a cidade pela estrada de Zuckermandel, Tibor tentou rir do que acabara de vivenciar, mas o riso não saiu. Em vez disso, balançava a cabeça, completamente calado. Tinha de contar aquela história a Jakob. No trajeto de volta, evitou passar pelo mercado de peixes e pela rua em que ajudara Elise, chegando finalmente à casa de Kempelen, quando, a oeste, o céu sobre os vinhedos já estava ficando azul outra vez.

O turco do xadrez continuou se apresentando ao longo de todo o mês de abril. Os ingressos se esgotavam sempre. Tibor gostava cada vez mais de jogar no autômato do turco; a última vez em que sentira tanto prazer no jogo de xadrez foi quando aprendeu a jogar. Suas partidas eram como as sonatas que Kempelen tocava quando estava de bom humor — o belo som do cravo atravessava até mesmo as tábuas do piso do quarto de Tibor. Então o anão parava o seu trabalho, deitava-se na cama, olhava para o teto ou cerrava os olhos e ouvia o seu empregador tocar com perfeição.

O início de cada partida era um *allegro*, uma movimentação rápida e formal das primeiras figuras — os peões do rei e dos bispos; os cavalos na luta pelas quatro casas centrais, a tomada e o sacrifício, alternados, de peças menos importantes — quase sem reflexão e sem tática, uma abertura já experimentada milhares de vezes antes, uma seqüência lógica, quase matemática de movimentos, descrita em inúmeros livros sobre xadrez. Então vinha o *andante*. A partida ficava mais lenta, os jogadores tentavam agora impor as suas estratégias; cada movimento tinha de ser repensado inúmeras vezes, já que um erro poderia decidir a partida antecipadamente. Peças continuavam caindo, só que a sua perda agora era mais dolorosa. Peças importantes eram colocadas ao lado do tabuleiro, entre elas inclusive a rainha. Em cada lance, agora, era preciso avaliar: o próprio cavalo seria menos importante do que a torre adversária? Valeria a pena perder duas peças importantes se, em contrapartida, a rainha inimiga pudesse ser tomada? Então a tática de Tibor vingava, ou o seu oponente cometia um erro decisivo, e, *presto,* o rei estava cercado e colocado em xeque, numa sucessão de jogadas de fim de jogo que o oponente só poderia interromper caso percebesse a situação e desistisse antecipadamente; ou então seguia-se um *scherzo* no qual o rei vermelho era perseguido pelas peças brancas através do tabuleiro, e os pobres fiéis, que deviam deter o perseguidor, caíam. O acorde final era o barulho, que ecoava pelo tabuleiro quando o rei vermelho era derrubado, como sinal do xeque-mate.

Os adversários de Tibor eram cada vez mais fortes. Knaus, Spech, Windisch eram homens que chegavam com seus nomes e suas posições, e não com o seu talento, até a mesa de jogo. Agora, no entanto, vinham bons jogadores para desafiar o turco: membros de associações de xadrez que tinham lido o Philidor e o Modenaer. Começou-se então a anotar as partidas do turco para compará-las, para entender o sistema que havia por trás delas, e para montar uma estratégia de ataque. As partidas se tornaram mais longas, levando Kempelen a considerar a colocação de ampulhetas para obrigar os convidados a jogarem mais rápido.

Finalmente, em 11 de abril, Tibor viu-se obrigado a aceitar um empate, após quarenta e quatro jogadas. Kempelen liberou essa primeira pessoa que o autômato não conseguira bater — um ancião, quase cego, professor de escola pública, que viera de Marienthal — do pagamento do ingresso como reconhecimento pelo seu mérito. Tibor se desculpou com Kempelen, ao final, mas ele aceitou o empate sem preocupações. Exatamente como Kempelen imaginara, aquele empate só aumentou a fama do turco: em primeiro lugar, porque ele ficou parecendo mais humano aos olhos dos cidadãos de Pressburg ao também cometer uma falha. Em segundo lugar, aquele resultado só incitou os desafiantes seguintes a também batalhar por um empate, ou melhor, a ser a primeira pessoa a derrotar a máquina.

Surgiram então comentários de que o autômato não seria uma máquina, mas que era conduzido por mãos humanas, já que uma máquina teria de ganhar sempre. Kempelen convidou os detratores a assistir às apresentações para se convencerem, constatando com os próprios olhos de que a mesa estava vazia, assim como o boneco turco, de que não havia espelhos no seu interior, e de que tampouco havia fios invisíveis conduzindo as mãos de Paxá, nem por cima nem por baixo da mesa. Os acusadores insistiram tanto tempo em afirmar que o que estava em jogo então seria magnetismo, que Kempelen autorizou um incrédulo a colocar um magneto pesado ao lado da mesa de xadrez e ao lado da caixa misteriosa durante uma partida. Aquilo não alterou em absolutamente nada o jogo do turco. Kempelen concordou ainda com o pedido de se afastar da mesa e da caixa. Sob uma chuva de risos da platéia, chegou a se ausentar totalmente da oficina para buscar uma bebida enquanto o autômato continuava a jogar, sem a presença do seu criador.

Jakob flagrou um rapaz tentando soprar rapé espanhol por um dos buracos de fechadura, para fazer com que o suposto ser humano dentro da mesa espirrasse e se denunciasse dessa forma. Jakob expulsou o rapaz energicamente com a ajuda de Branislav. De outra feita, Tibor comeu demais e teve flatulências. Depois que os gases ocuparam todo o interior da máquina, o cheiro começou a sair pelas frestas da mesa.

Assim que os espectadores das primeiras filas perceberam o cheiro, foram se informar se o turco por acaso não tinha comido muito cominho da sua terra natal.

A baronesa Ibolya Jesenák compareceu a duas apresentações. Tibor já percebera sua presença antes de ouvi-la falar ou de vê-la através da mesa. Ele sentiu o odor agradável do seu perfume. Ao final da segunda apresentação, Anna Maria exigiu que Kempelen proibisse a entrada da viúva Jesenák em sua casa para evitar o seu assédio constante. Os dois então tiveram uma briga que durou pouco tempo, mas foi muito acalorada. Anna Maria saiu vitoriosa. Wolfgang von Kempelen escreveu um bilhete a Ibolya Jesenák, dizendo que sentia muito, mas pedia que ela evitasse futuras visitas à sua casa.

A contratação de Elise provou ter sido uma boa decisão. Seu jeito sereno, até um pouco quieto demais, tornava a sua presença muito mais agradável do que a de Dorottya. Anna Maria incumbiu-a da tarefa de limpar a oficina após as apresentações — mas somente depois que o turco estivesse trancado no seu quarto ou sob os cuidados de Jakob, para quem a tarefa foi muito bem-vinda.

Depois da última apresentação antes dos feriados da Páscoa, enquanto Elise varria ao redor da máquina de xadrez, que estava vazia, Jakob sentou-se junto à janela e começou a fazer o seu retrato com carvão. Usou esse pretexto para poder olhá-la o tempo todo.

— Como é que isso funciona? — perguntou ela de repente.

Jakob levantou os olhos do desenho.

— Como é que a máquina funciona? — perguntou ela novamente.

— Através de mecanismos complexos — respondeu Jakob.

— Como é que um mecanismo pode jogar xadrez?

— Trata-se de um mecanismo extremamente complexo.

— Não acredito.

— O que você entende disso?

— Absolutamente nada. Mas simplesmente não consigo imaginar.

— Mas é assim mesmo.

— Não é, não — insistiu Elise.

— É, sim.

— Não.

— Sim.

— Não.

Jakob baixou o papel e o carvão.

— Está bem, você venceu. Não é, não.

— E então?

— Isso eu não posso contar, e você sabe.

Elise encostou a vassoura e aproximou-se dele. Então deu uma olhada no desenho.

— Está muito bonito.

— Não está nem de longe tão bonito quanto o modelo.

Elise enrubesceu e olhou para o chão. Depois de se recompor, ela disse:

— Revele para mim. Por favor.

— Kempelen quebraria os nossos pescoços.

— Não vou contar para mais ninguém, com certeza. Juro.

Jakob suspirou.

— Por favor, Jakob.

— Isto não sairá de graça.

— O que você quer?

Jakob apontou para os lábios com o dedo.

— Um beijo.

— Vá para o...! Não faço mesmo! — retrucou Elise, indignada.

Ela pegou a vassoura e continuou a varrer. Jakob deu de ombros e continuou com o seu desenho. Elise continuou varrendo mais um pouco, observando Jakob pelo canto do olho. Então ela deixou a vassoura cair abruptamente, correu até ele e lhe tascou um beijo rápido na bochecha. Depois limpou os lábios com as costas da mão.

— Pronto.

— Você está querendo me enganar? — perguntou Jakob. — Quando digo *beijo*, quero dizer um beijo de verdade, não um beijinho de boa-noite.

Elise fez cara de aborrecida e se aproximou novamente para o beijo. Quando seus lábios se tocaram, Jakob pegou nos seus ombros para segurá-la. No princípio a empregada tentou se livrar, depois aproveitou um pouco o beijo, para finalmente se desvencilhar de Jakob.

— Então, doeu? — perguntou Jakob, sorrindo.

— E agora, como é que funciona o turco?

Jakob fez um gesto para ela se sentar e ela se acomodou a seu lado na janela. Ele aproximou-se e baixou a voz.

— Sabia que algumas pessoas pensam que alguém se esconde dentro da mesa?

Elise balançou a cabeça afirmativamente.

— Bem, elas não estão muito erradas.

Então Jakob contou-lhe a sua verdade sobre o autômato do xadrez: que o turco não era um boneco de madeira e sim uma pessoa de verdade; um turco de verdade, empalhado e envernizado, um *osmanli* morto, grande mestre do xadrez, roubado de um mausoléu por Kempelen e por ele em Constantinopla. Que fora ressuscitado pelo ritual de um sacerdote panteísta das Ilhas do Caribe — o cérebro fora retirado e o espaço vazio preenchido com serragem; que só tinham deixado a parte necessária para jogar xadrez, para que o morto não pudesse fazer nada além daquilo. Agora era possível fazê-lo despertar e dormir, proferindo uma fórmula mágica... Nesta parte Elise já não prestava atenção e deu-lhe um cascudo pelo atrevimento de roubar um beijo, inventando aquele monte de mentiras. Ela saiu da oficina indignada. Jakob ainda continuou rindo, muito tempo depois de ela fechar a porta atrás de si.

Veio a Páscoa, e Tibor se esgueirou para fora de casa, na Sexta-Feira da Paixão, usando a chave copiada. Jakob fizera outros sapatos com plataformas, iguais aos que Tibor deixara na viela das Amêndoas, e consertara os rasgos no casaco. O disfarce funcionou também de dia; ninguém prestou atenção no anão, protegido da chuva pelo chapéu de três pontas, fazendo sua peregrinação da rua do Danúbio até a igreja de São Salvador na rua dos Franciscanos.

Nos degraus da igreja, junto à parede para se proteger da chuva, havia um mendigo perneta, com as muletas no colo e uma caixa para as esmolas. A têmpora direita estava cheia de cicatrizes pequenas. Tibor procurou moedas no bolso — o mendigo olhava para outra direção — e subitamente se lembrou de que conhecia aquele homem. Tibor seguiu depressa em frente, com o rosto virado, antes que o mendigo retribuísse o olhar, e desapareceu dentro da igreja. Ele parou no átrio. Era Walther, seu camarada do regimento dos dragões, que salvara sua vida nas colinas de Kunersdorf e que ele vira pela última vez em Torgau, junto com o resto do pelotão. Naquela ocasião Walther ainda tinha as duas pernas e um rosto bonito. Uma granada devia ter deixado o pobre-diabo daquele jeito. Quanto tempo fazia! Ele gostaria de ter dado alguma coisa a Walther, mas o antigo camarada não podia ficar sabendo que Tibor estava ali.

São Salvador era bem menor do que a catedral, por fora igualmente grosseira, mas o interior era pintado de branco e adornado em vários cantos com anjos e folhas douradas, fazendo com que a igreja reluzisse, a despeito da pouca luz. Tibor limpou a água das costas e entrou. Ouvia-se o som de um órgão. Ele olhou ao redor. Quis rezar primeiro diante do altar de Maria para depois se confessar, mas, quando a porta da nave lateral se abriu novamente, viu Anna Maria entrar com Teréz enquanto Elise sacudia o guarda-chuva do lado de fora. Elas não podiam vê-lo. Tibor se escondeu no confessionário mais próximo. Podia espiar para fora através de um trançado de vime, sem ser visto. Ele esperaria as três mulheres saírem da igreja. O padre lhe dirigiu a palavra, e Tibor começou sua confissão.

Tibor se assustou quando, de repente, Elise surgiu com Teréz diante do confessionário. Ele gaguejou e se calou. Será que a empregada de

Kempelen iria se confessar? Nesse caso, ela ficaria esperando e fatalmente o veria! Mas não: ela ajudou Teréz a se sentar num banco da igreja e ajoelhou-se a seu lado para orar. Tibor suspirou aliviado e continuou a sua confissão. Enquanto se confessava, olhava para Elise, e aquela visão o fazia gaguejar. Ele suspeitava que ela fosse temente a Deus, e aquela era a prova. Pelo menos as mulheres da casa de Kempelen ainda não haviam renunciado à religião. Como parecia frágil, com os olhos cerrados e a boca fina a proferir preces! E nas mãos ela segurava — Tibor espremeu os olhos para ver melhor — o seu amuleto de Maria. Sem dúvida, era o seu cordão de Reipzig, que ele perdera durante a briga em Weidritz. Ela devia tê-lo achado no calçamento; sua única recordação do seu horrível salvador em um momento de desespero. Tibor não ouviu mais o que o padre falava. Um arrepio quente atravessou o seu corpo. Ele só despertou do seu enlevo quando Anna Maria se aproximou, fazendo com que Teréz soltasse um gritinho que ecoou por toda a igreja. Em seguida, ambas saíram, com a criança andando entre elas.

Tibor seguiu-as com o olhar até desaparecerem e finalmente respondeu à pergunta do padre:

— Não, isso é tudo, padre.

Recebeu a penitência e a absolvição, certificou-se de que Elise e as outras não estavam mais lá e dirigiu-se até a Madona. Elise tinha encontrado o seu amuleto; devia estar usando-o agora sobre o peito. Tibor sentiu-se feliz. Ajoelhou-se diante da imagem de Maria e agradeceu por aquela dádiva. Depois, rezou.

As cores fortes da imagem de Maria se destacavam sobre o fundo branco da igreja; o castanho dos cabelos, o vermelho do vestido e o azul-escuro do seu manto, com o lado de dentro recoberto de ouro. Ela carregava em seu braço esquerdo o menino Jesus, que por sua vez segurava uma maçã vermelho-clara. Sua cabeça estava humildemente inclinada, como em todas as suas imagens, de forma a que só pudesse olhar em seus olhos quem se ajoelhasse ou fosse baixinho como Tibor. Sua cabeleira era repartida ao meio e o véu branco só cobria a parte de trás da cabeça, deixando os cabelos caírem livremente sobre os ombros, como ondas congeladas. O cabelo era entalhado em madeira e pintado com tinta, mas, apesar disso, Tibor imaginou-o perfumado e sedoso. As mãos não tinham rugas nem manchas. Os dedos, de tão esguios, eram uma obra-prima. A mão direita repousava sobre o manto — deveria ser muito bom ser acariciado por aquela mão, colocar os dedos sobre os seus, enlaçando-os em um encaixe preciso, como duas engrenagens perfeitas. Acariciar sua testa com o dorso da mão, passando sobre a face que enrubesceria ao toque; sobre os lábios vermelhos entreabertos, deixando escapar um hálito cálido e úmido; pelo pescoço e pela leve depressão nos ombros, pela saboneteira, e finalmente até o decote do vestido, totalmente pregueado, com exceção da parte sobre os seios, tão claramente definidos quanto as coxas por baixo do tecido. Os pés, que despontavam por baixo da bainha do vestido, estavam nus, então as coxas provavelmente também estariam. O manto seria afastado com um gesto e, com outro, o vestido seria aberto, caindo silenciosamente no chão; ao cair, deslizaria por todas aquelas curvas, tal como fariam as suas mãos e os seus lábios...

Tibor respirou como se tivesse ficado muito tempo debaixo d'água. Percebeu a excitação em seu colo, quente, gostosa e ardente — e tão indescritivelmente ordinária, tão pouco parte dele. Ele se retirou da igreja trôpego, com o chapéu de três pontas enterrado na cabeça, para encobrir a sua vergonha. Nem a chuva conseguiu arrefecer a sua volúpia. Ela só cedeu depois que ele vomitou na parede de uma casa. Tibor voltou correndo para o seu quarto, sem tomar cuidado para não ser visto por Elise ou qualquer outra pessoa. Arrancou o casaco e a camisa do corpo e ficou pensando em uma forma de expiar aquele ato abominável — já que não era o caso de uma prece, afinal quem iria atendê-la? Virou o tabuleiro, seu rosário, para baixo e retirou o crucifixo da parede. Então viu as ferramentas de relojoaria sobre a mesa: as pequenas limas, serras e alicates, miniaturas das ferramentas de tortura do inferno que começou a usar naquele momento para se livrar delas no futuro. Enfiou-as em seu corpo, em lugares que não poderiam ser vistas depois, arranhando e cortando sua pele até sangrar. As lágrimas saltaram dos seus olhos, e, quando ele não suportou mais continuar com aquilo, pediu a Deus repetidamente que perdoasse aquele seu desejo abominável. Cobriu então os ferimentos de forma descuidada e caiu em um sono febril sobre o chão duro, para não mitigar a sua dor e para não deixar marcas de sangue nos lençóis.

Palácio Grassalkovich

Em meados de maio, o príncipe Anton Grassalkovich, diretor da Câmara da Corte Húngara, convidou a nobreza húngara e a alemã para um baile no seu palácio de verão. O convite se deu por ocasião do casamento, em Versalhes, da princesa Maria Antonieta com o delfim Luís XVI. Aguardava-se a presença do duque Albert von Sachsen-Teschen e sua mulher, a arquiduquesa Christine, assim como a princesa Batthyány, o príncipe Esterházy, os condes Pálffy, Erdödy, Apponyi, Vitzay, Csáky, Kutscherfeld e Aspremont, o marechal-de-campo Nádasdy-Fogáras e muitos outros. Haveria um jantar, um baile e, para encerrar, fogos de artifício. Entre o jantar e o baile, o príncipe planejava surpreender seus ilustres convidados com uma apresentação do autômato do xadrez. Ele combinou os detalhes da apresentação do turco com Wolfgang von Kempelen, na Câmara da Corte.

A surpresa de Grassalkovich foi um sucesso. Os aplausos para Kempelen e sua máquina de xadrez, no Salão de Conferências do palácio, foram mais do que calorosos. Na hora de escolher, entre os convidados, um adversário para o turco, Grassalkovich convidou o marechal-de-campo Nádasdy-Fogáras para a mesa. O oficial grisalho recusou, agradecido. Achava-se muito antiquado para desafiar uma máquina de tal modernidade e repassou a honra ao tenente do seu regimento, muito conhecido pela excepcional habilidade no jogo de xadrez: o barão János Andrássy.

O barão Andrássy foi o primeiro adversário do andróide a jogar pela vitória e não para evitar uma derrota. Ele jogou de maneira ainda mais agressiva do que o turco: comandou o avanço das suas tropas sem levar em consideração as perdas, com os peões em formação de cunha para marchar sobre as linhas inimigas. Os fuzileiros vermelhos tombaram aos montes onde não contavam com a proteção da cavalaria de Andrássy, mas as fileiras brancas foram quebradas e, de repente, o rei branco ficou desprotegido, só conseguindo se salvar com um roque. O general de Andrássy continuou a perseguição, os oficiais atravessaram o campo de batalha, escapando aos ataques brancos, empurrando os soldados e os oficiais do turco para os lados. A vitória de Andrássy parecia certa, mas o rei branco não pôde mais ser alcançado. Estava entrincheirado entre os canhões, inatingível até mesmo para a cavalaria.

Então chegou a vez de as brancas revidarem o ataque, e a batalha tomou outro rumo: os poucos sobreviventes da infantaria vermelha foram esmagados e os oficiais ficaram encurralados no meio do campo. Sobreveio uma dolorosa vingança, conseqüência do sacrifício dos fuzileiros durante o ataque: até mesmo os mais insignificantes soldados brancos batiam os oficiais vermelhos, enquanto a cavalaria do turco lhes dava cobertura, muitas vezes dobrada ou redobrada, frustrando todas as possíveis vinganças. No final, o rei só contava com a proteção do general de Andrássy; mas o campo de batalha ficou livre para a atuação dos seus canhões que abatiam tudo o que passava pelo caminho. Um cavaleiro branco se aproximou do último canhão, esquivando-se da linha de tiro e conseguiu derrubá-lo. Mas pouco depois foi derrubado pelas mãos do general. No final da contenda, viam-se os caídos à direita e à esquerda do tabuleiro, vermelhos de sangue ou brancos como a morte. Sobre o campo de batalha restaram somente os dois reis, sem povo e sem generais, espreitando-se dos seus respectivos cantos, negociando um cessar-fogo com os dentes rangendo, ambos furiosos com a sorte do inimigo na guerra, como dois sol dados, um branco e o outro vermelho, aparentemente incapazes de compreender como tinham sobrevivido incólumes ao massacre enquanto todos os seus camaradas caíam, cegos e sem ação, vagando sobre o fantasmagórico tabuleiro vazio, agora coberto de lápides brancas e vermelhas.

O jogo terminou com um empate e dois perdedores, ou melhor, com dois vencedores, já que os aplausos para o barão János Andrássy e para o turco do xadrez de Kempelen foram ensurdecedores. Até mesmo aqueles que não conheciam bem as regras do jogo compreenderam instintivamente que jogadas tinham sido boas ou ruins para o seu favorito, e todos no salão aplaudiam quando Andrássy tirava uma figura branca do tabuleiro e gemiam quando o turco se vingava. Algumas damas chegaram a se retirar do salão durante o jogo para poupar os nervos. Outras se refugiaram na varanda aberta. Tinha sido uma partida sangrenta! A cada dois lances caía uma peça de um dos dois lados. E como Andrássy desafiava o turco com o olhar! Apesar de estar sentado numa mesa separada, o hussardo olhava para os olhos falsos do andróide depois de cada jogada, e seus lábios, sob o bigode preto, esboçavam um sorriso, que não tinha nada de superioriade nem de reconhecimento.

— A Áustria contra os turcos — murmurou Nádasdy-Fogáras, sem se dirigir a ninguém em especial —, o imperador contra o sultão, isto é uma segunda batalha de Mohács.

Andrássy levantou-se ainda enquanto o público aplaudia e se dirigiu à mesa do turco. Antes que Kempelen conseguisse impedi-lo, ele segurou a vulnerável mão esquerda do turco, sacudindo-a com suas duas mãos.

— Voltaremos a nos encontrar, meu amigo — disse ele. — Este não terá sido o nosso último duelo.

O príncipe Grassalkovich agradeceu a Kempelen não só pela sensacional apresentação, como também por ele ter regulado o mecanismo do seu autômato de forma a que ele conseguisse tão-somente um empate, não derrotando Andrássy.

Então o príncipe dirigiu a palavra aos seus convidados.

— *Mesdames et messieurs*, duque Albert, duquesa Christine, meus queridos convidados! Pelo visto, esta noite nos brindou com duas novas estrelas no firmamento: o barão Andrássy, que conseguiu infligir um memorável empate à invencível máquina do xadrez, fascinando-nos durante uma hora inteira com o seu jogo corajoso. — Andrássy recebeu os aplausos com a mão erguida. — E, naturalmente, o homem que permitiu que um monte de rodas e cilindros nos arrancasse o suor da testa e nos deixando em dúvida se somos realmente a coroa da criação ou se os autômatos a estariam disputando: o barão Wolfgang von Kempelen, o mecânico mais habilidoso do nosso reino. Ou melhor: do mundo inteiro. Ele pode ficar tranqüilo no que diz respeito à imortalidade do seu nome!

Andrássy coroou seu aplauso berrando:

— Viva!

— Devo acrescentar — prosseguiu Grassalkovich depois que os aplausos diminuiram — que se tratava, até então, de um funcionário exemplar da minha Câmara Húngara. Como eu poderia saber que o senhor estava destinado a coisas maiores, se nunca me falou nada a respeito?

— Perdão, meu príncipe — respondeu Kempelen, sorridente, fazendo uma reverência.

O príncipe retirou a cobrança com um gesto.

— O senhor estará perdoado, meu bom Kempelen, se me prometer que vai continuar nos provendo com máquinas tão capazes. Pois estou convencido de que esta máquina é apenas a primeira de muitas. Leibniz nos deu a máquina que calcula, Kempelen a que pensa! Na minha opinião, muito poucos compreenderam o significado disso para o mundo. O jogo de xadrez é tão-somente um campo de provas. Tentemos imaginar as inúmeras possibilidades de utilização de máquinas pensantes: na administração... nas finanças... nas fábricas; e por que não no campo, e até mesmo na guerra? Eu digo: construa cente-

nas de soldados mecânicos, barão de Kempelen, e mande-os no lugar dos nossos filhos para o combate. Eles não precisam de descanso nem de comida, desconhecem o medo, não cometem erros e sangram somente óleo! Vamos fabricar um exército de autômatos. Com ele, expulsaremos o Fritz novamente da Silésia e mandaremos os turcos de uma vez por todas de volta para o Bósforo! — Aqui Grassalkovich virou-se para o turco do xadrez e acrescentou, para gáudio de todos:
— Você pode ficar, naturalmente.

Enquanto a máquina de xadrez se apresentava, os serviçais arrumaram o Salão dos Anjos onde havia sido servido o banquete, recolhendo todas as mesas e cadeiras. Uma orquestra de câmara começou a tocar, convidando à dança. O príncipe Anton Grassalkovich chamou seus convidados para o andar de baixo e o Salão de Conferências começou a se esvaziar. Kempelen quis começar a desmontagem e o transporte do autômato, mas Grassalkovich instou-o a acompanhá-lo até o Salão dos Anjos.

Enquanto andava, Kemepelen pediu a Jakob que tomasse conta do autômato e da caixa até a sua volta. O judeu juntou as peças sobre o tabuleiro, guardando-as na gaveta de baixo.

A princesa Judit, a jovem esposa de Grassalkovich, permaneceu até o final no Salão de Conferências com suas duas amigas para examinar de perto o turco antes de Jakob encobri-lo com um pano.

— Pobre Paxá — disse uma das amigas. — Agora ele está completamente só, até que vocês o despertem novamente.

— Oh, tenho certeza de que ele terá belos sonhos — assegurou Jakob.

— Com que será que um autômato sonha? — perguntou Judit. — Com criações automáticas?

Jakob encolheu os ombros.

— Talvez. Ou então com um harém cheio de concubinas mecânicas.

— E como elas são?

— Pode-se dar corda nelas, não enferrujam e são muito, muito bonitas. Mas não tão bonitas quanto Vossas Excelências, evidentemente.

As três riram baixinho, e Judit ofereceu-lhe o braço.

— Conduza-nos lá para baixo. O senhor precisa nos contar tudo sobre a vida amorosa dele.

— Adoraria, mas temo não poder. Preciso vigiar o sono dele.

— Pedirei aos criados que apaguem as velas, tranquem as portas e não deixem ninguém entrar. Ninguém poderá atrapalhar o sono dele.

Jakob não respondeu. Judit ofereceu-lhe novamente o braço, dizendo:

— O senhor não vai se negar a atender a um pedido de uma princesa Grassalkovich, não é mesmo?

— Não ousaria, jamais.

Jakob pegou o braço que lhe fora oferecido, uma das amigas pegou seu outro braço, e ele desceu as escadas conversando com as três mulheres, enquanto prosseguiam os sons da orquestra. Enquanto isso, os criados trancaram as portas do Salão de Conferências, deixando o turco coberto, dormindo no meio do salão.

Naquela noite, a baronesa Ibolya Jesenák usou um vestido verde-claro tão precioso quanto excêntrico, exageradamente coberto de brocados, franjas e botões de rosa em seda, além de uma enorme fita cor-de-rosa sobre o peito, que atraía o olhar dos homens e despertava nas mulheres uma mistura de inveja e escárnio. As duas pessoas homenageadas pela festa — a princesa Maria Antonieta e o príncipe Luís — estavam esquecidas havia muito tempo. Tudo agora girava em torno de Wolfgang von Kempelen e János Andrássy. Quem não dançava reunia-se em torno de um dos dois homens — os homens do Estado em volta de Kempelen, os oficiais em volta de Andrássy. O assistente do cavaleiro estava ao dispor de Judit Grassalkovich e das jovens condessas e baronesas para conversar e responder às perguntas. Ibolya não pôde tirar vantagem alguma do fato de os dois homens ali festejados serem seu irmão e seu amante. Ninguém no salão se interessava por ela, todos pareciam ter esquecido sua ligação com o herói da noite. Ela se sentiu novamente só. Por isso, aceitou o convite do conde Csáky para uma gavota, suportou seu olhar sôfrego e o seu mau hálito e só depois deu-se conta de que já tinha bebido demais para poder dançar.

Ela se reuniu às acompanhantes do assistente de Kempelen, que contava que ele e seu patrão pretendiam pesquisar a possibilidade da procriação automática para que os autômatos não precisassem mais ser fabricados por mãos humanas, e sim por outros autômatos. Jakob confidenciou às damas, sussurrando, que, além de jogar xadrez, o turco era extremamente habilidoso no jogo do amor. Ibolya quis participar da conversa. Afinal, conhecia o turco melhor e havia mais tempo do que todas as outras mulheres que ali estavam, mas o ajudante não lhe deu chance de falar. Enquanto tentava demonstrar como se dava corda numa *demoiselle* mecânica, ele derramou champanhe da sua taça sobre o mantô de Ibolya, deixando uma mancha horrível. Ela percebeu que duas moças cochichavam sobre o seu vestido, rindo em seguida. A baronesa Jesenák despediu-se então daquele pequeno grupo com um riso alegre, dando a desculpa de que prometera conversar com outros convidados.

Cercado de hussardos, seu irmão descrevia sua estratégia na luta contra o turco, sendo continuamente interrompido pelos elogios do marechal-de-campo. Os húngaros cumprimentaram Ibolya gentilmente, mas continuaram a conversa.

— A senhora deve perdoar esses soldados primitivos, baronesa — disse-lhe Nádasdy-Fogáras —, mas o único momento em que nós homens não falamos sobre guerra é durante a batalha.

Ibolya entediou-se rapidamente com a conversa daqueles homens. Afastou-se dos hussardos. Ainda faltava mais de meia hora para os fogos de artifício. Ibolya ficou olhando para os anjos dourados no estuque acima dos espelhos. Um desconhecido convidou-a para dançar, mas ela recusou com um agradecimento. Então viu Kempelen entrar no salão e pegar duas taças de champanhe no bufê. Ela cortou-lhe o caminho, sorridente, e pegou uma das taças, agradecendo.

— Espero que o príncipe Anton não fique aborrecido por você beber o champanhe dele — disse Kempelen.

— Você certamente irá providenciar um novo para ele. À sua saúde, Farkas. — Ibolya brindou com ele, mas enquanto ela bebia, ele não tocou na taça e ficou olhando para o grupo de homens em volta do príncipe Grassalkovich, que ansiavam pelo seu retorno.

— À sua saúde, Ibolya. Você pode me desculpar? Preciso ter uma conversa muito importante.

— Isso não me surpreende. Você sempre precisa ter conversas muito importantes.

— A minha máquina de falar lamentavelmente ainda não está desenvolvida a ponto de me aliviar desse fardo. — Kempelen deu um passo à frente, mas Ibolya o deteve, colocando a mão sobre o seu peito.

— Recebi o seu bilhete — disse ela.

— Sim.

— Foi sua mulher quem o escreveu?

— Se bem me lembro, era a minha assinatura que estava nele.

— Então é a sua mulher que está fazendo com que você não queira mais me ver? — Ibolya deslizou a mão pelo seu casaco — Ou será que construiu um autômato do amor para o seu uso? O seu judeu diz que eles são amantes excepcionais.

Kempelen revirou os olhos.

— Por favor, Ibolya. Você leu a minha carta. Sou casado, você é uma pessoa respeitável, e nós devemos deixar as coisas deste jeito. Você mesma disse que nós somos como os infantes reais, que nunca conseguem ficar juntos.

Ibolya olhou firmemente para ele e disse:

— Parece que está querendo me descartar.

— Isso não é verdade.

— É, sim. Está me descartando. Não precisa mais de mim e não acha mais necessário me agradecer. Eu e Károly o ajudamos. Agora que ficou famoso está cuspindo no prato em que comeu. Está pisoteando os degraus da escada que usou para subir.

— Ibolya...

— Vou lhe dizer uma coisa, Farkas: sem mim você não estaria aqui hoje conversando com Grassalkovich e outros. Sem a minha ajuda, ainda estaria sentado no seu escritório.

Ibolya estava falando mais alto, e Kempelen olhava em volta, melindrado.

— Acalme-se, por favor.

— Oh, eu estou calma. Quero adverti-lo a ter cuidado: eu o trouxe até aqui, mas posso muito facilmente levá-lo de volta.

— Ouça bem: isso não é verdade.

O tom de Kempelen também ficou mais duro, apesar de estar falando baixo e continuar sorrindo.

— Nenhuma das duas coisas é verdade. Estou aqui, porque construí uma máquina que joga xadrez. E você não pode fazer nada para me derrubar... seja qual for o motivo por que deseja fazê-lo.

— Está me desafiando?

— O que pretende fazer?

— Quero preveni-lo, Farkas.

Kempelen viu Grassalkovich acenando impacientemente para ele voltar.

— Continue prevenindo com afinco. Mas, por favor, me permita ter conversas mais produtivas — disse Kempelen, entregando-lhe sua taça de champanhe, já que a dela estava praticamente vazia. — Isto irá fazer-lhe companhia no meu lugar.

Ela seguiu-o com o olhar enquanto ele retornava ao grupo em volta de Grassalkovich, fazendo cara de alegre e muito provavelmente culpando a viúva bêbada pela sua demora. Ibolya esvaziou as duas taças e saiu do Salão dos Anjos com uma terceira. Ninguém deveria presenciar o seu sofrimento, muito menos Wolfgang von Kempelen.

Ela retornou ao Salão de Conferências, que não estava trancado nem muito menos sendo vigiado. Abriu a porta, entrou e fechou a porta atrás de si sem fazer barulho. A única luz que clareava o ambiente era a dos archotes que tinham sido colocados lá fora no parque. Ainda junto à porta, Ibolya bebeu mais um pouco para criar coragem, atravessou o salão, passou pela misteriosa caixa, deu uma volta em torno do andróide coberto, e por fim puxou o pano que cobria a mesa e o turco — cuidadosamente, para não despertá-lo.

Porém o turco já estava acordado: olhava para ela com os olhos bem abertos, do mesmo jeito que olhara para ela em Viena, quase como se estivesse esperando por ela. Mas permaneceu imóvel. Era o primeiro homem que seu irmão não tinha conseguido derrotar. O homem sobre quem todos falavam, e que no final das contas ninguém conhecia de verdade, nem mesmo o seu criador.

— Boa noite — sussurrou Ibolya, deixando o pano cair no chão. Ela tomou mais um gole enquanto olhava para o turco. — Você também está solitário? — Ela esvaziou a taça e colocou-a sobre a mesa de xadrez. Então acariciou cuidadosamente a mão esquerda do turco, que repousava sobre a almofada de veludo. Ela retirou a almofada, colocou-a no chão e deu corda no mecanismo da máquina. Depois retirou a trava. O mecanismo entrou em movimento, fazendo barulho. Mas o turco não se moveu.

— Você tem de fazer uma jogada, meu caro — ordenou Ibolya.

O autômato levantou a mão docilmente, conduziu-a sobre o tabuleiro, baixando-a onde deveria estar um peão branco. Mas as peças já tinham sido há muito retiradas. Em vez do peão, o andróide segurou dois dedos de Ibolya, que ela posicionara debaixo da mão dele. Ele levantou os dedos e colocou-os cuidadosamente ao lado do tabuleiro. Ibolya suspirou. Deu a volta na mesa, parou atrás dele e acariciou seu pescoço.

— Você está frio, mas é bem quente por dentro — disse ela. — Isso nos diferencia de todos aqueles horríveis autômatos humanos lá embaixo; todos hipócritas, que escondem o que realmente são debaixo de roupas com armações metálicas e maquiagens pesadas. Não é verdade?

O turco balançou a cabeça, concordando. Ele compreendera o que ela disse. E mais: virou os seus olhos para a baronesa, e eles voltaram a se encarar. Ibolya se assustou por um momento, mas depois riu baixinho.

— Por que não? — disse ela. — Afinal de contas, funcionou com Pigmalião.

Ela segurou o rosto do turco com as duas mãos e beijou-lhe a boca de madeira. Seu batom ficou nos lábios dele. Ela começou a respirar mais forte. Os olhos do turco eram hipnóticos, e o mecanismo zumbia uma melodia enlouquecedora. A partir daí ela parou de falar. Dobrou o braço direito do andróide para trás, como já tinha visto Kempelen fazer, suspendeu o vestido e sentou-se no colo dele. Depois abaixou o braço, ficando presa nos braços dele. Havia uma aresta dura no colo do turco, mas forrada com o seu caftan macio, apertada dentro da costura. Ela passou primeiro as mãos, depois as bochechas sobre a forração de pele, e gemeu. Então beijou o turco novamente; beijou-lhe a testa, as sobrancelhas e, finalmente, o pescoço nu, enquanto segurava na sua nuca, acariciando, enquanto isso, com a mão que estava livre, as próprias pernas, cada vez mais para cima, nas coxas nuas. Sua bacia girava no colo do turco. Então ela tirou um dos seios de dentro do decote e esfregou o bico na pele que forrava o turco. Ela se recostou no canto da mesa, colocando a cabeça sobre a nuca e segurou o antebraço do turco com a mão direita, até o caftan ficar esticado. Os dedos da sua mão esquerda tinham achado o caminho pelas anáguas e circundavam a vulva, e o turco parecia ajudá-la: a mão dele subiu pela sua coxa, apertando-a e ficando quente com o toque. Em êxtase, Ibolya segurou a sua mão para levá-la até o seu colo, mas quando tocou a mão os dedos eram macios e pequenos, e fugiram da sua mão. Ibolya olhou para o lado esquerdo e viu um pequeno braço sumindo pela abertura da mesa de xadrez, a porta se fechando e sendo trancada por dentro.

Ela gritou e tentou se levantar do colo do turco, antes que outras mãos saíssem de dentro da máquina tentando agarrá-la, mas não conseguiu, pois estava presa pelos braços do turco. Ela estrebuchou, bateu no estuprador, passou agachada por baixo do braço esquerdo dele, perdendo a peruca. Caída no chão, engatinhou correndo para longe do autômato, atrapalhada pela anágua. Alguma coisa se rasgou. Somente depois de estar a alguns passos de distância do andróide, ela se virou, olhando ofegante para ele. Apesar de o mecanismo ainda estar funcionando, o turco estava imóvel e o olhar fixo para a frente.

Uma porta foi aberta. Wolfgang von Kempelen só conseguiu enxergar Ibolya depois que seus olhos se acostumaram à penumbra no Salão de Conferências. Ela estava sentada de olhos arregalados. Seus cabelos estavam emaranhados, o batom borrado, as meias e a anágua abaixadas, e um seio pendurado para fora do corpete. Kempelen fechou a porta e parou o mecanismo do autômato. O barulho cessou, e só se ouvia a respiração de Ibolya. Então ele se agachou a seu lado.

— Está tudo bem? — perguntou ele, realmente preocupado.

Ibolya apontou com o dedo trêmulo para a mesa do xadrez, buscou as palavras e, por fim, explodiu:

— Tem uma pessoa ali dentro!

— Shhh. Fique calma.

Kempelen colocou uma das mãos sobre o seu braço, mas ela a arrancou dali.

— Não diga *Fique calma*! Havia alguém dentro da mesa!

— Você está imaginando coisas. Ali só está o turco. Você bebeu um pouco demais, Ibolya.

Kempelen ajudou-a a se levantar.

Ela colocou o seio de volta no corpete.

— O seu autômato só funciona porque tem uma pessoa ali dentro. Você nos enganou a todos. — Kempelen quis lhe entregar a peruca, mas ela não pegou. — Você é... um embusteiro! Você está enganando toda Pressburg..., toda Europa, com isso que você chama de máquina!

Ibolya foi até a mesa de xadrez e bateu numa das portas da frente.

— Abra, aí dentro!

Como não obtivesse resposta, tentou abrir a porta, mas esta estava trancada.

— Por favor, Ibolya. Isso não faz semtido.

Ela voltou-se para ele.

— Abra. Quero ver quem me tocou!

Kempelen suspirou, mas percebeu que a baronesa não iria tolerar uma negativa. Ele pegou um molho de chaves no bolso do seu *justaucorps*, mas não o entregou a ela.

— Não é necessário que eu abra. Você sabe que tem alguém ali dentro, isso basta.

— Então admite?

— Sim.

Ibolya riu e balançou a cabeça.

— Isso é incrível.

— Devo felicitá-la, minha querida — disse Kempelen, bem mais alegre. — Você agora é uma das pouquíssimas pessoas que conhecem o segredo do turco do xadrez.

— Bem, logo, logo outros ficarão sabendo.

Kempelen ficou perplexo.

— Você não vai contar.

— Ah, não vou? E por que não?

— Ibolya, sejamos razoáveis: você irá guardar este segredo... Em contrapartida, não vou contar a ninguém o que você... fazia aqui.

Ele ergueu a peruca como prova do que falava.

— Não tenho medo disso. Estou muito mais curiosa para saber o que a sua imperatriz gorducha vai dizer, depois que o seu gênio predileto se revelar um prestidigitador. E também como Grassalkovich vai fazer para se desvencilhar do hino de louvor aos autômatos que acaba de proferir.

— Pelo amor de Deus. O que espera conseguir com isso?

— Não está evidente? Dar o troco por você ter me usado para depois me descartar.

— Eu imploro, Ibolya, não faça isso. Minha existência depende disso. Se estava querendo me intimidar, pois bem, saiba que conseguiu.

Ele segurou suas mãos.

— Peço encarecidamente. Você pode me pedir qualquer coisa, mas não faça isso. Em consideração ao que compartilhamos... e podemos deixar reviver a qualquer tempo.

— Você quer dizer... nossa ligação afetuosa?

— Sim. Esqueça o que eu disse antes.

Ibolya sorriu e esperou pelo que ele ainda iria dizer.

— Não consigo disfarçar que ainda a admiro e desejo, de corpo e alma.

Kempelen se aproximara e sussurrara as últimas palavras. Ele não esperava pela bofetada que ela lhe deu e colocou a mão na bochecha, incrédulo.

— Ai, ai, que decadente, rastejar atrás de mim, uns quinze minutos depois de demonstrar não suportar minha presença. Você quer me enganar, da mesma forma como engana as pessoas! Mas eu sou mais esperta do que elas. Se pelo menos você tivesse sido sincero, talvez eu tivesse pensado a respeito. Mas você não tem brio, Farkas; você não é mesmo mais um húngaro, é um simples alemão, e Wolfgang não fez por merecer a minha compaixão.

Então ela arrancou o molho de chaves da mão dele e abriu as portas da frente da mesa, enquanto ele assistia a tudo como se estivesse paralisado. O braço esquerdo do autômato, que estava sobre a mesa, se mexeu.

— Onde nesta máquina está o seu espírito?

Ibolya deu a volta à mesa e destrancou a porta da direita, mas sem conseguir abrí-la, porque algo a prendia por dentro. Mas Ibolya tinha mais força e conseguiu puxá-la. Então o braço do turco cruzou a mesa como um raio, batendo na testa de Ibolya. Alguma coisa no pantógrafo se quebrou com um rangido. Ibolya deu um passo para trás, prendendo um pé na anágua que ela ainda não suspendera totalmente, tropeçou e caiu para trás. A nuca bateu contra a mesa em que estava a caixa de Kempelen, fazendo um barulho igual ao de um prego sendo batido na madeira, e ela caiu no chão. A última coisa a se mover foram as suas saias, que foram caindo à sua volta.

Kempelen e Tibor ficaram uma eternidade mudos e tão imóveis quanto o turco e a baronesa. Então Tibor tentou escapar da mesa pelas portas de detrás, de uma forma tão desajeitada, que acabou de quebrar o pantógrafo. Kempelen pegou as chaves de volta e se abaixou na frente das portas, impedindo Tibor de sair.

— Fique aí dentro — disse ele, intransigente.

— *Madre de Dio*, o que houve?

— Nada muito ruim. Ela caiu. Já vou cuidar dela. Mas você precisa ficar escondido, Tibor.

Kempelen aguardou Tibor concordar com um gesto e trancou todas as portas. Então colocou Ibolya sobre a mesa. Ela não sangrava. Cuidadosamente, ele colocou então dois dedos inseguros sobre o seu pescoço, onde ficavam as artérias.

— O que aconteceu com ela? — perguntou Tibor do lado de dentro. Kempelen não respondeu. — *Signore* Kempelen! O que aconteceu com ela?

— Ela está morta — respondeu Kempelen.

— Não — disse Tibor, e, como Kempelen não respondia: — Não é possível!

— Tibor, o coração dela não está mais batendo. Ela está morta.

— *O dolce vergine* — gemeu Tibor. — *O dolce vergine, dolce vergine, perdona, ti prego!* — De repente ele gritou: — Eu quero sair! Eu quero sair daqui! Deixe-me sair! — Ele começou a bater com as mãos e com os pés contra as paredes, fazendo com que a mesa de xadrez sacudisse, como se estivesse pulsando. — Quero sair!

Kempelen agachou-se ao lado da mesa.

— Tibor, preste bem atenção ao que eu vou lhe dizer. A única possibilidade de tirar você daqui, ileso, é dentro do autômato. Por isso você vai ter de ficar aí. Vou cuidar de tudo.

— Não! *Prego*, eu quero sair!

Kempelen bateu com a mão espalmada sobre a madeira, causando um estrondo.

— Tibor, você será executado por causa disso. Vai morrer, *capisce*? Se sair do autômato, vai morrer.

Tibor começou a chorar.

— Alguma vez eu o desapontei? — perguntou Kempelen. — Alguma vez eu o desapontei, Tibor? Responda!

— *No, signore* — respondeu Tibor, banhado em lágrimas.

— Exatamente. E desta vez também não vou decepcioná-lo. Tudo ficará bem se você fizer o que eu mandar.

— *Si, signore.*

Kempelen se levantou. Tibor pediu perdão à mãe de Deus.

— *Ave Maria, gratia plena, Dominus teum, benedicta tu in mulieribus...*

— Silêncio — ordenou Kempelen. — Preciso me concentrar.

Tibor continuou a rezar calado. De vez em quando, ouvia-se um soluço.

Kempelen massageou as têmporas com os olhos fechados. Depois recolocou a peruca na cabeça de Ibolya. Ele levantou o corpo dela, pegou a taça de champanhe e carregou-a até a sacada. Ele se certificou de que o parque ainda estava vazio e foi para o lado de fora.

A noite estava morna, quase uma noite de verão. Kempelen colocou a taça em cima do parapeito. Ele respirou fundo, e a respiração provocou-lhe dor. As luzes dos archotes se confundiam diante dos seus olhos. Ele olhou uma última vez para o rosto de Ibolya, ergueu-a sobre o peitoril e deixou-a cair.

O corpo caiu de cabeça sobre o calçamento do terraço. Só foi descoberto quando os convidados saíram para ver os fogos de artifício. Os fogos iluminavam o cadáver de olhos arregalados com suas luzes verdes, vermelhas e azuis. Kempelen, que já retornara havia algum tempo ao convívio com os demais convidados, naquele momento conversava acaloradamente sobre os progressos dos teares mecânicos na Inglaterra.

Olimpo

Ela fora batizada com o nome de Elise havia vinte e quatro anos e só escolhera o belo pseudônimo de Galatée porque nenhuma mulher do seu ramo utilizava o nome verdadeiro. Por isso não precisou se acostumar quando voltaram a chamá-la de Elise na casa de Kempelen. Só foi preciso inventar um sobrenome. Os meios utilizados para executar o seu plano funcionaram. Mesmo assim, passados dois meses do acordo com Friedrich Knaus, o objetivo ainda não tinha sido alcançado.

Ela fingira com sucesso ser uma Elise diferente para cada um dos moradores da casa: para Anna Maria ela se fazia de submissa e limitada, admirando-a, pronta para receber seus ensinamentos, compartilhando sua religiosidade e invejando a vida da patroa. Ao mesmo tempo, estava sempre à disposição quando Anna Maria sentia vontade de compartilhar suas preocupações, concordando com ela em todo e qualquer assunto. Na presença de Anna Maria, fazia-se o menos atraente possível, enfiando a touca o máximo possível por cima do rosto e andando levemente encurvada.

Quando estava a sós com Jakob, colocava seus encantos em ação: ora um piscar de olhos envergonhado, ora um cacho de cabelo que se soltava da touca, ora abaixando-se para buscar algo no cesto de roupas no momento preciso para que ele visse o seu decote. Com Jakob, fingia-se uma virgem religiosa, encantadora na sua timidez, aguardando, em segredo, por alguém como ele; aquela que deseja ser conquistada — não de um dia para o outro, mas aos poucos, através das artes da sedução que só ele dominava.

Em relação à outra empregada, Katarina, ela estava sempre disposta a ajudar, jamais disputando o posto mais alto da outra na hierarquia da criadagem. Era sempre uma ouvinte ávida no que dizia respeito às fofocas sobre a vida dos patrões.

Aparentemente suas estratégias só não surtiram efeito com Kempelen. Friedrich Knaus se enganara a respeito dele: ele era vaidoso, mas não o bastante para se render a uma admiração encenada. Apesar de ser homem, era controlado demais para sucumbir aos seus encantos sensuais. Ele seria o último de quem ela conseguiria extrair o segredo do turco.

Que havia um segredo era evidente. A proibição de pisar no andar de cima, a recomendação de não falar com ninguém sobre o seu trabalho na casa, as grades, as janelas emparedadas, o cuidado de Kempelen antes, durante e depois das apresentações — tudo isso era um forte indício de que alguma coisa estava sendo escondida a qualquer preço. Elise só não sabia dizer se o que ele queria esconder de espiões era a construção de um mecanismo perfeito ou um engodo que simulava o mecanismo. A despeito dos meses que convivera com Knaus, a mecânica permaneceu tão incompreensível quanto desinteressante para ela, tal como o jogo de xadrez sempre tinha sido.

O incidente com Jakob, além de reforçar a sua história da carochinha, não foi de todo inútil: em primeiro lugar, ela percebeu que ele não era tão falastrão quanto ela gostaria; em segundo lugar, esperava que aquele beijo tivesse despertado nele o desejo por outros mais. Porém, se quisesse algo mais, teria de dar alguma coisa em troca.

Ainda faltava, porém, conhecer o misterioso companheiro de Jakob. Ela vira ambos casualmente um dia à noite, ao voltar do correio. Uma figura pequena, atarracada, com uma bengala, que acompanhou o judeu até a À Rosa Dourada. Elise seguiu os dois sem ser notada, resistiu no frio por muitas horas, e, quando finalmente o homem saiu, sem Jakob, ela o seguiu. Acabou perdendo-o de vista nas vielas escuras de Weidritz. Em seguida, dois bêbados a tomaram por uma prostituta, molestando-a. Surgiu então exatamente o mesmo homem que ela tinha seguido, aparentemente vindo do nada, para acudi-la. Partiu para cima dos dois operários com todas as forças, fugindo em seguida com passos claudicantes. Uma pessoa que foge da polícia, apesar de ter sido capaz de um ato heróico, com toda certeza tem algo a esconder. Ela ficou com a corrente dele, arrancada durante a briga; uma medalhinha de Maria, arranhada e sem valor, do tipo que se dá a uma criança. Guardara bem sua fisionomia deformada, mas nunca mais o viu pelas ruas da cidade, por mais que espionasse Jakob, seguindo-o até o bairro dos judeus.

Knaus lhe prometera bastante tempo, mas o suábio começou a ficar impaciente. Em Viena, recebia diariamente novas notícias sobre os triunfos do turco e a incontida demanda para ver a obra-prima jogar. Mas não recebia nenhuma notícia de Galatée, contando estar mais perto de descobrir o segredo. Knaus enviou duas cartas pelo correio. Em suas respostas, ela assegurou estar no caminho certo e que era apenas uma questão de tempo. Knaus, no entanto, não queria esperar mais; além disso, ela também não dispunha de muito tempo: já deveria estar no terceiro mês de gravidez e não poderia continuar disfaçando a barriga nas roupas de trabalho por muito tempo. Sua missão tinha de ser concluída antes disso. Depois, ela iria se retirar para a província, bem longe da corte vienense, com o dinheiro recebido de Knaus, e ter o seu filho. Seus planos acabavam ali. O que seria dela e do seu filho, depois disso, ela não sabia. Quando pensava sobre o assunto, nos momentos de calma, sentia um nó na garganta.

Enquanto Elise tentava montar uma nova estratégia, morreu a baronesa Ibolya Jesenák, ex-amante do cavaleiro Von Kempelen, caindo de uma sacada após uma apresentação do autômato do xadrez no palácio Grassalkovich. Então as coisas se puseram em movimento, sem a interferência do Elise.

Para a maioria dos cidadãos de Pressburg, a morte da viúva Jesenák foi um escândalo, sem no entanto chegar a ser um mistério: a baronesa sempre fora depressiva, tinha uma tendência para a melancolia maior ainda do que o seu povo melancólico. O número de amigos de Ibolya era bem reduzido: os homens se dividiam entre aqueles que tinham um caso com ela, e queriam manter o segredo a todo custo, e aqueles que a tinham rejeitado; os dois grupos evitavam qualquer contato com ela. As mulheres, temendo a concorrência, penalizavam-na com o seu desprezo. Só o seu irmão, barão János Andrássy, ainda se mantinha ao seu lado: as más línguas diziam até que os irmãos não se amavam só em pensamento — um boato, no mais, que era não só mentiroso, mas representava risco de vida, considerando-se a disposição do tenente hussardo para o duelo.

Certo era que, desde a morte do marido, a cidade só via Ibolya Jesenák de bom humor quando estava embriagada. E na noite da sua morte ela também bebera. A taça de champanhe vazia sobre o peitoril da sacada fora o seu gesto de despedida. Naquela mesma noite ela se dera conta do sofrimento da sua existência solitária, abandonando-o na euforia do álcool.

A outra teoria só era defendida por alguns poucos, mas de forma bem mais obstinada: o turco teria jogado a baronesa para a morte, por cima da sacada. Apesar da indiscutível dificuldade de explicar de que forma — o autômato continuava pregado na mesa e só conseguia mover a cabeça, os olhos e uma das mãos —, eles não se deixavam abater. Enfatizavam os motivos que os tinham levado àquela conclusão: em primeiro lugar, o autômato era um turco e a baronesa uma húngara, e todos os turcos desejavam a morte dos húngaros. Em segundo lugar, Andrássy conseguira impingir um empate ao turco, quase derrotando-o; o autômato então se vingou dessa afronta tomando algo querido e caro para ele: sua irmã. Em terceiro lugar, o relacionamento da viúva Jesenák com Wolfgang von Kempelen era um segredo conhecido por toda a nobreza de Pressburg. Além disso, tinham sido vistos brigando no Salão dos Anjos, pouco menos de meia hora antes da morte de Ibolya — portanto, Kempelen ordenara à sua criatura que tirasse do seu caminho a amante descartada, que o incomodava.

Veio reforçar a tese do turco como perpetrante a notícia recém-chegada de Marienthal da morte do velho professor, que também forçara o turco a um empate. O professor morrera em conseqüência da varíola, não de violência, mas isso aparentemente não fez diferença. De qualquer forma, algumas pessoas chegaram à conclusão de que o turco castigava com a morte, ou com a morte de um parente querido, todo e qualquer jogador que ousasse desafiá-lo. Falava-se da "praga do turco". Assim, aqueles que tinham amaldiçoado a sua derrota para o turco agora louvavam a própria falta de talento que os poupara da praga assassina do turco. Um viticultor de Ratzersdorf, que jogara em abril contra o turco, deu então o seu testemunho. Durante a partida, ele ouvira a voz do turco na sua cabeça. O turco ameaçou punir os seus filhos, e os filhos dos seus filhos, com a cólera, além de fazer os seus vinhedos secarem caso ele ganhasse o jogo.

Mas esses lunáticos eram uma minoria. Eram do mesmo tipo de gente que jurava ter visto a "mulher preta da torre de São Miguel" ou a "mulher branca Luzie" ou os fantasmas dos doze vereadores assassinados; pessoas que acreditavam que Frederico II fosse a encarnação do demônio, Catarina II uma canibal com preferência por bebês, e os judeus os causadores das pestilências. Depois que Karl Gottlieb von Windisch recebeu inúmeras cartas pedindo que ele alertasse a todos sobre a "praga do turco", ele publicou uma carta do editor no seu jornal, o *Pressburger Zeitung*, na qual recomendava aos "cabeças de bagre" que "calassem a boca, ou então economizassem a tinta das suas penas, ou ainda que saíssem logo de viagem", uma vez que a superstição de alguns poucos cidadãos simplórios envergonhava a cidade inteira.

Surgiu então, pela primeira vez, a palavra heresia relacionada a Wolfgang von Kempelen, e a Igreja começou a prestar atenção. Os teólogos da cidade se reuniram num conselho sob a presidência do príncipe Batthyány para deliberar como a Igreja deveria se posicionar em relação à máquina do cavaleiro Von Kempelen e se ele deveria ser instado a encerrar as apresentações do turco.

Wolfgang von Kempelen recebeu o total apoio dos seus irmãos da loja *Zur Reinheit (À Pureza)* por causa dessas conferências; principalmente do secretário secreto da loja, o próprio Windisch, que durante uma conversa deu ao amigo o título de "Prometeu de Pressburg". Kempelen devia continuar a mostrar sua máquina para o mundo todo, especialmente agora, depois que as reações em torno do suicídio da baronesa mostraram que a centelha do Iluminismo, que começara a brilhar, ainda não conseguira atear fogo na palha úmida na cabeça de algumas pessoas. Deixar aquela obra-prima da técnica empoeirar num quarto seria como se Colombo tivesse retornado na metade do caminho, como se Leonardo da Vinci tivesse pintado quadros até o fim dos seus dias, como se Klopstock tivesse continuado sendo professor.

Nepomuk von Kempelen foi falar com seu irmão depois da reunião da loja.

— Ouvi dizer que você se ausentou por algum tempo na festa de Grassalkovich. Perdoe-me, mas preciso saber se teve alguma coisa a ver com a morte de Ibolya. Você ou o seu anão.

Kempelen não respondeu de imediato, fazendo com que Nepomuk se desculpasse novamente:

— Sinto muito ter de perguntar isso.

— Não — disse Kempelen. — A resposta é não. Não sei como Ibolya morreu, e Tibor também não sabe. Ele estava dentro da mesa, que estava coberta com um pano. Ele não ouviu nada. Não tem problema que me pergunte. No seu lugar, eu talvez fizesse o mesmo.

Nepomuk acenou com a cabeça.

— Pobre alma. Talvez tenhamos zombado demais dessa mulher.

— Não fizemos nada que pudesse levá-la a se matar, Nepomuk. Talvez tivéssemos podido dissuadi-la dessa decisão.

— Que a sua alma esteja em paz. Que o seu céu esteja repleto de anjos-homens, champanhe, fontes borbulhantes e um guarda-roupas do tamanho de Versalhes.

Kempelen sorriu.

— Por que o duque Albert não veio para a reunião de hoje? Tem alguma coisa a ver comigo?

— É possível. De qualquer forma ele está entre você, e por isso mesmo, a loja, e Batthyány, caso os padres resolvam fazer alguma coisa contra você. Ele agora está pisando em ovos.

— Será que ele vai passar para o lado de Batthyány?

— Não acredito. Você ainda é um dos favoritos de sua mãe, ele é uma pessoa razoável, eu sou um estreito colaborador dele... e, sim, vou interceder por você.

Agradecido, Kempelen apertou o braço do irmão.

— Pode-se confiar no anão? — perguntou Nepomuk.

— Por que pergunta?

— Porque não gosto dele. Porque não consigo me livrar da impressão de que ele é um filhote do inferno disfarçado que algum dia vai sair do disfarce, colocando você em perigo. Quem viveu como um anão a vida toda, tendo de aturar tanta coisa ruim de todo mundo, com certeza algum dia também se torna ruim. Pensando melhor, o mesmo vale para o seu judeu. Você montou uma equipe de párias. Pelo menos, o judeu é mais transparente.

— Jakob não tem nenhum motivo para me atacar pelas costas. E Tibor agora me é mais fiel do que nunca. Tenho mais a temer da minha própria mulher do que dele — assegurou Kempelen. — E, pelo amor de Deus, pare de chamar o Jakob de judeu o tempo todo. Ele tem um nome.

A mão que Tibor usou para tocar as coxas da baronesa continuou com o cheiro do seu perfume até o dia seguinte. Ele ensaboara a mão, esfregando até se ferir para se livrar daquele cheiro que o fazia se lembrar da mulher que matara. Mas, apesar disso tudo, o doce aroma de maçãs permanecia no seu nariz. Da mesma forma que Lady Macbeth se convenceu de que o sangue do rei assassinado não sairia das suas mãos, Tibor também não conseguiu se livrar daquele cheiro agradável. Nas noites seguintes, ele pouco dormiu; e, quando dormia, era acometido por sonhos febris nos quais via a cabeça esmagada da baronesa na sua frente; aquele lindo rosto transformado num mingau de sangue, ossos e cérebro — por mais que Kempelen lhe assegurasse que ela tivera uma morte rápida, indolor e sem derramamento de sangue, só se ferindo daquela forma horrível depois da queda. Só então ele entendeu o que Jakob lhe contara sobre o sino da torre da câmara municipal: que todos aqueles que não tinham a consciência tranqüila eram atormentados até a medula pelas suas badaladas. De hora em hora, o sino o fazia se lembrar da sua culpa, e seu toque duplo parecia dizer o tempo todo, *assas-sino, assas-sino*.

Tal como a morte do veneziano, aquela também fora uma morte acidental, não restava dúvida; mas no caso do veneziano Tibor estava tentando recuperar algo que lhe pertencia, e no caso da baronesa foi a sua luxúria que levou à catástrofe. Se ele tivesse se controlado e deixado a mão dentro da mesa — e talvez, se tivesse tocado a si mesmo; a baronesa também fez isso apesar de ser pecado —, o resultado teria sido algo que ele poderia contar para Jakob no dia seguinte, dando gargalhadas.

E isso não era tudo: ele não somente matara uma mulher, ele também desapontara Wolfgang von Kempelen, o homem que o tirara da prisão, que o pagava, alimentava, que lhe dava um teto; o homem que descortinara um mundo para ele de dentro da barriga da sua maravilhosa invenção que ele jamais teria conhecido. O homem que o salvara com mãos decididas ao encenar o suicídio da baronesa. Tibor pagaria pelo assassinato da baronesa no além. Pelo crime que ele cometeu contra o seu benfeitor, no entanto, estava disposto a pagar ainda neste mundo: cinco dias depois do incidente no palácio Grassalkovich, ele disse a Kempelen estar disposto a deixar o emprego, renunciar a toda a sua remuneração e sair daquela casa da mesma forma que chegara em

Veneza — com nada sobre o corpo, além das suas roupas, tendo um tabuleiro de xadrez para viagem como sua única posse — e fugir do reino ou se entregar às autoridades, dependendo do que Kempelen desejasse.

— Eu não desejo nada disso — disse Kempelen.

Eles estavam sentados um na frente do outro, na oficina. A máquina de falar, na qual Kempelen tivera cada vez menos tempo para trabalhar, nas últimas semanas, estava entre os dois.

— Você vai ficar em Pressburg, vai continuar trabalhando para mim e vai continuar sendo o cérebro da minha máquina.

Tibor meneou a cabeça. Ele sentiu frio.

— Não.

— O que quer dizer com "não"? Eu digo que sim.

— Por que o senhor é tão bom comigo? Eu não mereço.

— Não estou sendo bom com você. Em primeiro lugar, estou sendo bom comigo mesmo — respondeu Kempelen. — Reflita um pouco: se você for embora, não poderei mais apresentar o autômato do xadrez. Aí mesmo é que voltarão as perguntas sobre o que aconteceu naquela noite no palácio. E, se eu não apresentar mais o autômato, vão acabar seguindo o meu rastro; as pessoas irão se lembrar que eu não estava no salão na hora em que aconteceu o fato. E, se você for embora, não terei mais nenhuma testemunha de que Ibolya já estava morta quando a joguei da sacada. Serei acusado do assassinato. Ibolya era uma baronesa, seu marido era um homem influente no Estado... não receberei uma sentença branda. E ninguém acreditaria em mim se eu dissesse que o responsável por tudo aquilo tinha sido um anão.

— Vou me apresentar. Vou assumir a pena que me cabe.

— E com isso vai tornar público que o autômato não passa de um truque. E a família Von Kempelen pode dar as costas a Pressburg e ao império dos Habsburgos por toda a eternidade.

Tibor se afundou ainda mais na cadeira.

— Nós precisamos continuar apresentando o turco como se nada tivesse acontecido — disse Kempelen. — Ibolya cometeu suicídio porque não era feliz neste mundo. O fato de o autômato estar no mesmo cômodo não foi mais do que uma coincidência. Esses lunáticos que querem responsabilizar o turco logo darão sossego.

— Meu salário...

— Vai continuar recebendo. Não vou me aproveitar da sua situação para ganhar dinheiro.

Kempelen olhou para Tibor. O anão começara a chorar. Kempelen suspirou, levantou-se, deu a volta à mesa até ficar ao lado de Tibor.

— Foi um acidente, Tibor. Um acidente provocado pelo seu comportamento inoportuno. Você não é um assassino, Tibor. Você é uma boa pessoa, fraco, talvez, mas todos nós somos fracos. E, apesar de minha ligação com Deus ser bastante... tênue, tenho certeza de que ele o vai perdoar.

Tibor se envergonhou das suas lágrimas, mas havia muito mais coisas das quais ele se envergonhava. Kempelen superou uma barreira interna, ajoelhou-se e abraçou Tibor. O anão agarrou-se nele com força.

— Está bem, está bem — disse Kempelen. Desvencilhou-se de Tibor, ofereceu-lhe um lenço e desviou o olhar.

— Posso fazer mais alguma coisa por você? — perguntou ele.

— Quero me confessar.

— Não. Sinto muito. Isso não será possível. Agora ainda menos do que antes.

— Preciso me confessar.

— Fora de questão. Em nosso próprio interesse — disse Kempelen. — Especialmente a Igreja... Eles estão à espreita, esperando uma oportunidade para me destruir.

— *Signore*... isso é muito importante. Não consigo dormir, não consigo comer... Preciso da absolvição, senão vou apagar.

Kempelen ficou calado.

— Não consigo jogar. *Scusa*, mas não posso entrar naquela máquina de novo sem confessar antes o que eu cometi com ela.

Kempelen fez uma careta.

— Pelo visto, você não me dá outra escolha. Bom, vou ver o que posso fazer. Vamos conseguir um padre para você.

Ele acompanhou Tibor para fora do escritório. Jakob estava na oficina, ocupado com o conserto do caftan do turco. Deu um sorriso forçado para os dois.

— Todos os problemas resolvidos? — perguntou ele.

— Problemas, devo acrescentar — retrucou Kempelen com súbita aspereza —, que nós não teríamos, se você tivesse feito o seu trabalho da forma como havíamos combinado. Se não tivesse abandonado o autômato de forma leviana para se entregar à companhia de jovens baronesas, Ibolya Jesenák ainda estaria viva... Tibor estaria livre de culpa e nós todos livres de problemas.

Jakob abriu a boca, fechou-a em seguida, para finalmente dizer:

— Judit Grassalkovich praticamente me obrigou a isso.

— Meus pêsames.

— Ela me assegurou que as portas estariam trancadas e vigiadas. — protestou Jakob. Parecia um aluno prestando contas por uma travessura.

— Tanto faz. Mandei que ficasse junto do autômato. Os motivos que o levaram a descumprir minhas ordens não me convenceram. Você deixou Tibor desprotegido, Jakob. Esse não é o comportamento de um colega, e muito menos de um amigo.

Jakob procurou em vão por uma desculpa, e acabou dizendo:

— Sinto muito.

Kempelen voltou para o escritório sem dizer palavra e fechou a porta silenciosamente atrás de si. Jakob virou-se novamente sorrindo para Tibor.

— Meu Deus, o velho bruxo está dando lições de moral — sussurrou. — Me passe a tesoura.

Tibor olhou nos olhos de Jakob por um instante e não obedeceu. Foi para o seu quarto, deixando o ajudante na companhia da máquina. Kempelen deu folga a Jakob pelos três dias seguintes.

Na manhã seguinte Kempelen trouxe para casa um monge de hábito marrom acinzentado, com uma corda branca na cintura. Tibor viu os dois pela janela, chegando pela rua do Danúbio. Não conseguiu ver o rosto do frade, porque o capuz estava puxado por cima da testa. Kempelen pediu a Tibor que se sentasse na cama do seu quarto e colocou um biombo diante dele; por um lado, para criar condições semelhantes a um confessionário, mas principalmente para impedir que o sacerdote visse Tibor. A confiança de Kempelen no segredo da confissão parecia ser tão escassa quanto a de Jakob. Ele conduziu o sacerdote para dentro, apresentando-o como um monge do convento franciscano, sem dizer o seu nome. Depois deixou os dois homens a sós.

Tibor ficou calado por um longo tempo. Ele tremia no corpo inteiro e sentia frio.

— O que quer que você tenha feito — disse o monge —, saiba do seguinte: Deus perdoa a todos os pecadores desde que eles se mostrem arrependidos.

Ele não poderia ter escolhido melhores palavras. Tibor se acalmou imediatamente, parando de tremer e não sentindo mais frio nos membros.

— Perdão, padre, pois pequei — começou ele. — Reconheço meu pecado com humildade e arrependimento. Faz um mês e uma semana que não me confesso.

— Diga-me qual o mandamento de Deus que você desrespeitou.

Tibor contou então, como havia matado. Se sua confissão deixou o monge chocado, ele o escondeu exemplarmente. Quando Tibor encerrou o relato, o sacerdote explicou que aquele pecado não poderia ser expiado com umas poucas preces. Instruiu Tibor a dialogar diariamente com Deus e com a Mãe de Deus, a combater toda luxúria da carne e a contar com o apoio de todos os que o cercavam.

O frade se foi, e Tibor respirou aliviado. Das três confissões que fizera em Pressburg, esta fora a mais difícil, e, ao mesmo tempo, a mais efetiva. A escolha do franciscano reforçou ainda mais a convicção de que ele podia confiar em Kempelen.

Quando ouviu os dois homens descendo as escadas, Tibor foi para a oficina. Olhou pela janela e viu os dois saindo da casa. Pelo visto, Kempelen acompanharia o frade até o mosteiro. Eles não conversavam. Tibor já ia deixando a janela quando Elise saiu para a rua, olhou em volta e seguiu os homens que iam na direção do Lorenzertor, cobrindo-se rapidamente com um xale. Tibor franziu a testa. Kempelen, ou o monge, teria esquecido algo que ela estaria levando até eles? Tibor ficou olhando até perdê-la de vista.

O acompanhante de Kempelen tirou o capuz assim que eles passaram pelo portão da cidade e entraram na viela dos Chapeleiros. O homem não usava barba, era pálido, suas bochechas e seu nariz eram cobertos de sardas, o que o fazia parecer mais jovem do que era na realidade. Seus cabelos tinham uma cor ruivo-escura. Não se percebia que era mais alto do que Kempelen, porque ele andava com a cabeça inclinada para a frente.

— Não faça isso — disse Kempelen. Seu acompanhante olhou para ele, e Kempelen explicou: — Ninguém pode ver que você se disfarçou de monge.

— Está fazendo um calor desgraçado dentro deste hábito. Preciso beber alguma coisa urgentemente — disse o ruivo, acatando as instruções de Kempelen. — Ele vai lhe obedecer — disse o falso monge, um pouco depois. — Principalmente depois dos meus conselhos. Está sofrendo tanto com o sentimento de culpa que vai fazer tudo o que você mandar.

Kempelen só acenou. Não queria ter esse tipo de conversa no meio da rua.

— Você resolveu o assunto de forma magnífica. Fazer com que parecesse suicídio, apesar de ela já estar morta, e com meia Pressburg dois cômodos adiante...

— Por favor — pediu Kempelen, levantando a mão para fazer o acompanhante calar a boca.

O homem aquiesceu.

— Só acho... que é bem provável que ele peça para me ver de novo. Você só precisa me avisar. Eu ajudo com prazer, se não estiver viajando de novo. Eu realmente deveria pensar em me tornar um monge.

— Obrigado.

— Jesenák maluca, que sua alma descanse em paz. Namoricando com um autômato. Eu não beijo a minha máquina de calcular, nem fico me metendo com o tear da minha mulher.

Ele riu.

— Quando acha que vai poder falar com o grão-mestre sobre a minha aceitação como neófito da loja?

— Assim que tiver baixado a poeira sobre os meus problemas atuais. Assim que ouvirem falar de uma nova incumbência minha, sem pensar automaticamente na máquina de jogar xadrez. Temo que isso possa levar alguns meses. Mas não precisa ficar preocupado...

— Não tenho pressa.

Eles entraram na viela dos Serralheiros, passaram pelas lojas dos toneleiros e dos mestres de cantaria. Todas as oficinas estavam abertas devido ao bom tempo, de forma que se podia vê-los trabalhando. As batidas constantes do aço sobre a pedra ecoavam nas paredes das casas, unindo-se num concerto arrítmico, como pingos de chuva em uma cornija. Em alguma dessas oficinas, pensou Kempelen, deve estar sendo cinzelado o nome *Ibolya Jesenák*.

— Os irmãos vão se incomodar com o fato de eu ter comprado o meu título de nobreza e não me chamar mais *Stegmüller*, mas *Von Rotenstein*? — perguntou o ruivo.

— Seria mais fácil o aceitarem como um verdadeiro Georg Stegmüller do que como um falso nobre Gottfried von Rotenstein, isso é certo.

— Grassalkovich também já foi um simples funcionário, e hoje ninguém mais põe a sua nobreza em dúvida. Talvez você não compreenda isso. Você já nasceu com o *von* no nome.

Eles tinham chegado à farmácia *Ao Caranguejo Vermelho*, na sombra da torre de São Miguel, mas não entraram pela porta principal. Entraram pelos fundos, através de uma passagem estreita entre as casas. Stegmüller trocou de roupa num quarto nos fundos, tirando o hábito e colocando o avental de farmacêutico. Contra a vontade, por ter coisas mais importantes para fazer, Kempelen aceitou o convite de Stegmüller para tomar um vinho. Depois Stegmüller lhe deu um chá medicinal para tratar a tosse da sua filha. Teréz completara dois anos havia apenas três dias; e esse segundo aniversário mal fora comemorado devido à sua doença e aos últimos acontecimentos.

— Você tem armas? — perguntou Kempelen ao se despedir.

Stegmüller parou por um instante, depois respondeu:

— Um Suhler Steinschloss, para minhas viagens. Posso conseguir coisa melhor, se quiser.

Kempelen sacudiu a cabeça.

— Foi apenas uma pergunta.

Ele saiu da farmácia e voltou para a rua do Danúbio, escolhendo um caminho diferente.

A baronesa Ibolya Jesenák, nascida baronesa Andrássy, foi sepultada em *Corpus Christi*, num dia quente de verão, aos trinta anos de vida, no cemitério de São João. O cortejo fúnebre se compunha, em sua grande maioria, dos convidados da festa de Grassalkovich, somados a alguns hussardos do regimento de Andrássy. Todos os seus ex-amantes estavam presentes, segundo se comentava; entre eles os irmãos Kempelen, acompanhados por suas esposas. Wolfgang von Kempelen suava debaixo do tecido preto. Mantinha o olhar baixo para não dar oportunidade a ninguém de lhe dirigir a palavra. Estava naquele enterro por obrigação; quanto menos estivesse no centro das atrações, melhor. Ele não deixou de perceber que as pessoas teciam comentários sobre ele e o seu autômato.

No portão do cemitério, depois que Kempelen já tinha limpado as cinzas das mãos, sentindo-se em segurança, acabou acontecendo o inevitável: o cabo Dessewffy, um camarada de Andrássy, e sua mulher perguntaram a Kempelen se poderiam assistir à próxima apresentação do turco do xadrez. Logo os três se viram cercados por outras pessoas, também interessadas. Por mais que Kempelen se esforçasse por dissipar aquela atmosfera, surgiram novamente piadas sobre o autômato que só pararam quando o próprio János Andrássy se aproximou do grupo, pedindo para conversar com Kempelen. Imediatamente fez-se silêncio de novo.

Kempelen e Andrássy andaram alguns passos, até que o primeiro finalmente disse:

— Barão, permita-me manifestar novamente meus mais profundos pêsames. O senhor sabe que, desde o primeiro encontro, um forte laço me uniu à sua irmã. Se eu puder fazer alguma coisa pelo senhor...

Andrássy sorriu e fez um gesto com a mão, como a indicar não ser mais necessário dizer aquilo.

— Responda-me uma pergunta, é só o que eu desejo.

— Por favor.

— Onde o senhor estava quando minha irmã caiu da sacada?

— Estava me refrescando.

— O tempo todo? O senhor ficou bastante tempo longe.

— Fazia muito calor naquela noite, o senhor deve se lembrar.

Andrássy acenou com a cabeça.

— O senhor viu minha irmã durante aquele tempo?

— Não, pois ela estava no Salão de Conferências, e eu no banheiro.

— O seu vestido estava desarrumado, o batom e o rouge borrados. A peruca estava torta na cabeça, como se alguém a tivesse arrancado antes.

— Por tudo o que é mais sagrado, barão. Não fui o responsável por aquilo.

Andrássy colocou uma das mãos sobre o braço de Kempelen para acalmá-lo.

— Não. Não me compreenda mal. Não suspeito do senhor.

— De quem então?

— Do seu turco.

Kempelen ficou pasmo.

— Barão... o senhor não vai dar ouvidos às histórias desses malucos, que acham que o autômato teria matado sua irmã.

— Um dos lacaios afirma ter visto batom em volta da boca do turco. E a roupa da minha irmã estava, como já lhe disse, em desalinho.

— E o que o senhor conclui disso?

— Que minha irmã não cometeu suicídio. Que, em vez disso, foi importunada pela sua máquina de uma forma obscena e levada à morte por ela.

Kempelen ia dando uma resposta rápida, mas se conteve. Depois, falou:

— Isso é absurdo, me perdoe. Trata-se de uma máquina, como o senhor mesmo acaba de dizer. Máquinas são incapazes... são incapazes de importunar pessoas... ou de matá-las.

— Assim como são incapazes de jogar xadrez? — disse Andrássy, levantando uma das sobrancelhas e sorrindo tão suavemente como fizera diante do turco durante o jogo.

Kempelen precisou de algum tempo para encontrar as palavras.

— Muito bem, barão. O senhor é de opinião que a minha máquina fez isso com sua irmã. Só posso ficar repetindo que tal coisa é impossível. Como poderemos livrar o mundo dessa feia desavença?

— Seguindo a regra — respondeu Andrássy —, honrosamente. Peço-lhe que destrua o seu turco.

— Compreendo.

Kempelen inspirou profundamente e depois expirou.

— Sinto muito, mas isso eu não posso nem vou fazer. A máquina de xadrez tornou-se a razão da minha vida, e tirá-la de mim seria o mesmo que tirar o seu cavalo e o seu sabre. Isso sem levar em consideração que haveria uma grita pelo reino.

— O senhor terá de fazê-lo, ou então serei obrigado a alcançar meu objetivo por outros meios.

O sorriso de Andrássy já tinha desaparecido.

— E como o senhor pretende fazê-lo? Vai invadir minha casa, munido de um machado, e transformar minha máquina em gravetos?

— Bem que eu gostaria, mas disponho de outros meios. Vou procurar me informar melhor sobre se o senhor realmente ficou o tempo todo se refrescando. E sobre o teor da sua conversa com minha irmã, que certamente foi ouvida por alguns dos convidados. Porque o senhor não pode ter deixado de perceber que à frívola paixão que Ibolya lhe dedicava somou-se, nos últimos anos, uma certa amargura. O senhor tinha motivos para desejar a sua morte. O senhor teve um relacionamento com minha irmã que constantemente ameaçava trazer-lhe problemas.

— Meia Pressburg teve um relacionamento com sua irmã. Se isso só...

Andrássy desferiu-lhe uma bofetada, tão inesperadamente e com tanta força que Kempelen foi ao chão. Antes que Kempelen conseguisse compreender o que acontecera, o barão já tinha arrancado o capuz de peles da cabeça, desembainhado o sabre e apontado a lâmina para ele.

— Vou retalhá-lo por isso, seu canalha. E por mais que você seja o brinquedinho predileto da imperatriz, terá de pagar por ter dito tais palavras junto ao túmulo de minha irmã. De pé!

Wolfgang von Kempelen, porém, permaneceu caído. Andrássy não faria nada contra um homem caído. Saía sangue pelo canto da sua boca. Alguns homens tinham percebido o incidente e correram para lá. Kempelen ouviu uma mulher gritar, mas não conseguiu identificar se tinha sido a dele. Passou pela sua cabeça o pensamento de que curiosamente ele fora esbofeteado por Ibolya menos de uma semana atrás no mesmo lado do rosto.

— De pé! — gritou Andrássy novamente, mas ele já estava cercado pelos seus hussardos, enquanto Nepomuk e mais alguém tinham corrido para o lado de Kempelen. Nepomuk quis ajudar o irmão a se levantar, mas ele permaneceu caído, até os hussardos conseguirem fazer com que o seu tenente recobrasse a razão e enfiasse o sabre de volta na bainha, com tanta força quanto gostaria de tê-lo enfiado no corpo de Kempelen.

Kempelen levantou-se. Tinha as pernas trêmulas, e ficou apoiado em Nepomuk. Andrássy avançou novamente sobre ele, livrando-se das mãos que tentavam detê-lo. Parou perto de Kempelen, respirando rapidamente pelo nariz, com os olhos apertados, e tirou a luva da mão direita, sem olhar nos olhos de Kempelen. Bateu com a luva no rosto do outro, jogando-a ao chão. Havia sangue no tecido branco.

— A escolha é sua, cavaleiro. Destrua o seu turco ou venha terçar espadas comigo.

Dito isso, Andrássy abriu caminho entre os hussardos que o cercavam, seguindo direto para o seu coche, sem dizer palavra.

Jakob girou a luva ensangüentada em sua mão e entregou-a a Tibor, balançando a cabeça.

— *Destrua o seu turco ou venha terçar espadas comigo* — repetiu Kempelen. — Que coisa mais antiquada. Provavelmente, passa o seu tempo livre caçando dragões ou procurando o Santo Graal.

— Um duelo? — perguntou Jakob. — Ele irá... derrotá-lo.

— Vai me matar, para falar claramente. Com certeza, conseguiria isso, qualquer que fosse a arma que eu escolhesse. Ele luta desde criança. Mas eu não vou comparecer.

Os outros dois se entreolharam.

— Ele vai se acalmar. Ou então os seus inúmeros ajudantes irão acalmá-lo. Estou confiante de que vai reconsiderar. O sangue nesta luva será o único a ser derramado neste caso.

— Sinto muito, *signore* — disse Tibor.

— Eu sei. Não precisa ficar repetindo isso a todo momento.

— Vamos prolongar a pausa do turco? — perguntou Jakob.

— Não. Já fomos bastante piedosos. Vamos voltar a jogar depois de Pentecostes. Agora mesmo é que as pessoas vão acorrer para nossas portas, curiosas com a "maldição do turco". As mães já estão ameaçando suas crianças, dizendo que o turco virá buscá-las se não forem obedientes. — Kempelen virou-se para Jakob, sorridente. — A propósito de maldição, os supersticiosos não estão com medo do turco somente. Recentemente souberam de um *golem* que anda assombrando pelas vielas. Ouvi falar disso na Câmara da Corte. Mas, ao contrário do original de Praga, o *golem* de Pressburg só tem a metade da sua altura e usa um fino casaco sobre o corpo de barro. Quase matou dois seleiros em Weidritz, salvos pela chegada de guardas. O guarda que o seguiu disse que o *golem* foi encolhendo enquanto ele o perseguia, até se desmanchar totalmente no chão. Pergunte ao seu rabino, oportunamente, se tem um dedo dele nessa história.

Tibor ficou calado, mas, depois que Kempelen saiu, perguntou a Jakob:

— O quo ó um *golom*?

— Outrora o poderoso rabino Loeb, de Praga, criou um homem de barro, insuflando nele a vida através de fórmulas cabalísticas. O *golem* deveria proteger os habitantes da cidade das ofensivas dos cristãos. Naquela época era comum, por exemplo, carregar cadáveres até a cidade dos judeus para acusá-los depois daquelas mortes. Por isso, o *golem* devia ficar patrulhando as vielas à noite. O *golem* é mudo e pobre de espírito, mas compreende e obedece a todas as ordens que lhe são dadas. Na sua testa está escrita a palavra *emet*, que significa *verdade*. Quando o mestre remove a primeira letra, resta a palavra *met*, que significa *morte*, e o *golem* se desfaz, voltando a ser terra. Mas os *golems* não são somente seres úteis: seu perigo é a sua força descomunal e o fato de crescerem, dia após dia, com a terra que flui do chão para os seus corpos. O *golem* de um rabino cresceu tanto que ele não conseguiu mais alcançar a sua testa para retirar a letra, o que o destruiria. Então valeu-se de um artifício: pediu ao *golem* que lhe descalçasse as botas. Quando o gigante se inclinou para a frente, o rabino arrancou a letra da sua testa. O golem virou *met*, transformando-se novamente em barro. Porém o monte de barro era tão grande, que caiu por cima do rabino, esmagando-o com todo o seu peso. E o que podemos aprender com isso?

Tibor deu de ombros.

— Não brinque com assombrações, senão você acabará se tornando uma vítima — disse Jakob. — Pelo menos é o que diz a cabala.

Tibor se lembrou daquela noite na colônia dos pescadores. Divertiu-o o fato de que a sua queda numa poça de lama o tivesse transformado em uma figura mitológica judaica.

Os sacerdotes de Pressburg estavam todos de acordo de que deveriam obrigar Kempelen a encerrar as atividades do turco do xadrez. Ele representava uma afronta à criação divina. Assim, o Prometeu de Pressburg foi chamado à presença do Zeus de Pressburg, conde Joseph Batthyány, príncipe da Hungria, e arcebispo de Gran.

Prometeu sobe ao Olimpo, é recebido amistosamente por Zeus, e, enquanto trocam amabilidades sobre coisas sem importância, um avalia o outro. Zeus, com a intenção de impressionar com o seu título, e com a pompa decorrente dele; disposto a dar uma sentença, de efeito suave, e ao mesmo tempo firme como uma rocha, proferida num tom que não permita nenhuma contestação. Prometeu, por sua vez, pretende adular o poderoso com uma falsa submissão, disposto, no entanto, a fazer valer sua vontade a qualquer preço, refutando os argumentos deteriorados da religião com uma sustentação lógica e especiosa a um só tempo.

— O verdadeiro homem não vos basta, por isso construístes um ser artificial? — perguntou Zeus, iniciando a contenda com um sorriso.

— Meu turco é tão-somente uma máquina como outra qualquer que serve ao homem. Como qualquer outra máquina, faz o trabalho destes para facilitar a sua vida — respondeu Prometeu.

— Faz o trabalho deles? A qual trabalho vós vos referis? Ao jogo de xadrez? — Um golpe de Zeus, que não errou o alvo. — Vossa máquina é sem propósito e não segue os mandamentos de Deus.

— O que faz uma máquina ser mais de acordo com os mandamentos de Deus do que outra? Um tear é uma máquina melhor só porque produz alguma coisa? O que vos incomoda é a aparência da minha máquina: um turco, um ateu? Vós também rejeitaríeis um tear se ele tivesse a aparência de um muçulmano tecendo um tapete? Se assim o desejardes, posso mudar a aparência do meu autômato e trazê-lo para ser batizado, embora eu tema que ele acabe por se enferrujar.

Zeus se permite um breve sorriso diante daquela imagem, mas balança a cabeça:

— Não é a forma da vossa máquina que me incomoda, é a sua função: o pensamento. O pensamento é uma qualidade que Deus, em toda a Sua enorme criação, reservou somente ao homem. O pensamento, somente a alma pensante, é que nos distingue dos animais. Uma máquina que pensa, ou melhor, que sobrepuja o homem na sua qualidade mais intrínseca, não pode existir. Vós estais vos colocando acima de Deus e da sua obra.

— De forma alguma — diz Prometeu, e abaixa um pouco a cabeça para expressar submissão. — Sou um pobre mortal, como outro qualquer.

— E é por isso mesmo que a vossa máquina inteligente não deve existir.

— Mas ela existe, e o fato de ela existir não transforma a criação divina em imperfeita; muito pelo contrário, só lhe confere mais honra.

Zeus se recosta na cadeira e leva a mão ao queixo.

— Deveis me explicar isso.

— Sou uma pessoa criada por Deus e, com os talentos que Deus me deu, pude construir uma máquina pensante. O homem pensa, porém Deus dirige: não passo de um instrumento de Deus.

— Um beco sem saída — refuta Zeus. — Segundo a vossa lógica torta, de que Deus dirige o homem, vós levais, no final das contas, todos os atos dos homens de volta para Deus, por mais ateístas que sejam, tais como a mentira, o roubo e o assassinato. Acontece que a responsabilidade pelos vosso atos é vossa, não de Deus.

Prometeu quer objetar, mas Zeus fá-lo calar-se com um gesto.

— Além do mais, quereis me convencer usando argumentos teológicos, justamente vós que tendes tão pouco a ver com a Igreja quanto a sua criatura? Quando foi a última vez que assististes à missa sagrada? Quando vos confessastes? Quando foi a última vez que conversastes com aquele cujos argumentos o senhor se arvora em apresentar aqui? Tende pelo menos a franqueza de assumir o vosso ateísmo e os vossos ideais maçônicos, aquilo que chamais de racionalismo e que eu chamo, de uma vez por todas, de irracionalismo.

Então Zeus pega correntes pesadas, argolas de ferro e um martelo. Segura Prometeu, prendendo-o no rochedo com alguns golpes não muito fortes.

— Vós também tendes um fígado, barão de Kempelen — fala Zeus, e chama uma águia para arrancá-lo com bicadas. — O vosso homem-máquina é como água para os moinhos dos equivocados filósofos, como Descartes, que querem fazer crer ao mundo que as máquinas seriam as melhores pessoas. E os homens não seriam nada mais do que uma máquina precária, que apenas acredita possuir uma alma. Já vos questionastes aonde levam essas teorias materialistas? À incerteza, ao caos, a assassinatos e homicídios.

Prometeu puxa as correntes, mas parece impossível libertar-se com as próprias forças.

— Até mesmo Descartes era da opinião de que as pessoas possuem uma alma presenteada por Deus.

— Ele disse aquilo por temer a Igreja. Isso não passou de um reconhecimento labial de um covarde. Na verdade, ele era um homem do seu talhe. Diz-se que possuía um autômato, uma cópia da filha, que morreu muito cedo. Quando estava navegando para a Suécia, Deus fez com que o mar ficasse perigoso e os marujos tementes a Deus tiveram o bom senso de jogar o autômato no mar; a mesma coisa que se fizera outrora com Jonas, para acalmar o mar e afundar aquela obra de magia negra. Uma cópia da filha morta! Que tremenda heresia! A ressurreição foi concedida a uma pessoa somente.

O sol tremulou por um instante, e, quando Prometeu olhou para cima, viu a águia que o castigaria sobrevoando em círculos; preta em contraste com o azul do céu.

— Não vos esqueçais que o vosso grande sábio, Alberto Magno, possuía um autômato — mencionou Prometeu.

— O qual, o ainda mais sábio Tomás de Aquino, coberto de razão, destruiu com um chute violento — refutou Zeus. — Isso prova que às vezes os pecados são expiados ainda aqui na terra. La Metrie, aquele materialista desalmado que queria a qualquer preço ser mais provocativo do que Descartes, saiu falando mundo afora que o homem não passava de uma máquina, e morreu antes da hora, sufocado com um patê trufado. Eu não conseguiria imaginar um fim melhor para um materialista. Que Deus se apiede da sua alma imortal e perdoe a minha ironia.

O tempo vai se esgotando para Prometeu. Nenhum Hércules virá salvá-lo. A águia guincha, e Zeus se prepara para sair.

— Não fui a primeira pessoa a construir um autômato, e com certeza não serei a última! — exclamou Prometeu na sua direção. — Não importa o que vós me ordenais. Não conseguireis impedir o desenvolvimento, assim como não conseguistes deter os luteranos ou a consciência do lugar da Terra no Universo, nem os materialistas, cujos ensinamentos, por sinal, não significam nada para mim. Da mesma forma como não foi possível deter Cristo.

— Mesmo que assim seja, como dizeis, eu me darei por satisfeito, por ter lutado bravamente e ter ganhado pelo menos esta batalha. E, por favor, poupai-me dessa incrível impertinência de vos comparar com o Salvador, se não quiserdes realmente me enfurecer.

A águia se prepara para arremeter contra o corpo de Prometeu, mas Zeus a detém com um gesto. Ele se aproxima uma última vez de Prometeu e confidencia:

— Eu prezo pessoas inteligentes como vós e não vos desejo nada de mal. Sede agradecido, pelo fato de só terdes a mim como oponente. Construtores de autômatos, iguais ao senhor, ainda são perseguidos e queimados pela Santa Inquisição na Espanha. Já que o fogo do inferno não vos assusta...

— A Espanha está muito distante de Pressburg. Assim como a Idade Média também. Vós ainda ameaçaríeis Galileu com a fogueira nos dias de hoje?

Os músculos de Prometeu se retesam, seus traços estão desfigurados, a nuca treme. Suor surge sobre a sua testa. As correntes rangem devido à tensão. Zeus fica devendo uma réplica. Ele acena para a águia.

— A Igreja ainda está longe de estar tão enfraquecida, quanto vós talvez o desejásseis — diz Zeus na despedida. — A imperatriz, por exemplo, por intermédio de quem me tornei o principal servo da Igreja deste país, é uma mulher religiosa.

— A imperatriz — retrucou Prometeu, sorrindo subitamente — é a minha maior protetora.

As correntes são arrancadas da rocha, com uma nuvem de poeira e pedras, e Prometeu se liberta antes que a águia o alcance. Foge dali pulando por cima da rocha. Suas correntes ainda têm pedaços de pedra presos nas pontas, mas elas não o atrapalham na sua fuga de volta ao mundo dos homens e das máquinas humanas.

O duque Albert von Sachsen-Teschen respondeu, numa carta pessoal, à solicitação do príncipe Batthyány, que tentava conseguir a proibição das apresentações do autômato do xadrez de Wolfgang von Kempelen. O governante húngaro não compartilhava os temores religiosos do bispo, dizia a carta, e, mesmo que ele quisesse, não dispunha dos meios legais para proibir Kempelen de apresentar sua máquina. Além disso, as apresentações se deviam a um desejo expresso da imperatriz. O duque Albert concluiu a missiva com a esperança de que a desagradável briga entre Ciência e Igreja fosse logo deixada de lado.

Prometeu Kempelen mandou vir uma garrafa de champanhe e, na ausência de outros, brindou com a sua criatura à sua vitória contra Zeus Batthyány, ao apoio do duque Albert e à sua crescente fama. E também à perspectiva, que nunca lhe ocorrera até então, de que a sua obra não viria somente a inspirar mecânicos e matemáticos, mas também aos filósofos.

Katarina pediu demissão imediata do seu emprego como cozinheira e criada, um dia depois da bem-sucedida retomada das apresentações do turco do xadrez. Ela deixou a residência de Kempelen sem solicitar o salário que ainda tinha a receber nem uma carta de apresentação, assim como não deixou Anna Maria fazê-la mudar de idéia. Kempelen chamou Elise, em seguida, ao seu escritório para uma conversa. Elise levou um jarro com água fresca para Kempelen, cujo quarto estava muito quente, devido ao sol do mês de junho. Quando entrou, encontrou-o trabalhando em sua máquina de falar. Ele pediu que ela se sentasse e, depois de beber um gole de água, perguntou-lhe se estava satisfeita com o seu trabalho e com o seu salário, ou se estava guardando alguma coisa para si. Elise balançou a cabeça negativamente, sem dizer nada.

— Você sabe por que Katarina largou o trabalho? Será que ela tinha medo das minhas máquinas?

— Acredito que não. — Elise coçou a touca. — Está muito quente aqui dentro.

— Pode tirar a touca. Por favor.

Elise hesitou, mas acabou tirando a touca, ajeitando os cabelos com a mão. Depois colocou a mão de volta no colo.

— Há alguma coisa — disse ela —, mas não sei se tem a ver com Katarina.

— E o que seria?

— Depois da última missa dominical... um dos sacristãos pediu-me que permanecesse depois da missa, porque o padre gostaria de falar comigo. Na igreja de São Salvador.

— Sim. Eu o conheço.

— Ele foi muito amável. Mas disse que acontecem coisas nesta casa que não estão de acordo com a fé... a máquina e tudo mais. Ele estava me sugerindo, acredito, a não continuar trabalhando aqui. E que eles poderiam me conseguir um outro trabalho a qualquer momento. Talvez tenham dito a mesma coisa a Katarina.

Kempelen olhou para um ponto indeterminado atrás de Elise e ficou pensando.

— Com certeza disseram — disse ele. — E por que você ficou?

— Porque não consigo acreditar que Deus esteja sendo ofendido nesta casa. E porque eu gosto daqui.

— Isso é bom. Elise, vou aumentar o seu salário.

— É muita bondade, senhor.

— Quero recompensar a sua fidelidade. E você vai ter de trabalhar mais, até que encontremos uma substituta para Katarina. Além disso, esta não será a única hostilidade a que você ficará exposta. Talvez devesse procurar outra igreja para assistir às suas missas.

Elise concordou com a cabeça.

— Trata-se de um pequeno grupo de inimigos do desenvolvimento — explicou Kempelen —, e espero sinceramente que eles me dêem sossego o quanto antes. Mas há um outro lado: veja, um dos nossos convidados escreveu um artigo sobre o autômato e sobre mim. Recém-chegado de Londres.

Kempelen pegou um jornal que estava aberto e passou-o para Elise por cima da mesa.

— Isto é... inglês? — perguntou Elise depois de dar uma olhada.

— Naturalmente. Desculpe-me, por favor. — Kempelen pegou o jornal de volta. — De qualquer modo, o articulista só escreve coisas boas sobre o autômato. — Kempelen foi procurando nas linhas do artigo. —

Aqui: *Aparentemente, é impossível alcançar maiores conhecimentos sobre a mecânica do que os que este* gentleman *atingiu... Nenhum artista construiu, em tempo algum, uma máquina tão maravilhosa quanto a dele.* E ele termina com: *De fato... pode-se esperar tudo do seu conhecimento e do seu talento, que são ainda... reforçados por sua incomum... não,* rara *modéstia.*

Kempelen respirou profundamente e continuou olhando para as linhas. Depois olhou de volta para Elise, que sorria para ele com os olhos brilhando, e deu-se conta da sua soberba.

— Bem, esta não foi exatamente uma prova de modéstia.

Os dois concordaram enquanto riam.

— Muito bem — disse Kempelen. — Isso é tudo.

Enquanto Elise se levantava, Kempelen colocou o jornal no chão, ao lado da mesa. Quando se ergueu, distendeu o pescoço. Fechou os olhos e colocou uma das mãos sobre a nuca dolorida.

— Meu pescoço está em frangalhos desde que estive com Batthyány — explicou ele. — Sinto-me como se tivesse carregado pedras.

— Posso...? — perguntou Elise. — Sei fazer isso muito bem; aprendi com uma freira amiga na escola.

Antes que Kempelen pudesse responder, ela já tinha dado a volta à mesa, colocando-se atrás dele. Pôs uma das mãos sobre a sua nuca e começou a apertar. Kempelen continuou tenso mesmo depois de ela colocar a segunda mão.

— Em poucos minutos a dor terá desaparecido — explicou ela, baixando o tom de voz.

Ela massageou um pouco. Só então pareceu se dar conta de que o que estava fazendo não era correto: os dedos ficaram mais lentos, parando finalmente, e afastando-se da pele dele.

— Sinto muito — disse ela, encabulada. — Eu não pensei... — Pelo tom da voz, ele pôde perceber que ela tinha ficado vermelha.

— Não, não. Pode continuar. Está muito bom.

Com o consentimento, Elise recomeçou. Sempre que a pressão dos dedos aliviava agradavelmente os músculos doloridos, os olhos de Kempelen iam se fechando, iguais aos de uma pessoa sonolenta, lutando contra o sono. Mas Kempelen sempre levantava as pálpebras de novo.

— Como vai sua tia em Bystrica? — perguntou ele.

— Prievidza — corrigiu Elise. — Bem, muito obrigada.

Só então Kempelen fechou os olhos. Sentiu o cheiro dela, que até então não percebera. E suas mãos, que ainda eram macias, apesar do trabalho doméstico. Imaginou Elise colocando uma mecha de cabelo atrás da orelha. E não pensava em mais nada.

Principalmente, não ouviu Anna Maria se aproximando do escritório. Ele só a viu quando ela já estava de pé no umbral da porta, assistindo à cena de olhos arregalados.

Elise só retirou as mãos quando já era tarde demais e colocou os braços para trás, como se quisesse esconder dois malfeitores. Por alguns segundos, a cena ficou congelada, imutável, com exceção de uma vespa que se batia contra o vidro da janela.

— Pode se retirar, Elise — disse Kempelen.

Elise pegou a touca e saiu do cômodo sem dizer palavra, debaixo do olhar severo de Anna Maria.

— Pode me explicar o que estava acontecendo aqui? — perguntou Anna Maria.

— Você poderia primeiro fechar a porta? Por favor.

Anna Maria atendeu ao pedido, mas permaneceu de pé, lívida, com os braços cruzados sobre o peito.

— Minha nuca estava doendo, tal como já estivera nos últimos dias. Ela se ofereceu para cuidar disso. Eu aceitei, agradecido. Só isso.

— Você vai botá-la na rua.

— Acalme-se. Ela só massageou a minha nuca.

— Ela não é sua mulher.

— Não. Até porque a minha mulher, até agora, não tinha se oferecido.

— Ela vai ser despedida imediatamente.

— Não vai, não, senão ficaremos sem empregada alguma — disse Kempelen. — Se quer ficar com raiva de alguém, fique com raiva de mim; ela é mansa como um cordeiro, não tem culpa de nada.

— Ela vai ser a sua nova Jesenák?

— Anna Maria, por favor. Isso não tem a menor graça. Sempre fiz o que você me pediu, mas seus ciúmes precisam ter um limite. Satisfaço qualquer outro desejo seu, mas Elise vai ficar.

— Qualquer desejo?

— Qualquer um.

— Então se livre desse turco.

Kempelen colocou uma das mãos atrás da orelha, como se não tivesse entendido o desejo.

— Por que deveria fazê-lo? O turco nos torna ricos. Uma riqueza, por sinal, que você não teve o menor escrúpulo em gastar nas últimas semanas. Ele nos abre todas as portas, faz com que sejamos o assunto da cidade.

— Já estou farta de ser o assunto da cidade. As pessoas dizem que o autômato matou a Jesenák.

— Os idiotas é que dizem isso. Como você não é idiota, sabe que não é verdade.

— Tenho medo só de pensar em quem pode ter sido o responsável pela morte daquela mulher, já que não foi o autômato.

— Ela mesma, pela milésima vez!

— Katarina foi embora por medo do autômato.

— Katarina foi embora por medo do padreco. Há uma diferença.

— Que não torna a coisa mais suportável. — Anna Maria sentou-se na cadeira em que Elise estivera e puxou-a para perto da mesa. — Quero estar novamente ao lado do homem com quem me casei. Você tinha um bom trabalho, uma remuneração segura e as melhores perspectivas de continuar subindo na vida. E, apesar disso, enfia todo o seu dinheiro e o seu tempo nestas invenções, ou melhor, nestes truques de prestidigitação, convoca lá fora um ateu, e um monstro, arrisca-se a ser desmascarado diante da imperatriz, excomungado pelo bispo e assassinado pelo barão. E tudo isso pela fama, pela esperança de que algum dia, quando já estiver bem morto, haja uma estátua sua de bronze ornamentando uma praça desta cidade.

— Afinal, será que está com ciúmes do que estou alcançando?

— Não. Nunca. Só quero o melhor para você. Para nós. Eu o amo.

Kempelen suspirou.

— Então não fique querendo me dizer como devo viver minha própria vida.

— Mande Elise embora.

— Do que tem medo? Não pode ser medo de que eu dedique o meu amor a ela. Sabe muito bem qual é o seu medo. Tem medo de que ela possa cumprir com as suas obrigações matrimoniais.

— Pare com isso...

— Tem medo de que talvez ela possa vir a ser a mulher que venha a me dar filhos...

— Por favor!

— ... que não morrem logo depois do parto...

Anna Maria cobriu os olhos com as duas mãos e gritou:

— Wolfgang!

— ...como Julianna, Andreas e Marie.

Anna Maria começou a chorar, e Kempelen se calou. Tinha ido longe demais. Só então percebeu, constrangido, que tinha contado as crianças mortas nos dedos. Permaneceu calado, olhando para ela, que se encolhia cada vez mais em sua cadeira, e sentiu vontade de pegar um martelo e destruir os componentes da sua máquina de falar, construídos a tanto custo.

Em seguida, saiu do escritório sem tocar em Anna Maria, desceu e foi até a cozinha. Deu folga a Elise, que encontrou chorando também, por dois dias. Instruiu Branislav a levar Anna Maria e Teréz na manhã seguinte para Gomba, onde ficava a casa de campo dos Kempelen. A viagem durava quase uma dia, seguindo a leste de Pressburg. A mãe e a criança deveriam passar o verão lá na companhia de Branislav. Kempelen pediu a Branislav que desse uma atenção especial à sua esposa, que, segundo ele, sofrera um colapso, muito provavelmente devido ao calor excessivo.

Tibor encontrara Elise à noite, em Weidritz, e vira ela seguir Kempelen e o franciscano. Ela não era apenas uma pessoa curiosa: era uma espiã. A suspeita se fortaleceu quando os dois estiveram a sós, por pouco tempo, depois de uma apresentação; ele dentro da máquina de xadrez, e ela, que deveria estar varrendo, tentando abrir a caixa misteriosa de Kempelen com uma gazua. Evidentemente, ela achava que não estava sendo observada e só guardou a gazua quando ouviu passos vindo das escadas. Tibor tinha aguçado a audição na escuridão da máquina; ele não vira tudo isso, apenas escutara às escondidas enquanto prendia a respiração. A ausência de Anna Maria, Teréz e Branislav só fez com que Elise tivesse mais liberdade para fuçar. Kempelen e principalmente Jakob não cumpriram à altura o seu papel de guardiães. Um dia, quando Tibor estava na mesa, debruçado sobre um problema de finalização de jogo, viu introduzirem, de repente, um ferro na fechadura da sua porta e tentarem abrir o ferrolho. Tibor, porém, dera duas voltas no trinco, algo que passou a fazer desde a visita inesperada de Kempelen e do seu irmão. Tibor não fez nada e não podia fazer nada. Ficou olhando para o trinco, esforçando-se por não fazer nenhum barulho. Evidentemente, Elise não tinha muita intimidade com gazuas. Por isso mesmo não conseguiu abrir a porta de Tibor. Ela desistiu depois de dez minutos, suspirando. Tibor ainda permaneceu imóvel por muito tempo. Ele teve então a certeza de que em algum momento ela conseguiria abrir aquela porta, descobrindo assim o segredo do turco do xadrez.

Por que não contava aquilo a Kempelen? Bastava uma palavra, e Elise seria despedida, o turco estaria a salvo e Tibor junto com ele, já que podia estar certo de ir parar no cadafalso pela morte da baronesa. Talvez fosse pelo orgulho — a sensação de superioridade sobre Kempelen e Jakob —, o orgulho de saber algo que eles não sabiam. Pelo visto, os dois homens achavam que Elise era tola demais, não sendo capaz de uma coisa dessas. Só Tibor sabia quem ela realmente era. Ele percebera, uma vez ou outra, como Jakob fora fisgado pelo seu charme; ouvira a declaração falastrona do judeu de que conquistaria Elise — e, no início, até sentira ciúmes, mas agora divertia-o o fato de Jakob estar enganado ao achar que ela o admirava, quando, na verdade, tudo o que ela queria era descobrir o segredo do turco do xadrez.

Elise estava percorrendo um labirinto e Tibor estava no meio do caminho, à sua espera. Ele era o prêmio, a arca do tesouro, a virgem na torre, e essa idéia o excitava. Todos os seus esforços estavam centrados nele, embora ela ainda não soubesse disso. Eles iriam se encontrar novamente. Possivelmente, tudo aconteceria muito rápido, e Tibor poderia acabar encarando a morte, mas isso lhe parecia improvável: ele observara Elise por muito tempo, Jakob lhe contara a sua trajetória, ele a vira na igreja usando a medalha de Maria sobre o peito — não era uma mulher que o entregaria às feras. E, se ele estivesse enganado a seu respeito, então era por vontade de Deus.

Em julho, Kempelen recebeu pelo correio oficial um convite de Maria Teresa para ir à corte em Viena. A imperatriz, assim constava no documento ditado, não resistia mais à tentação, depois de ouvir todas as histórias sobre a máquina fabulosa, de jogar, ela mesma, uma partida contra a máquina. Por ocasião desta partida, em meados de agosto, ela conversaria com Kempelen sobre seus outros projetos e o seu apoio a eles. Além disso, *mon cher fils* Joseph, ausente por ocasião da estréia da máquina, ocupado com outras obrigações, manifestara interesse em ficar frente a frente com o turco. A decisão de Kempelen de mandar Anna Maria para Gomba lhe pareceu então ainda mais acertada, pois ele poderia se preparar sem interferências para a apresentação, talvez a mais importante, da máquina de xadrez.

Kempelen esperava também que aquele convite para ir a Viena colocasse um fim no permanente abatimento de Tibor. "Depois de Viena, tudo vai melhorar", dissera ele, sem esclarecer, no entanto, o que iria mudar e como. Talvez as apresentações do turco fossem ficar cada vez mais raras, para que Kempelen pudesse se dedicar totalmente à sua máquina de falar. Talvez Kempelen também estivesse farto dos desentendimentos com o barão Andrássy, com a Igreja e agora com sua mulher. Tibor poderia então voltar à velha vida, que não era muito confortável, mas na qual ele pelo menos não tinha culpas e se mantinha razoavelmente de acordo com os mandamentos de Deus.

Kempelen e Jakob estavam fora, e o autômato, em vez de estar trancado no seu quarto, tinha ficado na oficina — não poderia haver isca mais sedutora para Elise. Ela abriu as portas da oficina com habilidade e ficou diante da máquina de xadrez. O turco a olhava com um ar severo, como se soubesse que ela tinha vindo para desmascará-lo. Mas, como o mecanismo estava parado, não podia fazer nada para evitar que isso acontecesse.

Elise sentou-se no chão, do lado direito do andróide, para abrir a porta que dava para as engrenagens. Enquanto escolhia a melhor gazua no seu molho de chaves, viu a porta ser empurrada pelo lado de dentro, abrindo-se sem fazer o menor ruído, já que as dobradiças estavam muito bem lubrificadas. Elise olhou boquiaberta para a mesa e para a escuridão por trás da porta. Havia um rosto lá, sorrindo para ela com um ar triste. No primeiro momento, o rosto pareceu não ter um corpo e ela julgou tratar-se de uma miragem — o mecanismo, naquela parte sombreada, lembrava um rosto: duas engrenagens os olhos, uma mola o nariz, a boca um cilindro. Mas, quando o rosto se moveu, ela pôde ver o seu corpo e um dos braços. Ela pestanejou.

— Alô — disse ele, e prosseguiu, já que não obtivera resposta: — Eu sou o grande segredo da máquina do xadrez.

Ela inspirou, e ia dizer alguma coisa, mas a respiração ficou presa, sem sair nenhuma palavra. Só se ouvia a sua expiração.

— Era isto que você estava procurando, não é mesmo? — perguntou ele, baixinho, para não assustá-la.

— Sim — respondeu Elise.

— Eu a estava esperando. Sabia que você viria.

Ela apertou os olhos.

— Eu o conheço... você é o homem...

— Sim — respondeu Tibor olhando para a corrente no seu pescoço. O medalhão estava dentro do corpete.

Os dois se calaram novamente. Elise, porque não sabia o que ele tinha em mente, e Tibor, porque não sabia o que deveria dizer.

— Olhe aqui, é assim que movimento a mão do turco — explicou ele finalmente.

Elise aproximou-se da mesa e Tibor mostrou, com uma ponta de orgulho, como guiava o braço do andróide com o pantógrafo, e mais: como movimentava a cabeça e os olhos. Então explicou a ela que a única função do mecanismo era fazer barulho, e como ele conseguia se manter escondido do público, mesmo quando as portas estavam abertas. Só então ele saiu da mesa, passando pelas portas de trás. Como ela não tinha se levantado, eles ficaram quase da mesma altura.

— Você... — *encolheu* era a palavra que ela iria usar, mas não chegou a completar a frase.

Tibor fez isso por ela.

— Sou pequeno. Sim. Estava usando saltos altos naquela ocasião.

Tibor sentou-se à sua frente, como para mitigar a diferença.

— Gostaria de saber mais alguma coisa?

— Como se chama?

— Tibor.

— Eu sou Elise.

— Eu sei.

— Por que está me contando tudo, Tibor?

— Mais cedo ou mais tarde, você teria descoberto tudo sozinha. Vinha te observando.

— Não compreendo... Por que não contou a Kempelen?

— Porque não queria que ele a despedisse. Porque acredito que este trabalho é importante para você. Jakob me contou que os seus pais estão mortos. Sei como é ser só. E, apesar de tudo, não acredito que você seja má pessoa. Ofereceram-lhe uma recompensa, caso descobrisse?

Elise acenou afirmativamente com a cabeça e aguardou a pergunta seguinte.

— Friedrich Knaus?

— Quem?

— Não conhece Knaus?

Ela sacudiu a cabeça, negando.

— O bispo me pediu... não, não foi o bispo em pessoa; um padre, incumbido por ele.

Realmente um padre viera falar com ela, mas apenas para convencê-la a sair do emprego, tal como ela contara a Kempelen.

— Ele me pediu...não, ele disse que era minha obrigação, como cristã.

Só então Elise se deu conta de que Tibor estava no mesmo recinto que Ibolya Jesenák antes do seu suicídio. Talvez tivesse sido até mesmo a última pessoa a vê-la com vida. Ficou claro então para ela que não tinha sido, em hipótese alguma, um suicídio. O anão tinha matado uma cúmplice. E, seguindo este raciocínio, chegou à conclusão de que agora ele iria matá-la também, e que sua compaixão para com a sua orfandade era tão falsa quanto o fato de ela ser órfã de verdade. Ela trazia uma faca debaixo da anágua, mas não iria conseguir pegá-la a tempo. Além disso, vira como ele tinha lutado contra dois homens de tamanho normal. Estava perdida.

Tibor percebeu sua palidez.

— Foi um acidente — disse ele rapidamente. — Um infortúnio. Ela caiu de mau jeito. Kempelen a jogou pela sacada depois disso para que parecesse suicídio. Ninguém quis que acontecesse.

— Acredito em você — disse ela, embora sem acreditar.

Eles ficaram calados, até que Tibor se manifestou:

— O que vai fazer agora?

— Não sei. O que devo fazer?

— Não nos delate. Fui eu quem matou a baronesa. Se isso vier à tona, serei perseguido e preso, e Kempelen acha que serei executado, com ou sem a admissão de acidente. A Igreja vai lhe pagar alguma coisa?

— Não. Nada. Não falamos sobre isso.

Tibor acenou com a cabeça.

— Isso só comprova a sua integridade. E, mesmo que se tratasse de dinheiro, Kempelen certamente lhe pagaria mais. Ou eu mesmo o faria.

Tibor limpou um pouco da poeira do pé da mesa de xadrez com o dedo. Desejava continuar eternamente ali, conversando com ela, por mais desagradável que fosse o assunto.

— Gostaria de lhe pedir um favor. — disse Tibor. — Nem que seja como forma de agradecimento pelo que eu fiz por você naquela ocasião, na colônia de pescadores. Gostaria que me avisasse a tempo quando for nos denunciar. Me dê alguns dias, para eu poder fugir de Pressburg. Preciso ganhar um pouco a dianteira. E Kempelen... é uma boa pessoa. Ele também merece essa dianteira. Em contrapartida, até lá vou me manter calado quanto a este nosso encontro.

O acordo seria muito útil para ela, que teria tempo para decidir se iria manter ou rompê-lo. Ela concordou.

— Pela mãe de Deus? — perguntou ele.

— Pela mãe de Deus — respondeu ela, sentindo um pouco de pena da sua credulidade.

— Deixe-nos a apresentação de Viena — pediu ele incisivamente. — Esta semana não fará diferença para você. Provavelmente será a nossa última apresentação e aí tudo estará acabado. Não vai fazer a menor diferença para o bispo, e você não ficará devendo nada, nem a ele nem a Kempelen.

Ela se lembrou da corrente, que ainda carregava, e tirou-a do corpete para devolvê-la.

— Não — disse ele, levantando a mão. — Por favor, fique com ela. Será nossa senha. Só deve devolvê-la quando estiver resolvida a nos denunciar. Não antes disso.

Elise olhou para o retrato arranhado de Maria e concordou. Naquele mesmo momento resolveu não contar nada a Knaus, pelo menos por enquanto. Sem dúvida, não se poderia imaginar um trunfo maior para o suábio do que desmascarar o autômato do xadrez durante o jogo com a imperatriz. E certamente ela seria regiamente recompensada por isso — mas não iria lhe proporcionar tal triunfo. Se Knaus vencesse, deveria fazê-lo de forma silenciosa. E, além disso, por que deveria abrir mão da vida que estava levando? Era remunerada pelos dois lados. Por que iria matar estas duas galinhas dos ovos de ouro justamente agora? Quanto mais tarde se desse a revelação, maior seria a sua remuneração. E talvez ela conseguisse aproveitar a permanente irritação de Knaus com o sucesso de Kempelen para elevar ainda mais o seu prêmio. Conseguira ludibriar os homens, aproveitando-se dos seus desejos, e aquela talvez fosse a primeira vez, naquele ano difícil, em que se sentia forte de novo.

Só à noite é que ela se deu conta de quem havia encontrado: um anão veneziano deformado, um assassino sensível e profundamente temente a Deus, um jogador genial que conduzia pelo lado de dentro a maior invenção, ou melhor, o maior engodo do século. Isso era inacreditável. Um macaco ou uma pessoa sem a parte inferior do corpo, como Knaus havia suspeitado, não lhe teriam causado surpresa maior.

Viena

Tibor teve de viajar no interior da máquina por questão de segurança. Jakob protestou contra aquela forma tão desumana de transporte, mas Kempelen lembrou-o de que Tibor só estaria a salvo enquanto o segredo do turco estivesse protegido. Resignado, o anão pediu água suficiente para poder sobreviver àquela viagem no calor do alto verão. O ar estava parado sobre os campos do rio March. O March e o Danúbio estavam reduzidos a córregos mornos, escorrendo tão morosamente nos seus leitos que parecia que estavam fluindo contra a corrente. Kempelen contratara dois homens devido à ausência de Branislav para acompanhá-los na ida e na volta de Viena. Ambos seguiram a cavalo, assim como Kempelen, enquanto Jakob foi novamente sentado na boléia da carruagem puxada por dois cavalos. A máquina de xadrez foi acomodada na parte traseira, ficando inclinada. Ela não estava coberta, e, como a divisória tinha sido amarrada para o lado, parecia que o turco estava olhando para a estrada por cima do ombro de Jakob.

O céu estava coberto com um véu leitoso. A luz difusa do sol prejudicava a noção de profundidade. Não soprava nem uma leve brisa para mover o capim e a vegetação, fazendo a paisagem parecer um quadro empoeirado.

Eles já haviam deixado Pressburg havia mais de uma hora, quando foram alcançados por cavaleiros a galope: o barão János Andrássy, no seu árabe, acompanhado de um lado pelo cabo Béla Dessewffy, e do outro por György Karacsay, um tenente do seu regimento. Os três hussardos passaram pelo séquito de Kempelen e depois viraram seus cavalos de forma a que Andrássy e Kempelen ficassem frente a frente.

— Barão — cumprimentou-o Kempelen.

— Cavaleiro — respondeu Andrássy —, estais fugindo da cidade?

— Absolutamente — disse Kempelen. Seus dois homens tinham dado a volta à carruagem e montavam guarda a seu lado. — Estou atendendo a um convite de Sua Majestade.

O barão levantou uma sobrancelha para expressar seu reconhecimento.

— Mas eu não vos deixarei sair sem antes pagar as vossas dívidas.

Andrássy abriu a bolsa da sua sela e puxou um estojo estreito de dentro dela. Ele continha duas pistolas acondicionadas em feltro verde.

Andrássy olhou em volta. A estrada real estava cercada por pradarias, ornamentadas com algumas árvores.

— Eu não poderia imaginar um local mais adequado — disse ele. — Cuidado, ela já está carregada — acrescentou, estendendo a Kempelen uma pistola com o cabo voltado para a frente.

Kempelen não aceitou a pistola que lhe fora oferecida. Manteve as mãos sobre a sela. Os dois homens de Kempelen ficaram nervosos e seus cavalos começaram a se remexer, como se estivessem pressentindo a inquietação. O tenente Karacsay cavalgou até eles e disse algo que fez com que — depois de olharem de lado para Kempelen — voltassem trotando na direção de onde tinham vindo. Jakob olhou aquela cena, atônito.

— Ou preferis o sabre? — perguntou Andrássy. — Béla será meu padrinho, e, por mim, vosso ajudante poderá ser o vosso.

— Não quero ficar batendo cabeça convosco, barão. Prezo por demais as nossas vidas para fazer semelhante coisa. Não tenho nada a ver com a morte da vossa irmã, juro por Deus e por todos os santos.

— Mas a vossa máquina tem.

— Ela tampouco. Mas, se algum dia ela tiver condições de segurar uma pistola, ou de manejar um sabre, então vos avisarei e podereis duelar com ela. Até lá, porém, eu vos peço: deixai a estrada livre.

O barão sacudiu a cabeça e tirou a segunda pistola do estojo.

— Barão, estou a caminho da imperatriz — admoestou Kempelen — e nem mesmo vós estais acima da lei.

— Vou vos deixar seguir, por causa dela — disse Andrássy, enquanto puxava o cão das pistolas —, mas a minha exigência permanece, e vou persistir nela. Foi-me tirado o que eu amava. Convosco não deve acontecer nada diferente.

Andrássy apontou a pistola da mão esquerda para o turco do xadrez, mas Jakob, que se levantara na boléia, suspendeu as mãos e gritou:

— Não! — para evitar que o barão atirasse.

Andrássy abaixou um pouco a pistola e sorriu.

— Um judeu como proteção? Você acha mesmo que iria evitar que eu atirasse? — disse ele apontando novamente e atirando. Jakob pulou da boléia a tempo e caiu ao tentar se levantar. A bala perfurou o peito oco do turco. Andrássy levantou a segunda pistola, fechou o olho esquerdo e apertou o gatilho. A bala perfurou o folheado, a madeira e o feltro da mesa de xadrez, raspou numa peça metálica do mecanismo fazendo-a ressoar, seguiu seu caminho pelo emaranhado de rodas, atravessou uma engrenagem, tirou uma outra do lugar, ricocheteou num cilindro, mudou de direção, atravessou sem dificuldade o tecido de linho e a pele, mergulhou na carne por baixo dela, chamuscou cabelos, rasgou artérias e músculos, até atingir uma costela, perdendo finalmente a sua força. Ficou presa num músculo rasgado, ao lado de estilhaços de ossos e de um fluxo de sangue vindo de artérias cortadas, enquanto o estreito caminho pelo qual entrara se fechava novamente.

Andrássy não se deu o trabalho de guardar as pistolas de novo no estojo; enfiou-as soltas dentro da bolsa da sela.

— Barão, sois um fóssil detestável — disse Kempelen, contido.

— Não vou levar em consideração esta vossa ofensa, pois eu também me expressei de forma torpe no cemitério — retrucou Andrássy segurando as rédeas. — Eu vos espero em Pressburg. Não me façais esperar muito tempo ou os estragos serão bem maiores do que apenas madeira e ferro.

Andrássy enfiou as esporas no cavalo, e Dessewffy e Karacsay o seguiram, despedindo-se de Kempelen com a mão na testa. Os hussardos não deram a menor atenção a Jakob. O ajudante teve de recuar um passo para se esquivar dos cavalos, tropeçou e caiu num pequeno buraco na beira da estrada. Quando aqueles homens estavam a uns quarenta passos de distância, Jakob se levantou com um pulo, munido de uma súbita energia, correu alguns passos atrás deles no meio da poeira levantada e praguejou:

— Voltem, seus covardes miseráveis! Escória! Seu patife! Saco de vermes... húngaro... bigodudo! — Ele quis atirar pedras, mas, como não achara nenhuma, jogou areia e arrancou capim para jogar neles, tomado por uma fúria cega.

— Agora já chega, Jakob! — gritou Kempelen, que já desmontara havia algum tempo e estava em cima da carruagem.

Jakob voltou a si e foi ao encontro de Kempelen, que tinha acabado de abrir as portas da mesa. Eles puxaram Tibor para fora, pelos braços. Algumas peças de xadrez pularam para fora junto com ele. Havia uma mancha vermelha em sua camisa branca, na altura do peito.

— Eles já foram? — perguntou o anão, com os maxilares cerrados.

— Sim.

Nem assim Tibor se permitiu gritar, soltando apenas um gemido abafado. Eles o colocaram no espaço livre atrás do autômato. Lá, rasgaram sua camisa. O ferimento do lado direito do peito era pequeno. De vez em quando jorrava um pouco de sangue pelo buraco. Eles viraram Tibor de lado e Kempelen franziu a testa quando percebeu que a camisa estava molhada de suor mas sem manchas de sangue nas costas:

— A bala ainda está lá dentro.

Jakob olhou para ele com uma expressão indagadora, pois não sabia o que isso significava.

— Pegue a água e alguns panos.

Enquanto isso, Kempelen despiu sua túnica e arregaçou as mangas. Depois abriu a tampa da caixinha de cerejeira. Lá dentro estavam as suas ferramentas. Ele tirou todos os alicates de dentro da caixa e colocou-os ao lado de Tibor sobre o chão da carruagem. Depois lavou duas das ferramentas com a água que Jakob trouxera, secando-as em seguida. Só então entregou a Jakob um alicate com a ponta comprida.

— Você vai abrir o ferimento dele com isto.

— O quê?

— Enfie isto nele e mantenha aberto. Do contrário, não conseguirei chegar até a bala.

— Não posso fazer isso!

— Faça um esforço.

Jakob pegou o alicate. Começou a tremer, estava suando, e ficou verde. Kempelen pegou um segundo alicate.

— Vamos fazer isso logo.

Jakob ajoelhou-se ao lado da cabeça de Tibor. Ele ainda olhava para o alicate como se jamais tivesse visto coisa semelhante.

— Senhor Von Kempelen? — gritaram da estrada.

Kempelen levantou-se e subiu na boléia. Os dois acompanhantes desertores estavam de volta.

— Estamos de volta — disse um deles. — Os oficiais disseram que nós podíamos. — Então ele viu uma mancha de sangue na camisa de Kempelen.

— Está tudo bem? Podemos ajudar?

— Vocês podem dar o fora, todos os dois — respondeu Kempelen. — Não preciso de covardes como vocês.

— E o nosso pagamento? — perguntou um deles, em voz baixa, depois de uma pausa.

Kempelen pegou duas moedas na sua bolsa e jogou para eles.

— Não vão ganhar mais do que isto. E agora vão para o diabo que os carregue.

Ele esperou que os homens se afastassem e voltou para Jakob e Tibor.

— Vamos começar.

Jakob se aproximou do ferimento, hesitante. Então respirou fundo e enfiou o alicate na carne. Tibor gritou de dor, jogando os braços e as pernas para cima. Jakob retirou o alicate imediatamente e deixou-o cair no chão, morto de medo.

Kempelen pegou uma das peças de xadrez que estavam caídas em volta deles.

— Abra a boca — ordenou.

Ele colocou a peça entre os dentes de Tibor, que a mordeu. Kempelen sentou-se em cima de Tibor e segurou os braços dele com os joelhos, um de cada lado do corpo.

— Segure a cabeça dele — disse a Jakob, que prendeu a cabeça de Tibor entre as coxas. Tibor agora só conseguia mover as pernas.

Kempelen olhou para Jakob. O judeu enfiou o alicate novamente na carne. Tibor ficou abrindo e fechando os olhos. Ele se contorcia de dor, mas os outros dois o seguravam firme. O alicate de Jakob encostou numa costela; tocar numa coisa dura fez com que ele sentisse mais medo ainda. Kempelen acenou, e Jakob, com a língua para fora da boca, abriu o alicate. Jorrou sangue. A peça de xadrez rangeu nos dentes de Tibor.

— Ela está ali — disse Kempelen. — Continue, coragem.

Jakob obedeceu e manteve o alicate aberto. Os músculos ensangüentados foram afastados pelas pontas do alicate. Kempelen introduziu sua ferramenta. Tibor gemeu.

— Pare de se lamentar — disse Kempelen. — Você matou a irmã dele.

Kempelen escorregou, mas depois agiu rápido, puxando o alicate para fora, com a bala deformada presa na ponta. Jakob seguiu seu exemplo, agradecido, e Tibor, embaixo deles, relaxou a musculatura. Depois empurrou a peça de xadrez para fora da boca com a língua. O que antes era uma torre branca agora não passava de um toco de madeira esmagado e cheio de saliva. Um pouco da tinta branca ainda ficou colada nos lábios de Tibor.

— Coloque uma atadura nele — instruiu Kempelen. — O mais firme possível.

Depois ele saiu de cima de Tibor, deixou a bala cair de qualquer jeito e limpou o sangue das mãos e das ferramentas com um pano. Colocou o alicate sobre a mesa de xadrez. Todos os três homens estavam encharcados de suor. Jakob rasgou a toalha em tiras e começou desajeitadamente a colocar uma bandagem em volta do ombro e do lado de dentro do cotovelo. Kempelen bebeu alguns goles de água enquanto observava o trabalho de Jakob. Depois voltou seu olhar para o turco. A perfuração do peito não tinha causado maiores danos; até mesmo na camisa de seda e no caftan era difícil identificar o furo.

O segundo tiro de Andrássy foi mais grave para a máquina também. Kempelen abriu a porta do mecanismo e logo à primeira vista localizou a engrenagem que se soltara. Ele pegou o alicate para consertar o estrago, mas percebeu logo que precisaria de mais tempo.

Enquanto isso, Jakob continuava enfaixando Tibor, disparando uma saraivada de xingamentos contra o barão Andrássy, ao que parecia mais para se acalmar do que para consolar Tibor.

Eles prosseguiram a viagem para Viena, uma hora e meia depois do assalto.

Tibor foi colocado sobre a cama de Kempelen. Assim que Jakob terminou de trocar a bandagem e de comer algo que Kempelen lhe trouxera, Tibor adormeceu, apesar de ainda não ser noite. Os outros dois tentaram consertar os estragos no autômato do xadrez; uma tarefa difícil, já que não tinham muitas ferramentas nem peças de reposição. Eles falavam pouco, principalmente sem cogitar se realmente a apresentação ocorreria dentro de dois dias, conforme planejado.

Kempelen cavalgou na manhã seguinte até Schönbrunn para perguntar a um ajudante de Sua Majestade se era possível pensar num adiamento da apresentação. Não era. A imperatriz tinha incontáveis compromissos e fizera questão de manter livre o do turco do xadrez, de forma que o adiamento seria tomado como uma afronta.

Kempelen voltou inteiramente suado para a propriedade em Alser e se alegrou com o fato de pelo menos dentro de casa estar um pouco mais fresco. Ele trouxe frutas compradas no mercado e levou-as a Tibor, sentando-se na cama a seu lado. A nova bandagem também já estava manchada de sangue.

— Consegue mover o braço? — perguntou Kempelen.

Tibor levantou o braço direito, esticou os dedos e depois fechou-os. A ferida só doera na hora de abaixar o braço.

— Vai conseguir jogar amanhã?

— Se tiver de jogar...

Kempelen acenou com a cabeça.

— Muito bem. É assim que se fala. Terá de jogar. Não há nenhuma forma de evitar essa apresentação. Desta vez, está tudo em jogo. Ao mesmo tempo, posso garantir que não vai durar muito tempo. Maria Teresa é uma boa jogadora, mas nada além disso. Já joguei contra ela e ganhei.

— Ganhou? Contra a imperatriz?

— Acho que foi um tipo de teste. Ela queria saber se eu iria deixá-la ganhar, tal como provavelmente faziam todos os demais cortesãos. Eu a derrotei e passei no teste.

Kempelen perguntou então se Jakob queria alguma outra coisa. Em seguida conversou com Jakob sobre a máquina. Seria possível consertar tudo, com exceção de uma engrenagem, mas o mecanismo funcionaria mesmo sem ela. O horrível buraco de bala na madeira só poderia ser consertado em Pressburg com um novo folheado. Jakob costurara o feltro de forma a que não se pudesse olhar para dentro da máquina.

Quando Jakob sugeriu que se buscasse um médico para examinar Tibor e, quem sabe, costurar seu ferimento, Kempelen repreendeu-o, dizendo que um médico desconhecido colocaria a todos em perigo. Além disso, felizmente o ferimento era pequeno e os sangramentos já estavam diminuindo. Caso o ferimento não estivesse fechado até sua volta para Pressburg, Kempelen procuraria um médico em quem pudesse confiar. Mesmo assim, Jakob continuou insistindo, até Kempelen mandar que ele se calasse e voltasse para o seu trabalho, alegando que Tibor estava tentando dormir no quarto ao lado.

Maria Teresa, vestida de preto mesmo num dia como aquele, subira o caminho, ofegante. Ao chegar, apoiou as mãos nas costas e secou o suor da testa com um lenço.

— Sou uma velha maluca — reclamou ela. — Será que quero vos provar alguma coisa com esta caminhada? Ou a mim mesma? Deveria poupar as minhas forças para o vosso turco.

— Se isto vos servir de consolo, majestade, minha peruca também está boiando na minha cabeça.

Ela apontou para o morro.

— Hohenberg vai construir um arco de triunfo ali para mim. E aqui embaixo, a nossos pés, quero um chafariz.

Kempelen virou-se.

— Então sugiro, caso Hohenberg já não o tenha planejado, que o reservatório seja colocado aqui em cima; ou então atrás do vosso arco de triunfo.

— Vós entendeis alguma coisa disso também?

— Nós construímos inúmeras fontes em Banat.

— Em Banat, naturalmente — disse a imperatriz. — Kempelen, Kempelen, convosco ninguém fica *ennuyeux*. Muito bem, eu vos chamarei, quando meu chafariz for construído, e vós vos ocupareis da alimentação de água.

— Seria uma honra para mim, Vossa Alteza.

Eles desceram o morro e seguiram para o palácio através dos canteiros floridos.

— A propósito de Banat — disse a imperatriz —, eu ainda irei vos enviar de novo para lá, eu sinto muito. Se eu não precisasse do melhor homem, mandaria qualquer outro...

— Eu irei com prazer.

— No máximo por mais um ano. Depois tereis vosso descanso. Deveis certamente trabalhar na vossa nova máquina, a falante. Em que pé estão as coisas?

— Ainda permanece calada, majestade. Mas está muito bem encaminhada. Só que preciso de dinheiro e, principalmente, de tempo.

— Entendi a mensagem, Kempelen. Não temais, vós recebereis vosso dinheiro. Vosso turco deve arrancá-lo de mim de alguma forma, imagino. Então vós recebereis todos os meios e, se quiserdes, um cargo no gabinete da corte.

A imperatriz colocou a sombrinha de lado para poder olhar para o céu.

— *Il fait très beau* — disse então. — Iremos jogar no jardim. Vosso turco e eu. Não vamos deixar nenhum castelo nos aprisionar quando faz um tempo tão bonito, *n'est-ce pas*?

O autômato foi trazido do Salão de Ouro Branco para o Jardim da Câmara. A mesa foi colocada sob o sol do meio-dia, já que não havia lugar suficiente para os espectadores debaixo da sombra das árvores. As rodas da mesa vieram rangendo pelo cascalho. Seu tampo escuro aqueceu-se rapidamente, a ponto de não se poder tocá-lo. O aplique de peles do caftan do turco lhe conferia uma aparência estranha e deslocada.

Havia menos espectadores do que na estréia, mas todos eram mais proeminentes. Havia entre eles inúmeros homens de Estado, tais como Haugwitz, o conde Coblenz e os marechais-de-campo Laudon e Lichtenstein. Alguns tinham vindo por mera curiosidade e outros por imposição da imperatriz. Eles conversavam sobre política com o imperador Joseph e procuravam não dar a impressão de estarem muito impressionados com o turco do xadrez. O jovem imperador tinha uma papada igual à da mãe, mas, como era alto, não tinha aparência balofa. Ele só não podia deixar o queixo encostar no peito. Trajava, como de hábito, um *justaucorps* severo, com ar prussiano, na cor azul com apliques vermelhos, por baixo um colete amarelo, calças amarelas e uma faixa sobre o ombro, nas cores da Áustria. Assim como os demais homens, estava sem proteção sob o sol — o pálido Kaunitz, sem maquiagem, já estava com o nariz queimado —, ao passo que as mulheres pelo menos podiam se proteger com sombrinhas e se refrescar com seus leques. As pessoas procuravam ávidas pelas bandejas que traziam mosto de maçã e água para o jardim. Um negro vestido de camareiro servia cachos de uvas, observando o tabuleiro com interesse, mas olhando desconfiado para o turco. O filho mais novo da imperatriz, Maximilian Franz, também estava presente e ficou puxando o casaco do turco mecânico, até sua ama mandar que ele fosse para a sombra. A imperatriz aconselhou Kempelen a ir a Versalhes, pois, segundo ela, sua Maria Antonieta adorava bonecos de corda. Friedrich Knaus estava escondido entre os espectadores, preocupado em não chamar a atenção por ter sido a primeira vítima proeminente do turco e empenhado em observar a máquina de xadrez para conseguir finalmente descobrir como ela funcionava. Jakob percebeu a presença dele e avisou Kempelen. O húngaro foi ao encontro do mecânico da corte de Sua Majestade e cumprimentou-o com um amigável aperto de mão.

— Que bom, vós nos alegrais novamente com sua presença — disse Kempelen. — Ou estais aqui por incumbência da imperatriz?

— Oh não, estou aqui por minha livre e espontânea vontade — respondeu Knaus com um sorriso doce. — Por que deveria perder uma apresentação da vossa assim chamada máquina de xadrez? Esperemos que a sua previsível vitória sobre a imperatriz não a deixe muito irritada.

Tudo tinha sido posto nos seus lugares. A imperatriz protestou quando viu a mesa separada.

— Quero me sentar em frente ao turco. Tal como Knaus o fez.

— Mas Vossa Majestade, o autômato não é...

— Inofensivo? Pare com isso, *c'est ridicule*. Vós por acaso não sois também da opinião que o vosso bom turco tenha jogado a infeliz viúva Jesenák pela janela, não é mesmo?

A apresentação, como de hábito, começou com a exibição da mesa de xadrez vazia. Kempelen, depois de fechar todas as portas, ainda deu uma espiada com uma vela pela porta de Tibor para acender a vela dele sem que o público notasse. Depois fechou a porta novamente. Normalmente, teria colocado a vela sobre a mesa, mas aqui, debaixo do sol a pino, não faria sentido. Então ele soprou a vela.

A imperatriz sentou-se junto à mesa. Um criado ajeitou a cadeira, um segundo tomou posição atrás dela com uma sombrinha e um terceiro entregou-lhe seus óculos.

— Vamos ver se este maometano vai vencer a cristã.

Kempelen deu corda no mecanismo e soltou a trava. Em seguida postou-se ao lado da mesa na qual estava a caixa com as ferramentas. O turco moveu seu cavalo para a frente, com a segurança habitual. Maria Teresa colocou os óculos para observar a jogada e moveu seu cavalo. Alguns espectadores, principalmente os que ainda não tinham visto o autômato do xadrez em ação, aplaudiram, mas a imperatriz olhou para trás mandando que se acalmassem.

— Isso, na verdade, não foi nada demais. Principalmente se comparado a este calor extraordinário.

Realmente, Tibor não se lembrava de ter suado tanto em sua vida. Ele aspergira um pouco da água que trouxera para beber na camisa para conseguir se refrescar. Na verdade, só desperdiçou a água potável, pois logo ficou molhado de suor no corpo inteiro. As roupas grudavam-lhe na pele; até mesmo o feltro e a madeira debaixo dele já estavam úmidos. Ele não dispunha de espaço suficiente para secar o suor da testa com a manga da camisa, tinha de fazê-lo com a mão, que, por sua vez, ele enxugava na camisa. Toda vez que se inclinava sobre o tabuleiro de xadrez caía uma chuva salgada por cima das peças. Tibor teve a sensação de ter inchado com o calor, crescendo como uma massa de trigo ou como ferro; ele esbarrava em cantos nos quais nunca tinha esbarrado antes. Suas costas doíam devido à postura curvada. Com tantas rodas se movendo à sua volta, por que não fora possível instalar uma ventoinha para soprar um pouco de ar fresco para dentro do autômato? Bem, talvez a ventoinha apagasse a vela, que, afinal de contas, era o requisito mais importante de todos. A chama da vela não parecia estar mais quente do que o ar à sua volta. Mal se percebia o cheiro da vela, sobrepujado pelo odor do suor, que também se sobressaía ao forte cheiro da madeira exposta ao sol. Tibor teve a sensação de que besouros ou formigas tinham entrado na máquina e rastejavam pela sua nuca e pelos seus cabelos, mas eram apenas as gotas de suor. O suor escorria pela sua boca, sem saciar sua sede, queimava nos seus olhos e principalmente no seu ferimento, pois a bandagem foi a primeira a ficar encharcada. O buraco latejava do lado direito do peito, como se fosse um segundo coração. Todo o seu braço direito formigava, aparentemente dormente, e os dedos já não tinham sensibilidade nas pontas. Tibor não sabia se isso tudo era devido ao ferimento ou à postura torta que assumira para poupar a musculatura peitoral ferida. Mover o pantógrafo tornou-se uma tarefa extenuante. Tibor tinha de tomar muito cuidado para que o punho não escorregasse da mão suada no meio do caminho. Ele quis usar a mão esquerda para aliviar a direita, mas a jogada se deu aos solavancos e foi imprecisa, já que ele não tinha treinado aquilo. Tibor não queria se queixar do ferimento: o tiro pareceu-lhe um castigo apropriado, quase bem-vindo, pelo assassinato. Afinal de contas, a bala poderia ter — olho por olho — estourado sua cabeça. O cilindro que tinha sido atingido pela bala, antes de ela entrar no seu corpo, girava ao lado de Tibor. O pequeno arranhão se movia numa trajetória regular, de cima para baixo, desaparecendo e surgindo novamente. De repente ele parou. O mecanismo estava sem corda.

Tibor parou. Era hora de dar corda novamente. A partida contra a imperatriz iria trazer o mais alto reconhecimento de Kempelen em relação a Tibor: jogar contra a mulher mais poderosa da Europa, diante da sua corte, naquelas circunstâncias, com o peito ferido, e ganhar de forma tão impecável eram sem dúvida um desempenho único.

— Parece-nos que o turco também está sofrendo debaixo deste calor — disse Maria Teresa, enquanto Jakob dava corda no mecanismo. —

Seus movimentos parecem estranhamente lentos. Ele deveria estar acostumado a estas temperaturas em sua terra natal, *n'est-ce pas*?

— É possível que o metal tenha se dilatado com o calor que faz lá dentro.

— Será então que as máquinas também padecem das fraquezas humanas? — retrucou a imperatriz com um sorriso, voltando a atenção para o jogo.

Kempelen olhou para Joseph, que não parava de conversar com Von Haugwitz, e o assunto — achava Kempelen — não era o autômato. Joseph, aliás, não era o único que tinha desviado sua atenção; Kempelen resolveu não fazer mais apresentações ao ar livre. Maria Teresa descobriu então o buraco de tiro na porta à sua esquerda.

— O que houve aqui? — perguntou ela. — Será que foram ratos?

A imperatriz enfiou o dedo mindinho no buraco antes que Kempelen conseguisse achar uma resposta.

— Ou será que isto é um buraco de ventilação para o mecanismo?

Tibor viu, através das rodas, o abaulado no feltro; então a costura se rompeu, e o dedo pôde ser visto pelo lado de dentro — uma minhoca cor-de-rosa, perscrutando à sua volta. As mãos do Tibor avançaram em pânico para tapar a luz da vela; um cuidado infundado, já que o dedo não tinha olhos. Quando a mão chegou na frente da vela, Tibor sentiu uma dor percorrer o peito ferido. A mão se contraiu, empurrando o pavio da vela para dentro da cera derretida, fazendo com que ele se apagasse imediatamente. Fez-se a escuridão.

— Por favor, Vossa Majestade, cuidado! Não deixe seu dedo ficar preso nas engrenagens!

Diante da advertência de Kempelen, a imperatriz retirou o dedo da máquina. O feltro se fechou atrás dele. Um homem que estivesse no fundo de uma caverna e cuja única luz se apagasse não estaria mais desesperado do que Tibor naquele momento. O anão dominou o pânico. Kempelen e ele haviam combinado um plano para aquela eventualidade: se, por qualquer motivo, a vela se apagasse, tudo o que Tibor teria de fazer seria revirar os olhos do turco. Este sinal daria a entender que Kempelen teria de olhar novamente dentro do mecanismo, usando um pretexto para passar o fogo para Tibor novamente. Em meio à escuridão, Tibor pegou os cabos que moviam os olhos e os puxou. O turco virou os olhos de vidro, de tal forma que só ficou aparecendo a parte branca.

Um murmúrio percorreu a platéia.

— Vosso muçulmano não se sente bem? — perguntou a imperatriz.

Kempelen deu um passo à frente para observar o andróide. O sinal era evidente, mas Kempelen tinha apagado sua vela. Não havia nenhum fogo aceso à vista. Kempelen não tinha como ajudar Tibor.

— Ele só está meditando — explicou Kempelen. — Ele já vai continuar a jogar. Prossiga, Vossa Alteza Imperial.

A imperatriz fez o seu lance. Tibor ouviu acima de si ambos os magnetos: o que foi atraído e o que caiu. Mas não pôde vê-los. Levantou a mão direita até o fundo do tabuleiro e seu peito doeu enquanto ela tateava pelos magnetos; mas ele perdeu a referência no meio de todos aqueles pregos e plaquinhas metálicas. Esbarrou em uma engrenagem que beliscou seu antebraço e abaixou os braços de novo. Bom, então Kempelen não iria ajudá-lo. *Ele já vai continuar a jogar*: aquela era uma ordem para Tibor terminar a partida a qualquer preço. Ele fechou os olhos — um gesto puramente formal, já que a escuridão era total — e puxou pela memória a situação do jogo. O bispo da imperatriz tinha sido ameaçado por um dos seus peões: logo, ela teria de ter recuado o bispo para uma das duas casas onde estaria em segurança. Mas para qual das duas? Tibor se decidiu pela casa de trás. Era a que ele teria escolhido. Ele tateou pelas figuras no seu tabuleiro — cuidadosamente, para que não acontecesse nenhum acidente parecido com o da vela —, pegou o bispo vermelho e colocou-o na casa correspondente. Ele não sabia jogar às cegas, mas na verdade não teria de jogar às cegas: iria identificar as peças e a situação do jogo pelo tato. Em seguida fez sua jogada. Avançou de forma agressiva com a dama, já que, se havia alguma coisa que ele desejava, era acabar logo com aquele jogo. Sua vantagem era grande o suficiente; a imperatriz não podia mais ameaçá-lo. Ele movimentou o pantógrafo sem cometer erros. As batidas do seu coração foram se acalmando. Tinha ficado mais fresco dentro da máquina depois que a vela se apagara? De qualquer maneira, os ruídos lhe pareciam mais altos, agora que a sua visão se fora: as engrenagens, o murmúrio dos espectadores, o saibro que rangia debaixo de cada passo, sim, até mesmo o leve suspiro da imperatriz, que não estava nem a três pés de distância dele.

A partida prosseguiu. Depois do lance seguinte da imperatriz e de todos os demais, ele tateava nas plaquinhas de metal; agora com toda a calma, e ia deduzindo a situação do jogo. Tomou um cavalo desprotegido da imperatriz. Ela estaria em xeque-mate no máximo em quatro jogadas.

Tibor moveu seu peão para a frente. Mas, quando o turco repetiu o lance, bateu em uma peça. Tibor ouviu claramente. O bispo da imperatriz. Então ela não o tinha movido para trás. Tibor retirou seu peão.

— O que é isso? — perguntou Joseph. — O autômato está jogando errado?

Tibor teria de desfazer a jogada e Kempelen recolocaria o bispo vermelho no lugar. Tibor segurou o pantógrafo, derrubando algumas das suas peças. Uma delas rolou e caiu no piso de madeira, fazendo um barulho que, na opinião de Tibor, não pôde deixar de ser ouvido. O pantógrafo não conseguiu segurar o peão. Tibor tentou novamente. Na segunda tentativa ele conseguiu, mas não tinha a menor idéia do que deveria fazer em seguida. Ele moveu um peão da borda, uma casa para a frente — uma jogada sem sentido, mas que pelo menos era válida. Apesar de perceber o rebuliço dos espectadores, procurou não se deixar perturbar com aquilo. Ele tinha que reconstruir o jogo o mais rapidamente possível. O caos no seu tabuleiro era total. Tibor sentiu que várias peças estavam caídas, algumas estavam uma casa à frente, outras tinham desaparecido totalmente; mesmo com a ajuda das plaquinhas metálicas seria totalmente impossível reconstituir a situação do jogo. Maria Teresa jogou e uma plaquinha ressoou acima dele, no escuro; mas agora não fazia mais a menor diferença. Tibor estava perdido. A única coisa que contava agora era não permitir que aquela derrota se transformasse numa catástrofe, já que o mecanismo ainda estava funcionando e o turco parecia estar pensando ativamente. Tibor teria de parar as engrenagens. Ele pegou uma peça e a colocou entre duas engrenagens. Ouviu-se um breve rangido, e o mecanismo parou.

Nem Kempelen, nem Jakob compreenderam que o mecanismo tinha sido parado por Tibor, e não por falta de corda. Jakob deu corda novamente. Mas a figura permaneceu parada, e as rodas não se moviam.

— O que houve agora? — perguntou a imperatriz, num tom mais severo.

— *Un moment* — disse Kempelen —, vou verificar o que houve.

Kempelen abriu a porta traseira, e Tibor piscou diante da súbita claridade. Da mesma forma como o vapor sai de uma panela, quando se levanta a tampa, o calor saiu de dentro do autômato, deixando uma lufada de ar fresco entrar. Os dois homens se entreolharam. Tibor admirou Kempelen, por ele se manter seguro e parecer senhor de si apesar de estar numa situação daquelas. Tibor só balançou a cabeça. Kempelen fechou a porta imediatamente.

— Meus parabéns, Vossa Majestade. — disse Kempelen. — A vitória é vossa, pois temo que o meu turco tenha de desistir do jogo. Houve um dano, em virtude do calor, cujo conserto lamentavelmente irá requerer um tempo muito longo.

— Nós ganhamos? — perguntou Maria Teresa.

— Sim. Vossa Majestade se tornou assim o primeiro adversário a vencer o meu autômato do xadrez. E eu não poderia ter desejado nenhum melhor. Aplausos.

Mas muito poucos espectadores seguiram o chamado de Kempelen. Formou-se uma confusão.

A imperatriz manifestou a crítica de todos:

— Uma vitória muito fácil sobre a invenção mais extraordinária do século. Eu preferiria ter perdido a ganhar dessa forma.

— Oh, mas eu insisto numa revanche, naturalmente — respondeu Kempelen, com a voz agora um pouco trêmula.

— Contra uma máquina quebrada?

— Terei consertado o dano até amanhã; é coisa pequena. Então poderemos jogar novamente, aqui mesmo, ou retomar a partida do ponto em que está agora.

— Nós viajaremos para Salzburg amanhã.

— Então aguardarei o vosso retorno, e nós...

— Não, vós não ireis aguardar.

— Mas para mim...

— Talvez voltemos algum dia a Pressburg. — A imperatriz levantou-se da poltrona, e desta vez não fingiu mais ser uma anciã. — Nós gostamos de lá. Até lá, *adieu*, barão de Kempelen.

Kempelen ainda quis dizer alguma coisa, mas pensou melhor e fez uma reverência, sorrindo. Olhando para o cascalho no chão a seus pés, ele percebeu que agora soprava um vento que refrescava o seu rosto suado. Quando olhou para cima novamente, a imperatriz já tinha se afastado. Os espectadores abriram caminho para ela. A maioria deles ficou olhando para Kempelen, enquanto ele via a imperatriz se afastar; o mesmo que fazia a sua criatura, o turco, a seu lado. Kempelen voltou-se para Jakob e disse uma bobagem qualquer, só para desviar dos olhares. Manteve o sorriso, como se a apresentação fracassada há pouco fosse realmente uma coisa sem importância que não o preocupava. A mímica de Jakob não foi tão controlada, e Kempelen teve de sibilar um "*contenance*" para ele.

Nuvens se colocaram entre o céu e a terra. Quando Kempelen se virou novamente, o público já tinha se dispersado. A maioria seguiu a imperatriz para dentro do palácio. Joseph e Von Haugwitz continuaram conversando, como se o autômato do xadrez tivesse sido somente uma interrupção desinteressante e maçante. Os lacaios começaram a levar as cadeiras e os refrescos. Ninguém quis falar com Kempelen — ninguém exceto Friedrich Knaus, que não tinha saído do lugar e agora estava diante dele, com as mãos cruzadas nas costas e a cabeça levemente inclinada: uma perfeita expressão de respeito. Ele se aproximou da mesa de xadrez com passos comedidos, quase passeando, e olhou sorrindo para o turco.

— Sim, sim, o calor — disse ele, batendo significativamente com os dedos no tampo da mesa, como se soubesse o que havia ali dentro. — Eu já pude observar que relógios se movimentam mais devagar sob um calor extremo. Mas parar, não; eles nunca param.

— Posso vos ajudar? — perguntou Kempelen.

— Ajudar? A mim? Oh, não, barão. Eu não preciso de ajuda. Mas talvez vós precisais? Disponho de uma excelente oficina na cidade, caso desejardes consertar vosso... aparelho. Sereis muito bem-vindo. Estarei ao vosso lado, com minhas ferramentas e os meus conhecimentos, caso assim o desejardes. Como serviço amigável, de uma certa forma, entre irmãos do mesmo ofício.

— Obrigado. Isso não será necessário.

Knaus acenou com a cabeça para Jakob também. Ele já estava saindo quando se virou novamente, colocou um dedo sobre a boca e sorriu. Depois compartilhou sua diversão com Kempelen:

— Sabeis o que Sua Majestade Imperial acaba de dizer sobre os nossos autômatos? Que são relíquias de um tempo passado, brinquedos empoeirados dos tempos de antes da guerra e que se deveria gastar dinheiro e energia com invenções mais sensatas. Que coisa: ainda ontem *avant garde*, hoje já *antiquité*. Se ele não fosse o imperador, eu o teria contestado ardentemente.

Então saiu flanando pelo jardim, arrastando os pés pelo cascalho, e ainda parou para se abaixar diante de um arbusto com rosas brancas, para cheirar as flores. Kempelen, Jakob e a máquina ficaram para trás. Nem mesmo Jakob se atrevia a dizer alguma coisa.

O céu sobre a cidade ficou cinza rapidamente, mas a chuva demorou a chegar. Eles conseguiram chegar em casa a tempo antes do temporal. Quando Tibor finalmente saiu de dentro do autômato — faminto, sedento, fedendo horrivelmente a suor seco —, viu Kempelen de pé na janela, com as costas viradas para ele. Tibor só pegou o copo de água que Jakob lhe trouxe, depois de esclarecer a Kempelen o encadeamento de circunstâncias infelizes que o tinha levado a falhar.

Kempelen não fez perguntas, não acenou, e só o encarou depois que ele tinha terminado de falar. E foi bem curto:

— Você também não jogava especialmente bem antes.

Tibor se afastou para ir se lavar. Seu sentimento de culpa se transformou em mau humor enquanto se lavava. Afinal, fizera o possível para que aquela partida chegasse a um bom final. Tinha sido Kempelen quem permitiu que a imperatriz se sentasse junto da máquina de xadrez, assim como também foi Kempelen quem não pôde acender sua vela novamente, conforme tinham combinado. E, quando Tibor retirou a bandagem, que estava colada na sua pele como se tivesse crescido ali, e viu o ferimento, cercado por uma mancha vermelha, lembrou-se que tinha sido Kempelen quem não evitara que Andrássy atirasse, nao o protegendo conforme prometera.

Jakob despediu-se com o casaco sobre o braço, imediatamente após ter trocado a bandagem de Tibor. Kempelen solicitou que ele ficasse, mas Jakob falou que não havia mais nada para fazer ali e que ele iria ver a cidade. Afinal, ele tinha direito a algum tempo livre. Quando Kempelen reforçou a proibição, Jakob respondeu: "Deixo-me convencer com prazer, mas não admito ser mandado." Estava claro que a atmosfera no apartamanto de Kempelen lhe era insuportável e que ele preferiria até mesmo sair debaixo do granizo que começara a cair na rua Alser. Tibor o teria acompanhado com prazer.

Kempelen ainda estava na janela quando Tibor disse que iria se deitar um pouco. E acrescentou:

— Esta foi a última apresentação?

— Não quero falar sobre isso hoje.

Tibor concordou.

— Não deveríeis ter apagado a vossa vela.

Kempelen andou pelo quarto com o dedo em riste.

— Estou avisando — ameaçou. — Nem tente transferir para mim a culpa pelo que você aprontou hoje no jardim. Lembre-se muito mais de que este não é o primeiro erro que você comete pelo qual eu tenho que arcar com as conseqüências.

Tibor devia se calar, mas não conseguiu.

— Não se pode comparar as duas coisas! Hoje eu não tive culpa!

— Nenhuma palavra mais — disse Kempelen, olhando novamente pela janela. — Não quero ouvir mais nenhuma palavra.

Tibor se calou e foi se deitar no quarto ao lado. Ele fechou os olhos. Para seu espanto, a primeira coisa que ele viu no escuro não foi o malogro daquele dia, nem Kempelen amargurado, ou a cratera inflamada no seu peito, nem mesmo a figura da baronesa morta, que o perseguira durante tanto tempo. Foi o rosto de Elise. Aquela hora com a empregada poderia ter durado uma eternidade: como eles haviam se sentado, um em frente ao outro, na companhia de Paxá — como se fossem velhos amigos, com os joelhos a menos de um palmo de distância, quase sentindo o calor do seu corpo — e falado abertamente, sobre ele ser um trapaceiro e ela uma delatora. Como o sol batera dentro da oficina, iluminando os grãos de poeira que flutuavam, transformando os seus belos cabelos louros numa auréola — a medalhinha sagrada em suas mãos e seu cheiro nas narinas. A imagem de Elise permaneceu com ele até adormecer. Um sentimento desconhecido se apossou de Tibor, um sentimento que ele havia aguardado toda a sua vida.

J. Jakob observou como a pena desenhava a letra sobre o papel. Então o quadro que segurava o papel se deslocou um pouco para o lado, e a pena escreveu a próxima letra: *a*. O papel se moveu novamente, e seguiu-se o *k* e o *o*. Depois disso, a pequena mulher de latão mergulhou a ponta da sua pena de escrever num pote para continuar a escrever. *b*. Então o papel voltou ao início, uma linha para cima, para que seu sobrenome fosse escrito abaixo do seu nome: Wachsberger. O papel se movia depois de cada letra, e a tinta era renovada a cada quatro. A pequena estatueta, que escrevia aquilo tudo — uma deusa, com os cabelos presos em um coque e uma túnica larga, na mão direita a pena, a esquerda abaixada — sentada sobre um grande globo terrestre, carregado pelas asas de duas águias de bronze, que por sua vez estavam sobre um pedestal de mármore marrom e preto, ricamente ornamentado. A moldura na qual o papel estava preso estava unida à máquina que tinha a altura de um homem e era envolvida por uma trança de flores de latão. Em comparação com a *maravilhosa máquina que tudo escreve*, de Knaus, a decoração do autômato do xadrez de Kempelen parecia espartana, quase pobre.

Jakob
Wachsberger
Écrit à Vienne
Le 14e Août MDCCLXX

Tinha a aparência tão perene quanto a inscrição de uma lápide. Friedrich Knaus soltou o papel da moldura, soprou cuidadosamente a tinta para secá-la e entregou-a a Jakob, piscando os olhos.

— Mas, por favor, não mostre isso ao vosso empregador, senão ele também vai querer um.

Knaus abriu o trinco do globo terrestre. Cinco segmentos se abriram, como as pétalas de uma flor, mostrando o mecanismo. Dentro também se podia ver a superioridade daquela máquina: as peças eram mais precisas, menores, os mecanismos mais engenhosos do que os do turco. Jakob colocou os óculos para poder inspecioná-la melhor. Knaus chamou a atenção para o cilindro, sobre o qual se podiam colocar as letras que estavam lá agora, o nome de Jakob, local e data, para serem escritas.

— Ainda sinto muito orgulho dela — disse Knaus, colocando a mão sobre o mármore —, mesmo que não seja a mais nova. E a utilidade é relativamente pequena, já que qualquer criança consegue escrever mais rápido. E a sua capacidade é reduzida: ela só escreve o que lhe é ditado. E só podem ser sessenta e oito letras. Ela não corrige erros, não escreve versos, não pensa...

Knaus olhou para Jakob, que parecia não estar ouvindo, tal o interesse com que olhava para o cilindro.

— Mas o que faz, ela o faz por si só. É completamente honesta. Não pretende ser o que não é.

Jakob levantou o olhar.

— Isso vai se transformar num interrogatório? Neste caso, digo adeus agora mesmo.

Knaus levantou as mãos, apaziguante.

— Não. Não dou a mínima para o autômato do xadrez.

— Desde quando?

— Desde hoje ao meio-dia.

Knaus sentou-se à escrivaninha.

— Eu lhe ofereceria chá ou alguns biscoitos, mas a vossa visita foi um tanto inesperada. O senhor teve sorte de me encontrar no meu gabinete.

Jakob dobrou o papel com o nome escrito à maquina e sentou-se na cadeira que lhe foi indicada.

— De qualquer maneira, agradeço ao senhor por ter finalmente aceitado o meu convite de longa data. O senhor viu a minha máquina, eu lhe mostrei a minha oficina: o que mais posso fazer?

— Vós me fizestes uma oferta no início deste ano para trabalhar consvosco. Está de pé a oferta?

— Decerto que sim. Se o senhor não tiver desaprendido nada neste meio tempo.

— E qual seria o salário?

— Digamos que vinte *gulden.*

— Por mês?

— O que o senhor pensou? Que fosse semanal?

— Isso é muito pouco.

— É mesmo? — perguntou Knaus sorrindo, juntando as mãos e se recostando.

— Isso é certamente muito pouco.

— Sua embarcação foi abalroada hoje, meu caro, e o senhor faria bem em não pôr à prova a mão prestativa que lhe está sendo oferecida. Caso contrário, afundará junto com os homens e os ratos, e principalmente junto com o seu brioso capitão.

— O que houve hoje não foi uma derrota. Foi uma falha no sistema.

— Não foi uma, não, foi *a* derrota. Já vi homens caírem no desinteresse da imperatriz por motivos bem menores.

Jakob tirou os óculos e dobrou as hastes.

— Vós acreditais que ele falhará porque assim o desejais.

— Uma coisa não exclui a outra. O senhor notou a expressão dele hoje? Certamente que sim, o senhor estava ao lado dele. Uma expressão de desespero, até então muito rara, e que no futuro voltará muitas vezes. Me deu a impressão de estar um pouco extenuado. Ele estava com a aparência de cinco remadores surrados. Até mesmo a mulher ele mandou embora, porque ela exigia muito dele.

— Como sabeis?

— Ele nunca aprendeu a lidar com derrotas. O moderno Prometeu se transformou em um Ícaro moderno. Acredite em mim: Wolfgang von Kempelen está caindo, e eu não sei por que o senhor deveria acompanhá-lo nesse caminho.

— Por lealdade.

Knaus riu.

— Sim, correto. Este é um bom motivo.

— Exijo trinta *gulden*. Isso é o mínimo. Senão, fico em Pressburg.

— Podemos chegar a um acordo com vinte e quatro, não, vinte e dois; mais o senhor não vai conseguir de mim. Reflita: outros colegas pagariam para poder trabalhar para mim no Gabinete de Física da Corte.

— E outros mestres pagariam uma fortuna por aquilo que eu sei.

Knaus ficou calado por um momento e tamborilou com os dedos sobre o tampo da mesa.

— Bom. Se o senhor me disser como funciona essa leviandade de máquina de xadrez — essa oferta ainda está de pé —, eu realmente estaria disposto a sacar mais fundo na minha bolsa.

Jakob olhou para o chão e depois para a deusa sobre o globo terrestre.

— Infelizmente eu só faço os relógios, não o tempo, e este é muito curto — disse Knaus, já que não obtivera resposta. Ele se levantou novamente, empurrando sua cadeira com força para trás. — Pense na minha oferta, mas leve em consideração que o seu preço no momento está mais propenso a cair do que a subir.

Knaus abriu a porta do escritório para deixar Jakob sair.

— Adeus — despediu-se Knaus. — Embora eu tenha a certeza de que nos reveremos em breve.

— É assim que o senhor lida com os seus colaboradores? — perguntou Jakob.

— Nunca quis ser amado pelos meus colaboradores, somente pelos ricos e poderosos, caso isso responda à sua pergunta.

Dito isso, Knaus fechou a porta. Um sorriso irônico se espalhou pelo seu rosto, quando ficou sozinho. Ele se aproximou da *Maravilhosa máquina que tudo escreve*, com passos ondulantes e beijou os pezinhos descalços da escritora, cheio de arrogância. Sentiu o gosto de latão nos lábios durante muito tempo.

Neuenburg: noite

Johann trouxe a informação de que o anão estava hospedado na pousada *De l'Aubier*, mas não sabia se estava acompanhado ou não. O rico fabricante de tecidos Carmaux aparentemente insistira em assumir as despesas de pernoite do adversário do turco. Gottfried Neumann estava naquele momento sendo homenageado por inúmeros cidadãos na taberna da hospedaria.

Johann descobrira que Neumann viera à Suíça treze anos atrás, aparentemente vindo de Passau. Ele dirigia uma pequena oficina em La Chaux-de-Fonds, com dois assistentes, especializados em *tableaux animées* — painéis com mecanismos embutidos que dão vida ao quadro assim que se lhes dá corda: ferreiros martelando, camponeses arando os campos, mulheres buscando água, cavalos galopando, barcos navegando e nuvens percorrendo os céus. Neumann seria amigo de Pierre e Henri-Louis Jaquet-Droz e os teria ajudado na construção do seu famoso trio-autômato — um andróide que escrevia, um que desenhava e outro que tocava música — com conselhos úteis e boas idéias.

Kempelen esperou passar mais uma hora, avisou à esposa que teria de se ausentar novamente e saiu com Johann. A noite não estava muito convidativa. Um vento cortante vindo do lago de Neuenburg soprava flocos de neve pelas vielas que iam se acumulando nas esquinas e junto às paredes para passar a noite por ali ou então para serem carregados novamente pelo vento depois de alguns instantes. O calçamento estava coberto de gelo. Ambos, gelo e neve, derreteriam no dia seguinte, debaixo do sol da primavera, mas naquele momento a impressão era de que o inverno iria voltar. Kempelen andava atrás do esquálido Johann para se proteger do vento.

Assim que Kempelen e Johann limparam a neve dos seus sobretudos ao entrar na taberna aquecida, foram avisados pelo taberneiro de que ele já fechara o estabelecimento. Kempelen colocou algumas moedas na sua mão, fazendo com que ele se calasse. Depois pediu dois ponches e solicitou que a porta de entrada fosse trancada para que ninguém mais pudesse entrar.

O salão estava vazio, com exceção do estalajadeiro e de uma figura perdida em uma das mesas, que levantou os olhos: Neumann. Diante dele estavam um pedaço de papel com algumas coisas escritas, um lápis de carvão e um copo. Kempelen dirigiu-se até ele, puxando Johann pela manga. Neumann não saiu do lugar.

— Você está vivo — disse Kempelen.

— Você também.

— Sim — respondeu Kempelen, abrindo um sorriso.

Os dois ficaram calados por um bom tempo.

Johann fez um movimento involuntário, que denunciou o seu desconforto diante do silêncio que se instalara depois daquela saudação triste. Então Kempelen falou novamente:

— Vou apresentá-los: este é Johann, Johann Allgaier, e este é Tibor...

— Gottfried. Gottfried Neumann.

— *Gottfried.* Veja só, você pensou em tudo.

Tibor e Johann deram-se as mãos.

— Ele é o cérebro?

Johann estremeceu, mas Kempelen colocou a mão sobre o seu braço.

— Está tudo bem, Johann. Ele sabe de tudo.

— O senhor joga de forma extraordinária. — disse Tibor.

— Obrigado, senhor. Mas tenho de retribuir o elogio.

O olhar de Johann recaiu sobre o papel que estava sobre a mesa. Tibor tinha feito um desenho da partida interrompida.

— Ninguém aqui tinha um tabuleiro — explicou Tibor. — Então tive de fazer um desenho.

Johann apontou com o dedo para o meio do campo.

— Ainda vai haver um duro vaivém por aqui, entre a minha torre e o seu bispo.

— Sim, também acho.

— O senhor acha que ganhará?

— Vou tentar.

O taberneiro trouxe o vinho quente. Kempelen perguntou se Tibor ainda desejava alguma coisa, mas ele sacudiu a cabeça. Então Kempelen pediu ao taberneiro e a Johann que os deixassem a sós. O taberneiro saiu do salão, depois de repor alguns pedaços de lenha. Johann sentou-se com seu ponche perto do fogo e levantou as pernas. Ele adormeceu depois de beber o ponche ou pelo menos fez de conta que dormia.

Kempelen sentou-se na frente de Tibor, que o encarava, tenso.

— Você está com boa aparência — disse Kempelen depois de tomar um gole. — Está com alguns cabelos brancos.

Ele passou a mão pelos seus próprios cabelos, sorrindo. Sua testa estava maior, e os cabelos mais rarefeitos.

Tibor olhou para Johann.

— Ele é grande. Como é que cabe na mesa?

— Fiz algumas modificações. A parte de trás está completamente livre, e ele se senta numa tábua com rodízios para poder se movimentar mais facilmente.

Tibor acenou com a cabeça. Kempelen olhou novamente para o desenho.

— Você disse que quer ganhar?

— Sim.

— Isso não seria bom para mim.

Tibor não achou necessário dar uma resposta.

— Johann é mais forte do que você — disse Kempelen.

— Então não há por que se preocupar.

Kempelen suspirou.

— Quero que você perca. Isso é realmente importante para o turco. Ainda pretendo viajar por toda a Europa: Paris, Londres, talvez Berlim, a feira em Leipzig. Não quero começar esta viagem com uma derrota.

Kempelen tirou o sobretudo.

— Devolvo os cinqüenta *táleres* que você quer pagar.

Tibor ficou calado.

— Você quer mais. Eu deveria imaginar. Quanto quer? Cem? Cento e cinqüenta? Por mim, pode ficar com os duzentos, não quero aquele dinheiro.

— Nem eu.

— Não creio que esteja nadando em dinheiro, a ponto de não ligar para uma soma destas.

Kempelen se aproximou e abaixou o tom da voz.

— Tibor, troquei correspondência com Philidor. Com Philidor, o grande Philidor; de uma certa maneira, o seu mestre. Até mesmo ele se disse disposto a jogar contra o turco, e perder. Não há nada de desonroso nisso.

— Não vou perder, a não ser que o vosso Johann me derrote. E se viestes somente para me comprar, podeis ir embora depois de terminar de beber.

— Quer me pagar na mesma moeda, não é mesmo? Quer me humilhar, e esse prazer vale os seus cinqüenta *táleres*.

— Se eu quisesse pagar na mesma moeda, teria aberto as portas da máquina na frente de todos e gritado: Olhem aqui, este é o segredo desta maravilha mecânica!

Um pedaço de lenha estalou no fogo.

— Por que o turco foi reconstruído? — perguntou Tibor.

— Por que está perguntando isso?

— Porque esperava que não o fizésseis. Porque eu esperava nunca mais ter de rever o turco.

— Para você, tanto faz.

Kempelen esfregou os olhos.

— Existem vários motivos. Não estou conseguindo avançar com minha máquina de falar. E o dinheiro ficou curto. Teréz agora ganhou um irmãozinho, eles estão vindo comigo; e eu tenho de zelar pelas crianças. O imperador Joseph não é tão generoso quanto sua saudosa mãe, você deve saber. Ele não gosta de mim. O grão-duque Paulo, da Rússia, veio visitar Viena no ano passado e quis muito jogar contra o turco. Então Joseph me pediu que colocasse o autômato novamente em condições de jogar, para o ilustre visitante. Tive de investir muito tempo e trabalho para recuperar o estado original da máquina, como você pode imaginar. O corpo é totalmente novo. E a cor dos olhos mudou. Aproveitei a oportunidade para modificá-la, ampliando-a, para que pessoas normais... grandes, como Johann, também pudessem jogar dentro dela. E de repente todos se voltaram a se lembrar da máquina, todos começaram a escrever sobre ela; Windisch lançou o seu livro, e, como a pátria já conhecia o turco, eu segui em frente para mostrá-lo à Europa. Pressburg não é mais a mesma desde que a imperatriz morreu, e Ofen voltou a ser a capital da Hungria.

— Acha realmente que esta viagem será um sucesso?

— O que é isso? Está querendo me intimidar?

— Quem é que ainda quer ver máquinas que se apresentam como homens? Já existem suficientes homens, atualmente, que vivem e trabalham como máquinas. Os escravos da verdadeira máquina. Dos novos teares, por exemplo.

— Quão profundo — disse Kempelen, tomando um bom gole de ponche. — A apresentação do turco, na Baviera, foi um tremendo sucesso. Acho que você está sozinho nesse seu ódio ao desenvolvimento, Gottfried.

Tibor levantou-se, amassou o papel com o desenho da partida interrompida e foi até a lareira.

— O barão Andrássy não continua vos perseguindo? — perguntou ele, sem se virar.

— Andrássy morreu há quatro anos. Tombou na guerra pela Baviera. Morreu, aparentemente, da forma como queria.

— A maldição do turco.

— Exatamente. Que bom gosto.

Tibor jogou seu desenho no fogo, de pé ao lado de Johann, que dormia, e ficou olhando a chama consumir o tabuleiro desenhado. Naquela noite ele não iria mesmo conseguir mais pensar naquilo.

Ao Caranguejo Vermelho

Tibor abriu os olhos. Elise estava diante dele. Usava um vestido vermelho com uma capa azul-escura por cima e carregava, no braço esquerdo, uma criança envolta em cueiros. Ela sorriu e se aproximou mais um passo na direção de Tibor. Passou então a mão direita sobre o seu torso nu e acabou achando o buraco feito pela bala. Um furo de ventilação para o mecanismo? Tibor ficou excitado. Ela moveu a mão pelo seu peito, tocando-o com a ponta dos dedos. A mão desapareceu na sua carne até o pulso, como se fosse manteiga. Depois ela retirou a mão. Estava segurando o seu coração, vermelho e brilhante como uma maçã. Mas, quando ela o girou entre os dedos, Tibor se deu conta de que não era um coração, mas sim um relógio. Ele olhou para baixo para ver o buraco. Havia faixas, fios e tubos rasgados sob a pele, acondicionados em palha e argila. Escorria óleo dos tubos. Quando ele voltou a olhar para cima, Elise partira. Seu membro estava duro como madeira. Na verdade, todos os seus membros eram feitos de madeira. Quando moveu o braço, viu-o entalhado em madeira clara. Uma dobradiça grande no cotovelo mantinha o antebraço preso ao braço. Várias outra dobradiças moviam-lhe os dedos. Tibor olhou para um espelho com olhos de vidro. Na sua testa estava escrito *emet* com letras hebraicas negras. Estranhamente, não estavam invertidas no reflexo do espelho. Estranhamente, ele conseguia lê-las. Ele desviou o olhar. Tinha de ir até uma igreja. Lá iriam ajudá-lo. A igreja era alta, construída com pedras escuras.

Incenso se espalhava pelos bancos da igreja como se fosse névoa. Tibor foi até o altar onde o padre fumava cachimbo. O vapor do tabaco era o incenso. O sacerdote usava um turbante. Era Andrássy, vestido com o caftan do turco. Ele acenava para Tibor com a mão esquerda e sorria: "Derrote-me." Havia um tabuleiro de xadrez aberto sobre o altar. Tibor iniciou o jogo. Ele ganharia, é claro. Andrássy jogava com peças pretas em vez de vermelhas. O tabuleiro também tinha casas brancas e pretas. Tibor piscou. O tabuleiro aumentou de tamanho. Ele agora tinha nove casas por nove casas. Agora eram cem casas. Agora eram duzentas e cinqüenta e seis. Agora todo o altar estava coberto pelas casas brancas e pretas. Tibor continuava jogando com dezesseis peças. Andrássy, no entanto, recebera novas peças. Peças que Tibor até então só vira em livros: um corvo, um barco, um carro, um camelo, um elefante, um crocodilo, uma girafa. Elas se moviam de uma forma que Tibor não conhecia. Andavam em curva. Pulavam grandes distâncias. O pássaro foi retirado num ponto e tomou sem aviso o cavalo de Tibor num ponto muito distante. Andrássy sorria. Como ele se parecia com a irmã! Verniz se soltou da sua bochecha. A pele caiu no chão, em flocos. Os ossos apareceram por baixo. A carne se soltou do corpo como se fosse a argamassa seca de uma parede. No final, ele não passava de um esqueleto, e sua cabeça era um crânio oco. Mas o sorriso permanecia. As mãos do esqueleto jogavam simultaneamente. Enquanto Tibor fazia uma jogada, seu oponente fazia duas. As peças brancas caíam aos montes. No final, o único adversário do bestiário de peças pretas era o rei branco. "*Met*", disse o esqueleto. Tibor tirou o rei do tabuleiro para que ele não pudesse ser tomado. Colocou a peça na boca. A peça era mole e sangrou quando ele a mordeu. Ele sentiu o gosto quente de ferro. Acabou engolindo ambos: o sangue e a peça. O esqueleto tentou agarrá-lo. Tibor tentou se esquivar e sair correndo. Mas seus membros e sua cabeça estavam presos por linhas. Essas linhas estavam sendo manipuladas pelo seu adversário, que puxou Tibor para si. Ele arrastou o Tibor de madeira por cima do tabuleiro. Tentou retirar a letra da testa de Tibor com seus dedos ossudos. Tibor gritou. A mão livre do turco se fechou sobre a sua boca. Seu grito foi sufocado. Tibor ficou sem ar.

Tibor levantou-se. Elise estava tapando a sua boca com uma das mãos. Ele respirava, arquejante, pelo nariz; seus olhos estavam arregalados. Se fosse qualquer outra mão, ele a teria arrancado dali, mas permaneceu imóvel. Ela estava sentada em sua cama. Na outra mão, segurava uma vela. Por que estava sentada em sua cama? Como tinha chegado a Viena? Onde estavam Kempelen e Jakob?

Ele ainda precisou que seu coração batesse algumas vezes, para sair totalmente do sonho e voltar à realidade. Claro que não estava mais em Viena. Eles já tinham voltado para Pressburg havia dois dias. Ele estava no seu quarto, na rua do Danúbio. De qualquer forma, aquilo não explicava o que ela fazia ali — no seu quarto, no meio da noite. Ele não a vira mais desde que voltaram. Teve a impressão de tê-la trazido do seu sonho, apesar de ela estar com as roupas normais, não com o vestido vermelho e azul. Sonho e realidade só se encontravam no fato de ele estar banhado de suor, com o torso nu à exceção da bandagem, e de estar sentindo o gosto de sangue na língua.

— E então? — perguntou ela.

Tibor acenou com a cabeça. Então ela tirou a mão da boca. Do lado de dentro da mão havia cuspe e sangue. Ela limpou a mão no lençol. Tibor mordera a língua durante o sono. Ele lambeu o sangue dos lábios e puxou o lençol mais para cima para cobrir o seu corpo.

— Sinto muito, mas você ia gritar. O senhor Von Kempelen não pode nos ouvir — sussurrou ela rapidamente.

Então ela colocou a vela sobre a mesa-de-cabeceira e tirou o xale dos ombros. Tibor olhou para o mostrador do relógio que ficava sobre a sua pequena escrivaninha. Passava um pouco das quatro e ainda fazia calor, como se fosse meio-dia.

— O que... por que você está aqui? — perguntou Tibor. — O que houve?

— Achei uma bandagem ensangüentada no lixo e pensei que devia ser sua. Fiquei preocupada.

Ela apontou para a bandagem. Tibor olhou para baixo.

— Um tiro — explicou ele. — Andrássy.

— É grave?

— Não sei. O ferimento não é grande. Mas não está sarando.

— Você está com febre.

— Sim.

— Posso ver o ferimento?

Eles retiraram a bandagem juntos. Os dedos dela tocaram os seus dedos, seu braço, suas costas e seu peito. O pano foi posto de lado, e Elise se aproximou do seu peito, com a vela na mão, ficando a dois palmos de distância. O tiro que Tibor levara na coxa, durante a batalha por Torgau, na época cicatrizara praticamente sem doer, e bem rápido. A obra de Andrássy, no entanto, não queria sarar: a mancha em volta do ferimento aumentara. Estava inflamada. A borda do ferimento estava firme, sem que o corte na pele tivesse se fechado. O primeiro pus brilhava sob a luz bruxuleante da vela. Tibor já sabia que estava mal, mas a visão de Elise, com a testa franzida, lhe causou um grande desconforto. Ela suspirou.

— Você precisa de um médico.

Ele preferiria que ela tivesse dito outra coisa.

— Não será possível.

— Isso é uma determinação de Kempelen?

— Ele tem razão. Um médico iria me delatar.

— Já está começando a ficar com pus. Se ninguém cuidar do ferimento, você poderá morrer da infecção.

— Se esta for a alternativa, em vez de ser desmascarado, que seja. Estou nas mãos de Deus.

Elise sacudiu a cabeça.

— Kempelen cuidou deste ferimento?

— Ele não entende disto.

— Ora, veja só. Existe uma disciplina da qual ele não entende?

Tibor se surpreendeu com o seu tom enérgico. Elise percebeu e baixou os olhos.

— Posso trazer um médico, se você quiser.

— Não. Realmente, não.

— Bom.

Ela pegou sua bolsa, que estava no chão, e tirou uma garrafa, alguns panos brancos, bem como uma tesoura, agulha e linha.

— Então eu mesma vou fazê-lo.

Tibor olhou para ela com os olhos arregalados.

— Você entende disto?

— Muito pouco. Mas com certeza é muito melhor do que não fazer nada e ficar confiando nas distantes mãos de Deus.

Ela olhou para ele.

— Sinto muito. Não queria blasfemar. Só estou preocupada.

Tibor concordou.

— Tenho certeza de que Ele vai compreender.

Ela abriu a garrafa e entregou a Tibor.

— Beba.

Tibor franziu a testa, mas tomou um gole. Era *borovicka*. Fez uma careta e baixou a garrafa, com nojo.

— Tudo — disse Elise.

— O quê? Por quê?

— Porque vai precisar — explicou ela, segurando uma agulha para cima. — Deixe somente um gole para mim.

Então Tibor tomou a aguardente. Era quase meio litro. Ele detestou o gosto até o fim, mas pelo menos foi ficando um pouco mais suportável. O álcool surtiu efeito quase imediatamente: Ele percebeu seu olhar, seus movimentos e pensamentos ficarem mais lentos, e a dor no peito diminuir. Que curioso: em duas das três vezes que estivera com Elise estivera bêbado. Enquanto isso, Elise enfiava a linha na cabeça da agulha. Ela embebeu um pano com o gole que Tibor deixara.

— Posso começar?

Tibor fez sim com a cabeça, que estava pesada. Elise limpou-lhe o seu peito com a toalha molhada. O cheiro amargo de *borovicka* se espalhou pelo quarto. Quando o pano encostou na ferida, parecia que ela tinha encostado um ferro em brasa. Ele gemeu alto, enquanto suas mãos agarravam as bordas da cama. Seus olhos se encheram de lágrimas. Elise tirou a mão.

— *Ó santa Madre de Dio* — disse ele, quando conseguiu falar novamente.

— Sinto muito.

Depois que ele conseguiu relaxar novamente, ela continuou a limpar o peito e o ferimento, mas desta vez mais cuidadosamente. Tibor cerrou os punhos. Os dentes também estavam cerrados.

— Segure no meu vestido, caso isso ajude — disse ela.

Tibor levou a mão até a sua coxa, onde o vestido estava puxado, e segurou uma dobra do tecido. Ele podia sentir sua coxa por baixo do tecido enquanto ela se movia. Isso não pareceu incomodá-la. Ela limpou as mãos e a agulha com o pano embebido em aguardente e começou a costurar. Tibor teve de se deitar totalmente. Ela se curvou por cima dele, e sua touca impediu que os cabelos louros caíssem sobre o seu peito. A picada da agulha já doía menos, provavelmente por causa da *borovicka*. Tibor ficou olhando para Elise enquanto ela trabalhava. Ela mordia o lábio inferior, involuntariamente, enquanto costurava, concentrada.

— Posso falar? — perguntou Tibor.

— Contanto que não se mova.

— Onde aprendeu isto?

— Minha mãe me ensinou alguma coisa. O resto eu aprendi na escola conventual. É bem verdade que lá eu tinha que costurar linho e lã... e não carne e pele.

— Onde moram seus pais agora?

— No céu — disse Elise. — Morreram quando eu ainda era uma criança, e cresci na casa do meu padrinho.

— E você ainda não se casou?

— Não. Ainda estou esperando.

— Mas com certeza logo vai querer constituir uma família, não é verdade?

Elise suspirou. Não ergueu o olhar da ferida dele. Depois de um breve silêncio, ela disse:

— Naturalmente.

E um pouco depois perguntou:

— E você?

Tibor levantou um pouco a cabeça e olhou para ela, mas não parecia que ela estivesse zombando dele com aquela pergunta.

— Eu não poderia imaginar nada mais bonito.

— Desde quando está fora de casa?

— Desde os quatorze anos.

— Por que saiu da casa dos seus pais?

— Por causa dos meus próprios pais — respondeu ele com um sorriso triste.

Ele contou então como seus pais o toleravam sem no entanto amá-lo — seus irmãos saudáveis bastavam para o amor deles —, até que o boato desagradável fez com que eles o expulsassem de casa. Ele relatou então sua peregrinação pela Áustria, Boêmia, Silésia e Prússia, suas experiências na guerra, sua temporada no mosteiro e os anos de xadrez depois daquilo. De vez em quando parava, quando um ponto doía muito.

— Por que não voltou para um mosteiro? — perguntou ela.

— Porque sempre achei que não estava à altura.

— Você acha que o abade teria algo contra um monge pequeno?

— Não estou me referindo ao meu corpo, mas à minha alma.

Elise olhou nos olhos dele. Abriu a boca, mas não achou as palavras certas. Então voltou a se ocupar com o seu trabalho.

— E por que joga xadrez tão bem?

— Não sei. Realmente, não sei. Mas acho... que Deus nos dá, a cada um de nós, pelo menos uma característica perfeita. Nós só podemos esperar descobrir algum dia onde está essa perfeição. Por que jogo xadrez tão bem? Por que Jakob consegue reviver madeira morta? Por que você é tão maravilhosamente bonita?

Elise não respondeu. Pegou a tesoura e cortou a linha bem rente ao corpo de Tibor. Ele sentou-se com dificulade e ficou olhando para o peito. A costura sobre o buraco do ferimento parecia com os raios de uma estrela e mantinha a pele esticada sobre o ferimento. Elise pegou a toalha que não fora utilizada para secar o suor da sua testa.

— Lembre-se da nossa conversa — disse Tibor. — Vai informar o bispo? Está na hora de eu fugir?

Elise balançou a cabeça.

— Você está ferido. Não pode viajar. Vou aguardar.

Tibor sorriu.

— Amanhã vou procurar Kempelen e solicitar meu pagamento. Ele me deve mais de duzentos e cinqüenta *gulden*. Nunca tive tanto dinheiro na minha vida e também não preciso de tanto dinheiro. Vou lhe dar cem *gulden*. Pelo que você fez por mim e para o seu próprio futuro.

— Não vou aceitar.

— Naturalmente. Eu sabia que você ia dizer isso.

— Você está bêbado.

— Sim, mas isso não muda nada.

Elise pegou uma bandagem limpa e enfaixou o peito dele.

— Para onde você vai? — perguntou ela.

— Não sei. Vou sair andando.

Depois de terminar, Elise juntou todos os utensílios e os panos sujos, silenciosamente, e sentou-se uma última vez na beirada da cama.

— Você deve deixar a vela acesa. Até amanhã ela terá eliminado o cheiro da *borovicka*.

— Eu te amo — disse Tibor subitamente. — Maria, Mãe de Deus, é minha testemunha do quanto eu te amo; do quanto eu te amo, e do quanto eu te desejo; tanto que seria capaz de pegar uma faca e me ferir só para ser cuidado pelas suas mãos.

Depois fez-se silêncio. Só se podia ouvir o leve barulho da vela queimando. Elise evitou por muito tempo, mas acabou engolindo em seco. Tibor se recostou na parede exausto.

— Desculpe-me — disse ele. — Por favor, não diga nada; muito menos nada de bom. Vá. Vá, e eu vou dormir, e continuar sonhando.

Elise levantou-se e pegou sua bolsa. Olhou para Tibor. Então abaixou-se até ele, deu-lhe um beijo na testa molhada e saiu do quarto. Por mais que tivesse saído silenciosamente, Tibor pôde ouvir seus passos até a escadaria. Um melro começou a cantar no pátio.

Ela não devia tê-lo beijado. Mas sentira vontade de beijá-lo por ele estar daquele jeito: pequeno, enfraquecido, bêbado, mortalmente ferido e imortalmente apaixonado. Aparentemente, ele a tomava por uma santa. Queria lhe pagar cem *gulden*, que loucura! Metade das suas posses para ela! — a mulher que o enganava completamente e que iria mandá-lo algum dia para a forca. Sua credulidade, sua religiosidade penetrante, diante de todos os reveses do destino, deixavam-na realmente irritada. Ela chegou ao portão de São Lourenço e entrou na viela do Hospital. Os primeiros pássaros começavam a cantar em cima das cumeeiras. Pressburg não passava de um vilarejo. Em Viena, as pessoas ainda estariam na rua ou já estariam voltando para ela. Àquela hora, no entanto, o calçamento de Pressburg era um parque de diversões de pássaros, raposas, coelhos e ratazanas. Elise iria se trocar no seu quarto e voltar para o seu trabalho diário na casa dos Kempelen, como se nada tivesse acontecido.

A página tinha sido virada rapidamente. A revelação de Tibor, antes da viagem, fora um grande sucesso. Ela ficara com Kempelen e Knaus nas mãos, simultaneamente. Mas o turco voltou de Viena, e, pelo que conseguira arrancar do silencioso Jakob, a apresentação diante da imperatriz fora um fracasso. Ela quase não viu Kempelen, e quando o encontrava ele falava apenas o estritamente necessário. O que será que Knaus iria determinar agora? Ela poderia ou deveria se retirar? Ela bem que gostaria. Um Jakob que tinha perdido a alegria e um Kempelen cuja arrogância tinha se transformado em melancolia eram o tipo de companhia de que ela não necessitava. Ela queria voltar para Viena, tirar as roupas grosseiras de empregada e voltar para a corte, trajando sedas e brocados.

Quando refletiu melhor sobre o assunto, percebeu que também não tinha nada a ver com Knaus e seus semelhantes. E não queria deixar Tibor para trás. Ele confiava nela, amava-a até, e mesmo que ela não o amasse, jamais fosse amar, nem pudesse amar, sentia-se responsável por ele, por mais que tentasse evitar.

Ela sentiu necessidade de mudar de direção, descer até o Danúbio, deitar-se sobre a grama úmida, ver as estrelas se apagarem e os peixes pularem pela manhã. Não gostava da vida que levava. Sabia que não seria mais feliz com a outra vida — a vida que ela inventara para o anão —, mas naquele momento desejou que fosse a sua vida de verdade. Preferia ser uma empregada infeliz a ser uma amante infeliz, uma delatora infeliz.

A criança em seu ventre se mexeu. Ela ficou parada no meio da rua vazia e esperou que passasse.

Elise voltou para a casa dos Kempelen pouco depois das seis horas. Comprou pãezinhos no Mercado Verde, bem como ovos frescos e leite. Depois de colocar as compras na cozinha, foi buscar lenha no pátio. Sentia frio, apesar do ar estar morno, e ficou agachada ao lado do fogão aberto, aquecendo-se por algum tempo. Depois pôs água para fazer café. Enquanto a água esquentava, moeu o café e o jogou na jarra. Então pegou manteiga e mel no armário, colocou ambos na bandeja, ao lado dos pães, e se pôs a cortar o presunto. Quando a água começou a ferver, virou-se para o fogão. Wolfgang von Kempelen estava de pé na porta aberta, vestindo uma camisa, calças e botas altas de montaria, com os braços cruzados e um ombro encostado no umbral da porta. Estava sorrindo. Elise se assustou e instintivamente colocou uma das mãos sobre o peito.

— Bom-dia — disse ele, baixinho, como se a casa estivesse cheia de pessoas dormindo que ele não quisesse acordar antes da hora. — Não quis assustá-la, mas você estava tão ocupada que não quis atrapalhar o seu trabalho. Por favor, continue.

Elise respitou profundamente.

— Há quanto tempo já estais aí?

— Uma eternidade — respondeu Kempelen. — A água está fervendo.

Elise tirou a água do fogo e jogou por cima do pó de café, que afundou chiando na água.

— Você parece cansada. Dormiu mal?

Elise acenou com a cabeça, mas não tirou os olhos da jarra. Ela poderia dizer o mesmo dele, já que suas olheiras profundas revelavam que ele quase não dormira a noite inteira, apesar de as luzes do seu quarto estarem apagadas. Elise tinha se certificado disso antes de procurar Tibor. Apesar disso, ele parecia bem-disposto, e o abatimento da véspera desaparecera.

— Pobre Elise. Estou exigindo muito de você, não é verdade?

— Dá para suportar.

— As coisas ficarão mais fáceis para você. Brevemente pedirei à minha querida Anna Maria que volte de Gomba com Teréz. Então não estaremos mais sozinhos e talvez você tenha menos trabalho. Aliás, o café está com um aroma ótimo.

— Obrigada, senhor.

— Posso ajudá-la?

— Não, obrigada. Já estou terminando.

— Você pode tirar a tarde de folga.

— Muito obrigada, senhor. — Elise colocou o café na bandeja e encheu um pequeno jarro com leite. — Como foram as coisas em Viena? — perguntou ela.

— Ah, foi fantástico — respondeu ele, e repetiu olhando para o teto: — Sim, Viena foi absolutamente fantástica. Da próxima vez vamos levá-la conosco.

Elise foi até o armário para pegar xícaras e pires. Ela teve de ficar na ponta dos pés.

Kempelen saiu da porta.

— Espere.

Ele pegou a louça para ela e colocou na bandeja. Depois encarou-a, tocando seu queixo com os dedos da mão direita. Ele levantou um pouco o seu rosto, passou a mão pela bochecha, até a orelha, e beijou-a. A boca de Elise já estava aberta e ficou assim durante o beijo. Ela fechou os olhos. Kempelen passou a língua pelos seus lábios. Depois segurou seu rosto com a mão esquerda também. Eles agora estavam tão próximos, que os seios dela encostavam na camisa dele e ambos perceberam que o outro estava respirando mais rápido. Ela contraiu a barriga para que ele não percebesse o volume. Suas mãos ficaram paradas no ar, incapazes de segurar Kempelen ou de cair totalmente. Knaus a beijava de forma ávida e molhada; Jakob, apesar de se gabar tanto, a beijara feito um colegial. Mas Kempelen, não: em outras circunstâncias, Elise teria gostado daquele beijo. Agora ela entendia por que a baronesa Jesenák o desejara tanto.

Kempelen afastou-se, mas continuou segurando a sua cabeça, sem desviar o olhar dela. Ele apertou os lábios, como se estivesse pensando em alguma coisa. A pressão dos lábios se desfez num sorriso. Ele retirou as mãos, ajeitou uma mecha do cabelo dela atrás da orelha, com os dedos da mão esquerda, acenou com a cabeça, pegou a bandeja com o seu café-da-manhã e saiu da cozinha sem dizer nada. Elise ouviu-o subir as escadas para o escritório, com passos largos. Ela lambeu os lábios úmidos e frios, involuntariamente.

À tarde, Kempelen bateu na porta do quarto de Tibor e pediu ao anão, sem entrar no quarto, que viesse ao seu escritório quando tivesse tempo. Tibor se vestiu e atravessou a oficina vazia até o escritório de Kempelen. A máquina de falar estava em um canto, no chão, coberta por um pano para protegê-la da poeira. Kempelen encostara o molde de gesso da cabeça humana contra a parede, fazendo com que parecesse que alguém tinha emparedado uma cabeça. Diversos escritos estavam sobre a mesa: cartas, anotações, artigos de jornal e um calendário, tudo arrumado com absoluta precisão. Numa mesa separada havia uma bandeja com pães, duas xícaras e uma jarra de café, cujo cheiro forte enchia o ambiente.

Kempelen empurrara sua cadeira com o encosto virado para a janela e estava de pernas cruzadas. Em seu colo havia uma prancheta com um desenho inacabado do autômato do xadrez, aberto. Kempelen parecia bem-humorado. A tensão que se seguira à morte de Ibolya, aos aborrecimentos com o barão Andrássy e com a Igreja, e principalmente com o fiasco em Schönbrunn, parecia ter desaparecido por completo. Ele aparentava estar alguns anos mais novo. Que contraste com Tibor: anêmico e suado, marcado pela dor dos últimos dias. O excesso de *borovicka* o deixara com dor de cabeça e mal-estar. Ele não comera nada desde a manhã, mas em compensação bebera muita água.

— Você parece mais saudável — disse Kempelen, apesar de tudo. Colocou a prancheta com o esboço e o lápis na mesa, puxando a cadeira para perto. — Está se sentindo melhor?

— Um pouco.

— Fico feliz em saber. Quer tomar um café? Ou prefere um vinho, um licor?

— Aceito um café, por favor.

Kempelen serviu café a Tibor e lhe entregou a xícara. Depois de tomar o seu próprio café e sentar-se de novo, ele disse:

— Gostaria de conversar com você sobre o futuro.

Tibor acenou. O café estava saboroso, revigorante, e o satisfez.

— Pedirei ao prefeito Windisch que olhe pessoalmente o autômato de novo, a fim de escrever um artigo sobre o assunto. Isso vai ser gravado em cobre. — Ele bateu sobre a prancheta. — Eu faria isso sozinho, mas o tempo... O *Pressburger Zeitung* é lido muito além das fronteiras desta cidade, e uma reportagem sobre o turco seria um belo assunto para a revista de Windisch e uma propaganda gratuita para nós.

Kempelen levantou um exemplar do *Mercure de France*, que tinha acabado de receber de Paris.

— Se o autômato é um tema até mesmo na longínqua Paris, então certamente o é aqui também.

Tibor colocou a xícara de café de volta no pires, mas, antes que pudesse dizer alguma coisa, Kempelen prosseguiu:

— Quero uma outra grande apresentação, igual à do palácio Grassalkovich, só que desta vez para os cidadãos. Talvez eu alugue o Teatro Italiano. Ou então podemos ir para a Ilha de Engerau e apresentar o turco, muito apropriadamente, no pavilhão turco. E para cada visitante haveria um café turco e um cachimbo. Não seria o máximo? As apresentações semanais aqui em casa também devem prosseguir. O verão já vai acabar, vai ficar frio e escuro novamente; então as pessoas voltarão a procurar *divertissements*, e o turco é a coisa certa para elas. Um autômato misterioso, com ar perigoso, e possivelmente até maldito, à luz de velas, enquanto o vento assobia do lado de fora — todos irão se encolher de medo. Anna Maria voltará em breve da nossa casa de campo e então nós iremos procurar uma segunda empregada para dar conta da afluência dos visitantes. Estou pensando em fazer o autômato apresentar, no futuro, o salto do cavalo. Você sabe: o cavalo passa por cada uma das sessenta e quatro casas do tabuleiro sem repetir nenhuma: uma diversãozinha bonita. E nós teremos que viajar! Já é tempo de jogarmos em Viena com outras pessoas, além da imperatriz, embora eu não tenha desistido de insistir com ela para uma revanche, com as pessoas do povo. E depois veremos que outros destinos ainda serão possíveis. Ofen, Marburg... Salzburg, Innsbruck, Munique, talvez Praga... Tenho certeza de que todos irão receber o turco calorosamente. Cabeças coroadas e instruídas acorrerão às nossas apresentações. As pessoas mais famosas e os melhores jogadores de xadrez da Europa serão servidos, em sacrifício, no altar do turco!

Tibor permaneceu calado.

— O que acha?

— Pensei que tivésseis dito... que Viena seria a última apresentação do autômato.

Kempelen ficou espantado, ou pelo menos fingiu estar.

— Eu nunca disse isso. Quando foi? E, principalmente, por quê?

— Eu pensei... por causa dos seus inimigos. E por que queríeis construir a nova máquina.

— Uma coisa não exclui a outra. E, em relação às nossas almas mal-assombradas, Batthyány não está acima do duque Albert, e espero que o barão Andrássy tenha acalmado seus ânimos depois daquela agressão funesta.

— Nós perdemos para a imperatriz.

— E daí? Suas derrotas anteriores prejudicaram a afluência de pessoas? De forma alguma! Muito pelo contrário: toda vez que o turco demonstrava alguma fraqueza, eles vinham em bandos. A imperatriz é tida como uma semideusa pelos seus súditos; ninguém ficará surpreso com o fato de justamente ela ter subjugado o turco. O que, aliás, não significa — disse Kempelen, pestanejando — que você possa perder no futuro.

Tibor fez de conta que estava tomando mais um gole de café, apesar de a xícara já estar vazia há muito tempo, só com a borra no fundo. Ele precisava pensar.

— E, acima de tudo — prosseguiu Kempelen —, preciso convencer Joseph, já que algum dia, num futuro não muito distante, a imperatriz não existirá mais e eu ficarei à sua mercê. O quanto antes eu conseguir convencê-lo de que o turco é uma obra maravilhosa e invencível, melhor será. Sem contar, é claro, que já está na hora de darmos uma lição naquele corcunda do Knaus pela sua indiscrição.

— Não posso jogar — disse Tibor.

— Por que não?

— Ainda não consigo mover o braço de uma forma razoável. Não quero que aconteça algo parecido com o que houve em Viena.

— Aquilo só aconteceu porque você teve de jogar no escuro, não por causa do ferimento.

— Mas o perigo ainda existe.

Kempelen concordou.

— Certamente, certamente. Você tem razão. — Ele pensou por um momento. — Vou trazer-lhe um médico. Ele vai cuidar do ferimento e, se for preciso, vai costurá-lo. Assim você se reestabelecerá mais rapidamente, ficando em condições de jogar.

— Não — disse Tibor, puxando involuntariamente o colarinho para cima, apesar de a costura com linha preta estar escondida pela bandagem nova. — Vós não dissestes que um médico...

— Não tema. Conheço um da minha confiança.

— Não preciso de um médico.

— Não seja teimoso, Tibor. É claro que você precisa. Eu relutei muito tempo. Não tente me demover, agora que me decidi. — Kempelen pegou a pena do tinteiro e acrescentou a anotação a uma longa lista. — Só vamos recomeçar com as apresentações quando você estiver completamente curado. — Kempelen levantou o olhar da lista. — Mais algum desejo?

— Posso receber meu pagamento?

Kempelen baixou a pena.

— Por que isso agora? Não confia em mim?

— Confio. Mas...

— Se precisar de alguma coisa, fale comigo ou com Jakob, e nós providenciaremos para você.

— Não se trata disso.

— Então do que se trata? — Kempelen colocou a pena de volta no tinteiro. — Se confia em mim, não há nenhum motivo para receber seu pagamento. Você não pode gastá-lo e comigo ele está tão bem guardado quanto numa casa de depósitos. A não ser... a não ser que pretenda deixar Pressburg sem o meu conhecimento. Neste caso, não vou lhe dar o dinheiro para viagem alguma.

Kempelen olhou firme para ele. Tibor estava bem desperto. O mal-estar e a dor de cabeça tinham desaparecido subitamente, e nem a ferida doía mais.

Tibor pousou a xícara de café diante de si, sobre a escrivaninha, e disse:

— Sim, eu gostaria de sair de Pressburg. Não quero mais manejar o turco. Eu vos sou muito grato, por tudo que fizestes por mim, mas quero deixar meu emprego antes que aconteça uma desgraça maior.

Kempelen ficou em silêncio por um longo tempo e depois cruzou as mãos, como se estivesse rezando. Mantinha o olhar firme na direção de Tibor, mas não parava de piscar, como se tivesse caído alguma coisa nos seus olhos.

— Quer um aumento de salário? — perguntou por fim.

— Não. Não quero mais salário nenhum.

— Compreendo. Quer realmente parar. — Tibor concordou. — Pode me explicar por quê?

— Não agüento mais esta vida. Quando não estou trancado na máquina, estou preso no meu quarto. Aprecio a vossa companhia e a de Jakob, mas quero sair, voltar para o meio das pessoas.

— As pessoas lá fora zombam de você e o desprezam. Já se esqueceu?

— Não. Mas estou preferindo ficar no meio das pessoas, ainda que estas me rejeitem.

— Talvez possamos arranjar uma outra forma de acomodá-lo... onde você possa se movimentar mais livremente.

— Isso não basta. Não quero mais jogar com essa máquina. Consigo conviver com o fato de estar manejando uma coisa excomungada pela Igreja, consigo conviver com o medo de Andrássy, mas não consigo conviver com a culpa de ter matado uma pessoa. — Tibor olhou para o esboço que Kempelen fizera do autômato. — Toda vez que olho para o autômato, inclusive agora, lembro que matei a baronesa e não posso mais suportar isso.

Kempelen deu a impressão de que ia contra-argumentar, mas acabou dizendo:

— Nós tínhamos um acordo.

— Diminuí meu pagamento, se achais que rompi o acordo — disse Tibor. — Tirai vinte, cinqüenta, cem *gulden* do montante, dai-me somente o suficiente para me alimentar por uma semana. Mas eu preciso ir. Sinto muito. Preciso ir embora. Sei que vou sucumbir, se ficar.

— Sucumbirá, se me deixar, isso sim! Eu o libertei das Câmaras de Chumbo em Veneza. Você estava doente, roxo de tanto ser surrado, vestido com farrapos que fediam a aguardente, numa cela sem luz, a pão e água. Quer voltar para lá? Esta casa pode ser uma gaiola, mas é uma gaiola dourada, onde não lhe falta nada.

— Nunca mais vou acabar como acabei em Veneza. Que Deus me ajude. E, se eu falhar, então terá sido a minha última falha nesta vida.

— Você está com febre?

— Já teria dito tudo isso mais cedo, se não tivesse a firme esperança de que vós me dispensaríeis depois de Viena.

— Sabe que não posso prosseguir sem você.

— Procurai outro jogador de xadrez. Eu vos ajudo a procurar, eu o ensinarei. Procurai um outro como eu.

— Não há nenhum outro como você. Você é único.

Tibor olhou rapidamente para a mesa, onde estavam os planos ambiciosos de Kempelen.

— Sinto muito. Tenho de ir — insistiu Tibor.

Kempelen respirou profundamente e se recostou na cadeira, com os braços cruzados na frente do peito.

— Também sinto muito. Mas terei de proibir-lhe sair daqui.

— Perdão, *signore*, mas não podeis me proibir. Sou um homem livre.

— Você está certo, não posso proibir — reconheceu Kempelen. — Mas poderia ameaçá-lo.

— Com o quê?

Kempelen sorriu, entristecido.

— Tibor, Tibor. Não deixe chegar ao ponto de eu ter de ameaçá-lo. Em nome da nossa amizade.

— Com o que ireis me ameaçar?

— Tibor, não queremos envenenar o nosso relacionamento, não é mesmo? Que tristeza invadiria esta casa se tivéssemos que continuar a trabalhar juntos sem nos suportarmos?

— Com o que quereis me ameaçar? — insistiu Tibor.

— Bom — suspirou Kempelen —, com o seguinte: colocaria a polícia no seu encalço, caso você desertasse, contando para eles que você primeiro desonrou a baronesa Ibolya Jesenák e depois a matou.

— Foi um acidente! — exclamou Tibor.

— Não da forma como eu iria contar.

Tibor pulou da cadeira.

— Então vou afirmar que ela ainda não estava morta quando vós a atirastes da sacada.

— E caso você conseguisse contar essa mentira horrorosa sem ficar vermelho, em quem você acha que eles iriam acreditar? Em um barão austro-húngaro, conselheiro da corte... ou num anão italiano, cujo último domicílio conhecido foi a prisão da cidade de Veneza?

Tibor ficou sem resposta. Ele estava respirando tão pesado, que seu pulmão direito pressionava dolorosamente a ferida.

— Pode escolher entre mim e a forca — disse Kempelen. — Pode continuar a viver confortavelmente no autômato, mesmo que seja como um prisioneiro, se é assim que você se sente, ou ser livre. Livre e morto.

— Eu terei uma outra moradia?

— Não. Agora não mais. Você deveria ter aceitado a oferta antes; agora ela não está mais de pé. Sei que deseja fugir de Pressburg, portanto terá de ficar aqui em casa, onde poderei vigiá-lo. Caso ainda insista em se ocupar com planos de fuga, saiba que a terra em volta de Pressburg é densamente povoada. Não há florestas ou montanhas nas quais você possa se esconder. Você não teria dinheiro nem ninguém para o ajudar. E não passaria despercebido devido à sua estatura. Os guardas não levariam nem um dia para pegá-lo.

Tibor quis pegar Kempelen pelo pescoço ou, melhor ainda, pisotear a máquina de falar, que estava coberta no chão, até que aquela obra-prima ficasse em pedacinhos. Mas toda vez que ele perdia o controle as coisas terminavam em desastre. Conseguiu dominar a raiva segurando a borda da mesa com toda a força.

— *Sei il diavolo* — bufou ele.

— *Non è vero*, Tibor. Eu não queria ameaçá-lo, eu avisei, mas você não me deu ouvidos. Não me deixou alternativa. E, apesar de agora provavelmente estar me odiando, eu lhe quero bem, você me é caro. O fato de providenciar um médico para você apesar de toda esta contrariedade deve lhe provar o que estou dizendo.

Os dois homens se calaram. Kempelen levantou-se e passou a uma devida distância de Tibor para abrir a porta do escritório.

— Vamos encerrar esta conversa funesta — sugeriu — antes que sejam ditas outras coisas que prejudiquem ainda mais a nossa amizade.

Tibor saiu do escritório. Os olhos de Tibor se encheram com lágrimas de raiva assim que Kempelen fechou a porta. Ele cogitou, por um momento, sair pela porta da escadaria, do jeito que estava, e seguir pela rua do Danúbio até afastar-se da cidade, aproveitando por algumas horas a estrada e o céu aberto até que a polícia montada o alcançasse, jogasse na prisão e conduzisse ao cadafalso. Mas ele acabou abrindo a porta da esquerda, que levava ao seu quarto. Começou a rasgar as bandagens velhas para descarregar a raiva. Desejou que Elise tivesse trazido duas garrafas de *borovicka*, em vez de uma, na noite anterior.

Calendula officinalis, Chamomilla, Salvia officinalis.

Kempelen percorreu os nomes, escritos com uma letra cuidadosa sobre os potes de cerâmica, porcelana e vidro escuro. *Verbena hastata, Cannabis sativa, Jasminum officinalis, Urtica urens, Rheum, China officinalis.* Os medicamentos não estavam tão bem vedados nos seus recipientes a ponto de não permitir que os seus odores vazassem; as folhas, flores e frutas secas, as raízes pulverizadas, os minerais macerados e as terras curativas, tinturas, extratos, poções, óleos, óleo de fígado de bacalhau e álcool se mesclavam num odor grande e avassalador. A oficina do *Caranguejo*

Vermelho recendia como se ali tivesse sido preparado um prato só de especiarias. Não era um cheiro agradável. Stegmüller se impregnara com o cheiro da sua farmácia, motivo pelo qual as pessoas não gostavam de ficar junto com ele em um cômodo apertado. Ele recendia a remédio, mas, como os remédios só têm utilidade para os doentes, ele acabava cheirando a doença. As pessoas tinham comentado isso com Stegmüller, mas nem mesmo água de rosas ou perfumes adocicados conseguiam abafar o cheiro da oficina. Apenas acrescentavam mais um aroma à confusão de odores reinante. *Ginseng, Licopodium clavatum, Camphora, Ammonium carbonicum, Ammonium causticum.* Kempelen abriu o vidro com amoníaco e cheirou um pouco. O cheiro ativo espantou totalmente o seu cansaço, mas bateu mal no seu estômago vazio.

Em seguida, ele foi à estante atrás do pesado balcão, onde ficavam guardados os minerais: *Zincum metallicum, Mercurius solubilis, Sulphur.* Escutou Stegmüller mexendo no andar de cima. Ainda era de manhã cedo. Kempelen pedira expressamente ao farmacêutico que falasse com ele antes que o seu pessoal chegasse ao *Caranguejo Vermelho.* As janelas ainda estavam fechadas e só havia duas lamparinas iluminando a oficina com móveis de madeira escura. *Silicea, Alumina.* A prateleira ao lado das terras curativas tinha uma porta de vidro com fechadura, e os potes lá dentro eram bem menores: *Aconitum napellus, Digitalis purpurea, Equisetum arvense, atropa belladonna.* Kempelen enfiou as unhas sob a moldura da porta de vidro e puxou. A porta não estava trancada. Ela se abriu com um rangido sonoro. Quase não havia cheiro na vitrine. *Conium maculatum, Hyoscyamus niger.* Uma tábua rangeu acima de Kempelen. Stegmüller, pelo visto, ficaria ainda mais tempo procurando. Kempelen pegou uma ampola marrom com o rótulo *Arsenicum album.* Ela estava fechada com uma tampa sobre a qual tinha sido derramado lacre vermelho. Kempelen segurou o flaconete contra a luz e deixou o pó correr de um lado para o outro.

Stegmüller desceu as escadas correndo para ter com ele. Kempelen recolocou o arsênico dentro da vitrine e fechou a porta de vidro com um movimento rápido. Ele ainda estava com o dedo na moldura da porta, quando Stegmüller entrou na oficina e fez de conta que estava limpando a poeira da madeira.

— Eu tinha colocado a pólvora em outro lugar — explicou Stegmüller.

O farmacêutico colocou a pólvora, um saquinho com balas de chumbo, e a sua pistola dentro do estojo, em cima do balcão. Apesar de ser impossível que Stegmüller recendesse mais a remédios do que a sua farmácia, Kempelen teve a sensação de que o cheiro aumentara com a sua volta. Ele tirou a garrucha da bolsa e ficou olhando para ela.

— Ela me prestou bons serviços — disse Stegmüller. — Certa vez, na Floresta da Boêmia, nós...

— Você poderia trazer uma lâmpada? Está muito escuro aqui.

— Posso abrir as janelas. Já deve ter amanhecido.

— Não. Prefiro a lâmpada, Georg.

Stegmüller sorriu.

— Gottfried. Georg foi ontem.

— Naturalmente. Gottfried.

Stegmüller trouxe duas lâmpadas e explicou a Kempelen o funcionamento da arma.

— Você não tem uma arma? Já viajou até pela selvagem Transilvânia.

— Tenho uma pistola. Bonita e imprestável. Até hoje foram os outros que assumiram a artilharia: *Quem vive pela espada morre pela espada*. Vivo muito bem com essa máxima.

— Mas o barão Andrássy tem máximas diferentes das nossas.

— Sim.

Kempelen puxou o gatilho e deixou-o estalar de volta.

— Se quiser treinar um pouco, conheço um local em Theben onde não seríamos incomodados.

— Ainda não pretendo aceitar o duelo com Andrássy. Mas não quero estar com as mãos vazias na próxima vez que ele apontar para mim ou para as minhas coisas.

— Fique com ela enquanto precisar.

— Obrigado.

— E agora o seu anão. Onde exatamente é o ferimento? E qual é o estado dele?

Enquanto Kempelen respondia, Stegmüller ia juntando instrumentos, remédios e bandagens sobre o balcão. Depois enfiou tudo dentro de uma bolsa.

— Você deveria ter me procurado logo que chegou de Viena — disse ele, depois que Kempelen terminou de falar. — Essas coisas podem terminar mal.

Kempelen guardou a pistola de novo no estojo.

— Você observou Jakob algumas vezes, conforme combinamos?

— Sim. Mas ele é inofensivo. Freqüenta alguma taberna, mas isso não vai te interessar muito. Bebe muito, para um judeu, você não acha? Pelo certo, ele não deveria nem tocar em vinho.

— E a minha empregada?

— A bela Elise? Não descobri nada nela. Ela mexe com a cabeça dos rapazes no mercado... mas pelo visto está esperando por um cavaleiro com a sua armadura brilhante. — Stegmüller sorriu para Kempelen, que não reagiu. — Ela esteve no correio uma vez, mas não levou nem trouxe nada.

— Devia estar esperando carta da tia. Ou do padrinho em Ödenburg.

— Ela e o judeu estão tendo um romance?

— Com certeza, não. Ela é quase tão católica quanto Tibor e deve evitá-lo, oportunamente. Obrigado pela sua ajuda.

Stegmüller segurou a mão de Kempelen.

— Sua amizade é gratidão suficiente para mim, Wolfgang — disse ele. — Isso e a minha aceitação como neófito na loja *Zur Reinheit.*

Stegmüller colocou a bolsa no ombro, e Kempelen pegou a pistola, a pólvora e o chumbo.

— E, você sabe — disse Kempelen —, nenhuma palavra com ninguém.

— Senão o bom farmacêutico irá tomar seu próprio veneno.

Stegmüller completara a frase batendo com os nós dos dedos no vidro da vitrine onde estava guardado o arsênico, entre outros medicamentos venenosos.

Elise o reconheceu imediatamente: era o falso franciscano que ela seguira até a farmácia na torre de São Miguel. Kempelen o apresentou agora como o doutor Jungjahr. Jungjahr — respectivamente, o nobre Gottfried von Rotenstein, já que ela descobrira seu nome — cumprimentou-a com um beijo na mão. Kempelen pediu um café. Tratou Elise como se não tivesse acontecido nada na véspera. Os homens levaram o café para a oficina, e Kempelen pediu a Elise que não fossem importunados nas próximas horas.

Tibor, no entanto, não reconheceu em Stegmüller o seu confessor. Kempelen trouxe um banco para o farmacêutico, que se sentou ao lado da cama de Tibor. O cavaleiro ficou observando, de pé ao lado da mesa. Kempelen também se comportava em relação a Tibor como se nada tivesse ocorrido entre eles; como se a briga deles não tivesse acontecido. Ele cumprimentou Tibor tão amavelmente quanto Stegmüller. Stegmüller pediu a Tibor que despisse a camisa. Surpreendeu-se ao ver a costura com linha preta sobre o ferimento e olhou para Kempelen com ar de interrogação.

— Quem fez essa costura? — perguntou Kempelen.

— Eu mesmo — respondeu Tibor, esforçando-se por não deixar transparecer nenhuma teimosia.

Stegmüller examinou ambos, ferimento e costura, e acenou em sinal de reconhecimento.

— Isto está bom. Primitivo, mas bom. Onde o senhor aprendeu a fazer isto?

— Na guerra.

— O ferimento estava inflamado. Mas a inflamação já está cedendo — disse Stegmüller, mais para Kempelen do que para Tibor. — Não há muito mais que eu possa fazer.

— Por que não me contou isso? — perguntou Kempelen, com voz visivelmente mais firme.

— Eu não disse que precisava de um médico — respondeu Tibor. — Só disse que não podia jogar.

Kempelen acenou para Stegmüller, que limpou as bordas do ferimento, colocou um bálsamo e uma nova bandagem. Tibor ficou olhando fixamente para o pretenso médico, enquanto Kempelen, por sua vez, olhava para ele. Nenhum dos dois falou mais nada, e o silêncio no quarto teria sido absoluto, se Stegmüller não falasse sozinho enquanto trabalhava.

À Rosa Dourada

Tibor viu os pássaros no céu através da sua pequena janela. A julgar pelos gritos, deviam ser gansos. Quando colocou as mãos em forma de concha por trás das orelhas e fechou os olhos, pôde até mesmo ouvir o bater das asas. A cunha formada pelo bando voador era tão perfeita que os seus vértices pareciam ter sido traçados com uma régua. A distância entre cada pássaro e o que voava à frente parecia ser igual entre todos eles, e quando o líder batia as asas aquela batida parecia se propagar como uma onda pelas fileiras. Talvez Descartes tivesse realmente razão e Deus fosse mesmo um excepcional construtor de máquinas, e aqueles animais não passassem de máquinas, *perpetua mobilia*, impulsionadas por molas e movimentadas por engrenagens — pois nenhum homem, nem o melhor soldado no pátio de exercícios, seria capaz de tamanha perfeição. O homem sempre foi impedido, pelo seu intelecto, de ser perfeito. Aqueles pássaros eram tão burros quanto relógios, e portanto igualmente perfeitos. Tibor se lembrou do pato artificial, feito pelo construtor de autômatos francês, que ele vira num retrato. O animal andava, bicava a aveia e a digeria mas não voava, pois suas penas eram feitas de ferro pesado em vez de um material mais leve, como o chifre. Será que o pato de Vaucanson lamentava o fato de não poder acompanhar, no outono, seus semelhantes de carne e sangue, em direção ao sul? Quando Tibor olhou para cima de novo, a formação de gansos já havia desaparecido, e ele só viu o céu cinzento.

O tempo tinha virado no decorrer daquele dia. O calor sufocante se transformara num tempo chuvoso, úmido e frio, como se o mês de agosto tivesse passado direto para outubro, esquecendo-se por completo de setembro. O humor de Tibor também mudara com a mesma velocidade: a alegria pelo encontro com Elise — a semelhança das suas trajetórias de vida, a confiança com que ela lidou com ele e, principalmente, a preocupação carinhosa, com o beijo no final — somente durara meio dia. Nos dois dias que se seguiram à briga com Kempelen, Tibor foi acometido por uma imobilidade que nunca experimentara antes. Passou o tempo todo deitado na cama, sem dormir, e quando tinha que fazer alguma coisa, como beber, comer ou fazer as suas necessidades, fazia-o de forma mecânica. Da mesma forma, seu ferimento foi sarando mecanicamente, sem sua intervenção. Ele não tinha vontade de tabalhar no seu mecanismo, que jazia inacabado sobre a mesa. De vez em quando pegava um livro, mas era inútil, pois ele lia as linhas sem prestar atenção no que estava fazendo. Até pensar lhe era difícil. Ele tinha que realmente se obrigar a fazê-lo.

Nos poucos momentos em que estava realmente desperto, sabia que aquela paralisia não seria muito duradoura. Seu corpo e espírito, aparentemente, juntavam energias para algo que ainda estava por vir. Mas Tibor não sabia o que seria. Ele se deixaria surpreender, tal como todos os outros.

Kempelen pediu a Jakob e a Tibor que recompusessem totalmente o autômato do xadrez, eliminando os danos da agressão de Andrássy e do tumulto provocado por Tibor no Jardim da Câmara. Kempelen passou o dia inteiro na Câmara da Corte e avisou que seguiria para uma reunião da sua loja. Tibor ficou aliviado com sua ausência. O anão já adquirira conhecimentos suficientes de mecânica fina para poder ajudar Jakob nos consertos. Depois de algumas horas, Jakob já colocara um novo folheado de rádica sobre a almofada da porta, e com isso o seu trabalho estava terminado.

— Você está tão calado — observou o judeu, apesar de ele próprio ter ficado ainda mais calado durante o período da manhã. — Já faz muito tempo que não saímos para andar pelo casario. Faz muito tempo que não tenho uma ressaca decente. Vamos sair hoje para levantar alguns copos. O que me diz?

— Kempelen estará aqui.

— Daremos um jeito de você passar por ele sem ser visto. Vamos, arranjaremos uma menina para cada um de nós, uma judia para mim e uma católica para você; para mim uma Sarah e para você uma Maria.

— Não — disse Tibor. — Não quero.

— Não me venha com histórias. A verdade é que você não pode ir.

— Jakob, eu estou realmente sem vontade de ir.

— Você está com medo de Kempelen — disse Jakob e, sem pensar, deu um leve soco no ombro direito dele, por cima da bandagem. — Ele o está pressionando com a história da Ibolya, eu já imaginava. A morte dela aparentemente o prejudicou, as perguntas dos padres, aquele húngaro raivoso, mas na verdade ele está se aproveitando da situação. Ele consegue controlá-lo, devido à sua culpa, enquanto lhe convier.

— Mas o que está dizendo... — rebateu Tibor mal-humorado e começou a arrumar suas ferramentas.

Só que ele não conseguiu interromper Jakob. O judeu continuou a falar com voz ainda mais alta.

— Ele ficou na sua mão, depois da estréia do turco, e agora a situação se inverteu. A morte de Ibolya veio a calhar. Vocês são como as irmãs de Pressburg. Eu já lhe contei a história das irmãs de Pressburg? É uma história meio maluca.

— Não estou interessado.

— Ambas já morreram há algumas décadas. Eram irmãs gêmeas que nasceram siamesas, unidas pelas costas como se tivesse sido derramado um vidro de cola no útero da mãe. Foram para o convento das ursulinas. Os sábios vieram até mesmo de Passau para examinar as irmãs siamesas, mas nenhum médico se arriscou a separá-las. Permaneceram unidas, inseparáveis, por toda a eternidade. Então foram crescendo, e uma ficou maior e mais forte do que a outra. Durante a juventude, brigavam freqüentemente. Quando não chegavam a um acordo para onde deveriam ir, a maior fazia simplesmente uma corcunda para que os pés da menor não tocassem mais o chão e seguia em frente, carregando a irmã, que ia protestando. Vocês dois estão assim agora; Kempelen e você.

Tibor continuou sua arrumação, calado, enquanto Jakob olhava para o teto, pensativo.

— O que foi mesmo feito das duas? Eu acho... que a pequena morreu, e a outra morreu no mesmo dia. Ou terá sido o contrário? É uma pena, porque nós poderíamos levá-las para sair hoje à noite; eu o carregaria nas costas, você ficaria com a pequena, e eu com a grande... Enfim, tanto faz, você compreende o que estou tentando dizer?

Tibor estava de pé, em frente à bancada, de costas para Jakob, e não respondeu. Jakob pegou um pedacinho de madeira que tinha sobrado do conserto e jogou na cabeça de Tibor.

— Ei, seu anão, fale comigo.

Tibor virou-se devagar e esfregou a nuca, onde a madeira tinha batido.

— Você vai se separar de Kempelen e me acompanhar até a À Rosa Dourada?

— Tudo é sempre tão fácil para você. — disse Tibor. — Para você tudo não passa de uma grande diversão. Mulheres, vinho, ficar bonito, é só isso que te interessa. Posso morrer em breve, mas isso não parece fazer a menor diferença para você.

— De jeito nenhum! Porque, se vai morrer em breve, é muito mais importante que você aproveite a vida agora.

Tibor se virou de volta, mas Jakob continuou a falar.

— Céus, você pensa tanto no amanhã que esquece completamente do hoje. Você já se preocupa até com a sua vida após a morte. Que decepção será se você morrer... e eu juro que ainda falta muito... e descobrir que não existe vida nehuma depois, e que todo o esforço foi em vão, e todo o seu tempo foi desperdiçado.

— Mais uma palavra contra a minha fé, e eu me retiro.

— O que é isso? Uma ameaça? *Eu me retiro?* Meu Deus, você está me metendo medo. Por favor, não se retire em hipótese nenhuma, eu imploro! O que é que a sua fé e a gloriosa Mãe de Deus já fizeram por você além de ficar torturando-o a vida inteira, levando-o, no fim das contas, a esta encrenca infernal?

Tibor cumpriu sua ameaça e foi saindo em direção ao seu quarto. Mas Jakob atrevessou a oficina e se colocou na frente da porta, impedindo a passagem de Tibor.

— Sabe quem você me lembra? — perguntou-lhe Jakob.

— Não estou interessado em saber.

— Adivinhe.

— Não estou interessado! Deixe-me passar.

— Você me faz lembrar daquele Tibor que encontrei aqui pela primeira vez, há um quarto de ano: um poço de amargura, pequeno e assustado, que não entende uma brincadeira e se defende com mãos e pés católicos contra tudo aquilo que faz com que a vida, de alguma forma, valha a pena.

— E você me lembra o judeuzinho superficial e egoísta que não liga a mínima para os sentimentos dos outros e que dá nos nervos de quem está à sua volta, com essa sua falação inútil! Deixe-me entrar no meu quarto.

Jakob deu um passo para o lado e deixou Tibor passar.

— Pela última vez — disse Jakob —, vamos sair hoje à noite para beber alguma coisa?

— Não.

— Então vou perguntar a Elise.

Tibor já tinha quase terminado de fechar a porta, mas se virou e disse:

— Você não vai fazer isso.

Jakob levantou uma sobrancelha, espantado com a reação veemente de Tibor.

— Epa, está com ciúmes?

— Procure outra companhia, isso não falta nesta cidade — exigiu Tibor. — Ela merece coisa melhor.

— É mesmo? Ela merece? E seria então... *você*?

— De qualquer forma, não seria você.

— Você conversou com ela sobre isso? Vocês estão se encontrando às escondidas?

— Não — mentiu Tibor.

— Então talvez devesse fazê-lo. Sei que Kempelen proibiu. Mas sua presença é muito, muito revigorante. — Jakob fez uma expressão zombeteira. — Sem dúvida, mais animadora do que ficar olhando pela janelinha, enquanto ela pendura as roupas. Talvez descobrisse que ela não corresponde exatamente à imagem que você tem dela. E, além do mais, ela cheira muito bem.

Tibor não objetou. Ele segurou a maçaneta.

— Você virá se ela for junto? — perguntou Jakob uma última vez. — Só nós três. Nós a beijaremos na bochecha esquerda e na direita, com a cidade aos nossos pés. Um trio alegre, alcoolizado; o pequeno, a bonita e o judeu?

Jakob conseguiu tirar a mão do umbral a tempo, quando Tibor bateu a porta com força atrás de si. O sorriso irônico de Jakob ainda permaneceu no seu rosto durante um bom tempo. Quando ele se deu conta de que estava sorrindo, apesar de estar sozinho no cômodo, e principalmente sem estar com vontade de sorrir, relaxou sua expressão. O turco não lhe bastava como companhia. Pegou seu casaco e saiu da oficina e da casa.

Suas pernas o levaram até a rua de São Miguel, mais rápido do que o necessário, fazendo com que o calor subisse pelo colarinho, batendo no rosto, apesar do frio. Quando chegou à frente do palácio da Câmara da Corte, olhou para cima e viu os três andares encimados pelo frontão, com as armas húngaras e as estátuas brancas da Lei e da Justiça. Apresentou-se ao porteiro como ajudante do conselheiro da corte, Von Kempelen. Um mensageiro com uma peruca armada foi enviado ao gabinete de Kempelen. Voltou um pouco depois e pediu a Jakob que o seguisse. Eles subiram os degraus de mármore branco, cobertos por uma passadeira vermelha, até o terceiro andar. Todos os homens que passavam por eles cumprimentavam educadamente e usavam roupas tão nobres que faziam Jakob se envergonhar do seu casaco simples e das suas calças de linho. Eles chegaram ao escritório de Kempelen por um corredor. O mensageiro bateu à porta e Kempelen os mandou entrar.

— Jakob — disse ele com uma expressão alegre, levantando-se da sua escrivaninha. — Que surpresa agradável! — Ele sacudiu a mão do seu ajudante, como se não o visse há semanas. — Jan, traga-nos uma limonada. Meu ajudante parece estar com sede.

O mensageiro fez uma reverência e se retirou do escritório, andando de costas, e fechando as portas atrás de si. Só então o sorriso desapareceu do rosto de Kempelen.

— O que houve? Tibor?

Jakob sacudiu a cabeça.

— Preciso falar convosco.

— Agora? Aqui?

— Vós me conheceis. Sou impetuoso. Não quero ficar carregando isto comigo.

Kempelen ofereceu um lugar para Jakob se sentar, do outro lado da escrivaninha. O escritório era ricamente decorado, com móveis em estilo francês. Podia-se ver a torre da Câmara Municipal através das janelas altas. As paredes que não estavam cobertas com estantes cheias de pastas estavam cobertas com mapas de Banat e da Hungria.

— Então?

— Talvez seja mesmo sobre Tibor — corrigiu-se Jakob. — Ele não quer mais jogar. Está exausto e ferido. Devemos deixá-lo ir embora antes que morra.

— Sua compaixão é muito nobre, mas acho que Tibor sabe muito bem falar por si mesmo. Nós dois chegamos a um acordo de que devemos continuar.

O mensageiro trouxe uma bandeja com uma jarra de limonada e dois copos.

— Na verdade, eu deveria servir champanhe — disse Kempelen. — Já faz praticamente um ano que você começou a trabalhar na minha oficina. Como o tempo passa rápido.

Kempelen se incumbiu da tarefa de servir a limonada, e o mensageiro os deixou a sós. Kempelen ofereceu um copo para Jakob.

— Pelo ano que passou e pelo ano que virá!

— Ainda haverá mais um ano juntos? — perguntou o judeu.

— Certamente! Por que não?

— Porque estou começando a me entediar. Sou muitas coisas: escultor, construtor de autômatos, relojoeiro, mas não sou um ator. Nos últimos meses não fiz nada além de empurrar o turco do xadrez para lá e para cá, dar corda no falso mecanismo e carregar, com um ar compenetradíssimo, uma caixa que contém apenas ferramentas. Acabei de me dar conta, quando estava consertando a máquina, o quanto o meu trabalho me faz falta.

— Quer um aumento de salário?

— Todo mundo quer um aumento de salário. Mas o que eu quero, acima de tudo, são novos trabalhos. Deixai-me construir um novo autômato. Vamos trocar o turco por uma outra figura. Ou então deixai que eu construa um corpo para abrigar a vossa máquina de falar.

— Não. A máquina de falar não precisa de um boneco bobo. Ela não deve brilhar pelo seu aspecto exterior, mas pela sua capacidade.

— Se não tiverdes mais trabalho para mim... então terei de procurar alguns outros. Nem que seja para fugir do clima de cemitério que reina na sua casa neste momento.

— Para onde quer ir?

Jakob sacudiu os ombros.

— Para Ofen... de volta para Praga... Cracóvia, ou Munique...

— Você se esqueceu de Viena.

— Está bem: ou Viena.

Uma pomba cinza pousou na cornija de uma das janelas e começou a arrulhar. Depois virou a cabeça e olhou pelo vidro. Então se calou e ficou olhando para os dois homens, fazendo movimentos com a cabeça. De repente ela voou para longe, como se algo a tivesse assustado.

— Os relojoeiros em Viena — explicou Kempelen — e especialmente Friedrich Knaus, caso você tenha pensado nele, não vão lhe dar um emprego por você ter uma aptidão para trabalhos manuais, e sim por você ter trabalhado comigo. Tentarão descobrir por seu intermédio como o turco funciona.

— Ficarei calado. Sou leal.

— Eles oferecerão muito dinheiro.

— Não sou venal.

— Não tente me enganar, nem a si mesmo. Qualquer pessoa é venal. Só depende do valor.

— Serei leal a vós. E Tibor é meu amigo. Não iria entregá-lo. Vou carregar o que sei para o túmulo. Mas não posso vos dar nada além deste juramento.

Kempelen suspirou. Ele colocou o braço sobre a escrivaninha com a palma da mão virada para cima.

— Jakob, preciso de você.

— Mas não mais como um carregador de móveis. Não consigo mais sentir nenhum prazer nisso.

— Este... prazer, do qual está falando, desapareceu no dia em que você negligenciou sua obrigação e deixou a baronesa Jesenák se aproximar demais, sem obstáculos, do autômato, depois daquela apresentação.

Jakob olhou para o teto.

— Vós ireis me cobrar isso eternamente.

— Porque isso me acompanhará eternamente. Você tem a sua parcela de culpa na morte da baronesa. Portanto, irá nos ajudar a desfazer a encrenca na qual você nos meteu.

— Com prazer. Com prazer! Mas não viajando com esta merda de autômato pelo país! — gritou Jakob, levantando-se da poltrona.

Kempelen colocou o dedo indicador nos lábios e depois apontou para a porta, para que Jakob abaixasse o tom de voz.

— Vamos parar com isso e aproveitar a fama! — prosseguiu Jakob com a voz mais baixa. — Tibor pode ser descoberto, é apenas uma questão de tempo. Alguém pode se esconder e nos observar enquanto fazemos a desmontagem. Alguém pode subornar o vosso pessoal. O húngaro maluco pode atirar novamente e acertar uma bala na cabeça de Tibor. Alguém pode gritar: *Fogo!*, e todos, inclusive Tibor, sairão correndo da sala... Existem tantas possibilidades, tantas brechas. Esse ilusionismo não pode continuar bem-sucedido por muito tempo.

— Tenho outra opinião.

Jakob olhou para a torre da Câmara Municipal. O sino bateu cinco horas, e ele esperou que terminasse de badalar.

— Então vou ter de deixar Pressburg, por mais que eu lamente — disse ele.

— Está me pressionando?

Jakob sacudiu a cabeça. Depois levantou-se.

— A máquina está completamente reconstruída. A apresentação no Teatro Italiano ainda vai levar tempo suficiente para que seja encontrado um substituto para mim, se é que vós realmente precisais de um. E, se assim o desejardes, posso ensinar esse substituto com prazer. Gostaria de receber o resto do meu pagamento até o final da semana. O ano que passei a vosso serviço me deu muito prazer, senhor Von Kempelen. E muito obrigado pela limonada.

Kempelen levantou-se também, com a testa franzida.

— E vai deixar Tibor na mão? O Tibor ferido, que não tem ninguém além de você? Que sempre contou com a sua amizade e com a sua preocupação? Vai ficar com a consciência tranqüila?

— Com muito pesar. Mas se esse é o vosso último recurso para me deter, então isso só vem a me certificar que a minha despedida é a única decisão correta — disse Jakob, fazendo uma reverência e saindo do gabinete.

Jakob afastou-se da Câmara Real da Corte com passos rápidos e se dirigiu para o portão de São Miguel, que ficava na direção errada. Ele queria sair do campo de visão do palácio da Câmara o quanto antes para o caso de Kempelen o seguir com o olhar pela janela. Entrou na viela das Flores e só então diminuiu o passo no meio dos cidadãos que voltavam para casa do trabalho ou entravam nas estalagens. Jakob parou em frente à tabacaria de Habermayer e ficou olhando a vitrine; não por estar interessado nos inúmeros cachimbos, mas porque queria pensar sobre o que tinha feito e naquilo que iria fazer. Não queria ficar sozinho, mas ainda era muito cedo para ir para a taberna.

Então ele voltou para a rua do Danúbio, na esperança de ainda encontrar Elise por lá. Alguém deveria recompensá-lo pelo seu corajoso pedido de demissão, e, se ele realmente só fosse ficar mais alguns dias em Pressburg, então já estava na hora de dividir a cama com Elise novamente. A primeira vez tinha sido fantástica. Ela fora bem mais contida do que Constança, mas talvez isso fosse exatamente o melhor de tudo. Isso e a suposição de poder ter sido o seu primeiro homem.

Elise não estava mais na casa dos Kempelen. A casa estava cinza e vazia, com o anoitecer se aproximando. Parecia um bastião abandonado, com as janelas gradeadas e emparedadas, todas fechadas. Tibor e o turco eram os únicos ocupantes da casa, cada um mais silencioso do que o outro. Mas Jakob não estava disposto a desistir de Elise — afinal, ele já imaginara, no caminho de volta, como iria despi-la e amá-la — e desviou, portanto, seus passos para a rua do Hospital, onde ela morava.

Os oito quartos da casa na rua do Hospital eram alugados exclusivamente para empregadas da baixa nobreza e da burguesia. Jakob já estivera ali uma vez e gostara muito. A maioria daquelas empregadas era mais jovem do que Elise, e Jakob as cumprimentava amavelmente, percebendo os cochichos pelas suas costas. A casa era administrada pela viúva Gschweng, um verdadeiro dragão que se batia pela ordem e pela decência e puniria qualquer visita masculina. Mas passar por ela era apenas mais um desafio para Jakob, que ele venceu com relativa facilidade, tanto antes quanto agora. Ele bateu na porta de Elise, no primeiro andar, e ela abriu. Ela ficou ainda mais surpresa do que Kempelen — quase atordoada. Jakob sorriu.

— O que está fazendo aqui? — sussurrou ela. — Suma, antes que a velha o descubra.

— Posso ficar aqui?

— Nem pensar!

— Então vou sentar o meu traseiro aqui neste degrau — disse Jakob enquanto o fazia — e vou esperar até que você me deixe entrar. Espero que mude de idéia antes que a viúva malvada se ponha a caminho. — Ele começou a cantar tão alto, que ecoou pela pequena escadaria.

De todo o ninho, o chope melhor, pela bela Margret em Thore é servido,
Enquanto molha o palato com frescor, a bela Margret nos fala ao ouvido.
Em frente à porta uma tília há, a fresca espuma que ela me serve lá...

Elise suspirou e abriu a porta. Jakob levantou-se com um salto, entrou no quarto e, enquanto Elise fechava a porta e virava a chave, já tinha tirado o seu casaco.

— O que é isso? — perguntou ela. — O que quer aqui?

— Você — respondeu ele —, única e exclusivamente você, Elise.

— Você está no seu juízo perfeito?

— Sim. Sempre que a vejo.

Jakob colocou uma das mãos na nuca de Elise e acariciou a penugem que havia ali. Elise se desvencilhou da carícia.

— Por favor, pare com isso — disse ela, com um pouco mais de suavidade.

— Por quê? Não é bom?

— Tenho que trabalhar.

— Você não tem. E eu também não. Vamos fazer algo gostoso hoje à noite.

— Você me dá medo.

Jakob deu um passo em sua direção e a beijou. Ela sentiu o membro dele endurecido através do tecido do seu vestido.

Como ela não retribuísse o beijo, Jakob afastou-se.

— Me beije — disse ele.

— Não. Por favor, vá agora, Jakob.

Ele se jogou na cama dela.

— Você disse que me beijaria, se eu lhe contasse o segredo da máquina do xadrez. Vou contar. E aí você vai me beijar. Este é o nosso acordo.

— Você me apresentou duas histórias da carochinha, eu não estou mais interessada.

— Desta vez vou contar a verdade. Olhe para mim.

Ela não olhou para ele.

— Eu não ligo mais, Jakob.

— Olhe para mim! — Ela continuou olhando para o lado. — No autômato do xadrez... há um anão! Um anão minúsculo, mas muito inteligente, conduz a máquina por dentro. E esta é a verdade, que Deus me ajude. O meu e o seu Deus. Posso lhe mostrar o anão, se você quiser.

Elise ficou calada.

— Me dê o meu beijo — disse Jakob. Ele ainda sorria, mas o sorriso tinha desaparecido da sua voz.

— E aí você vai embora?

— Sim.

Ela foi até a cama. Jakob levantou a cabeça ao encontro dela, que o beijou, e desta vez, do jeito que ele queria. Depois ele a segurou com o braço.

— Quer ter Kempelen nas suas mãos?

Elise apertou os olhos como se não tivesse entendido a pergunta.

— Você prometeu ir embora.

— Só mais esta pergunta: Você quer Kempelen?

— Não.

— Não sou nenhum tolo, Elise. Eu percebo as coisas. Ele. Você. Vejo o seu empenho para que ele se apaixone por você. E estou atrapalhando, naturalmente.

— Solte o meu braço.

— Isso não seria uma novidade. Quantos senhores da alta nobreza não têm um caso com a sua bela empregada, porque as suas esposas se tornaram vassouras sem atrativos.

— Você está dizendo tolices.

— Por que ele exilou Anna em Gomba e não a visita há meses? E por que eu a encontrei aos prantos na cozinha no dia em que ela partiu?

Jakob puxou-a rudemente para si, por cima da cama, e colocou uma das mãos sobre a sua barriga antes que ela pudesse evitar. Sobre o ventre que se abaulava sob o vestido largo. Ela sentiu a pressão morna dos seus dedos sobre a pele da sua barriga e sentiu os membros da criança não nascida cederem à pressão.

— E de quem mais você está esperando um filho senão dele mesmo?

Elise ficou pálida. Ela parou de resistir.

— O que pretende com tudo isso? — perguntou Jakob. — Acredita mesmo que ele vai largar a esposa e que você vai se tornar a nova senhora Von Kempelen? Ou pretende viver o resto da vida como amante, dependendo da sua boa vontade, como concubina com emprego fixo, como mãe do seu bastardo, esperando que ele ainda a ache atraente por alguns anos, pagando o aluguel? Além disso, não que eu queira assustá-la, nem que tenha algo a ver com isso, a última amante dele virou comida dos vermes no cemitério da igreja de São João.

Jakob se levantou. Ela continuou calada.

— Mas você não deve ter pensado nisso. Você só pensou: antes um cavaleiro, conselheiro da câmara da corte, do que um entalhador circuncisado, sem árvore genealógica. Você é muito bonita, Elise, mas também é muito burra.

— Fora — disse Elise.

Jakob pegou o casaco no cabide.

— Diabos, eu não ficaria nem mesmo se você me pedisse.

Do lado de fora, Jakob encolheu-se por causa da chuva. Então deu-se conta de que não estava chovendo apesar de ter parecido o dia inteiro que iria chover. Em poucas horas ele resolvera seus assuntos com Tibor, Kempelen e Elise; e agora se sentia aliviado e muito mal ao mesmo tempo. Ele só precisaria seguir pela rua do Hospital, e ela o levaria até o mercado de peixe — pois já estava mais do que na hora de encher a cara na À Rosa Dourada até que Constança o pusesse porta afora. E se ela assim o quisesse e a bebedeira já tivesse passado, ele a abraçaria e faria com ela o que teria preferido fazer com Elise. Então recomeçou a cantar.

Ainda há pouco sossego eu não tinha; estava tão triste, tão receoso agora,
Então caminhei até a tília, e logo meu sofrimento foi-se embora!
Tão maravilhosa, a lua subiu, Margret, levante! Margret, ela me ouviu
Margret, Margret em Thore!

Jakob não compareceu no dia seguinte, uma quinta-feira, conforme o combinado, ao ensaio com a máquina de xadrez. Kempelen liberou Tibor e disse que depois recuperariam o ensaio. Pelo jeito, Jakob tomara muitos copos de aguardente. Kempelen também parecia exausto. Voltara muito tarde da reunião na loja maçônica.

Jakob também se ausentou da oficina na sexta-feira. Tibor bateu na porta do escritório de Kempelen ao meio-dia para falar com ele sobre aquilo. Kempelen usava as botas de montaria. Estava ainda mais pálido do que na véspera. Sobre a mesa havia uma pistola dentro do estojo, chumbo e pólvora. Tibor pediu a Kempelen que mandasse um mensageiro até o apartamento de Jakob, na viela dos Judeus, ou então que fosse ele mesmo, para o caso de Jakob estar doente ou necessitando da ajuda de alguém. Kempelen suspirou e pediu a Tibor que se sentasse.

— Temo que ele não esteja mais lá.

— O que quer dizer?

— Sabia que ele andou pensando em deixar a cidade?

— Mas não dessa maneira.

— Como é que se pode saber quando se trata de alguém como Jakob? Eu também estou surpreso, pois afinal ele queria receber o pagamento. Por outro lado, ouve-se com freqüência que os judeus viajam com pouca bagagem.

— Não acredito que ele tenha ido embora.

— Tibor, eu também sinto muito. Mas acho que teremos de nos acostumar com isso. Ele estava buscando novas tarefas. Se não tiver voltado até a semana que vem, providenciarei um substituto.

Tibor não respondeu. Olhou mal-humorado para um mapa das cercanias de Pressburg e desejou que um alfinete lhe mostrasse onde Jakob estava naquele momento.

— Vou sair para uma cavalgada.

— Para onde?

— Para lugar nenhum. Simplesmente preciso de um pouco de ar fresco e de algumas árvores e campos à minha volta.

E, como explicando, ele acrescentou:

— O outono está chegando.

Kempelen se levantou e amarrou o coldre da pistola na cintura. Quando percebeu Tibor olhando com ar indagador para a arma, sorriu.

— Caso eu encontre o barão Andrássy, vou me vingar do seu ataque.

Tibor observou do seu quarto como Kempelen pôs a sela em seu cavalo. Depois foi para as janelas da oficina e seguiu Kempelen com o olhar enquanto este saía a todo galope pela rua na direção do lado de fora da cidade. Tibor esperou passar um quarto de hora, pegou suas chaves e desceu para o pavimento térreo. Encontrou Elise na lavanderia. Seu coração encolheu doloridamente quando a viu e os dedos que seguravam o molho de chaves ficaram úmidos.

— Tibor.

Ela sorriu e deixou os lençóis que segurava caírem de volta no cesto de roupas. Ela parou por um momento, depois se ajoelhou e o abraçou. Ele fechou os olhos, inspirou profundamente o seu perfume e desejou que ela não tivesse ouvido o fuçar do seu nariz. Quis corresponder ao abraço, mas deixou os braços caídos, como se estivesse entrevado.

— Sinto muito — disse ela depois de soltá-lo. — Mas tive vontade de fazer isso.

Tibor acenou com a cabeça. Ela se levantou, obrigando Tibor a olhar para cima.

— Estou preocupado com Jakob — disse Tibor. — Sabe dele?

Ela balançou a cabeça.

— A última vez que o vi foi na quarta-feira, quando ele saiu da oficina. Talvez tenha saído de Pressburg.

— Vou procurá-lo.

— Bom — disse ela. — Como vai o ferimento?

— Vai sarar. Você trabalhou com muito cuidado. Eu disse ao médico que eu mesmo tinha costurado o ferimento, e ele ficou impressionado.

— Tibor... aquele não era um médico.

— O quê?

— Era o farmacêutico do *Caranguejo Vermelho*, Gottfried von Rotenstein. E o mesmo homem... também se fez passar por monge depois da morte da baronesa. Só o hábito era verdadeiro.

— Como sabe disso?

— Eu o vi. Kempelen mentiu para você.

— Sim — disse Tibor baixinho. — E quem sabe quantas vezes... Talvez mais vezes do que eu menti para ele.

Os dois se calaram, até Tibor se mover.

— Preciso sair.

— Seja cuidadoso.

Tibor pegou os sapatos altos e o casaco no seu armário para ganhar altura novamente e não chamar a atenção nas ruas.

Tibor bateu na porta, mas ninguém respondeu. Conseguiu entrar no apartamento de Jakob usando a chave que ficava escondida debaixo do telhado. Esperou encontrá-lo dormindo ou então que o quarto estivesse totalmente vazio, só com os móveis. Mas as duas esperanças foram em vão: a cama estava vazia e desfeita e ainda reinava na mesa, nas cadeiras e no chão a mesma desordem de desenhos, esculturas inacabadas, ferramentas e restos de comida — pão, salsicha, maçãs e uma jarra de vinho. Jakob não estava lá, mas tampouco tinha viajado. Tibor saiu do apartamento e recolocou a chave no lugar. Ao descer pelas escadas estreitas, sentiu os sapatos pressionarem de novo, dolorosamente, seus pés.

O velho comerciante judeu também não teve como ajudar Tibor. Vira Jakob pela última vez havia muitos dias, mas prometeu ficar atento. Tibor recusou, agradecido, o convite de Krakauer para tomar uma aguardente ou jogar uma partida de xadrez, ou ambas as coisas, dentro da loja aquecida.

Tibor lembrou-se que Jakob tinha pretendido ir até a À Rosa Dourada e dirigiu-se até o mercado de peixe. A taberna ainda estava fechada, mas o taberneiro careca o deixou entrar. As duas empregadas estavam limpando as mesas. Tibor reconheceu a ruiva Constança, que pediu ao taberneiro para fazer uma pequena pausa, sentou-se com Tibor na mesa de canto, a mesma onde se sentara com Jakob.

Jakob tinha, de fato, estado na À Rosa Dourada. Ele se embebedara durante muitas horas e saíra da taberna muito depois da meia-noite — sozinho, com um turbante, e muito cambaleante.

— Com um turbante? — perguntou Tibor.

Constança sorriu.

— Ele é realmente um charlatão. O senhor deveria ter estado aqui!

Jakob chegara mal-humorado a À Rosa Dourada e tomara os dois primeiros copos de Sankt Georger sozinho, apesar de a taberna estar cheia de pescadores, soldados e trabalhadores, alguns dos quais ele conhecia. Um chapeleiro prestou atenção em Jakob e convidou-o a se sentar à sua mesa, onde já estavam inúmeros companheiros e aprendizes da zona sul da cidade. Eles quiseram que Jakob lhes falasse sobre o "maravilhoso turco", e ele concordou com a condição de que passassem a pagar sua bebida. Então ele falou sobre a fama do turco, sobre as partidas com o prefeito Windisch e com a imperatriz, e a cada frase, a cada gole de vinho, seu humor foi melhorando. Um aprendiz de padeiro gago, cujo mestre tinha estado numa das apresentações do turco, contou que era impossível diferenciar os olhos de vidro do turco de olhos verdadeiros. Jakob contestou-o: os olhos não eram de vidro coisa nenhuma. Eram verdadeiros, pois com olhos de vidro nem a máquina mais refinada conseguiria enxergar. Kempelen e ele, Jakob tinham arrancado, no ano anterior, os olhos de dois membros de um bando de ladrões e sangüinários que tinham sido enforcados pelos irados cidadãos de um povoado num pé de carvalho, em um cruzamento de uma estrada antes que virassem comida de corvos famintos. Eles tinham glacificado aqueles olhos com açúcar para que não perdessem a forma e a cor e depois os tinham enfiado no crânio do turco. Aquela narrativa amedrontara e repugnara a metade dos ouvintes e divertira a outra metade. Jakob prosseguiu, descrevendo como ele e Kempelen tinham percorrido cemitérios, à noite, com lanternas e pás, para procurar a mão esquerda que fosse adequada para o turco. Mas eles não tinham conseguido achar nada, à exceção de alguns ossos, que tinham então usado para esculpir as peças de xadrez. As peças vermelhas eles tinham tingido com o próprio sangue. Kempelen tinha finalmente comprado a mão faltante de um carrasco, que a tinha decepado na véspera de um ladrão reincidente. Os olhos e a mão tinham sido ressuscitados com o poder do magnetismo. Jakob assegurou, no final, que todas as demais partes do turco, no entanto, tinham sido entalhadas em madeira.

Quando se começou a falar sobre a misteriosa morte da baronesa Jesenák, Jakob se ofereceu para reconstituir o incidente. Um casaco se transformou rapidamente num caftan. Um pano de prato foi enrolado em volta da cabeça de Jakob, fazendo as vezes de turbante, e um pedaço de carvão foi utilizado para pintar um bigode em cima da sua boca. Jakob tirara os óculos. Os companheiros tiraram todos os copos e jarros da mesa em frente a Jakob e colocaram um tabuleiro de xadrez no lugar. Colocaram, além disso, uma almofada e um cachimbo na mão dele. Desta forma, Jakob imitava o turco. Naquela altura, todos na À Rosa Dourada estavam prestando atenção nele. Constança, sua colega, e até o taberneiro tinham largado o seu trabalho para se deixarem entreter por Jakob. Ele fez então alguns lances enquanto caricaturava os gestos do turco: a postura rígida, os movimentos mecânicos e aos solavancos, e o girar dos olhos. Xingou os clientes da taberna, com forte sotaque oriental, e ameaçou, com uma gramática crua, comer os seus filhos, seqüestrar suas mulheres e agraciá-las na sua serragem, de onde sairiam seus gritos de encantamento que ecoariam até a Áustria. A taberna estremeceu de gargalhadas. Depois o turco artificial pediu uma aguardente de tâmaras e figos para encher o seu estômago automático. O taberneiro trouxe Tokajer por conta da casa. Jakob tomou um gole e cuspiu imediatamente, bem na cara do aprendiz. Ele disse que não era à toa que quem tomava aquilo não sabia lutar, pois aquele tipo de água aromática adocicada era bem ao gosto das mulheres. Protestos ressoaram na multidão. Um hussardo gritou que os turcos tinham acabado de ser expulsos da Hungria e que logo seriam expulsos do continente com um pontapé no traseiro. O público aplaudiu, mas Jakob pegou uma peça de xadrez e arremessou-a na testa do soldado; em seguida, iniciou aos berros um bombardeio contra os clientes até acabar de arremessar todos os trinta e dois projéteis. Depois clamou por uma vítima. A outra empregada conseguiu se esgueirar a tempo, procurando abrigo atrás do taberneiro, e o dedo de Jakob apontou para Constança. Ela tentou correr, mas vários companheiros a agarraram e a arrastaram, apesar de ela gritar e se debater, colocando-a no altar de sacrifícios do turco. Jakob começou a apalpá-la, indo da cabeça até os peitos e as coxas, o tempo todo com gestos de máquina, com a mesma mímica hirsuta que arrancava lágrimas de riso dos olhos dos espectadores. Constança alternava risinhos com gritos. Então Jakob a beijou, e Constança conseguiu relaxar por um momento. Os ânimos se acalmaram, alguns exclamaram: "Oh!", sensibilizados, e um cliente chegou a dizer:

— Ele está apaixonado.

— Baronesa ter gosto muito bom — declarou o turco-Jakob —, mas agora mim ter que destruir.

Ele colocou as mãos no pescoço de Constança e a estrangulou. Ela participou da brincadeira, parando de rir e agonizando bem alto. Quando Jakob gritou "Xeque à rainha!", ela se deixou cair sobre a mesa, com os membros frouxos, a língua no canto da boca, os olhos revirados. Jakob então fechou as pálpebras e disse: "Xeque-mate à baronesa." Os aplausos para aquela encenação foram ensurdecedores, e Jakob e Constança se tornaram os heróis da noite. Depois o judeu ganhou muito mais bebida do que conseguiu beber, e com certeza muito mais do que pôde agüentar.

— Ele não tirou o turbante nem o bigode de carvão na hora em que saiu — contou Constança. — Foi com certeza um turco muito bêbado que nos deixou tarde da noite.

Tibor agradeceu à criada pelo relato, apesar de não ter sido de grande valia. Constança prometeu avisar a Jakob que o "senhor Neumann" tinha perguntado por ele, caso ele aparecesse nos dias seguintes.

Tibor parou em frente ao monumento à peste para pensar um pouco. Mesmo que o outro tivesse caído totalmente bêbado em algum beco, já teria tido tempo suficiente para curar a bebedeira. Kempelen estaria de volta de sua cavalgada, antes de escurecer, e Tibor tinha de voltar para a rua do Danúbio antes disso. Mas ele não achou suficiente aguardar notícias de Jakob, trazidas por Krakauer ou Constança, e decidiu voltar até a viela dos Judeus e deixar um bilhete para Jakob no apartamento.

A esperança de Tibor de que Jakob já tivesse voltado para casa foi em vão. Enquanto procurava um papel em branco para deixar seu recado,

Tibor encontrou, caído no chão, o desenho de uma mulher, feito com carvão. Ele a reconheceu imediatamente: era Elise. Tibor sentou-se por um momento numa cadeira para olhar o retrato. Jakob não era um artista excepcional, o modelo é que era excepcional. Ele pediria a Jakob para ficar com o desenho. Então seu olhar recaiu sobre um busto, que tinha começado a ser esculpido em teixo claro e que estava próximo à janela. Tibor reconheceu novamente Elise. Jakob a tinha retratado de forma extremamente fiel, não eliminando as suas pequenas imperfeições, tais como o canto direito da boca mais alto ou a cicatriz na testa. Será que Elise tinha posado para ele? Talvez aqui mesmo? Talvez completamente nua?

O trabalho em seu rosto estava terminado, mas os cabelos ainda se apresentavam esculpidos de forma grosseira. Uma talhadeira tinha sido enfiada na parte de detrás da cabeça de madeira. Tibor retirou-a. Ficou um buraco horrível, com a forma de meia-lua. Tibor desejou que aquele ferimento desaparecesse quando o judeu terminasse de esculpir os cabelos.

O busto, sobre o pedestal, estava na mesma altura que o rosto de Tibor. Ele passou os dedos sobre a madeira, seguindo as linhas do seu rosto, a boca, o nariz, os olhos e as sobrancelhas. Depois colocou os dedos sobre os lábios. Sentiu a madeira esquentando com o toque da sua pele. Segurou o rosto com as duas mãos, fechou os olhos e deu um beijo na boca de madeira, suave o suficiente para sentir o calor, mas não forte demais para não sentir a dureza da madeira.

A porta da escadaria foi aberta. Tibor derrubou o busto, assustado. Escutou passos no corredor e a porta do apartamento de Jakob foi aberta. Tibor se perguntou se ele ainda estaria usando o turbante e se deu conta de que aquele era um pensamento maluco — e, de fato, Jakob não estava mais usando o turbante quando entrou no quarto. Mas também não era ele. Era Kempelen.

Os dois homens se entreolharam. Kempelen ficou piscando, pois, além da surpresa de encontrar Tibor ali, somou-se a surpresa de vê-lo mais alto devido aos saltos falsos. Kempelen segurou diversas gazuas numa das mãos, mas não as utilizara, já que Tibor deixara a porta aberta. Kempelen estava com os cabelos desgrenhados e com o rosto corado depois da cavalgada.

Tibor colocou o busto de volta no lugar, mas virou o rosto de Elise na direção oposta da de Kempelen.

— Aha — disse Kempelen.

— Eu estava preocupado com Jakob — explicou Tibor. — Estava procurando por ele.

— Sim.

Kempelen entrou no quarto e fechou a porta.

— Você o encontrou?

Tibor sacudiu a cabeça, negando.

— Você cresceu — disse Kempelen apontando para as pernas alongadas de Tibor.

— Não queria chamar a atenção no meio da rua.

— Sim. Muito criativo.

— Só vou escrever um bilhete a Jakob, depois vou embora.

— Não. Vá imediatamente — disse Kempelen. — Eu escrevo o bilhete. A não ser... que você queira dizer algo diferente de mim para ele.

Tibou olhou fixamente para Kempelen e balançou a cabeça lentamente.

— Bom. Vá rápido, não passe pelo meio da cidade e entre em casa pela porta dos fundos. Você está se arriscando, mas, se tomar cuidado, ninguém vai perceber nada.

Kempelen ficou observando os passos bem-treinados de Tibor.

— Impressionante. Esse é o teu primeiro passeio?

— Sim — disse Tibor

— Vamos continuar a conversa em casa.

Tibor foi embora. Kempelen esperou um minuto. Depois empurrou o encosto da cadeira contra a porta, a fim de trancá-la. Tirou o casaco, colocou-o ao lado das gazuas, sobre a cadeira, e começou à inspecionar o quarto, palmo a palmo. Olhou cada carta, cada desenho, cada jornal, todas as ferramentas, até mesmo as roupas e a *menorá* coberta de cera. Tudo o que ele verificava era colocado em cima da cama, e assim o quarto foi ficando mais arrumado a cada minuto que passava. As roupas do armário, ele as deixou lá mesmo; mas verificou todas as gavetas e por baixo do piso do armário.

Kempelen achou um papel dobrado no bolso interno do *justaucorps* amarelo-claro que Jakob usara em Schönbrunn pela última vez. Desdobrou o papel e leu em voz alta as três linhas que estavam escritas.

— *Jakob Wachsberger, écrit à Vienne, le 14 août 1770.*

Kempelen franziu a testa. *Le 14ª août 1770.* O dia 14 de agosto tinha sido o dia em que eles tinham feito a apresentação do jogo contra a imperatriz. Kempelen leu as palavras novamente. As distâncias entre as letras eram idênticas, e as letras eram muito parecidas entre si. Cada uma das seis letras *e* era igual às demais, até o último detalhe.

— Esta não é a letra de Jakob — disse para si mesmo. — Tão regular... tão mecânica... — Ele olhou para longe e concluiu de forma inexpressiva: — A máquina de escrever.

Dobrou o papel novamente e colocou-o no bolso do seu casaco. Então viu o busto. Virou-o para si e olhou nos olhos mortos, feitos do toixo branco.

Menos de quinze minutos depois ele estava prendendo o seu cavalo na viela do Hospital, em frente à casa da viúva Gschweng, onde moravam as criadas e onde Elise tinha o seu quarto. A viúva o deteve na escadaria e enfatizou que ali não eram permitidas visitas, muito menos de homens. Kempelen esclareceu quem era, ou seja, o patrão de Elise, e que ele precisava ir imediatamente ao quarto dela a pedido da própria Elise, pegar algo de que ela necessitava. Cética, a viúva o levou até a porta de Elise e a destrancou. Ela também quis entrar, mas Kempelen a deteve com firmeza no corredor. A viúva protestou, até que Kempelen a ameaçou, num tom de voz visivelmente mais duro, dizendo que falaria com o prefeito sobre ela, caso continuasse gritando daquele jeito, e bateu a porta na sua cara.

Kempelen revistou o quarto do mesmo jeito que fizera no quarto de Jakob, com a diferença de que estava deixando todos os objetos nos seus devidos lugares para não denunciar a visita. Acabou achando o que procurava atrás do espelho: ela escondera três cartas, sem os envelopes, por trás da moldura. A caligrafia lembrava vagamente a da *Maravilhosa máquina que tudo escreve*, mas era claramente a letra de uma pessoa. Faltavam a data, o remetente e o destinatário.

Chérie,

Eu recebo notícias de P., mas elas não vêm de você e são sobre o triunfo da máquina. Já faz quase três meses. Caso seja realmente uma máquina, volte sem maiores preocupações e me diga. (Mas, então, por que ele a proibiria de entrar na oficina?) Caso você não esteja conseguindo acesso através dos desejos dos homens, force a sua entrada com violência. Se ele a descobrir, o maior castigo seria mandá-la embora.

Caso você esteja se demorando porque convém trabalhar para dois patrões e esteja enchendo os bolsos para o seu porvir, eu a previno: vou ficar com o meu $ fl e basta uma palavra minha para que você fique arruinada na corte.

Kempelen percebeu, pelo papel, que estava tremendo, mas, apesar disso, leu a segunda carta.

Ma chère,

Agradeço as notícias. Então você estabeleceu uma boa convivência. Fique junto do rapaz. Em Schönbrunn ele ficou embasbacado com as demoiselles, e se ele for como eu, na idade dele (ou na minha), com certeza vai querer engoli-la. Volte então rapidamente para mim, e eu darei a K. uma revanche de que ele não esquecerá pelo resto da vida.

Tu me manques, chérie, assim como as nossas débauches; todas as outras mulheres têm um gosto insípido comparadas com você. Beijo o seu traseiro rechonchudo e lambo as suas doces maçãs do paraíso.

Frédérique

Post scriptum: é melhor destruir esta carta, assim como todas as outras. Quanto mais não seja, faça-o por conta das minhas linhas imundas!

Kempelen deixou as duas cartas caírem sobre a mesinha e abriu a terceira.

G.

Você já deve ter ficado sabendo de Viena. Tive que rir, tout le jour, dele. Foi delicioso. Como você até agora não teve sucesso, não acho que a sua permanência em P. seja mais necessária para mim. Talvez eu tenha depositado esperanças muito altas em você. Eu só vou pagar o seu salário por mais este mês. Caso consiga em algum momento revistar a M., pagarei a metade do prêmio prometido.

Baisers et cetera.

Kempelen guardou a primeira carta consigo, dobrou as outras duas e as recolocou na moldura. A viúva bateu na porta, pelo lado de fora, e perguntou por ele.

— Desapareça! Já estou terminando — gritou ele, sendo obedecido.

Ele tentou pendurar o espelho de volta no prego, mas, como estava tremendo, não conseguiu na primeira tentativa. Ficou observando o seu rosto dançando na sua frente, refletido pelo vidro, enquanto tentava; lívido, suado, com os cabelos em desalinho, o colarinho aberto de forma deselegante por causa do calor. Não importava onde ele tentasse, não conseguia fazê-lo ficar pendurado no prego. Kempelen afastou o espelho para se certificar de que realmente ainda havia um prego na parede. Finalmente acertou o gancho e deixou o espelho baixar. Uma pequena medalhinha pendurada sobre o canto superior do espelho tilintou contra o vidro. Kempelen olhou para ele, balançando em dobro, diante dos seus olhos, o original e a imagem refletida, e reconheceu a figura arranhada de Maria. Era o amuleto de Tibor. O amuleto que ele sempre usara e que nos últimos tempos não usara mais. Por que não estava mais com ele? Por que estava ali, na casa de Elise?

Ao sair, Kempelen disse à viúva que a puniria se ela contasse a Elise que ele estivera em seu quarto. E que também a puniria se ela contasse a alguém que ele tinha ameaçado puni-la. Quando ela fez menção de que desmaiaria, ele colocou um *gulden* em vez de sais debaixo do seu nariz, e ela se recompôs.

— Maria, santa Mãe de Deus, ouça nossa prece. Mantenha a Tua proteção sobre Jakob, onde quer que ele esteja. Acompanha-o nas suas viagens e conduza-o em segurança ao seu destino. E ajuda-nos também a vencer as nossas dificuldades. Enquanto isso, ó gloriosa e bendita Virgem, leva-nos até o Teu filho, recomenda-nos ao Teu filho, ora por nós, para que nos tornemos merecedores da promissão de Cristo. Amém.

— Amém — repetiu Elise.

— Talvez ele esteja celebrando o *shabat* em algum lugar — disse Tibor, depois que eles se levantaram e limparam os joelhos.

Eles haviam se encontrado novamente na oficina. Kempelen saíra de manhã a cavalo até o palácio para participar de uma reunião convocada pelo conde Albert, que não acabaria antes do anoitecer.

— Mas talvez ele tenha ido embora — disse Elise. — E eu acho... que você deveria segui-lo.

— Para onde?

— Tanto faz. Você deveria simplesmente sair de Pressburg.

— Seria perigoso.

— Tanto faz. Se você quiser, eu posso acompanhá-lo. Eu o apoiarei e o esconderei. Tenho conhecidos que podem nos ajudar. Não posso garantir que dê certo, mas não lhe proporia isso se não acreditasse.

Tibor virou a cabeça de lado, como um cachorro.

— Por que quer me ajudar?

— Porque... você precisa de ajuda.

— Isso não é um motivo para você. Está com pena de mim ou há alguma coisa por trás disso. Por que está fazendo tudo isso?

As portas da oficina foram abertas violentamente, batendo nas paredes, enquanto Elise ainda escolhia as palavras.

Wolfgang von Kempelen estava de pé no corredor, do mesmo jeito que tinha deixado a casa uma hora atrás.

— Exatamente, Elise — disse ele, bem alto — Por que está fazendo tudo isso? Por amor cristão ao próximo? Ou será que ele a recompensará?

Ele entrou na oficina com passos largos. Tibor não conseguia se desvencilhar do olhar dele.

— Sinto muito ter de interromper o seu pequeno *tête-à-tête* antes mesmo que ambos tenham conseguido se aproximar de verdade. E isso, eu garanto, Tibor, seria só uma questão de tempo. Posso dizer por que ela está fazendo tudo isso.

Ele pegou uma carta no seu *justaucorps* e esfregou-a no nariz de Tibor.

— Ela está fazendo isso, porque, na verdade, não é uma empregada simples de Ödenburg, e sim uma deslavada espiã de Viena, enviada por ninguém menos do que Friedrich Knaus, o mecânico da corte de Sua Majestade e maior inimigo do autômato do xadrez! Ele bem que mandou você destruir as cartas!

Kempelen pegou a carta de volta, antes que Tibor tivesse conseguido ler qualquer palavra e bateu na mesa do turco do xadrez com a mão espalmada. Os movimentos de Tibor ficaram estranhamente lentos, como se de repente tivesse começado a fluir xarope nas suas veias. Elise ficou pálida e olhou furtivamente para a porta, como se estivesse pensando em fugir da oficina.

— Knaus, que incentivou sua bela agente a utilizar todos os meios de que dispõe, principalmente os físicos.

Kempelen foi até Elise. Ela recuou um passo.

— Você teria ficado literalmente com as mãos cheias com os três homens desta casa. Para mim ela estendeu os seios e os lábios. O que foi que você vivenciou em seus braços, Tibor? Ela se desfolhou diante de você? Ela testou se determinadas partes do seu corpo crescem, quando são devidamente trabalhadas? Você conseguiu terminar com ela o que começou com Ibolya? Foi por isso que você deu o seu amuleto a ela?

Kempelen tentou segurar a corrente no pescoço de Elise, mas ela conseguiu se esquivar. Tibor ficou sem fala.

— Não consigo nem imaginar o que você deve ter feito com o nosso Jakob, que já era um estróina antes da sua chegada. Com certeza o beijou e se entregou a ele. Um pequeno adiantamento pela delação dele e o resto ele deve estar coletando em espécie com Knaus agora mesmo.

— Eu não sei onde está Jakob — disse Elise.

— Acha que acredito no que diz?

— Não ouvi falar nada sobre Viena. Por tudo quanto é mais sagrado, não tenho nada a ver com o sumiço de Jakob.

— Por tudo quanto é mais sagrado? E o que seria isso? O dinheiro? Pode parar com a representação da empregada temente a Deus. Você não passa de uma prostituta, e farei com que preste contas pela sua perfídia!

Kempelen segurou Elise pelo antebraço, e ela gritou, mais de susto do que de dor. O braço de Tibor foi imediatamente para a frente, e ele segurou Kempelen, da mesma forma como ele segurava Elise.

— Largue-a — disse Tibor.

— Você ficou maluco? O que significa isso?

— Solte-a!

Mas, em vez de afrouxar a mão, Kempelen apertou-a ainda mais. Ele agora estava realmente machucando Elise. Ela tentou em vão livrar-se dos seus dedos com a mão que estava livre. Tibor também apertou mais a mão. Kempelen se esforçou por livrar-se dele.

— Você ainda quer defendê-la? — gritou ele. — Ela é a nossa ruína, entenda isso!

Tibor não respondeu. Seus lábios estavam tão cerrados quanto sua mão. Os três não saíam do lugar, só as tábuas rangiam debaixo dos seus pés. Kempelen finalmente empurrou Elise para longe e se livrou da mão de Tibor. Ambos, Kempelen e Elise, esfregaram seus braços espremidos. Kempelen olhou para Tibor com os olhos arregalados.

— Em nome de Deus, o que ela fez que você não consegue mais distinguir quem é amigo de quem é inimigo?

— Nós vamos sair de Pressburg.

— O quê?

— Nós vamos sair da cidade.

— Como? Você está enfeitiçado?

— Você terá de procurar um outro jogador.

— O que é que deu em você? Não há outro! Já conversamos sobre isso!

— Então modifique o autômato para que caiba alguém maior.

— Impossível.

— Então pare com isso. Talvez seja melhor mesmo.

— Eu não posso parar! O que as pessoas vão dizer?

— Que precisa cuidar de outros projetos. Que já está farto disto.

Kempelen ajeitou o *justaucorps*, que ficara em desalinho com a confusão.

— Então fuja, Tibor, vamos ver aonde consegue chegar antes de ser encontrado e colocado na prisão.

Tibor apontou para a máquina de xadrez.

— A minha cela será maior do que aquela.

— Cela?

Kempelen soltou uma risada.

— Não alimente falsas esperanças. Você será enforcado como um criminoso comum.

— Mas antes farei um depoimento.

— Ninguém vai acreditar em você.

— E se acreditarem? — perguntou Tibor levantando a cabeça. — Conseguis viver correndo esse risco? Que acreditem em mim, que sejais desmascarados como um embusteiro que ousou enganar a família imperial e todo o reino? Vossa fama se transformará em vergonha e desgraça, podereis vos juntar à escória dos indivíduos indesejáveis que até então deportáveis para o Banat. Lá podereis recomeçar em uma fazenda ou uma mina.

Kempelen balançou a cabeça lentamente e disse em voz baixa:

— É isso que você quer? É esse o agradecimento que me dá? Eu o libertei do cárcere e do sofrimento, remunerei-o, vesti, mediquei... dei um novo lar, até mesmo a minha amizade... e agora isto? Você se diz um cristão e, apesar disso, quer a minha ruína e a da minha família? A pequena Teréz?

— Se me mandardes para o cadafalso, vós o tereis merecido. Caso contrário, nós dois ficaremos calados, e nenhum de nós sofrerá danos. Tendes a minha palavra.

— A sua talvez... mas a dela?

Kempelen apontou para Elise, que tinha acompanhado a conversa, totalmente calada.

Elise olhou de Kempelen para Tibor e de volta para Kempelen, até dizer:

— Vou ficar calada.

Kempelen bateu com um dedo na carta que estava sobre a mesa de xadrez.

— Você trabalhou durante quase meio ano para nos mandar para o verdugo. Knaus provavelmente vai lhe pagar uma fortuna. Por que iria se calar? Por que eu deveria acreditar em você quando diz que vai se calar? E mesmo que não seja assim: logo que vocês chegarem em Viena, e eu parar com as apresentações do turco, Knaus vai tirar as suas conclusões. Eu estou perdido, de um jeito ou de outro.

— Vós mesmo destes vida ao autômato. Fostes vós quem prometeu estarrecer a imperatriz — disse Tibor.

Kempelen não retrucou.

— Gostaria de receber o meu pagamento amanhã — prosseguiu Tibor. — Vou pegar o que me pertence e vou deixar a cidade à noite. Prometo que não irei para Viena.

Kempelen estava olhando para Tibor, mas seu olhar estava vazio. Era evidente que seu pensamento já estava em outra parte. Ele se retirou sem dizer palavra. Até mesmo o barulho dos seus passos na escadaria soavam desanimados.

— Tibor, isso foi... muito bom — disse Elise. — Não sei o que ele poderia ter feito comigo. Tive medo.

Tibor não retribuiu o sorriso. Ele pegou a carta de Knaus da mesa e levou-a para o seu quarto.

Quando ela entrou no cômodo, ele estava sentado na cama e lia a carta pela terceira vez. Em vez de mover somente os olhos, movia toda a cabeça, linha após linha. Ela fechou a porta e apoiou-se nela, com os braços cruzados sobre o peito.

— Faria alguma diferença se eu tivesse contado que trabalhava para ele e não para a Igreja?

Ele levantou o olhar da carta.

— Melhor seria que você me contasse tudo agora.

— Você não vai querer saber tudo.

— Você nunca esteve num convento.

Elise negou com a cabeça.

— Quem é você afinal, Elise? — perguntou Tibor. — Se é que se chama mesmo Elise.

— Quando nasci me deram o nome de Elise. Mas há alguns anos me chamam de Galatée, na corte.

— ...na corte? Você é uma... princesa?

— Não. Sou uma amante. Uma cortesã.

Tibor estremeceu tão violentamente, que rasgou a carta, que ainda estava segurando nas mãos. Ele quase se desculpou pelo estrago.

— De Knaus? — perguntou então, com os olhos arregalados.

— De Knaus... e de outros. Mas são todos homens muito finos. Knaus quis que eu viesse para Pressburg. Mas não fiz isto pelo dinheiro.

— Então fez por quê?

— Ele me pressionou.

— Com o quê?

— Estou grávida.

Tibor levou as mãos até os cabelos e deixou-as ali, sobre a cabeça, como se quisesse evitar que ela se partisse.

— Se ele espalhasse a notícia, iria arruinar a minha reputação na corte. Eu não poderia voltar. E vou poder usar o dinheiro para a criança.

— E Knaus mandou você para cá.

Elise acenou afirmativamente com a cabeça.

— Você se deitou com Jakob?

Elise acenou novamente, um pouco relutante.

— E Kempelen?

— Não. Nós só... nos beijamos, uma vez. Quer um pouco d'água...?

— De quem é a criança? De Knaus?

— Não sei.

— Você não... como pode não...? Oh, meu Deus.

— Poderia ser de Knaus, mas ... poderia ser do próprio imperador. Imagine só! Um filho do imperador!

Elise ficou radiante e colocou uma das mãos sobre a barriga. Tibor olhou fixamente para a mão. Ele realmente teria suportado bem um pouco d'água. Ela saiu da porta e deu um passo na direção dele.

— Não vamos mais falar nada, Tibor.

Tibor balançou a cabeça, e ela interpretou o gesto erroneamente, como uma concordância.

— Você acabou de me defender. Está na hora de recompensá-lo pela sua bravura.

Ela soltou a touca, tirou-a da cabeça e deixou-a cair da mão indolente. Depois sacudiu os cabelos e ficou imediatamente mais bonita do que antes. Sem desviar o olhar dele, soltou as tiras do corpete e puxou-as com destreza, sem pressa. Deu para perceber que seus seios tinham caído um pouco. Ela deixou o corpete cair ao lado da touca. O tronco agora só estava coberto por um vestido branco. Ela segurou o colarinho e o puxou pelo ombro. Tibor prendeu a respiração. Ele olhou para o ombro nu, o arredondamento do antebraço, o brilho na sua pele branca imaculada e a leve sombra debaixo da saboneteira; a paisagem perfeita desse corpo, com seus vales e elevações, seus despenhadeiros e planícies. Ela era ainda mais bonita do que ele havia imaginado nos seus sonhos. E agora iria pertencer a ele. Sentiu um calafrio nas costas.

Então ela tirou o outro braço de dentro do vestido e puxou o vestido para baixo com as duas mãos até a cintura, desnudando os seios, a curva da cintura e a barriga, na qual já se podia perceber a gravidez, o que a tornava ainda mais bonita. Ela respirou profundamente e se ajoelhou diante de Tibor. Ele ainda não se mexera. Ela esticou o braço nu em sua direção, segurou a mão esquerda dele, alisou-a com os dedos e levou-a até a boca. Beijou as costas da mão e depois os dedos, de olhos cerrados. Ele sentiu o hálito e o calor da pele dela. Depois ela virou a mão e beijou os dedos no ponto em que terminam, junto à palma da mão, e passou a língua sobre as veias do seu pulso. Agora foi a sua vez de fechar os olhos. Seu braço estremeceu por inteiro. Quando abriu os olhos novamente, ela olhou promissoramente para ele. Devagar, bem devagar, colocou a mão dele sobre seu seio, de forma que ele sentiu o bico endurecido na palma da mão. O tremor dele parou quando ele fechou os dedos em volta do seio. Ela fechou os olhos, encantada, jogou a cabeça para trás e gemeu.

Tibor acordou. O gemido era tão falso quanto todo o resto; a oferta e a afetação. Ela não estava sentindo prazer, aquilo era muito mais uma encenação de prazer, executada com perfeição por uma prostituta que já transmitira a sensação para inúmeros outros homens que gostavam do seu toque, e cada um deles era único. Não era Elise quem acabara de beijar Tibor, era Galatée, uma mulher que ele não conhecia e que não queria conhecer. Ele sentiu nojo. Sua pele quente era nojenta, tanto quanto sua nudez e sua língua. Ele puxou a mão, como se a tivesse encostado numa chama. Sua excitação desapareceu imediatamente. Ele sentiu uma necessidade urgente de lavar a mão, coberta com a saliva repugnante dela.

— O que houve? — perguntou Elise.

— Não sou o imperador.

Ele apontou para a medalha pendurada entre o queixo e os seios de Elise.

— Por favor, me devolva a medalha.

Ela ficou sem reação durante um bom tempo. Ficou piscando, incrédula. Então colocou as mãos para trás para abrir o fecho da corrente. Quando se deu conta de que ainda estava nua, puxou o vestido sobre os seios e os ombros, envergonhada, antes de tirar a corrente e de entregá-la. Ela permaneceu ajoelhada.

— Talvez seja melhor não nos vermos mais — disse Tibor. — Portanto, adeus, Elise. Desejo muita sorte a você e ao seu filho. Peço-lhe que mantenha sua palavra em relação ao que prometeu a Kempelen. Ele com certeza agiu mal e foi rude conosco, mas no fundo é uma boa pessoa e não mereceu o que o está ameaçando.

Tibor levantou-se da cama, pegou o corpete e a touca e entregou ambos a ela.

— Estou disposto a lhe dar dinheiro pelo seu silêncio. Não sei quanto Knaus paga, provavelmente é muito mais, mas posso pagar uns quarenta, talvez uns cinqüenta *souverains*. O resto eu vou precisar para mim.

— Não. — A voz dela se tornara fraca e frágil. — Não preciso de dinheiro.

— Por que o dinheiro faria com que você se comprometesse mais do que a sua palavra o faria?

Tibor aguardou uma resposta, mas ela não disse nada. Ele abriu a porta. Ela compreendeu o gesto, levantou-se e olhou para ele uma última vez. Ao sair do quarto, tropeçou na soleira. Tibor fechou a porta atrás dela.

Elise saíra, mas seu cheiro permanecera. Então Tibor abriu a janela para deixar o vento frio e úmido do outono entrar. Depois espalhou seus pertences sobre a cama para separar o mais importante para levar na viagem: suas roupas, o tabuleiro de xadrez de viagem, a figura esculpida por Jakob e as ferramentas que tinham sido dadas a ele.

Sommerein

Um homem está caído à margem do Danúbio, na região de Sommerein: um braço, um ombro e a cabeça na margem lamacenta, o resto do corpo dentro da água que bate no tornozelo. As pequenas ondas o balançam sem parar. A boca e os olhos estão abertos. Sua pele tem uma cor esverdeada, está inchada e coberta com uma camada de cera, fazendo-o parecer um boneco de cera. A pele da mão que está dentro d'água já está se soltando da carne — como a pele descascada de uma cobra, como se não passasse de uma luva transparente. Suas roupas estão encharcadas e parecem não ter peso dentro d'água. O corpo do homem está povoado: moscas põem seus ovos na pele aberta e as primeiras larvas já estão surgindo. Estas, por sua vez, servem de alimento para os ladrões maiores, as formigas e os besouros, que chegaram se arrastando ou voando desde a terra firme, ou os sapos que vieram nadando pelo junco até aquela península humana. Os que têm medo dos carnívoros fogem pelas dobras das roupas, escondendo-se ali em buracos escuros e úmidos de pele e tecido. Insetos aquáticos e vermes comem debaixo da superfície da água. Pequenos peixes nadam ao redor do corpo, regalando-se com a pele que se solta ou mesmo com os carniceiros; os peixes de rapina os espreitam na água aberta. O ponto de encontro de todas essas criaturas parece um poço, nesta ilha que está dentro e fora d'água ao mesmo tempo: é um corte no peito do homem, da largura do comprimento de um dedo. Ali foi enterrada uma lâmina, horizontalmente, para não ficar presa entre as costelas. A camisa está tão cortada quanto a carne. A água do rio, porém, já lavou o sangue do tecido há muito tempo. A carne vermelha está desprotegida nesta ferida, pronta para ser consumida; as ratazanas, fuinhas e raposas só virão para enterrar seus dentes nela depois que sentirem o seu cheiro.

Um corvo, que já estava circulando havia bastante tempo em volta da ilha humana, pousa sobre a testa enlameada, em cima da pele esponjosa. A pele se rasga sob as suas garras. Os besouros se arrastam ou voam de volta para a terra, os sapos saltam para o junco e os peixes fogem, escondendo-se debaixo de pedras ou nas águas mais profundas. Mas o pássaro procura outro tipo de refeição. Ele puxa a armação de arame dos óculos, de cima do nariz do homem, e a deixa cair de qualquer jeito dentro da água, onde ela afunda. Em seguida, começa a bicar os olhos frios em suas órbitas. Ele não será perturbado até terminar a sua refeição, apesar de olhar desconfiado à volta depois de cada mordida. Ainda é possível reconhecer umas linhas de carvão, desbotadas, acima do lábio superior. Elas representam um bigode à moda turca.

Kempelen recebeu um bilhete na manhã de segunda-feira, no qual o prefeito Windisch solicitava sua presença na Câmara Municipal o mais urgente possível. Uma hora depois de se barbear e vestir, foi recebido no escritório do prefeito. Windisch levantou-se da escrivaninha e pediu ao seu secretário que saísse. Seu sorriso era triste.

— Wolfgang, caro amigo! Você está pálido.

Eles se deram as mãos e se sentaram.

— Adiei todos os meus compromissos. Quis falar pessoalmente com você. Teria ido até a rua do Danúbio, se pudesse.

— O que houve?

Windisch pegou um par de óculos sobre a escrivaninha, entregando-o a Kempelen.

— Seu ajudante foi encontrado ontem nas proximidades de Sommerein.

— Ele se meteu em alguma encrenca? Onde ele está agora?

— Sinto muito, eu me expressei mal: ele está morto. Seu cadáver foi retirado do Danúbio. Seu corpo está guardado no necrotério do hospital e mandei que avisassem o rabino Barba.

Kempelen girou os óculos entre os dedos. Estavam muito bem polidos, bem mais do que quando Jakob os usava.

— Querem enterrá-lo já amanhã. A comunidade judaica vai tomar as providências. Segundo a fé deles, não devem se passar mais de três dias entre a morte e o enterro; mas isso já não será possível.

— Ele... se afogou?

— Não. Já estava morto, quando foi jogado na água. Ou prestes a morrer, por causa do ferimento.

Windisch empurrou o relatório da polícia por cima da mesa. O tronco de Jakob fora trespassado por uma lâmina que entrara pelas costas, saindo pelo peito. Por pouco o coração não foi atingido, mas o pulmão estava perfurado. Aparentemente, o golpe foi dado com tanta força que a lâmina chegou a cortar a parte da frente da sua camisa. Além disso, o lábio do morto estava cortado, havia um ferimento pequeno debaixo de uma das orelhas e um dos olhos estava roxo — conseqüência de alguns golpes fortes. Um detalhe macabro era a ausência dos dois olhos, aparentemente comidos por alguma ave de rapina.

— Minhas mais profundas condolências. Sei que você o estimava muito, apesar de que às vezes ele o atormentava.

— Quem... quem fez isso?

— Não sabemos. E não acredito que venhamos a descobrir. Ele foi roubado; estava sem a bolsa que ainda carregava quando esteve na À Rosa Dourada. Mas também é possível que ela tenha caído do bolso dele quando foi jogado no rio. Latrocínio? Para roubar uma pessoa, basta derrubá-la, ou se se quiser ser mais rigoroso, pode-se enfiar uma faca em suas costas. Mas não é necessário perfurá-lo completamente. Ninguém deve ficar sabendo disso, senão terei um trabalho enorme para desmentir as histórias da carochinha supersticiosas sobre fantasmas e *golems*. Talvez ele tenha se juntado com as pessoas erradas, devido à bebedeira, como indicam os outros ferimentos. Não terá sido, por mais lamentável que pareça, o primeiro judeu a ser morto por causa de ressentimentos infames.

Kempelen empurrou o relatório de volta, e Windisch o guardou em uma pasta.

— Você não precisa resolver isso hoje, naturalmente, mas imagino que vai cancelar a próxima apresentação do turco. Wolfgang?

Kempelen levantou o olhar. Não tinha escutado.

— Desculpe, o quê?

— A apresentação? No Teatro Italiano?

— Não, não. Será mantida, naturalmente.

— Mas... o seu ajudante?

— Encontrarei um substituto.

Windisch inclinou a cabeça e fitou Kempelen. Depois coçou a nuca.

— Wolfgang, devo me preocupar?

— Por quê?

— Você está com a aparência de quem não dorme há dias... você está sem empregados, e Anna Maria está no campo há semanas... Além disso, o maluco do Andrássy já escreveu até para o Mestre da Cátedra para que ele o intime a aceitar o duelo. Eu já admoestei Andrássy de que não vou deixar passar sem sanções questões de honra na minha cidade, mas ele não me deu ouvidos.

— Ele se acalmará.

— Eu não apostaria nisso. Esses magiares! Por mais que tentem parecer pessoas distintas, dentro de cada um deles ainda vive uma besta sangüinária. E você tem andado recentemente com o nobre Stegmüller? Por que deveríamos aceitar na loja um louco de pedra como ele?

— Karl, ele é um zé-ninguém inofensivo.

— Ele é um zé-ninguém, está certo, e é exatamente por isso que você deve evitar a sua companhia antes que ela o prejudique.

Kempelen acenou e mudou de assunto:

— Vai escrever o livro sobre o turco do xadrez?

— Assim que tiver tempo.

Os dois homens se abraçaram na despedida. Kempelen ficou com os óculos de Jakob. Ele os guardou no bolso assim que saiu para a praça em frente à Câmara Municipal. Em vez de voltar para a rua do Danúbio, foi para a rua Kapitel, à sombra da catedral, onde morava seu irmão. Encontrou Nepomuk praticamente montado na sela, saindo a cavalo para o seu trabalho no castelo. Mas, quando Kempelen relatou os incidentes dos últimos dias, Nepomuk mandou o criado tirar os arreios do cavalo. Ele iria caminhando até o monte do castelo, e seu irmão o acompanharia. Quando já tinham deixado a cidade e começavam a subir as escadarias do castelo, Nepomuk disse, sério:

— Você está metido na merda até o pescoço.

— Não acredita que Tibor e ela ficarão calados?

— *Merde*, não! Por quê? Ele é um tipo astucioso, já o preveni sobre isso, e ela é venal. Ambos falarão assim que a soma for suficiente.

— O que devo fazer?

— Vem me perguntar isso agora? Por que só está me perguntando isso agora? Há décadas que não me pede um conselho; por que está fazendo isso agora? Por que não fez isso antes de prometer à imperatriz mais do que poderia cumprir? Eu o teria aconselhado a não fazê-lo e não estaríamos tendo esta conversa agora.

— Quer me humilhar? Por que então você não se alegra? Sempre invejou o meu sucesso.

— Não. Eu não estou alegre.

— E então, vai me dar um conselho ou vai ficar só me repreendendo?

— Pois bem. Não me preocupo com a moça. Se ela é venal, você só precisa lhe oferecer mais dinheiro do que o suábio. E esperar que o código que rege esse tipo de pessoas também valha para ela. Isso certamente não sairá barato, pois você deve dar para ela uma soma tal que faça com que ela nem pense uma segunda vez em delatá-lo. O anão é o mal maior.

— Por quê?

— Porque o relógio dele bate diferente dos nossos, e não acredito que ele tenha muita moral.

— Ele é um cristão. E ainda por cima tem uma fé cega.

— Pelo menos é o que ele quer que você acredite.

— Se eu não conseguir fazê-lo se calar com dinheiro...

— Bem, quem mais sabe do seu turco? — perguntou Nepomuk, e começando a enumerar as pessoas nos dedos. — Você, eu, Anna Maria, o tonto do farmacêutico: nós certamente nos manteremos calados. A sua falsa empregada será subornada. O seu judeu e Ibolya estão mortos e levaram o segredo para o túmulo. O anão...

Nepomuk desfez a contagem com um gesto ao vento e se calou.

Kempelen se deteve.

— Devo matá-lo?

— Eu não disse nada.

— Não vou fazer isso.

— Ele é desleal. Ele teria merecido, depois de tudo o que você fez por ele.

— Não. Não posso fazer isso.

— Então precisa estar preparado para tudo.

— Não posso matar uma pessoa.

— Estamos falando de um anão, Wolf. Um aborto da natureza. Quem sabe, talvez você estivesse até mesmo fazendo um favor a ele, se ele realmente estiver tão desesperado quanto me contou. Talvez ele só não o tenha feito ainda por medo do fogo do inferno que ameaça os suicidas.

— Não vou fazer isso — disse Kempelen, balançando a cabeça.

Os dois irmãos continuaram a andar calados. O castelo abrutalhado se erguia diante deles. Kempelen olhou à esquerda, pelo despenhadeiro íngreme, para a colônia de Zuckermandel: as redes e os barcos dos pescadores com as quilhas viradas para cima, o quintal com os estranhos bustos do escultor Messerschmidt, as peles sobre os secadores e as oficinas dos curtidores, abertas. Não era possível ouvir os gritos dos homens, nem o barulho das suas ferramentas, mas o fedor do tanino subia até eles.

— Vai me ajudar? — perguntou Kempelen.

Nepomuk riu, curto e seco.

— Não. Sou o diretor da chancelaria do duque. Não, você terá de abrir mão da minha ajuda. Pois, se você cair, eu já vou ter dificuldades suficientes para sair com as mãos limpas, por ser seu irmão. Faço o diabo, mas não vou cair no esterco também.

Os irmãos Kempelen se separaram no portão de São Sigismundo. Nepomuk entrou no castelo e Kempelen voltou para a rua do Danúbio, fazendo um pequeno desvio no caminho até o seu banco e também até o *Caranguejo Vermelho.*

Havia um mapa no escritório de Kempelen que reproduzia a Europa Central. Todos os países estavam cercados por linhas pretas e precisas, da costa atlântica da França até o mar Negro, do reino dinamarquês até Roma, cada um deles estava colorido com uma cor diferente. Tibor se perguntava quem escolhera a cor que cabia a cada país. Por que a Prússia estava sempre colorida de azul em todos os mapas que ele vira até então? Por que a França era roxa e a Inglaterra amarela? Por que o império dos Habsburgos era vermelho-claro, e não escuro? A República de Veneza era verde por causa dos seus campos ou por causa do mar Adriático? O reino osmânico era marrom porque os turcos tinham a pele escura ou porque se entregavam aos vícios do café e do tabaco? O mapa fora dobrado duas vezes e Viena estava exatamente na interseção das dobras, tendo Pressburg à sua direita. Não faria nenhuma diferença o destino que Tibor escolheria. Se quisesse sair da Áustria, a fronteira mais próxima estaria a uma distância de cinco dias de cavalgada ou o dobro do tempo, se ele fosse a pé. A fronteira mais próxima era a fronteira com a Silésia, e com certeza ele não queria voltar para a Prússia.

Ele vira a Saxônia, mas não gostara de lá. A Polônia ficava entre a Prússia, a Rússia, e a Áustria, e por isso mesmo não era convidativa. E se ele voltasse para a Baviera? Ou talvez devesse voltar para a República de Veneza, na esperança de que desta vez, a terceira, as coisas fossem melhores? Ou fugir do inverno que se aproximava indo para a Toscana, para a Sicília, para o Estado da Igreja? Ele ficara tão bem em Obra; talvez devesse solicitar novamente sua admissão em um mosteiro. O que mais lhe restava? A Alemanha e os divididos Países Baixos pareciam uma colcha de retalhos, de tão coloridos; um amontoado de ducados, principados, condados, viscondados, bispados e arcebispados e estados livres, tão pequenos que não havia espaço no mapa para os seus nomes. Eles deveriam ser todos transformados em quadrados para que se pudesse montar um tabuleiro de xadrez colorido com eles. Tibor certamente não iria para a Alemanha. Não sentia a menor vontade de passar o resto da sua vida como bobo da corte, com guizos pendurados nas correntes, aos pés de um conde sem importância. A França, no entanto, era uma superfície única e coesa, e no meio havia Paris, como uma aranha gorda no meio da teia. A França era Paris. Ele pararia inevitavelmente em Paris apesar de odiar as cidades grandes. Assim que entrasse na França, escorregaria em direção à Paris como se estivesse dentro de um funil e acabaria na sarjeta ou então como sineiro. O mapa terminava na fronteira polaco-russa, mas, se fosse mesmo verdade que a czarina comia crianças, talvez ele acabasse algum dia com uma maçã na boca sobre sua mesa. Na Espanha, todos os judeus tinham sido queimados, e quem era capaz de uma coisa tão horrível dificilmente seria hospitaleiro com anões. Ele não sabia falar inglês, e só pensar na travessia do canal já lhe dava medo de ir para a Inglaterra. O mesmo valia para as colônias inglesas, onde reinavam guerras intermináveis e onde negros trazidos da África eram mantidos como escravos. Diziam que existiam tribos de negros na África que não mediam mais do que cinco pés de altura. Mas ainda assim eram significativamente maiores do que ele. Jakob lhe contara sobre as memórias de um pastor irlandês, que sofrera um naufrágio numa ilha de nome Liliput, cujos habitantes não tinham uma altura maior do que um palmo. Talvez devesse vencer o medo das águas, encarar o mar e procurar aquela ilha — e se tornar rei do pequeno povo, como um caolho num reino de cegos.

O olhar de Tibor escorregou do mapa para a parede até a porta, onde estaria o Oceano Pacífico com as suas ilhas caso o mapa cobrisse o mundo inteiro. A porta se abriu e Kempelen entrou.

Eles se sentaram. Kempelen parecia estar... — feliz seria exagero — pelo menos arrumado, sem demonstrar animosidade em relação a Tibor. Trouxera uma bolsa de couro e esvaziou o conteúdo sobre a escrivaninha: duzentos e sessenta *gulden*; o pagamento de Tibor, descontadas algumas pequenas despesas, dividido em quarenta *souverains* de ouro e vinte *gulden*. Kempelen pegou um papel na gaveta da sua escrivaninha, no qual anotara todos os valores, para que Tibor se certificasse de que tudo estava correto. Tibor se sentiu como um ladrão quando colocou todo o dinheiro de volta na bolsa e sentiu o peso. Mas aquele dinheiro lhe pertencia.

Tibor perguntou por Elise. Kempelen tinha estado com ela e feito o seu pagamento — acrescido de um extra mais do que generoso para que ela se mantivesse calada.

— Ela vai ficar calada — disse Tibor, sem acreditar muito no que estava falando.

— Espero que sim. Caso contrário, vou persegui-la e fazê-la prestar contas, já a adverti. Ela perguntou por você.

— O que dissestes?

— Disse que ela o havia traído também e que eu não imaginava que você quisesse vê-la de novo, jamais. Estava certo?

— Sim — disse Tibor. — Eu a odeio.

— Compreensível — disse Kempelen. — Para onde pretende viajar?

— Para o norte — mentiu Tibor.

Kempelen acenou e tamborilou com os dedos sobre o tampo da mesa.

— Tem mais uma coisa que eu preciso dizer antes que você se despeça. Não sou muito bom nessas coisas... e por isso serei breve, na esperança de que você agüente o susto. Jakob está morto.

Jakob está morto. É claro que Jakob estava morto.

Enquanto Kempelen contava onde e em que condições o cadáver do judeu fora encontrado, Tibor se deu conta de como tinha sido ilusória sua esperança de voltar a vê-lo com vida.

O judeu não se despedira, não solicitara seu pagamento, não levara bagagem, nem mesmo o seu cinto de ferramentas. Estava morto, e nem mesmo as preces de Tibor mudaram esse fato. A espada de gala de Kempelen estava pendurada, como sempre, na parede atrás de Tibor. Tibor teve vontade de tirá-la da bainha para verificar se não havia sangue ressecado na lâmina; caso tivesse, arrancaria a cabeça de Kempelen com ela.

Tibor acenou afirmativamente com a cabeça, quando Kempelen perguntou se ele iria partir naquele mesmo dia.

— Compreendo. É uma pena que não possa estar aqui para o enterro, ele certamente teria ficado feliz. Eu irei, naturalmente. Presumo que serei o único *goi* presente. Ele será sepultado no cemitério da viela dos Judeus.

Tibor pensou um pouco sobre aquilo.

— Você ainda pode passar esta última noite aqui — ofereceu Kempelen. — Ou pode ir para uma hospedaria, se não desejar mais a companhia do turco nem a minha. Mas não vou detê-lo. Isso já passou. Está livre.

Certo, aquela era a sensação de solidão. Este sentimento acompanhara Tibor durante toda a sua vida sem incomodá-lo especialmente. Mas agora, depois de experimentar relacionamentos humanos, depois que o seu apetite fora despertado, depois de ter desfrutado da amizade de três pessoas — um se tornou seu opressor, outra se aproveitara dele e o traíra, e o último foi assassinado —, ele sofria com a solidão. Saiu para a rua sem os saltos, com seus "pequenos pés e mãos católicos", como Jakob os chamava. Seus passos eram menores sem os saltos, mas ele conseguia se movimentar mais rapidamente. Não estava preocupado se as pessoas olhavam para ele ou não. Ele precisava ir urgentemente para uma igreja, rezar pela alma imortal de Jakob. Ofendera Jakob e a sua religião da última vez e batera a porta na sua cara quando o outro não dissera nada mais do que a verdade. E algumas horas depois ele se ferira, cercado de seus assassinos, sendo jogado feito lixo no Danúbio sujo e frio. Tibor pensou no veneziano. Haveria mesmo uma praga em cima de Tibor — como a praga do turco, da qual se falava em Pressburg — fazendo com que todos com quem ele se relacionava precisavam morrer? Bastaria ele tocar em alguém para que eles morressem? Elise também seria atingida?

Ele subiu os degraus da igreja de São Salvador com determinação e foi diretamente até a pia com água benta. Quando colocou os dedos na água fria percebeu que alguma coisa estava diferente naquela igreja. Tibor olhou em volta, com a mão ainda dentro da água benta, mas não conseguiu identificar o que tinha mudado. Tanto a decoração quanto as paredes brancas com ornamentos dourados eram iguais desde a sua última visita. Algumas pessoas estavam sentadas nos bancos, aguardando diante dos confessionários. Só então Tibor compreendeu que não tinha sido a igreja que se modificara, mas ele mesmo. Olhou para Maria com a criança, mas ela não lhe pareceu mais convidativa. Era apenas uma peça. Uma rainha. Um boneco inanimado, como o turco. Como lhe pareceu sobre então o rosário que ele rezara, dia após dia, sobre o seu tabuleiro. Suas preces não tinham evitado que ele se apaixonasse por uma prostituta desprezível que o traíra. Maria não protegera Jakob. Este não era o lugar certo para rezar pela alma dele.

Quando saiu da igreja, alguém gritou:

— Fanfarrão!

Tibor parou. Walther estava sentado nos degraus, à sombra do portal, com sua cuia de esmolas, como da outra vez, quando Tibor se confessara, na Páscoa. Tibor não o vira ao chegar.

— Ei, fanfarrão! — gritou Walther novamente.

Tibor poderia ignorá-lo ou entrar novamente na igreja, mas o seu camarada o reconhecera. Então Tibor foi ao seu encontro.

— Salve, Walther — disse ele.

— Nossa, você é um fantasma? Pensei que o tivessem matado em Torgau!

Walther segurou o braço de Tibor e o beliscou para se certificar.

— Pensei o mesmo de você.

Walther riu e bateu no toco da sua perna.

— Bem que eles gostariam de tê-lo feito, aqueles prussianos sebosos. Tiveram de se satisfazer com a minha perna. Está adubando os campos da saxônia. E o que você diz da minha careta? Eu agora assusto as criancinhas que torcem o nariz para mim.

Walther mostrou o rosto cheio de cicatrizes, fez uma careta e riu.

— Mas como chegou a Pressburg? Caramba, veja só! — disse ele, puxando o casaco verde de Tibor. — Gente fina é outra coisa! O casaco, o chapéu... Eu gastaria algum dinheiro para passear assim, *à la mode*, pelas ruas!

Tibor contou o que acontecera com ele depois da batalha em Torgau e inventou um motivo pelo qual estaria em Pressburg.

— Mas partirei em breve.

— Está bem, está bem. Você não tem alguns centavos para um velho amigo e camarada leal? — perguntou Walther, batendo na cuia e fazendo as moedas tilintarem. — O trabalho está muito ruim hoje, e o inverno já está batendo à porta.

Tibor acenou e pegou sua bolsa cheia. O quanto antes conseguisse se livrar de Walther, melhor. Mas, ao abrir o cordão de couro que amarrava a bolsa, teve uma idéia.

— Diga, Walther, quer ganhar alguns *gulden*?

Walther se aprumou.

— Diga lá.

— Preciso de um cavalo para a minha viagem. Você conhece cavalos muito bem. Sabe onde se pode conseguir um?

— Certamente! *Os dragões não são gente, e animais não são; infantaria montada a cavalo é o que eles são!*

— Então compre um cavalo para mim, uma sela e bolsas. E farnel para uma semana. Preciso disso para amanhã à noite.

— Um cavalo com todos os apetrechos? Isso não sairá barato, fanfarrão.

— Tanto se me dá. Conhece a pequena igreja de São Nicolau, entre o monte do castelo e o bairro judeu? Vamos nos encontrar no pátio da igreja, duas horas depois do pôr-do-sol. Pagarei dois *souverains* pela sua ajuda e mais ainda se você fizer um bom negócio. O que me diz?

— A impressão é de que você se meteu em alguma encrenca, mas tanto faz. Sou seu amigo, droga! Estarei na quarta-feira no campo-santo de São Nicolau com as rédeas do cavalo mais rápido nas mãos!

Tibor pegou um monte de moedas da bolsa.

— Posso confiar em você, Walther?

— Não é justo que você pergunte, mas posso dar a minha palavra de soldado e de camarada. — Walther piscou com o olho direito, do lado queimado do seu rosto, mas a carne estava tão repuxada naquele lugar, que ele mal conseguiu fechar o olho. — Se a palavra de honra dos dragões não bastar, olhe só: eu só tenho uma, quero dizer, três pernas — falou ele, batendo nas muletas que estavam ao seu lado nos degraus —, e você me alcançaria antes de o galo cantar três vezes.

Tibor entregou as moedas a Walther, que as fez desaparecer no seu casaco, com um gesto ágil.

— Deus o abençoe, baixinho — disse Walther. — Você está ajudando um desvalido a se erguer novamente. Nem que seja sobre uma perna só, para os abutres!

Os dois camaradas se deram as mãos. Tibor teve de fazer um esforço para não olhar para trás antes de sair na direção da praça principal.

Tibor se espantou ao ver o quanto uma sinagoga se parecia com uma igreja: também era composta de uma nave central e duas naves laterais. Colunas com arcos redondos sustentavam uma tribuna sobre a qual estavam fileiras de bancos, iguais aos da nave central. Não havia púlpito. Em vez disso, havia uma plataforma no centro, sobre a qual ficava uma mesa vazia, cercada por uma área plana, e havia degraus, dos dois lados, que levavam até ela. Um lustre pesado pendia acima dela. Os bancos estavam dispostos de forma a se olhar para a plataforma, de qualquer um dos quatro lados. Na abside, que ficava na parede oriental da sinagoga, não havia um altar nem uma cruz, mas um armário, cujo conteúdo estava encoberto por uma cortina de veludo vermelho. No arremate superior ficavam dois leões dourados que seguravam um tipo de estandarte nas garras. O armário também tinha uma plataforma à sua volta, com uma grinalda de castiçais. À esquerda havia um castiçal com sete velas, igual ao que Tibor já tinha visto no apartamento de Jakob e na casa de Krakauer, só que lá eram bem menores. As janelas da sinagoga não eram coloridas como as das igrejas, mas o interior, em compensação, era todo pintado de azul e dourado, com muitas padronagens e frisos, e sempre com a estrela-de-davi. O que faltava completamente eram quadros e estátuas. À exceção dos leões, Tibor não viu nada de figurativo. Os judeus não tinham santos? Onde estavam Abraão, Isaac, Moisés e seus semelhantes?

Tibor retirou o chapéu de três pontas e alisou os cabelos. Havia uma bacia com água do seu lado, na entrada. Tibor ia colocando os dedos lá dentro, mas se deteve. Queria ele mesmo se benzer com água benta judaica na testa? Talvez não fosse nem mesmo água benta? Ele desejou que Jakob estivesse ali e lhe explicasse tudo.

Ele atravessou a nave central, ouviu seus passos ecoando, passou pela tribuna e seguiu até o armário. Só então reconheceu a reprodução das duas pedras com os dez mandamentos sobre as cortinas. A inscrição, no entanto, era em hebraico. Tibor colocou as mãos no chão e se ajoelhou. Ele rezou. Sua oração não foi dirigida nem ao Deus dos cristãos nem ao dos judeus; ele abriu mão de todas as fórmulas que repetira a vida inteira. Afinal, deveria ser uma prece para Jakob. Ainda bem que não havia nenhum órgão tocando, nenhum fiel presente, permitindo que ele se concentrasse na sua oração. Logo começaram a cair as primeiras lágrimas sobre as mãos cruzadas e sobre o chão de pedra; e em algum momento ele se deu conta de que não estava chorando somente por pena do amigo, mas de si próprio, que perdera Jakob e muitas outras coisas. Já estava escuro quando Tibor chegou à colônia de Zuckermandel. Ele recebera seu dinheiro e Walther providenciaria um cavalo e farnel. Agora só lhe faltava uma arma. Andrássy atirara nele. Kempelen providenciara uma pistola para si. Jakob talvez estivesse vivo se trouxesse uma consigo. Se alguém quisesse lhe fazer alguma coisa, Tibor não iria deixar barato.

Havia luz acesa na casa do escultor. Tibor bateu na porta pequena, apesar desta forma de aparição ser um pouco modesta para um espírito do magnetismo.

— O Messerschmidt não está em casa! — veio uma voz lá de dentro. Mas era sem dúvida a voz dele.

Tibor não bateu de novo. Em vez disso, colocou as mãos sobre a boca em forma de funil e gritou com voz grave:

— Ai de ti, ai de ti! Sou o espírito do magnetismo!

Todos os ruídos da casa se calaram, e pouco depois foram abertos alguns fechos pelo lado de dentro da porta. Messerschmidt olhou para baixo, encarando Tibor, que tentava fazer a expressão mais severa possível.

— Perdoa-me, espírito — disse ele. — Eu não estava contando contigo.

O escultor convidou Tibor a entrar. Tibor estudara cuidadosamente sua argumentação, e Messerschmidt escutava, compenetrado. Tibor contou que ele, o espírito do magnetismo, enfrentara diversas vezes o espírito das proporções nas semanas anteriores. Mas o espírito das proporções sempre fugira. Ele precisava, portanto, de uma pistola para poder derrotar definitivamente, com chumbo e pólvora, o mau espírito. Messerschmidt meneou a cabeça seguidamente, e, quando Tibor terminou, o escultor maluco foi até o quarto ao lado e trouxe imediatamente a pistola, as balas e a pólvora. Enquanto isso, Tibor olhou à sua volta. A oficina não mudara muito. O artista estava trabalhando num crucifixo naquele momento. Alguma coisa em Jesus chamou a sua atenção, e quando ele foi examinar mais de perto percebeu que o Salvador estava usando um capuz de feltro na cabeça e um traje húngaro sobre o corpo. Quando Messerschmidt voltou, explicou que um camponês lhe encomendara um "Cristo húngaro", e ele receberia um Cristo húngaro, com tudo a que tinha direito.

Tibor quis pagar pela pistola com dinheiro vivo, mas Messerschmidt arregalou os olhos de tal forma, quando o suposto espírito sacou a sua bolsa de dinheiro, que Tibor desistiu de fazê-lo. Messerschmidt desejou-lhe sucesso na caçada, quando se despediu.

Na Barriga do Turco

Quando Tibor voltou para casa, à noite, todas as luzes da casa na rua do Danúbio estavam apagadas. Kempelen deixara uma bandeja diante da porta com um lanche para ele: pão, salsicha, cebola e um copo de Malvasier. Enquanto comia, Tibor foi se familiarizando com a pistola e, quando terminou de comer, carregou-a: derramou um pouco da pólvora no cano, socou-a com a vara de carregar, colocou a bala por cima e socou-a também, até ficar firme. Não puxou o cão, mas colocou a pistola ao lado da cama. Depois certificou-se de que sua bagagem estava totalmente pronta — ele pretendia sair de manhã bem cedo e não queria voltar para a casa de Kempelen depois do enterro —, mas subitamente foi tomado por um cansaço plúmbeo, afundando na cama sem se despir nem apagar a vela, caindo num sono profundo e sem sonhos.

Quando voltou a acordar, ainda estava escuro. Sua cabeça retumbava, seus membros pesavam e ele teve grande dificuldade em manter os olhos abertos. Alguma coisa arranhou a porta; seria um animal ou ainda uma parte do seu sonho? Tibor gemeu. A porta que Tibor trancara foi aberta um pouco depois, e dois vultos entraram no seu quarto, sob a luz de velas. “Padre?”, perguntou Tibor, apesar de saber que não era nem um padre nem um médico, e sim um farmacêutico que estava diante dele. O outro era Kempelen. Tibor quis se levantar e fugir, mas, quando se levantou da cama, caiu no chão, de tão pesados que estavam os seus membros. Juntos, os dois viraram-no de bruços para amarrar-lhe as mãos nas costas. Eles conversavam, mas Tibor não entendia o que diziam. O toque de ambos o arrancou finalmente do torpor. Puxou as mãos e deu um soco no rosto do farmacêutico, chutou Kempelen e se defendeu de sua segunda investida. Em seguida, levantou-se na cama sobre as pernas bambas, com a parede atrás garantindo-lhe a estabilidade. O cristo crucificado soltou-se do prego e caiu no chão com um estrondo. Tibor jogou um jarro em seus agressores; eles se abaixaram, e o jarro se espatifou na parede. Tibor quis pegar a pistola que estava ao lado da cama, mas só conseguiu segurar lençóis. O farmacêutico recuou dois passos e retirou algo da sua bolsa, enquanto Kempelen foi na direção de Tibor com a mão estendida, dizendo-lhe algo. Mas, qual um cachorro, Tibor só compreendia o seu nome, nada mais. O farmacêutico se virou novamente. Segurava um pano numa das mãos e outro na frente da boca. Kempelen deu um salto para pegar Tibor. Tibor não reagiu suficientemente rápido e ambos caíram no chão. Tibor empurrou Kempelen, que deu um soco no peito dele, bem no ferimento de bala. Tibor se curvou de dor. No momento seguinte, o farmacêutico apertou o pano molhado contra o seu rosto. Tibor fechou a boca instintivamente e respirou pelo nariz; o cheiro era de urina. Continuou estrebuchando e ainda viu quando Kempelen virou o rosto, escondendo o nariz na dobra do braço. Então Tibor inspirou novamente, e a dor desapareceu. Seus membros relaxaram, ele sentiu um calor agradável e adormeceu novamente.

Stegmüller jogou o pano dentro da bacia de Tibor e jogou água por cima. Depois lavou as mãos. Kempelen abriu a janela.

— Quanto tempo ele deve dormir? — perguntou.

— Não por muito tempo — respondeu Stegmüller. — Ele é pequeno de estatura, mas muito resistente.

Ele apontou para o copo de vinho vazio.

— Olhe aqui: ele bebeu um copo inteiro disto, e mesmo assim acordou. E eu coloquei uma dose extremamente forte.

— Vamos para um lugar onde o ar esteja mais fresco.

Eles carregaram o anão desacordado até a oficina. Kempelen amarrou os pés e as mãos nas costas de Tibor com cordas de cânhamo e o amordaçou. Olhou para o relógio na parede: passava um pouco das quatro horas.

— E agora? — perguntou Stegmüller, olhando para o corpo inanimado e amarrado.

— Agora — disse Kempelen, deixando a palavra ecoar um longo tempo no ar —, agora nós vamos pôr um fim em sua vida.

Stegmüller se assustou e sacudiu a cabeça, incrédulo.

— Não.

— O que você pensou?

— Eu achei... que você quisesse castigá-lo... de alguma forma... ou mandar para fora do país...

— Trouxe o arsênico?

— Sim.

— Então faça-me o favor. Para que utilizar arsênico senão para matar alguém?

— Eu não sei...

— O quanto mais rápido agirmos, mais fácil será.

Kempelen esticou a mão.

Stegmüller retirou o flaconete marrom vagarosamente do bolso interno do seu casaco e o colocou na palma da mão de Kempelen.

— Como se administra isto? — perguntou Kempelen.

— Ou por via oral... mas nesse caso a dose deve ser muito grande e vai levar algumas horas, ou então se introduz diretamente no sangue, arranhando a pele ou cortando uma artéria.

— Nesse caso, seria rápido.

— Como um raio.

— Então vamos fazer assim. Trouxe um bisturi?

Stegmüller fez que não. Kempelen foi até a sua bancada e pegou um pequeno entalhador. Ele o entregou ao farmacêutico.

— O que você quer que eu faça com isto?

— Exatamente o que você me explicou.

— Eu?

— Você entende melhor destas coisas do que eu.

— Não...

— Você o curou!

— Isto está longe de ser algo como... Não. Sinto muito, não posso fazer isto.

— Ninguém ficará sabendo.

— Não é este o caso... eu... — Stegmüller buscava as palavras, enquanto olhava para o entalhador.

— Georg, componha-se.

— Gottfried.

— Georg, Gottfried, é a mesma coisa; faça-o logo!

Stegmüller olhou nos olhos de Kempelen.

— Não. Em nome de Deus, não, não, e não; não vou fazer isto. Pode ficar com o veneno e com o meu conhecimento e fazê-lo sozinho se não tiver medo, mas não vou matar ninguém.

— A loja...

Stegmüller ergueu as mãos.

— Nenhuma loja, nada neste mundo vale isso. Nem que me nomeassem conde por causa disso. Minha paz de espírito é mais importante.

Stegmüller baixou o entalhador.

— Já vou.

— Fique!

Stegmüller já recuara alguns passos.

— Não. Não quero ser testemunha deste crime.

— Fique aqui, seu covarde!

— Pode me xingar de covarde o quanto quiser, não vou guardar ressentimento. Mas prefiro mil vezes ser um covarde a ser um assassino.

Stegmüller se virou e desapareceu na escadaria. Kempelen ouviu-o tropeçar enquanto descia às pressas. Depois o silêncio se reinstalou na casa.

Kempelen abriu o punho e o flaconete ficou à mostra. Ele pegou o entalhador novamente e se ajoelhou ao lado de Tibor segurando as duas coisas, o flaconete e o entalhador, nas mãos. As mãos do anão estavam cruzadas nas costas; a mão direita estava por cima. Kempelen empurrou a corda um pouco para cima a fim de deixar o pulso livre. Havia três artérias azuis por baixo da pele. Kempelen quebrou o lacre que prendia a rolha ao vidro e retirou a rolha. Deixou o flaconete aberto ao seu lado. Em seguida pegou a faca e colocou primeiro em cima de uma das artérias, e depois em cima de todas as três. Depois retirou a faca e colocou dois dedos sobre as artérias e, apesar de estar tremendo, pôde sentir o pulso quente de Tibor. Naquele momento percebeu também como as costas de Tibor subiam e desciam com a sua respiração. Então recolocou a faca no pulso de Tibor. Apertou e puxou de volta. Não apareceu nenhum sangue. A faca não tinha nem arranhado a pele. Só se via um risco fino e branco sobre a pele feito pela pressão da faca. Ou Kempelen não tinha apertado com força suficiente ou a faca estava cega. Ele verificou a mão de novo. A mão com a qual Tibor movimentava o braço do turco. A linha branca tinha sumido. Kempelen cobriu o rosto com as mãos e suspirou.

Ele abriu o depósito, onde o autômato estava guardado. Depois abriu o próprio autômato e colocou Tibor amarrado lá dentro, no mesmo lugar onde ele ficara durante os seis meses anteriores. Então fechou todas as portas da mesa, virou a frente do autômato contra a parede e travou os rodízios. Quando ele fechou a porta do cômodo, a escuridão envolveu o turco. Kempelen trancou a porta e colocou uma trava por cima da porta e do portal. Recolocou o entalhador no lugar, guardou o arsênico intocado na escrivaninha, apagou a vela e fechou a janela do quarto de Tibor. Depois foi até a cozinha para preparar um café. Levou a bacia na qual estava o pano com o narcótico. Começou a chover do lado de fora.

Escuridão, escuridão e silêncio, escuridão e silêncio absolutos, era assim que estava tudo quando Tibor recobrou os sentidos. A princípio, temeu que o veneno inalado o tivesse cegado e ensurdecido, mas depois percebeu que estava cercado por uma escuridão silenciosa. Ele ainda estava com um pano molhado em cima da boca, mas era apenas uma mordaça que não cheirava a nada além da sua própria saliva. Sua boca estava seca. Tibor estava sentindo tanta sede que o ato de engolir lhe causava dor. Sentiu um tecido por baixo dele e por trás da cabeça, e pela forma como o seu gemido reverberou nas paredes próximas percebeu que estava dentro de uma caixa. Um caixão. Ele tinha sido enterrado vivo. Por um momento foi invadido por um medo enorme, mas depois sentiu o cheiro de metal e de óleo, um cheiro conhecido, e soube que não estava dentro de um caixão e sim no interior do autômato do xadrez, revestido com feltro.

Suas mãos estavam amarradas e dormentes, assim como os pés. Ele mal podia se mover. Da última vez em que estivera acordado, estava comendo. O que aconteceu depois pareceu-lhe um sonho. A única certeza era que Kempelen o atacara e sedara com a ajuda do farmacêutico. Tibor não fazia a menor idéia das horas. Poderia ter se passado uma hora ou um dia desde a agressão. Começou a gritar, da forma que era possível, por causa da mordaça, e a chutar a parede em sua frente; mas o ar na mesa logo ficou rarefeito e quente, e a sede ainda mais insuportável. Se o turco ainda estivesse dentro do seu quarto, o que era bem provável, ninguém poderia ouvi-lo do lado de fora.

Primeiro, Tibor tinha de se livrar das amarras. Ele virou as mãos e tentou puxá-las para fora das cordas, mas foi inútil: as amarras estavam muito firmes e os nós fora de alcance. Só uma faca poderia ajudar. Ele mexeu os dedos frios e dormentes enquanto pensava. O que ele tinha que poderia ajudá-lo? Nada. Seus bolsos estavam vazios. O que havia dentro do autômato? Uma vela, mas nada para acendê-la. Um jogo de xadrez e o mecanismo. O mecanismo: com as suas engrenagens. Ele se lembrou da sua última apresentação em Schönbrunn, durante a qual seu braço foi ferido pelo dente pontudo de uma das rodas. Talvez ele conseguisse usar uma das engrenagens para cortar as amarras. No escuro, ele girou a cabeça para a direita, onde estava o mecanismo. Como conhecia a disposição das rodas, tentou lembrar qual delas ficava mais embaixo. Virou as costas para a aparelhagem, procurou a roda com os dedos e encostou as amarras nela. Então moveu as mãos para frente e para trás, mas não teve a sensação de que as cordas estivessem sendo cortadas. Escorregou várias vezes, cortando as mãos e o antebraço no mecanismo. Tibor só obteve algum sucesso depois de se acostumar com aquela posição oblíqua e adquirir alguma técnica. O metal cortou o cânhamo como um serrote. Logo a primeira corda foi cortada, depois uma segunda, uma terceira, e todas as demais se soltaram. Ele esfregou os pulsos machucados e retirou a mordaça e as amarras dos pés.

As portas estavam todas trancadas, naturalmente, e Tibor não tinha as chaves. Como não podia ver nada, bateu nas quatro paredes da mesa e, pelo eco, concluiu que Kempelen colocara a mesa num canto do quarto. Portanto, o tampo da mesa não poderia ser deslizado para o lado. A única saída era a porta traseira, que estava ao seu lado. Tibor bateu com o ombro contra a madeira. A madeira rangeu, mas tanto a porta quanto o trinco agüentaram a pressão. Tibor conhecia a espessura das paredes da mesa e sabia que não teria nenhuma possibilidade de quebrá-la. Talvez o tabuleiro cedesse. Arrastou-se até a parte central da mesa, ficou de costas e empurrou o lado de baixo do tabuleiro com os pés. As cabeças dos pregos com as plaquinhas machucaram-lhe as solas dos pés, porque ele estava descalço. Em seguida, ele teve de entortar os pregos com as mãos. Depois empurrou os pés contra o tabuleiro de xadrez até o suor aparecer na sua testa. Mas o mármore não cedeu. A máquina de xadrez tinha uma construção muito sólida para impedir o olhar dos curiosos. Ele não conseguiria se libertar usando somente a força.

Precisava de uma chave e, já que não dispunha de nenhuma, teria de fabricá-la. Arrastou-se de volta e procurou com as mãos um dos bastões de metal que ficavam sobre o cilindro. Quebrou-o e puxou para perto. Então começou a dobrar o metal na forma que a chave tinha na sua memória. Como não dispunha de um alicate, teve de usar os dedos.

Como não enxergasse nada, teve de trabalhar seguindo unicamente o seu tato. Pegou uma peça de xadrez e dobrou o arame em volta da sua cabeça. Depois que terminou de confeccionar a gazua, enfiou-a na fechadura. Então começou o verdadeiro trabalho: teve de retirar a chave seguidamente para entortar um pouco mais o arame, por vezes apenas na espessura de um fio de cabelo. Por volta de uma hora depois, conseguiu atingir o trinco, que entrou de volta na fechadura com um leve barulho. A porta estava aberta e ele se arrastou para fora da mesa.

Apesar de Tibor ter esperado algo diferente, o quarto estava igualmente escuro e abafado. Havia apenas uma pequena faixa de luz por baixo da porta que dava para a oficina. Luz: então deveria ser de dia. Claro que essa porta também estava trancada. Ele poderia ter confeccionado uma gazua para ela também, mas sabia que a porta estava trancada com o ferrolho por fora, e ele não o conseguiria abrir.

Voltou tateando para o autômato do xadrez e tocou o braço direito do andróide, a madeira e o caftan com as bainhas de peles. A madeira fria não cedeu à pressão da mão de Tibor. Ele foi tateando braço acima, pelo ombro e pelo pescoço, até chegar no rosto do turco. Seus dedos passaram por cima do queixo, pela boca e nariz até os olhos. Tocou os olhos de vidro com a ponta do dedão. O vidro estava mais frio do que o resto do turco. Estava escuro demais para poder enxergar o rosto do turco. Tibor aumentou a pressão sobre o olho. O crânio de madeira do turco rangeu. O contorno do olho acabou quebrando e o olho foi empurrado para dentro do crânio vazio. Ele caiu feito uma bola de gude pelo corpo oco, bateu contra costelas de madeira e fios e terminou pendurado pelo seu nervo óptico.

O turco do xadrez não iria jogar nunca mais. O olho arrancado tinha sido o toque da corneta do combate, o lenço de torneio jogado ao chão, o primeiro tiro de uma batalha. Já que Tibor precisava morrer, que o maldito autômato o acompanhasse. Tibor dobrou o braço direito do andróide sobre as costas. Os ossos de madeira se estilhaçaram e arrebentaram, ao passo que a seda do caftan rasgou no sentido do comprimento. Ele arrancou o braço do ombro do turco e o quebrou sobre o joelho, como se fosse lenha. Os restos foram arremessados para um canto. Depois ele quebrou o braço esquerdo, que se partiu muito mais facilmente devido ao pantógrafo com o qual estava constituído, quase como os ossos ocos de um pássaro. Tibor arrancou a mão, que conduzia as peças com sua mecânica tão refinada e cuja construção tinha consumido tanto tempo, de dentro da sua articulação, jogou-a no chão e destruiu-a debaixo do calcanhar. Arrancou o caftan e a camisa do corpo do pobre andróide, deixando-o desnudado na escuridão. Tibor agarrou as costelas de madeira com ambas as mãos e quebrou-as ao meio, sem se preocupar com as farpas que entraram nas suas mãos. Arrancou o cabeamento de dentro do corpo com as duas mãos e o turco acenou loucamente, pela última vez; mas não havia ninguém para quem pudesse dizer *xeque-mate*. Aquele era o seu próprio jogo final. Tibor arrancou a cabeça e torceu o pescoço do turco até a nuca se quebrar. Com um golpe, arrancou o turbante junto com o fez de cima do topete de madeira careca e apertou o segundo olho para dentro, fazendo-o cair através do crânio, pelo pescoço aberto, rolando no chão. Tibor agarrou a cabeça cega e bateu sem parar com o rosto dela contra a parede, até o reboco se esfarinhar e a face do turco se transformar num mingau grotesco de papel machê, lascas de madeira, tinta e pêlos falsos de barba. Apenas lamentou não estar vendo tudo aquilo.

Tibor deixou a cabeça cair de qualquer jeito e voltou-se novamente para a mesa. A madeira, ele não conseguiria destruí-la, mas certamente o faria com o mecanismo falso e hipócrita. Quebrou a trave, que tinha sido a coluna vertebral do andróide, de cima da banqueta, e a cravou no meio das engrenagens e cilindros. Soou uma melodia ininteligível, como se alguém tivesse chutado um cravo. Tibor estocou a ferida até as engrenagens se soltarem dos seus mancais e estourou o pente que ficava sobre o cilindro. O que ele não teria dado, por um pouco de óleo e fogo, para transformar os restos do desgraçado do autômato em cinzas, para todo o sempre, e todo o mecanismo em gotas sujas e inertes de metal derretido.

A noite acabara, a manhã chegara, e Kempelen passara várias horas praticamente imóvel junto à sua mesa, pensando em como matar Tibor, que estava atrás da parede, amarrado dentro da máquina. Não achou nenhuma solução. Então Tibor acordou e começou a chutar a madeira. Apesar de praticamente não conseguir ouvir as batidas abafadas, Kempelen não suportou aquilo. Não conseguia se concentrar. Vestiu-se e saiu cavalgando debaixo do chuvisco até a Câmara da Corte para ficar ruminando ali, sem ser perturbado. Ainda era tão cedo, que ele foi o primeiro funcionário para quem o porteiro abriu as portas. Ele avisou seu mensageiro de que não receberia nenhuma visita. Tomou assento na escrivaninha — do mesmo jeito que estivera sentado em seu próprio escritório — olhando fixamente para o nada, tentando clarear os pensamentos. Mas tampouco conseguiu fazê-lo ali. Quando os sinos da torre da Câmara Municipal bateram nove horas, lembrou-se de que estava sendo esperado no enterro de Jakob. Uma hora depois Kempelen estava no cemitério judaico, jogando três pás de terra sobre o caixão do seu antigo ajudante, colocando seus óculos ali junto.

— Do pó viestes, ao pó retornareis — disse, enquanto o fazia, repetindo o que os seis judeus antes dele haviam dito: a senhoria de Jakob, o comerciante Krakauer, dois membros da comunidade judaica, um levita da sinagoga e o coveiro.

Kempelen não percebera nenhuma palavra da cerimônia. O enterro inteiro passara diante dele como um sonho. A sepultura de Jakob era estreita e ficava na beira do cemitério, debaixo de uma tília, colada ao muro, à sombra de uma casa. A lápide era simples. Kempelen lembrou-se de que Jakob jurara, não fazia muito tempo, de levar o segredo do autômato do xadrez para o túmulo. Ele manteve a sua palavra: ali jaziam ambos.

O barão János Andrássy surpreendentemente o aguardava diante dos portões do cemitério. Não estava trajando seu uniforme, mas carregava, como de hábito, o sabre e a pistola. Ele sorriu, cansado.

— Esperava encontrar-vos aqui — disse ele. — Não é triste que nós nos encontremos tão freqüentemente em cemitérios?

Kempelen parou. A visão de Andrássy o tirou da sua apatia.

— Um cemitério é e continua sendo um lugar inadequado para questões de honra, caro barão. Só espero que não estejais aqui por esse motivo, já que hoje estou muito menos interessado nisso do que já estive antes.

— Não quero duelar convosco — retrucou Andrássy —, nem hoje, nem amanhã, nem em tempo algum. Retiro minha exigência.

Kempelen piscou.

— Por que essa mudança de atitude?

— Já consegui alcançar um tipo de reparação. Ela não correspondeu, no entanto, absolutamente ao que eu tinha desejado. Fui eu quem matou o vosso judeu.

Kempelen ficou sem palavras.

— Caminhemos um pouco — disse Andrássy, com um gesto que apontava para a saída do cemitério. — Eu vos contarei tudo com prazer, se quiserdes ouvir, mas não no bairro dos judeus.

Andrássy contou, enquanto eles desciam a margem do Danúbio no sentido da correnteza, que ele se encontrava na sua caserna junto aos portões da cidade, na noite da morte do judeu. Estava indo se deitar quando um soldado do seu regimento, que chegou a cavalo da cidade, pediu para ser recebido por ele. O hussardo contou que o assistente do senhor Von Kempelen estava na taberna À Rosa Dourada, no mercado de peixe, encenando o assassinato da finada baronesa Jesenák, fantasiado de autômato do xadrez. E isso debaixo dos grandes aplausos da multidão de clientes. Ele, o hussardo, tinha se sentido na obrigação de levar aquilo ao conhecimento do tenente. Andrássy mandou atrelar imediatamente o seu cavalo e chamar o seu cabo, partindo então com Dessewffy para a colônia de pescadores. Eles esperaram quase uma hora, escondidos, e depois seguiram o assistente de Kempelen na direção da viela dos Judeus. Ele estava completamente bêbado, usando os trajes do turco, e cantava uma cantiga judaica, da qual não se conseguia entender nada, além do nome "Ibolya". Andrássy e Dessewffy o alcançaram e abordaram, em frente à igreja de São Martinho. Andrássy não pretendia matar o judeu, mas a cantiga e a vestimenta impertinente o deixaram furioso. Quando Jakob o cumprimentou com as palavras: "Está indo abater umas peças de mobiliário?", Andrássy desferiu-lhe um soco na testa. O outro caiu no chão. Enquanto ele estava caído, Andrássy entregou seu dólmã, *kalpak*, sabre e coldre ao seu acompanhante e desafiou o judeu, sem levar em consideração posição nem religião, para uma luta braçal, homem a homem. O assistente se levantou, tirou os óculos e esticou os punhos. Andrássy perguntou se ele estava pronto, e mal ele acenou com a cabeça acertou-o com outro soco. Não foi uma luta justa: o primeiro golpe, e principalmente o excesso de álcool, tinham deixado Jakob incapacitado para a luta. Andrássy se esquivou com facilidade dos golpes trôpegos dele; uma das vezes o ajudante chegou a perder totalmente o equilíbrio, depois de um soco, e tropeçou. Apesar de tudo, o judeu tinha sido honrado o suficiente, não desistindo e lutando até o final. Um golpe em cheio na sua orelha, finalmente, o jogou ao chão. O turbante caiu da sua cabeça.

Andrássy se debruçou por cima dele e fez a pergunta que o torturara por tanto tempo:

— Quem matou minha irmã? Conte-me! Foi o turco?

Jakob levou algum tempo para responder, lambendo primeiro o sangue dos lábios. Depois disse umas palavras inaudíveis. Andrássy aproximou-se mais do rosto desfigurado para entender o que o judeu estava falando. Mas, em vez de responder, Jakob levantou o joelho, com uma súbita agilidade, acertando o ingênuo Andrássy com toda a força no meio das pernas. O hussardo viu estrelas, quase desmaiou, encolheu-se de dor e caiu ao lado do ajudante. Dessewffy não interferira em nenhum momento, seguindo as ordens do tenente. Jakob levantou-se, recolocou os óculos com toda a calma, cuspiu em cima do corpo do barão e disse:

— Certamente o turco é o responsável pela morte da sua irmã. Só mesmo vocês húngaros conseguem ser tão imbecis, a ponto de acreditar em histórias da carochinha.

Então o judeu continuou andando em direção ao bairro dos seus, com passos trôpegos. Andrássy se levantou com dificuldade, desembainhou enfurecido o sabre que Dessewffy segurava e correu para cima de Jakob. Correu tão rápido, que a lâmina atravessou o corpo do ajudante, como se estivesse atravessando um pedaço de fruta. Então os dois ficaram ali de pé: Andrássy assustado com o que tinha feito; Jakob ainda tocou, incrédulo, o metal ensangüentado que lhe saía do peito. Mas ele morreu antes de conseguir gritar e escorregou morto da lâmina do hussardo.

— Jogamos o corpo dele no Danúbio e ninguém nos viu — concluiu Andrássy. — Envergonho-me do que fiz. Ele era com certeza uma má pessoa, mas não merecia uma morte dessas. Não foi uma atitude de um nobre.

Andrássy parou e estendeu a mão para Kempelen.

— Por isso vou pegar minha luva de volta. Considere-se desobrigado de nossa questão de honra. Já correu sangue demais.

Kempelen segurou a mão que lhe foi oferecida e disse:

— Sim.

— Rezai pelo vosso judeu, pois eu certamente não o farei.

Andrássy levou a mão ao chapéu em sinal de despedida.

— Adeus, então.

O barão já tinha dado alguns passos na direção da cidade quando Kempelen o chamou de volta.

— O que ainda há para ser conversado entre nós? — perguntou Andrássy do lugar em que estava.

Kempelen foi ao seu encontro.

— Eu gostaria de lhe fazer uma oferta — disse com voz suave. — Se eu vos disser o nome do assassino da vossa irmã, como vós o desejastes há tanto tempo... vós me daríeis a vossa palavra de honra de que guardaríeis este segredo enquanto viverdes?

Andrássy apertou os olhos, mas o resto do seu rosto permaneceu petrificado.

— Sim, eu guardaria o segredo... o segredo... não aquele que o esconde, por Deus e por todos os santos!

— Não estou lhe pedindo isso — retrucou Kempelen.

Quando Andrássy abriu a porta do pequeno depósito com a última das chaves que Kempelen lhe dera — segurando uma pistola carregada na mão esquerda —, teve uma visão assombrosa: ali estava a mesa de xadrez, com uma trave saindo de dentro do mecanismo. Só tinham sobrado as pernas do turco, que estavam presas ao banquinho dele. O resto do corpo estava espalhado, aos frangalhos, por todo o cômodo. A parede fora avariada em vários lugares e os buracos no emboço deixavam os tijolos à mostra. Um olho estava caído no chão. Parecia que uma bomba havia caído ali e arrebentado o jogador em mil pedaços.

Uma pequena criatura, um anão, estava sentada no meio daquele caos com as costas apoiadas na parede. Ele piscou quando a luz da oficina bateu em cima dele e levantou uma das mãos para fazer sombra em seus olhos. A testa dele estava coberta de suor, no qual estavam grudadas lascas de madeira, pedaços de tinta e poeira. Quando o anão se acostumou com a claridade, pareceu reconhecer Andrássy e sorriu. Andrássy apontou a pistola e fez um sinal para que ele se levantasse.

— Foi você quem matou minha irmã?

Tibor fez que sim.

— Foi sem querer — disse ele, mas sua voz estava tão fraca devido à secura da sua garganta, que quase não deu para entender o que ele dissera.

— Você a molestou antes disso? Tocou-a de forma imprópria ou beijou?

— Toquei.

— Terá que pagar por isso. Vou matá-lo. Agora.

Tibor fez que sim novamente. Estava fraco demais para se defender ou para fugir, e ele nem queria mais. Andrássy era o seu executor preferido. Ele terminaria ali o que começara na estrada para Viena.

— Tem algum desejo antes de ir embora?

Incapaz de falar, Tibor apontou para um jarro de água sobre uma das bancadas. Andrássy acenou. Tibor pegou o jarro. O primeiro gole ainda doeu. Depois ele terminou de beber a água toda, a goles sôfregos.

— Obrigado.

— Ajoelha-te — ordenou Andrássy, e quando Tibor se ajoelhou virado para ele: — Para o outro lado.

Tibor virou as costas para o barão. Andrássy colocou a pistola sobre a mesa.

— Vós matastes o meu amigo?

— Também foi sem querer — respondeu Andrássy. — Diga isso a ele, caso o encontre.

Tibor ouviu Andrássy puxar o sabre, balançando-o na mão, preparando-se para desferir o golpe mortal. Tibor colocou a cabeça sobre o peito, juntou as mãos e rezou.

— *Ave Maria, cheia de graça, o senhor é convosco. Bendita sois entre as mulheres, e bendito é o fruto do vosso ventre, Jesus. Santa Maria, mãe de Deus, rogai por nós pecadores na hora da nossa morte. Amém.*

— Amém — disse Andrássy. Depois levantou o sabre com as duas mãos. Tibor fechou os olhos.

Ouviram-se passos que não eram de Andrássy. Alguém pegou a pistola de novo. Andrássy se virou. O cão da pistola foi puxado. Tibor também abriu os olhos e se virou. Elise estava de pé, com roupas de viagem, junto à porta, segurando a pistola com firmeza e apontando-a para o húngaro. Como não tentava mais esconder a gravidez, podia-se ver o arredondamento da sua barriga. Andrássy baixou o sabre. Ninguém falou nada.

Finalmente Andrássy deu um passo à frente e esticou a mão.

— Me dê a pistola.

Mas, em vez de recuar, Elise também deu um passo à frente e levantou mais a pistola, na altura dos olhos de Andrássy.

— Vou matá-lo — gritou ela. Sua voz saiu esganiçada. — Com os diabos, vou atirar para matar! Abaixe o sabre!

Andrássy olhou para Tibor e de volta para Elise, colocando o sabre sobre o assoalho.

— E agora, de joelhos!

Andrássy não obedeceu.

— A senhora não vai me matar.

— Vou, sim, se não se ajoelhar imediatamente! — gritou Elise, dando mais um passo na direção dele.

Andrássy se ajoelhou.

Tibor pegou o sabre.

— E agora? — perguntou Elise. Lágrimas escorriam pelos cantos dos seus olhos.

— Não sei — disse Tibor.

Os três ficaram se entreolhando durante algum tempo, já que nenhum deles sabia o que fazer.

Tibor esperou Andrássy olhar para Elise e desferiu um golpe com o punho do sabre na sua nuca. Andrássy caiu para a frente, mas ainda gemeu, então Tibor o golpeou de novo. Depois enfiou a lâmina do sabre numa fresta do assoalho e virou o punho, até ela se quebrar. Ele jogou o punho longe. Elise ainda apontava a pistola para o desfalecido.

— Nós não vamos matá-lo — disse Tibor.

Elise desarmou o cão com os dedos trêmulos. Começou a soluçar assim que terminou de fazê-lo. A pistola caiu-lhe das mãos. Suas pernas dobraram. Tibor aparou sua queda. Ela chorava copiosamente e se agarrava com os dedos em sua camisa. Ele colocou uma das mãos nas costas dela e a outra atrás da cabeça. Ele inspirou. Ela tinha o mesmo cheiro de sempre.

— *Piano* — murmurou ele, e: *Tranquilo*, já que as palavras em alemão tinham desaparecido subitamente.

Ela o empurrou e olhou para ele com os olhos vermelhos.

— Você não tem o direito de me desprezar! Deveria saber muito bem! Sabe como é quando a gente tem de se vender! Vendi o meu corpo, você vendeu a sua cabeça: onde está a diferença? Por que eu menti para você? Você fez a mesma coisa. Mentiu e enganou com a sua máquina e não é uma pessoa melhor só porque reza! Você não tem o direito de me desprezar — disse Elise, e acrescentou com a voz um pouco mais baixa: — Não quero que me despreze.

Tibor ficou calado. Ele segurou a cabeça dela com as mãos e beijou-lhe a testa.

— Vamos embora.

Os dois se levantaram. Tibor pegou a pistola de Andrássy. Elise secou as lágrimas.

— Onde está Kempelen? — perguntou ele.

— Não sei. Aqui ele não está. As portas estavam todas abertas, mas eu não o vi.

— Vou receber um cavalo hoje à noite.

— Quer esperar tanto tempo?

— Sim. A pé, não sou suficientemente rápido.

— E onde vai esperar? Caso Andrássy se liberte e mande os soldados dele atrás de você?

Tibor pensou.

— O melhor lugar é na casa de Jakob. Vou receber o cavalo ali por perto. Só vou pegar as minhas coisas.

Enquanto Elise arrastou Andrássy para o depósito, trancando-o lá, tal como o anão estivera preso, Tibor foi enfiar suas coisas num alforje: o tabuleiro de xadrez de viagem, seu dinheiro, as pistolas de Messerschmidt e de Andrássy, bem como a peça que Jakob entalhara para ele. Depois vestiu o casaco e colocou o chapéu de três pontas, saindo do seu quarto e finalmente da casa de Kempelen. Não havia o menor sinal de Kempelen, nem mesmo na rua do Danúbio. Apesar disso, eles pegaram um desvio até a viela dos Judeus, passando pelo mercado de verduras e pelo mercado de carvão, certificando-se mais de uma vez se alguém os seguia. Eles não falavam.

A chave do quarto de Jakob ainda estava sob a ripa do telhado e o apartamento ainda não tinha sido esvaziado. As roupas e os papéis de Jakob estavam todos organizados em cima da cama, tal como Kempelen os havia deixado. Elise avistou o busto dela esculpido em teixo e Tibor olhou para as duas Elises.

Um pouco depois rangeram passos nas escadas e alguém bateu na porta. Tibor pegou a pistola e perguntou quem estava ali.

— Senhor Neumann? — perguntou a voz atrás da porta. — É o senhor, senhor Neumann? Sou eu, o Krakauer-Aaron.

Tibor enfiou as pistolas debaixo do lençol e abriu a porta para o comerciante.

— *Shalom*, senhor Neumann — disse Krakauer —, eu sabia que tinha visto o senhor... e a linda senhorita.

— Vamos ficar pouco tempo aqui — explicou Tibor. — Vamos viajar em breve.

Krakauer acenou.

— Jakob foi enterrado ainda há pouco. Senti a sua falta.

— Eu pretendia ir, mas fui retido.

— É uma pena. Não foi a maldição do turco, não é mesmo?

— O quê?

— O açougueiro disse que a maldição do turco tinha matado Jakob, da mesma forma que tinha matado a baronesa e o professor de Marienthal, porque Jakob tinha ousado imitar o jogador de xadrez num botequim.

— Não. Não foi o turco. — Tibor pensou no turco, no estado em que ele o havia deixado: irreconhecivelmente destruído. — E mesmo que tenha sido o turco, ele já pagou por isso.

Krakauer cruzou as mãos.

— Ainda posso fazer alguma coisa pelo senhor, senhor Neumann? Ou para a senhorita? Uma *borovicka*?

— Não, obrigado. — disse Tibor. — Por favor, não diga a ninguém que estamos aqui. Afinal de contas, este apartamento não é nosso.

— Certamente. Então, adeus, e faça uma boa viagem. Que o Todo-poderoso esteja com o senhor.

— Muito obrigado, senhor Krakauer.

Tibor fechou a porta atrás do velho judeu. A tarde acabara de começar.

Eles praticamente não conversaram nas horas seguintes, até que a noite chegou. Elise estava deitada na cama, com o rosto virado para o lado oposto do de Tibor, e dormia. Mesmo quando acordava, fingia que estava dormindo. Sentia vergonha pelo colapso na oficina e estava com mèdo do futuro. Desejava muito que Tibor se sentasse junto dela e pelo menos colocasse a mão nas suas costas. Mas Tibor ficou longe dela. Lavou o suor do seu corpo, trocou as roupas e comeu alguma coisa. Depois investigou o espólio de Jakob. Juntou as ferramentas, embrulhou-as num pedaço de couro e guardou no seu alforje: Jakob teria gostado de que ele as pegasse. Quando escureceu, Tibor fechou as cortinas e acendeu o candelabro de sete braços.

— Já está na hora — afirmou ele por fim, vestindo o seu casaco verde e colocando o chapéu de três pontas.

Elise sentou-se e calçou os sapatos.

— Vamos cavalgar para onde?

— Para fora da cidade, e depois...

Tibor parou no meio da frase. Um degrau rangera por trás da porta, e ambos tinham ouvido. De novo. Tibor pegou uma pistola em cada mão, mas, como era impossível puxar os dois cães, jogou uma delas para Elise. Ele apontou a arma carregada para a porta. Elise escorregou um pouco mais para cima da cama, como se ela tivesse se transformado subitamente numa balsa no mar inquieto. Os únicos barulhos que ainda se ouviam eram os rangidos das tábuas do assoalho dos dois lados da porta.

Então a porta foi aberta com um chute, e com tal fúria que a velha fechadura arrancou um pedaço do portal e ficou pendurada, torta, nas dobradiças. Andrássy estava lá de pé, e, mesmo antes de ver Tibor, já estava com a pistola apontada para a sua cabeça. Atrás dele não estava ninguém menos do que Kempelen, também armado com uma pistola. Tibor teve a sensação de não tê-lo visto há uma eternidade. Andrássy entrou no quarto a despeito da arma de Tibor, e Kempelen o seguiu, com a pistola igualmente apontada para a cabeça de Tibor. Quando Elise, que ainda estava em cima da cama, puxou o cão da sua arma, Kempelen apontou a arma para ela por algum tempo, mas voltou a apontá-la para Tibor, indeciso sobre quem apresentava a maior ameaça — ou qual dos dois ele desejava mais ver morto. Tibor deu um passo para o lado, para poder atirar melhor em Kempelen, fazendo com que Kempelen apontasse definitivamente para ele. Em seguida Elise apontou para Kempelen. Somente a pistola de Andrássy ficou apontada o tempo todo para Tibor. Esse singular balé durou alguns segundos, totalmente silencioso, e até civilizado, como se tivesse sido previamente combinado que ninguém atiraria antes que tudo estivesse arrumado.

Nem assim Andrássy conteve o seu sorriso aristocrático.

— Que equilíbrio fatal.

Tibor não ouviu o que o barão disse. Estava encarando Kempelen. A ponta preta da sua pistola parecia um terceiro olho a encará-lo. Independente do que fosse acontecer nos próximos minutos, aquela seria a última vez em que os dois homens estariam diante um do outro. O olhar de Kempelen parecia querer desviar-se dele, sem conseguir, como se Tibor o tivesse enfeitiçado com uma hipnose maligna; como se ele fosse o coelho e Tibor a cobra. Os dedos de Kempelen apertavam seguidamente a arma, como se ela ameaçasse escorregar das suas mãos. Ele fez Tibor se lembrar do paciente do magnetizador em Viena, que tinha tentado se livrar do próprio corpo. O olhar de Tibor se perdeu; ele continuava olhando para Kempelen, mas seus olhos tinham se fixado num ponto mais atrás, como se conseguissem enxergar através do crânio dele.

Tudo parecia se encaminhar para um empate: se ele atirasse em Kempelen, Kempelen atiraria nele, e ambos iriam perder. Mesmo que ambos não acertassem, ou se a pólvora não funcionasse, os outros dois iriam atirar os seus projéteis; Andrássy nele, e a rainha em Kempelen. A rainha estava numa posição estratégica mais favorável, pois o cavalo tinha virado as costas para ela. Não havia um *gardez* contra ela, e da sua casa ela poderia tomar tanto o cavalo quanto o rei inimigo. Tibor não podia avançar, pois os inimigos estavam bloqueando o caminho. À sua esquerda havia uma mesa e à sua direita estava a parede. Atrás dele estavam uma cortina, uma janela e uma porta que dava para o telhado da casa vizinha; mas ela estava fechada, e, antes que Tibor conseguisse abri-la, os outros já o teriam dominado. Se pelo menos chegasse mais uma peça da sua cor, mesmo que fosse um peão, um Krakauer, a coisa mudaria de figura. Mas do jeito que as coisas estavam naquele momento, não havia nenhuma outra solução além de se sacrificar para que pelo menos a rainha ficasse em segurança.

— Fuja, Tibor — disse Elise.

Ou então a rainha se sacrificaria por ele. Os dois homens ignoraram o grito de Elise, mas Tibor viu Elise levantar o braço armado e puxar o gatilho. A batida do cão sobre a espoleta fez Kempelen e Andrássy se virarem. Quando a pólvora explodiu no cano, arremessando a bala contra o teto baixo, Tibor já tinha apanhado a *menorá* e jogado em cima de Andrássy. As velas se apagaram imediatamente. Andrássy foi atingido e gritou. Ficou escuro, mas Tibor tinha aprendido a se mover no escuro. Ele virou a mesa e bloqueou o caminho dos seus perseguidores. Alguém tropeçou. Ele ouviu Elise gemer. Alguma coisa caiu no chão. Tibor jogou sua pistola no chão. Agora ele não precisava mais dela.

Tibor arremeteu, com o ombro na frente, contra a cortina e a janela, que se quebrou nas dobradiças podres, caindo um passo abaixo, sobre o telhado vizinho, e escorregando pelas telhas, até ficar pendurada numa calha. Tibor caiu atrás dela, levantou-se nas telhas, que não cederam muito, e segurou-se imediatamente na cumeeira. Um tiro foi dado no apartamento de Jakob, e a bala passou sibilando, bem acima da cabeça de Tibor. Kempelen gritou: "Atrás dele!" Um grito de Elise, e depois um golpe estalado. Como a cortina tinha caído depois que Tibor passara, ele não podia ver o que se passava por trás dela. Ele seguiu, agachado, pelas telhas que ainda estavam frias e molhadas pela chuva que caíra antes, até alcançar o telhado seguinte. Este era suficientemente plano, permitindo que ele andasse de pé. Tibor procurou, sob a luz da noite sem lua, por possibilidades de voltar para o chão. Mas não havia nenhuma: de um lado estava o calçamento da viela dos Judeus e, do outro, o cemitério. Ele tinha de seguir em frente e esperar que conseguisse entrar numa escadaria ou então pela janela de um apartamento qualquer. Quando se virou, viu Andrássy no quadro da porta. O barão levantou a pistola e apontou para Tibor, mas a distância era muito grande. O hussardo pulou da soleira da porta sobre o telhado, sem guardar a pistola no coldre e foi caminhando com a segurança de um equilibrista sobre a cumeeira na qual Tibor só tinha conseguido andar de quatro. Tibor continuou correndo e pulou sobre o telhado da casa seguinte, sem se preocupar ou tomar cuidado: não faria a menor diferença morrer baleado ou pela queda no calçamento.

A fuga pelos telhados parecia uma caçada no meio da mata: havia chaminés no meio do caminho, calhas ofereciam um falso apoio, telhas e traves rangiam e se quebravam debaixo dos seus pés, argamassa, cacos, musgo e folhas úmidas despencavam na escuridão. Andrássy pegou um caminho diferente do de Tibor — já que o emaranhado de telhados tinha ramificações suficientes —, aparentemente na esperança de conseguir cortar o seu caminho. Um pátio interno surgiu aos pés de Tibor. Um buraco quadrado e negro no qual, como num poço, não se podia enxergar onde estava seu fundo, embora houvesse lamparinas acesas em alturas variadas; mas tal como fogos-fátuos, brilhavam por si só, sem iluminar nada à sua volta. Tibor não viu escadas, em lugar nenhum, que levassem para baixo. Pensou se deveria gritar por socorro, mas não havia ninguém à vista, nem nas casas, nem na rua.

Quando Tibor subiu em uma outra cumeeira, Andrássy disparou sua pistola novamente contra ele. O chumbo arrebentou uma ripa ao lado de Tibor, e as lascas vermelhas espirraram em todas as direções. Tibor continuou a subir e se segurou numa chaminé para poder olhar em volta. Andrássy estava só uma casa atrás dele, recarregando sua pistola na escuridão. O planalto de telhados acabou um pouco depois, interrompido por uma viela transversal, pela qual passava a neblina noturna. Tibor estava encurralado.

— Desta vez não vai terminar com um empate, jogador de xadrez — gritou Andrássy.

Tibor procurou cobertura atrás da chaminé, antes de responder:

— Não.

— Quer lutar?

— Não mais.

— É uma pena.

Andrássy falava sibilando, porque trazia a vara de recarregar entre os dentes.

— Pois você tem muitos traços nobres que eu prezo. Só lhe falta educação: *par exemple*, foi um erro capital quebrar o meu sabre. Feriu a minha honra, fazendo aquilo.

— Então, pela vossa honra, barão — retrucou Tibor —, não façais nada contra a mulher. Ela só quis me ajudar. E ela está em condições especiais. Deixai ambos vivos, ela e a criança.

— Não se preocupe. Nunca em minha vida tocaria num fio de cabelo de uma mulher. — Andrássy socou pólvora e balas, e puxou o cão. — Ao contrário do que farei com você, se me permite acrescentar.

Tibor não precisava saber mais nada. O telhado terminava à sua esquerda, sobre o cemitério judaico, e uma tília crescera até lá em cima. Se Tibor conseguisse pular suficientemente longe, talvez conseguisse segurar os seus galhos — caso contrário, morreria, por ironia, perto do seu amigo. Aquele pensamento fez o suor brotar nas palmas das mãos de Tibor. Ele as secou nas calças e correu telhado abaixo. Andrássy não atirou: ou por Tibor ser um alvo móvel, ou simplesmente pelo espanto diante daquela atitude suicida.

Ele saltou da borda da calha com um dos pés e esticou os braços para a frente enquanto voava. Abaixo dele estava o cemitério, totalmente coberto pelo nevoeiro, e a bruma ascendente parecia a fumaça das profundezas do inferno. Galhos e folhas molhados bateram no seu rosto, mas ele se forçou a manter os olhos abertos. Conseguiu segurar um galho, que, no entanto, era muito fino. Ele vergou com o peso de Tibor e se quebrou. Mas Tibor tinha segurado um outro galho, a tempo, e este agüentou. Ele olhou imediatamente para o telhado, mas não conseguiu mais ver Andrássy através da folhagem — o que, por sua vez, significava que Andrássy também não conseguia enxergá-lo. Por enquanto ele estava em segurança. Começou a descer, mais tateando do que enxergando. A água da chuva pingava à sua volta, e as folhas outonais, que ele sacudia nos galhos, caíam. Na última parte, ele se jogou no chão, depois de achar, no meio da névoa, uma brecha no meio do mar de lápides. Ficou de quatro, igual a um gato. A velha ferida estava doendo. Tudo o que ele ainda trazia consigo era o seu dinheiro, as roupas do corpo e o chapéu na sua cabeça. Ele agora tinha que dar um jeito de chegar a tempo junto de Walther, antes que Andrássy fosse procurá-lo nas vielas. Foi até o portão, atravessando o labirinto de túmulos. Pequenos seixos caíam das bordas das lápides, onde tinham sido colocados. Depois que Tibor pulou a cerca do cemitério, caindo na viela, ele começou a correr, primeiro em direção ao norte, para sair da viela dos Judeus, e depois pela viela de São Nicolau até a igreja. Do lado esquerdo da rua estavam as casas e do lado direito havia um muro, atrás do qual estavam a igreja de São Nicolau e o seu pátio. A igreja ficava na encosta do monte do castelo, vários passos acima da rua, havendo, portanto, uma abertura no muro, com os largos degraus que levavam até em cima. Walther estava ruminando no primeiro degrau. Ele se levantou com a ajuda das muletas quando viu Tibor se aproximar. Tibor se aqueceu, tal o seu alívio, ao ver o camarada no local combinado.

— Meu Deus, onde estava? — sibilou Walther. — Fiquei preocupado. Você está atrasado!

— Eu sei — disse Tibor, quase sem fôlego.

— Está com uma coroa de folhas em cima do crânio. — Walther tirou algumas folhas de tília do chapéu de três pontas de Tibor. — Foi um tiro agora há pouco?

— Você está com o cavalo? Tenho de me apressar.

— Certamente, certamente. Prendi o cavalo junto da capela, onde somente o diabo poderia roubar. É um animal bonito, fanfarrão.

— Mil vezes obrigado, Walther.

— *Ça, ça*, me dê um obrigado, e fique com o resto, já que só os seus mil *kreuzer* vão encher o meu estômago. Siga-me!

Walther subiu na frente, com um ágil gingado das muletas, até a igreja de São Nicolau, e Tibor o seguiu.

Mas Andrássy vinha pelo outro lado da viela de São Nicolau. Ele quebrara uma janela num telhado, descera pelo apartamento vazio e pelas escadas até a rua. Saíra do bairro judeu pelo outro lado e se aproximava de Tibor vindo pelo lado do Danúbio.

Na confusão que se formou depois que Elise disparou o tiro e Tibor apagou as velas, ela tentou com todas as forças segurar Andrássy para evitar que ele seguisse Tibor. Como o barão não conseguia se livrar dela, empurrou-a com toda a força, fazendo com que ela perdesse os sentidos. Kempelen não se deu conta de nada disso. Ele puxou a cortina e viu Andrássy perseguindo o anão pelos telhados, e só depois de acender as velas de novo, usando sílex, aço e espoleta viu Elise caída no chão, desmaiada. Ele tomou o seu pulso e a colocou sobre a cama. Indeciso sobre o que fazer com ela, primeiro ele levantou a mesa. Debaixo dela estava a pistola de Tibor, ainda carregada. Kempelen andou pelo apartamento com a respiração pesada, roeu as unhas e socou a parede várias vezes antes de conseguir segurar a pistola na mão. Então sentou-se na cama, ao lado de Elise; silenciosamente, para não acordá-la, e tentando não encostar mais nela. Ele só olhou para a parte de trás da cabeça dela, limpou as lágrimas com as costas da mão, pegou um travesseiro e envolveu a pistola, para abafar o barulho. Ele gemeu, quando encostou-lhe o cano na cabeça. Seu dedo envolveu o gatilho. Ele virou o rosto para não ver a cena — e encarou Andrássy, que estava de pé no portal, e cujo retorno ele não percebera. Ele apontava a pistola para Kempelen.

— Baixai vossa arma imediatamente — disse Andrássy num tom inconfundível — ou sereis o próximo morto desta noite.

Kempelen obedeceu imediatamente: deixou a pistola cair como se fosse uma criança com um brinquedo proibido. Andrássy acenou e colocou a arma de volta no coldre. Ele estava carregando a bolsa de dinheiro e o chapéu de três pontas de Tibor. Jogou ambos para Kempelen e desabou na única cadeira, cansado e sem se preocupar com a sua postura. Jogou a cabeça para trás, fechou os olhos e suspirou. Suor brilhava sobre a sua pele.

Enquanto isso, Kempelen investigava os dois objetos que Andrássy trouxera de volta. A bolsa tinha um pouco menos de moedas do que uns dias atrás, mas ainda estava pesada. O chapéu de Tibor lhe pareceu um troféu esquisito, mas quando colocou a mão na aba sentiu que estava úmido por dentro, e, quando a puxou para fora, seus dedos estavam cobertos de sangue e farelos brancos. Ali, na parte de trás do chapéu, havia um buraco, não muito maior do que a cabeça de um prego, e o feltro em volta estava sujo de sangue. Kempelen limpou imediatamente o dedo no lençol. Colocou o chapéu perto da vela, e o sangue do lado de dentro refletiu a luz. Ali estavam grudados cabelos pretos, estilhaços de osso e uma gelatina, que não poderia ser nada mais do que cérebro. Kempelen deixou o chapéu cair, enojado.

— Por Deus, não sejais hipócrita — advertiu-o Andrássy. — Vós queríeis a sua morte e a sua morte agora é uma realidade suja. Achais, por acaso, que a minha irmã morta, no terraço do palácio, foi uma visão agradável?

— Então ele está morto?

— Sim.

— Onde está o cadáver?

— A caminho de Theben.

— O quê?

Andrássy correra pelas ruas desertas, procurando o anão, com raiva de si mesmo e do fato de que o assassino da sua irmã tinha-lhe escapado pela segunda vez. Dera a volta ao bairro dos judeus e ouviu batidas de ferraduras na viela de São Nicolau. Tibor galopava em sua direção, no meio da névoa, com o corpo pequeno vestido com o casaco verde, curvado sobre a sela. Andrássy mirou na cabeça de Tibor e atirou. O corpo foi jogado para trás com a força do tiro, caindo nas costas do cavalo, escorregando dali como um saco de barro, para o lado, caindo da sela, ficando pendurado pelo pé no estribo. Andrássy desviou para o outro lado. O cavalo não parou, pelo contrário, ainda ficou mais atiçado pelo barulho do tiro, carregando o corpo consigo, arrastando-o pelo calçamento. Nisto caíram o chapéu e, alguns passos mais para a frente, a bolsa de dinheiro. Depois o cavalo e o cavaleiro desapareceram na noite e Andrássy pegou os dois objetos.

— Fizestes bem em vos esquivar de duelar comigo — opinou Andrássy —, pois eu vos teria enfiado uma bala certeira no crânio do mesmo jeito.

O sino na torre da Câmara Municipal bateu três horas. Kempelen arrepiou-se com o seu toque.

Andrássy passou a mão nos cabelos.

— O pobre-diabo. O cavalo parecia que iria cavalgar eternamente. O seu pé vai se soltar em algum ponto da estrada para Theben, ou então a tira de couro vai arrebentar, e ele vai ficar caído na poeira da estrada, com um buraco de bala na cabeça.

Kempelen não disse nada. Olhou novamente para o chapéu de Tibor. Andrássy levantou-se, apoiando-se com as duas mãos na cadeira, como se fosse um velho.

— Vamos embora. Pode ser que algum judeu tenha se dado conta de que foram dados tiros aqui e que não foram trovões, e tenha chamado a polícia.

Kempelen apontou para Elise.

— Ela ... ela vai depor contra vós.

— Não faz mal. Tirai isso da cabeça, cavaleiro. Esta mulher vai ficar viva. Ela está carregando uma criança.

— O quê?

— Ouvistes corretamente. Ela está grávida. E está sob a minha proteção pessoal. Dei minha palavra, e até hoje a mantive.

Kempelen acenou. Pegou a bolsa de dinheiro de Tibor, sentiu seu peso com a mão e a colocou ao lado da cabeça de Elise sobre a cama. Quis levar o chapéu de três pontas furado de Tibor, mas Andrássy o desaconselhou a fazê-lo.

— É com certeza uma visão horrível, mas pelo menos ela vai saber que não precisa mais procurá-lo, e sim rezar por ele.

Então Kempelen só recolheu as pistolas. Por fim, apagou as três últimas velas da *menorá* que ainda estavam acesas e seguiu Andrássy para fora do apartamento.

Quando os dois homens passaram pela loja de Krakauer, o comerciante saiu para receber a sua recompensa, por ter avisado Kempelen, conforme combinado, que o anão e sua acompanhante estavam escondidos na casa de Jakob. Fora do alcance dos ouvidos do comerciante, Andrássy falou entredentes:

— Judeus — e cuspiu enojado sobre o calçamento.

O barão János Andrássy e o cavaleiro Wolfgang von Kempelen se despediram uma última vez na entrada do bairro judeu.

— Quero a promessa de que o turco nunca mais irá jogar enquanto eu viver — exigiu Andrássy.

— Vós vistes minha máquina de xadrez: o anão a destruiu. Ela está despedaçada. Tendes a minha palavra.

Andrássy retornou para a sua caserna. Kempelen selou o seu cavalo ainda na mesma noite e, apesar da escuridão, cavalgou ao encontro da mulher e da filha, em Gomba.

Quando Elise abriu os olhos, um sol radiante brilhava sobre os telhados da cidade. Ela soube, no momento em que viu a bolsa de dinheiro de Tibor diante de si, que ele não estava mais vivo. O chapéu perfurado sobre a mesa vazia só lhe deu a certeza daquilo. Ela deixou-se cair novamente na cama, sacudiu-se em lágrimas e desejou que Kempelen tivesse terminado o que tinha vindo fazer. Assim ela não teria mais acordado, pelo menos não neste mundo.

Neuenburg: manhã

— Como é possível que você ainda esteja vivo? — perguntou Kempelen — Ou será que você é um fantasma ou então um sósia? Ou talvez um autômato, ao qual a bala não poderia ter feito nenhum mal, e o teu chapéu estava úmido de óleo?

Tibor seguira Walther pela escada que dava na igreja e, de fato, lá estava um cavalo forte, amarrado a uma árvore. Ele se virou na direção dos dois homens quando ouviu o barulho das muletas de Walther. Sua respiração formava pequenas nuvens diante das ventas.

— *C'est ça* — disse Walther, orgulhoso.

Tibor segurou seu chapéu na mão e se aproximou do animal. Então ele perdeu a pressa e afagou o cavalo sobre o flanco quente.

— Perfeito.

— Coloquei o farnel nas bolsas da sela. Dê uma olhada.

— Tenho certeza de que está tudo aí.

— Eu lhe peço, dê uma olhada.

Tibor sorriu e desamarrou a bolsa. Ele ficou na ponta dos pés para olhar. Lá dentro havia um bom pedaço de pão, queijo e várias maçãs.

Uma das muletas de Walther caiu no chão, fazendo um forte barulho. Tibor percebeu um movimento rápido, com o canto dos olhos e depois sentiu alguma coisa dura bater com tanta força em cima da sua cabeça, que ele pensou que seu crânio fosse se partir em mil pedaços.

Quando voltou a si — recobrando pelo menos os seus sentidos, já que seu corpo permanecia inerte e sem vida — estava deitado de barriga para baixo, no chão, e Walther estava ajoelhado ao seu lado, tirando desajeitadamente seu casaco. O rosto de Tibor foi apertado contra o saibro frio e escorria sangue quente pelo repartido do seu cabelo. Ele viu a pata do cavalo perto dele.

Walther falava consigo mesmo.

— O hábito faz o monge, fanfarrão; mas sem ele você não passa de um gnomo corcunda, um mero descalçador de botas. Você se acha coisa melhor só porque está usando roupas finas? E pensa que o Walther, que perdeu a perna e precisa mendigar a sopa diante da igreja, vai obedecer como um cão mastim só porque você lhe jogou algumas moedas diante dos pés? Agora o jogo virou novamente. Estou usando as suas roupas e o seu belo chapéu. Agora o rico é o Walther, e você é o aleijado e um bestalhão, ainda por cima.

Walther tinha finalmente conseguido puxar o casaco pelos braços de Tibor, que saiu virado pelo avesso. Então puxou as mangas de volta e vestiu o pequeno casaco. As costuras rasgaram quando ele se enfiou dentro dele.

— Droga! Os braços estão curtos e as costas estreitas, mas *très élégant*. Mil vezes obrigado.

Tibor fechou os olhos novamente. Ele só conseguia mantê-los abertos a muito custo, e Walther não deveria ver que ele tinha recobrado os sentidos. Tibor ouviu Walther sacudir a gorda bolsa de dinheiro nas mãos. Depois seus passos rangeram no saibro. Ele desamarrou o cavalo, enfiou as muletas na bolsa da sela e montou, ofegante.

— Nos veremos no inferno, fanfarrão — sibilou o camarada na despedida. Ele levantou o chapéu de três pontas com um gesto irônico, fingindo consideração, e cuspiu nas costas de Tibor. — Depois de você.

Walther estalou com a língua e o cavalo saiu trotando. Tibor ainda abriu os olhos uma última vez para se certificar de que Walther tinha realmente ido embora. Então, a noite finalmente o envolveu. Ele tinha certeza de que acordaria novamente; que nem o golpe da muleta, nem o frio da noite, nem o barão Andrássy iriam matá-lo. Nem chegou a ouvir o tiro mortal que Andrássy disparou contra Walther. Uma mulher que fora visitar o túmulo do marido encontrou-o na manhã seguinte. Ela acordou Tibor e ofereceu ajuda, que foi recusada com um agradecimento: ele conseguia andar, era o mais importante. Mais tarde poderia cuidar do sangue ressecado na cabeça e na camisa. Ele voltou para a viela dos Judeus, tremendo de frio e com passos fracos, ignorando os olhares assustados dos que o encontravam pelo caminho. Elise ainda estava chorando quando ele chegou no apartamento devastado de Jakob e compreendeu o motivo quando viu seu chapéu sobre a mesa e sua bolsa de dinheiro ao lado da cama. Elise ficou muda quando percebeu a presença de Tibor e desatou novamente em lágrimas, com mais força do que antes, só que com um sorriso nos lábios. Ela o abraçou e chorou. Depois colocou a mão em sua cabeça ferida e ninou-o como uma criança. Tibor fechou as pálpebras sobre os olhos úmidos e pensou que fosse desmaiar novamente.

Tibor colocou uma das mãos sobre os olhos. Estava cansado. Logo iria amanhecer. Enquanto isso, Johann despertara e procurara uma coberta, deitando-se novamente por baixo dela, diante do fogo que esmorecia na lareira.

— Com certeza você me odeia — disse Kempelen — e não pôde compreender minha atitude; ou então está certo de que teria agido de outra forma. Mas não é um fato que você agora está completamente feliz? E, se não fosse por mim, não estaria aqui. Eu não estou pedindo que você me agradeça, mas que pense nisso.

— Eu não estou completamente feliz.

— Por que não? Você é um relojoeiro bem-sucedido, um membro bem aceito nesta sociedade, tem um lar, amigos...

— Mas não se passa um dia sem que eu pense no fato de que matei Ibolya Jesenák. Dentro do autômato do xadrez. Eu sonho com isso à noite. Nenhuma oração, nenhuma confissão conseguiram me libertar disso, nem mesmo os anos que se passaram. Essa culpa me perseguiu durante treze anos e vai continuar a me perseguir eternamente.

— Compreendo.

— Eu não acredito nisso. — Tibor levantou-se. — Vou para a cama agora. Já está mais do que na hora. Vamos nos rever dentro de algumas horas para a partida final.

Kempelen levantou uma das mãos.

— Espere.

— O quê?

Kempelen esfregou a testa.

— Por favor, espere.

— Está pensando em terminar agora o que Andrássy não conseguiu terminar?

— Não, com os diabos. Espere só um minuto.

Tibor esperou, mas não voltou a se sentar. Por fim, Kempelen levantou os olhos. Seu olhar tinha se transformado.

— Quero lhe propor um negócio.

— Um negócio igual ao seu inominável negócio com Andrássy?

Kempelen não levou aquela observação em conta.

— Se eu retirar essa culpa da qual você falou... a morte de Ibolya; se eu retirar essa culpa dos seus ombros...você perderia para o turco?

Tibor virou a cabeça. Franziu as sobrancelhas.

— Como pretende tirar essa culpa dos meus ombros?

— Você perderia?

— O que significa essa pergunta? Ibolya está morta e nada pode trazê-la de volta para a vida. Ninguém pode tirar essa culpa dos meus ombros.

— Tibor, suponha apenas que eu pudesse. Estou oferecendo a salvação. Em contrapartida, você perderia o jogo?

— Sim.

Kempelen respirou profundamente.

— O que tem para me dizer? — perguntou Tibor.

— Ouça bem. Assim como Andrássy não o matou, e sim ao seu camarada — disse Kempelen devagar, escandindo as palavras —, também não foi você quem matou Ibolya.

Tibor sentou-se novamente.

— Deve lembrar-se de que coloquei Ibolya sobre a mesa de xadrez, em Grassalkovich, para examiná-la, depois que ela caiu sobre a mesa. Verifiquei-lhe o pulso... e ele ainda batia. Menti para você. Ela não estava morta. Apenas estava desmaiada.

Tibor balançou a cabeça.

— Não.

— Juro. A queda dela não teve conseqüências. Você teve de suportar coisas muito piores e ainda está vivo. Você não matou Ibolya.

— Mas então. — Tibor olhou para Kempelen com os olhos arregalados. — *Madre de Dios*... ela ainda estava viva quando você a jogou pela sacada...?

— Sim.

— *Você* a matou?

— Sim.

— Mas... por quê?

— Isso não é evidente? Eu poderia dizer que fiz isso para protegê-lo, mas nós não mentimos um para o outro durante a noite toda, e não vou começar a fazê-lo agora. — Ele pigarreou. — Fiz isso simplesmente porque ela teria nos delatado. Você ouviu o que ela disse. Eu estaria perdido.

— Ela o amava!

— Ela estava entediada — disse o húngaro desviando o olhar. — Sim, sim, pode me desprezar por isso. Não tenho mais nada a perder com você, no que diz respeito a isso.

— Por que... não me disse a verdade naquela ocasião?

Kempelen fez um gesto inexpressivo, mas Tibor respondeu à sua própria pergunta:

— Para poder me apresentar como o culpado, caso eles o descobrissem...

— Tibor...

— ...e para me prender para sempre ao autômato... com meu medo do cadafalso.

— Você está exagerando.

Tibor olhou para o chão. De repente, como um predador, pulou por cima da mesa e segurou Kempelen pelo colarinho. Kempelen caiu para trás com cadeira e tudo. Tibor permaneceu por cima dele, com a mão esquerda na sua garganta. Ele cerrou a mão direita e esticou o braço, pronto para desferir um soco na face de Kempelen. Kempelen viu o punho tremer com a força e a carne dos dedos ficar branca. Ele não se moveu. Tibor respirava rapidamente pela boca entreaberta.

Johann acordou com o barulho. Levantou-se, bêbado de sono, e se aproximou dos outros dois.

— Senhor Von Kempelen?

— Está tudo bem, Johann — disse Kempelen com a voz distorcida devido à mão de Tibor na sua garganta. — Fique onde está.

Tibor não prestou atenção ao ajudante. Ele não conseguia se decidir a dar o soco, mas o seu punho continuava cerrado.

— Meu Deus, senhor Neumann! Não faça nada com ele! — suplicou Johann num tom choroso. — Trata-se apenas de um jogo! Se o senhor assim o desejar, eu perco.

Tibor assentiu. Ele relaxou a expressão do rosto, depois o punho e a mão na garganta de Kempelen. Por fim, recuou um passo.

— Não — disse ele a Johann. — Não, senhor Allgeier, isso não será necessário. Desculpe-me se arranquei o senhor de forma tão brusca do seu sono.

Tibor virou-se de Johann para Kempelen, que continuava caído, e depois olhou de volta, dizendo quase alegre:

— Boa noite, meus senhores. Nós nos veremos novamente dentro de algumas horas na companhia do turco.

Gottfried Neumann seguiu lutando, por onze lances, mas depois manobrou seu rei com uma tática desastrada para um canto, de onde não pôde mais escapar. E ali a máquina de Kempelen colocou-o em xeque-mate. O público aplaudiu. O presidente do salão de xadrez opinou: ele não tivera chance de ganhar em nenhum momento — nem mesmo contra uma máquina! —, mas jogara de forma fenomenal.

Carmaux meneou a cabeça, se lamentando, repetindo seguidamente:

— Que pena, meu Deus, que pena mesmo.

Depois ele se levantou e abriu sua bolsa de dinheiro.

— Então é chegada a hora de circular a bolsa de moedas, conforme o prometido.

Tibor, que ainda estava sentado, olhou firme nos olhos de Kempelen — um olhar que passou despercebido pelos presentes —, então o mecânico húngaro disse:

— Não, *messieurs*, eu vos peço: nenhum dinheiro. Por favor, esquecei do que combinamos ontem. Os senhores já pagaram pelo ingresso, e poder participar desta bela partida já foi recompensa suficiente para mim.

Vieram novos aplausos diante de tanta generosidade.

— Que homem notável — disse Carmaux.

Só o ajudante de Kempelen ficou com um olhar constrangido.

Então Tibor levantou-se do seu lugar e disse para um garoto que se sentara, tanto na véspera quanto naquele dia, na segunda fileira:

— Venha, Jakob. Nós estamos de saída.

De pé, o menino já era mais alto do que o anão. A boca de Kempelen se abriu de espanto. O menino era louro, tinha a pele clara e uma beleza singular. Tinha uma pequena pinta sobre o canto direito da boca. Tibor não se virou mais, mas o menino olhou por cima do ombro e seguiu o olhar de Kempelen até desaparecer no meio da multidão.

— Por que você não ganhou? — perguntou Jakob ao pai, depois que eles embarcaram no coche para retornar a La Chaux-de-Fonds.

— Porque o outro era melhor do que eu.

Jakob balançou a cabeça.

— Não entendo o jogo, mas percebi que você parou de se esforçar. Como se tivesse perdido o interesse.

Tibor sorriu e passou a mão nos cabelos do menino.

— Como você é inteligente! Tem razão, eu não me esforcei. Deixei o outro ganhar. Mas eu teria perdido de qualquer maneira, pode acreditar. Talvez pudesse ter prolongado a partida mais um pouco e obtido um empate. Mas o outro era melhor.

— O turco.

— Sim. O turco.

— Mas você foi muito legal. Todos aplaudiram! Vou contar tudo imediatamente à mamãe.

Eles ficaram algum tempo sem conversar. Não ventava. A neve da noite tinha derretido, mas ainda fazia muito frio. Jakob olhou a paisagem e em seguida para o pai.

— Está pensando na máquina?

— Não, não — respondeu Tibor. — Não, eu estava pensando na sua mãe. Na sua querida mãe.

— Elise?

— Sim. É uma pena que você não a tenha tido por um tempo maior.

— Ela poderia ter ficado.

Tibor suspirou.

— Ela simplesmente não agüentou ficar em La Chaux-de-Fonds. A vida de mãe, numa pequena vila da Suíça, não significava nada para ela. Ela queria seguir em frente. Eu prometi que tomaria conta de você, então ela partiu para Paris, para procurar a sorte por lá. No verão após o seu nascimento.

— Ela encontrou? A sorte dela?

— Não. Acho que não. Ela voltou quatro anos mais tarde, quando eu já estava casado com sua mãe.

— E ela já estava doente quando chegou.

— Exatamente. E ela disse que queria se curar da sua doença ao nosso lado. Mas provavelmente ela já sabia que não iria se curar mais. Ela só quis te rever. E a mim. E depois que ela chegou, qualquer que tenha sido o motivo, tudo foi muito rápido. Lembra do dia em que nós a levamos para o cemitério?

Jakob fez que sim. Depois de uma pausa, perguntou:

— Você a amava?

— Sim — disse Tibor, depois respirou alguma vezes e prosseguiu: — Eu a amei muito.

— Tanto quanto mamãe?

— Não dá para comparar.

— E ela também o amou?

Tibor baixou os olhos e balançou a cabeça.

— Não. Não totalmente, acho.

— Por que não?

— Isso eu não sei.

— Por que você é pequeno?

— Talvez. Mas também talvez não. Sabe, Jakob, ela me confessou uma coisa antes de morrer. Ela estava triste por nunca ter amado, como eu amava, e às vezes ela até chegava a me invejar, principalmente quando me via junto com a sua mamãe. — Tibor olhou nos olhos do filho. — E então ela disse: "Eu nunca soube o que é o amor, mas eu sei que nunca estive mais perto de sentir isso por alguém do que quando estava contigo."

Jakob não se atreveu a dizer mais nada sobre o assunto. Ficou agradecido, quando seu pai lhe passou as rédeas sem dizer nehuma palavra, e ele pôde se concentar na condução dos cavalos, enquanto o pai olhava a paisagem, como estivera fazendo antes.

Zur Reinheit

O nobre Gottfried von Rotenstein foi aceito como aprendiz na loja maçônica de Pressburg, *Zur Reinheit*, no dia 2 de outubro de 1770, com uma cerimônia festiva. Vários irmãos se reuniram, na parte subseqüente e facultativa da noite, em torno do príncipe Albert. Este relatou estar finalmente decidido a resolver o problema de abastecimento de água do castelo de Pressburg. O projeto de cavar um poço na rocha tinha se revelado inútil, através dos séculos, e não seria mais suportável elevar a água até o castelo com uma azenha. Viria, portanto, uma máquina inglesa, que transportaria a água fresca para o castelo, movida a vapor. O príncipe estava procurando um construtor para executar a obra.

Wolfgang von Kempelen pediu a palavra.

— Eu vos peço, *mon duc*, que me incumba desse trabalho.

Albert levantou uma sobrancelha.

— Vós, Kempelen?

— Construí a ponte sobre o Danúbio e também uma máquina a vapor em Banat para a escavação de um canal.

— Não estou duvidando de vossos talentos, muito pelo contrário — explicou Albert —, mas pensei que o vosso tempo estivesse totalmente tomado pelo vosso fabuloso jogador de xadrez.

— Não mais, príncipe. Desmontei os componentes. O turco não vai mais jogar. Ele não pode mais jogar.

Mais do que um murmúrio percorreu o pequeno grupo. Muitos protestaram, inclusive o príncipe. Chegaram a implorar que Kempelen voltasse atrás na sua decisão e reconstruísse o autômato. Aquela maravilha era sem dúvida a mais elevada invenção do século. E que continuasse a apresentá-la. Só Nepomuk von Kempelen e Rotenstein permaneceram calados.

Kempelen ergueu as mãos para apaziguar os ânimos.

— *Messieurs*, a fama da máquina de jogar xadrez não me dá mais sossego, dia e noite. Tornei-me escravo da minha criatura e não quero continuar sendo um apresentador até o fim da minha vida. Quero voltar a ser livre. Quero fazer coisas novas, novas máquinas e invenções, cujas luzes brilhem, se bem-sucedidas, mais forte do que a do turco do xadrez.

Assim, a decisão de Wolfgang von Kempelen foi aceita. À boca pequena se conjeturava, no entanto, que a declaração de Kempelen não era mais do que uma desculpa, e que as duas mortes misteriosas teriam sido, na verdade, muito mais decisivas para a desmontagem do autômato. Começaram ainda no mesmo ano, sob a supervisão de Kempelen, os trabalhos de construção de uma máquina elevatória de água. O turco jogador de xadrez, que tinha maravilhado Pressburg e Viena, o império dos Habsburgos e a Europa, durante praticamente um ano, foi caindo no esquecimento.

Vöcklabruck

Havia um pequeno altar da Virgem Maria de madeira, pregado numa árvore a poucos passos da beira da estrada, mais ou menos no meio do caminho entre Linz e Salzburg, um pouco antes da estrada real passar pelo pequeno, porém forte, córrego Vöckla sobre uma ponte de arcos. Tibor estava diante dele. Ele limpou as folhas outonais que haviam se acumulado aos pés da Madona e ficou na ponta dos pés para puxar uma teia de aranha abandonada na parte superior do oratório.

As cores de Maria estavam esmaecidas, começava a crescer um musgo verde sobre o manto que tinha sido azul. Uma goteira constante no telhado vazado escurecera o seu braço e um bicho-carpinteiro deixara uma cratera no seu corpo. Mas nada disso perturbara o sorriso suave da santa. Tibor olhou-a como a uma velha conhecida e se lembrou das palavras que costumava lhe dirigir antigamente. Ele retirou o amuleto de Maria que ganhara em Reipzig de dentro do seu bolso e pendurou a corrente sobre a cruz. Um outro viajante deveria pegá-lo ali, caso desejasse. Tibor não necessitava mais dele. Ele esperou que a medalha parasse de balançar, deu um beijo de despedida nos seus dedos e colocou-os sobre os pés de Maria, voltando em seguida para a estrada.

Elise estava sentada na boléia do coche puxado por dois cavalos que ele comprara em Hainburg com uma boa parte dos seus ganhos. Ela ficou olhando para baixo, para as águas do Vöckla, pois não queria perturbar a conversa de Tibor com Maria. Sua mão esquerda estava repousando sobre a barriga redonda, cujo calor ela sentia através do vestido, como se fosse o fundo quente de uma caldeira.

— Logo estaremos em Salzburg — falou Tibor ainda a caminho dela, que se voltou para ele.

— E daí? Você pretende me deixar por lá e seguir cavalgando sozinho?

— E o seu filho?

— Se for preciso, virá ao mundo num celeiro ou na beira da estrada.

— Estes são os últimos dias de calor. Vai esfriar, talvez chegue até a nevar.

— Está querendo se livrar de mim, por acaso? Estou sendo um peso para você?

Tibor se aproximara do coche. Ele ergueu o olhar, com as mãos protegendo os olhos do sol, e balançou a cabeça.

— Então chega de conversa e suba logo, seu anão maluco, senão vou prosseguir sem você.

Tibor deu um sorriso e subiu na boléia, enquanto segurava as rédeas e atiçava os cavalos.

Quando as rodas do coche passaram rangendo sobre as pedras da ponte, Tibor pegou o tabuleiro de viagem, que estava no meio das suas ferramentas, dentro do alforje atrás dele. Ele jogara a primeira partida contra Kempelen naquele tabuleiro, em Veneza. Jogou-o com um gesto displicente por cima do parapeito da ponte — tão rápido que Elise não poderia tê-lo impedido — e nem sequer olhou para trás.

O jogo caiu sobre uma pedra, e as duas metades se soltaram. Trinta e duas casas ficaram em cima da pedra, e as outras trinta e duas caíram na água. As peças pularam para fora: um bispo foi parar nas folhas de uma esporeira, uma rainha ficou presa entre duas pedras, uma torre ficou presa no tabuleiro. Mas a maioria delas foi parar dentro do riacho, quicando para dentro, sendo carregadas pelas espumas brancas da água. Peões, oficiais e altezas reais, brancas e vermelhas, seguiram numa viagem selvagem entre pedras e galhos, foram engolidos pela corrente, arremessados contra as rochas, sendo logo separados uns dos outros. Suas bases de feltro ficaram molhadas, as cabeças de madeira boiando para cima: uma crina de cavalo, uma coroa, o chapéu de um bispo, as ameias de uma torre. O impetuoso Vöckla os carregou até seu irmãozinho mais maduro, o Ager, que desaguava por sua vez no Traun. O Traun os conduziu até ao grande pai Danúbio, que algum dia os faria finalmente chegar ao mar Negro, de forma menos turbulenta, mas com a mesma correnteza, passando por Viena, Pressburg, Ofen e Pest, pela Hungria, pelo Banat e pela região de Walachei.

Epílogo: Filadélfia

Wolfgang von Kempelen apresenta o seu autômato do xadrez em Paris, durante o verão de 1783. Atravessa o Canal no outono e permanece em Londres durante um ano. A turnê extremamente bem-sucedida o leva em seguida para Amsterdam, depois para Karlsruhe, Frankfurt, Gotha, Leipzig, Dresden e Berlim. Frederico II e sua corte são subjugados, em Sanssoucis, pelo turco jogador de xadrez. Kempelen retorna a Pressburg em janeiro de 1785 após uma ausência de quase dois anos e encerra as apresentações. A máquina é guardada novamente no seu depósito, na rua do Danúbio, onde permanece pelos vinte anos seguintes.

Em conseqüência das apresentações da máquina de xadrez e da publicação de Karl Gottlieb Windisch, *Cartas sobre o jogador de xadrez do senhor Von Kempelen*, surge uma série de artigos na Alemanha, França e Inglaterra que procuram descrever e sondar o jogo do autômato. Johann Philipp Ostertag supõe que forças sobrenaturais atuam sobre o turco. Carl Friedrich Hindenburg e Johann Jakob Ebert excluem a metafísica como força motriz, mas ainda assim tomam o turco por um autômato de verdade: acreditam que o andróide é conduzido por correntes elétricas ou magnéticas.

Mas os céticos estão em maioria: nem Henri Decremps, nem Philip Thicknesse, Johann Lorenz Böckmann ou Friedrich Nicolai caem na ilusão de Kempelen, apesar dos seus tratados se limitarem a hipóteses:

nenhum deles consegue desvendar a ilusão de forma definitiva e sem exceções. Só Joseph Friedrich, barão de Racknitz, comprova, com uma reconstrução da máquina de xadrez, que é possível esconder uma pessoa dentro da mesa de xadrez — no ano de 1789, quando o original já está coberto de poeira há muito tempo.

Kempelen não aceita as imputações. Ele volta a se ocupar com o seu trabalho como conselheiro da corte. Suas tarefas se relacionam especialmente com a mudança dos serviços públicos de Pressburg para Ofen ou Buda: a velha e a nova capital da Hungria. Como antes, ainda lhe sobra tempo suficiente para seus projetos mecânicos. Ele constrói, antes da sua turnê pela Europa, uma cama hospitalar móvel para a imperatriz extremamente pesada e uma máquina de escrever para a cantora cega Maria Teresa Paradis. Depois projeta os jogos de água da Fonte de Netuno em Schönbrunn. Dirige a construção de um teatro húngaro no castelo de Ofen. Patenteia, em 1789, seu projeto de uma máquina a vapor, que fornece energia para moinhos, laminações, forjas e serrarias. Mas não realiza seu último projeto ambicioso: a construção de um canal de Ofen até Fiume, uma via fluvial do Danúbio até o Adria.

Mas ele consome quase toda a sua energia com a máquina de falar, que finalmente é capaz de falar frases curtas e perfeitamente inteligíveis, em francês, italiano ou em latim: "*Ma femme est mon amie.*" — "*Je vous aime de tout mon coeur.*" E isso totalmente sem a intervenção de nenhuma manipulação oculta, não obstante a acusação de ventriloquismo. Kempelen publica, em 1791, seu livro *Mecanismo da fala humana com a descrição da sua máquina de falar*, que contém inúmeras reproduções da sua máquina de falar e que se torna uma das bases da ciência fonética. Por fim, Kempelen ainda experimenta as artes plásticas, a poesia e a dramaturgia. Mas sua peça *Andrômeda e Perseu* só é encenada uma única vez.

Em 1798, Kempelen se aposenta. Sua aposentadoria é cortada pelo imperador Francisco II pouco antes da sua morte, por ele ter externado simpatia pelo ideário da Revolução Francesa. Johann Wolfgang von

Kempelen falece em 26 de março de 1804, aos setenta anos de idade, na sua residência em Viena. Seu jazigo fica no Cemitério de Santo André, na sua cidade natal, Pressburg. Um epigrama de Horácio é colocado na sua lápide: "*Non omnis moriar*": "*Eu não morro totalmente.*"

No verão do ano seguinte morre em La Chaux-de-Fonds o relojoeiro Gottfried Neumann, cujo verdadeiro nome, Tibor Scardanelli, é ignorado por seus concidadãos. Ele fabrica até o fim seus queridos *tableaux animés* sem se deixar contagiar pela ambição dos seus colegas de profissão de construir relógios cada vez maiores, mais caros e mais espantosos, no intuito de assombrar o mundo. Os quadros animados de Neumann representam na sua maioria batalhas históricas, bem como cenas da mitologia e da poesia pastoral. No princípio eram mudas, e mais tarde ele passou a acrescentar caixas de música, que tocavam música e ruídos de fundo para a ação.

Neumann muda gradativamente os temas dos seus quadros depois da Revolução Francesa, começando a reproduzir cenas do cotidiano, bem como acontecimentos da história bíblica: Adão e Eva, levados a cair em tentação pela serpente, sendo expulsos pelo arcanjo Gabriel. O nascimento de Jesus na manjedoura em Belém, junto com a Estrela-guia e a chegada dos Reis Magos, ao som da música natalina *Es ist ein Ros entsprungen.* Sua última obra — como se ele estivesse adivinhando a proximidade da sua própria morte — é a ascensão de Jesus: o Salvador sobe ao reino dos céus, as nuvens escuras acima dele se abrem e os anjos do Senhor descem flanando num raio de sol para receber Cristo.

Gottfried Neumann é conduzido ao túmulo na presença da sua esposa Sophia, dos seus três filhos, de muitos netos e de aproximadamente cem cidadãos locais. Seu caixão é o de um homem adulto. Neumann permanece na lembrança de alguns cidadãos como o homem que quase conseguiu derrotar o legendário turco do xadrez. Ninguém sabe, nem mesmo sua esposa, que ele próprio foi o primeiro cérebro do turco.

Apesar de Neumann ter feito inúmeros quadros, nenhum retrato seu foi conservado, nem mesmo uma silhueta. Sua lembrança segue viva, no entanto, num sósia: quando Pierre Jaquet-Droz e seu filho, Henri-Louis, construíram seu autômato que escrevia, Neumann serviu-lhes de modelo para o andróide. O escriba com os membros atarracados não é um menino, como muitos pensam, e sim a réplica perfeita de Gottfried Neumann.

O turco do xadrez foi vendido, depois da morte de Kempelen, pelo seu filho Karl, por dez mil francos ao maquinista da corte real-imperial Johann Nepomuk Mälzel, de Regensburg, o inventor do metrônomo. Quando Napoleão Bonaparte ocupa a cidade de Viena, no ano de 1809, ele deseja jogar contra o autômato do xadrez, e Mälzel arranja um encontro no palácio de Schönbrunn. O imperador francês é tido como um excelente jogador de xadrez, mas perde as duas primeiras partidas contra o turco, respectivamente Johann Allgaier. Na terceira partida o corso faz várias jogadas erradas, ao que o irado andróide varre todas as peças do tabuleiro com seu braço — para enorme alegria de Bonaparte.

Mälzel empreende, em 1817, uma nova turnê com o turco pela Europa: viaja, como Kempelen fizera antes dele, para Paris e Londres, bem como para inúmeras cidades inglesas e escocesas. O interesse pelo turco se mantém inalterado. O autômato do xadrez, no entanto, não é a única atração de Mälzel. Seu panóptico é enriquecido por invenções próprias: um autômato trompetista, uma pequena dançarina mecânica na corda-bamba, uma maquete automática da cidade de Moscou, que encena o grande incêndio de 1812, bem como uma pequena orquestra mecânica, que toca uma abertura composta especialmente para ela por Ludwig van Beethoven.

Quando o número de espectadores diminui na Europa, Mälzel parte para o Novo Mundo e apresenta suas obras de arte, a partir de 1826, em Nova York, Boston, Filadélfia, Baltimore, Cincinnati, Providence, Washington, Charleston, Pittsburgh, Louisville e Nova Orleans. Edgar

Allan Poe está entre os espectadores, em Richmond, e no seu ensaio *Maelzel's Chess-Player*, argumenta com argúcia detetivesca por que o turco não pode ser um autômato. O jogador de xadrez passou a dominar também um jogo de cartas, o uíste.

Depois de Johann Baptist Allgaier, Mälzel contrata nas suas turnês os talentos de xadrez locais. Em Paris são eles os três clientes cativos do clube de xadrez *De la Régence*. Na Inglaterra são William Lewis e Peter Unger Williams, na Escócia, o francês Jacques-François Mouret. Anos depois, Mouret é o primeiro jogador a revelar publicamente o segredo do autômato do xadrez. O turco é manobrado pela primeira vez por uma mulher na América.

A última cabeça do turco é o alsaciano Wilhelm Schlumberger. Quando Schlumberger viaja com Mälzel e o turco para Havana é arrebatado lá pela febre amarela. Mälzel tampouco retorna para os Estados Unidos. Ele morre na travessia de Cuba. Seu corpo é lançado ao Atlântico.

O turco do xadrez fica órfão novamente. Ele encontra um novo lar no *Peale's Chinese Museum*, em Filadélfia, um gabinete de curiosidades. Mas ninguém mais queria ver o autômato do xadrez depois de desencantado. Ele é somente uma antigüidade, um Cavalo de Tróia do Barroco, uma relíquia de um tempo há muito esquecido. Na noite de 5 de julho de 1845 começa um incêndio no Museu Chinês. O andróide não consegue escapar. As chamas consomem a mesa, o mecanismo, todo o homem artificial: os músculos de arame, os membros de madeira, os olhos de vidro. O turco do xadrez morre no seu octagésimo quarto ano de vida, cinqüenta anos e cem dias depois do seu criador.

Notas do Autor

Apesar das aparições do autômato do xadrez, no século XIX, terem sido relativamente bem documentadas, sabe-se muito pouca coisa sobre o seu começo. Não está esclarecido onde e quando exatamente, no ano de 1770, se deu a estréia do turco do xadrez e quantas apresentações foram feitas depois, antes de ele ser guardado pela primeira vez. Tampouco se sabe quem Kempelen contratou como primeiro condutor da máquina de xadrez falseada. (As expressões "*getürkt*" e "construir um turco" usadas [no idioma alemão] para dizer "falsear, fingir" realmente remontam ao turco do xadrez de Kempelen.)

Por isso tomei a liberdade de construir a minha própria história em torno do autômato do xadrez, a qual espero que se encaixe sem erros com tudo o que atualmente se conhece sobre a trajetória de Wolfgang von Kempelen, sua família e seus contatos em Pressburg (a atual capital eslovaca Bratislava). Servi-me de inúmeras personalidades conhecidas e desconhecidas do império dos Habsburgos, como, por exemplo, Friedrich Knaus, Franz Anton Mesmer, Gottfried von Rotenstein, Franz Xaver Messerschmidt, Johann Baptist Allgaier, e outras da nobreza húngara de Pressburg. As figuras de Tibor, Elise, Jakob, bem como do casal de irmãos Andrássy, foram livremente criadas.

E finalmente uma palavra em prol da reabilitação de Wolfgang von Kempelen: o assassinato de Ibolya Jesenák também foi inventado. Apesar de Kempelen ter sido ambicioso na vida real, ele certamente não esteve disposto a passar por cima de cadáveres para alavancar sua carreira. Seus contemporâneos o descrevem como uma pessoa simpática, inteligente e multitalentosa — independentemente do seu turco do xadrez ter sido apenas um truque de prestidigitação.

Atualmente não é muito difícil de reconstituir tudo diante do engodo científico, mas as fronteiras entre ciência e diversão ainda eram fluidas no século XVIII, e Kempelen foi — assim como os magnetizadores do seu tempo — mais um animador científico do que um impostor de sangue-frio. Segundo Karl Gottlieb Windisch, a máquina de jogar xadrez é uma ilusão, "porém uma ilusão que honra a compreensão humana". E o próprio Kempelen teria sido "o primeiro a concordar, com extrema modéstia, que o maior mérito dela não era o de ser uma ilusão, mas uma ilusão totalmente nova". Apesar disso, Kempelen envidou todos os seus esforços para manter o segredo daquela ilusão, que só pôde mesmo ser desvendada após a sua morte.

Caso este livro tenha despertado um interesse adicional pelo turco do xadrez — principalmente no que diz respeito à sua trajetória posterior, sob Johann Nepomuk Mälzel, até a sua cremação na Filadélfia — recomendam-se dois livros publicados recentemente: *The Turk, Chess Automaton* (McFarland 2000), de Gerald M. Levitt, e *Der Türke. Die Geschichte des ersten Schachautomaten und seiner abenteuerlichen Reise um die Welt* (Campus 2002), de Tom Standage. A obra de Levitt é mais pormenorizada e ricamente ilustrada, trazendo no apêndice os textos originais de Windisch, de Poe e outros, bem como inúmeras partidas do autômato do xadrez. O *Der Türke*, de Standage, em contrapartida, é uma leitura mais interessante, fazendo uma ligação com a atualidade. Ele trata também, por exemplo, das partidas do campeão mundial de xadrez Garry Kasparov contra o computador de xadrez *Deep Blue*. (Kasparov sofreu sua primeira derrota contra o Deep Blue em 1996, aliás, na Filadélfia, a cidade na qual o turco foi incendiado um século e meio antes.)

Existem algumas poucas réplicas, mundo afora, do autômato de xadrez kempeleniano. A cópia mais nova (e em pleno funcionamento) está exposta desde 2004 — como um ancestral indireto do computador e da inteligência artificial, devido às suas características — no Paderborner Heinz Nixdorf MuseumsForum, ao lado de relógios, calculadoras, autômatos verdadeiros e computadores de xadrez de verdade. O turco de Paderborn é apresentado, ocasionalmente, "tripulado". No Museu Técnico de Viena há um computador virtual, tridimensional, com a forma do turco, que introduz os visitantes no segredo da máquina de xadrez, e os desafia a jogar uma partida. Lá está também a impressionante *Máquina maravilhosa que tudo escreve*, de Friedrich Knaus, feita em 1760. O Deutsches Museum em Munique dispõe da máquina de falar de Wolfgang von Kempelen, cuja voz foi falhando gradativamente. Existem cópias da máquina de falar na Academia de Ciências de Budapeste e na Universidade de Artes Aplicadas, em Viena.

Os três autômatos da oficina dos Jaquet-Droz, pai e filho — o escriba, o desenhista, e a organista, dos anos de 1768 até 1774 —, estão expostos no Musée d'Art et d'Histoire de Neuchâtel (Neuenburg). As pessoas automáticas ainda funcionam da mesma forma como no primeiro dia e apresentam suas habilidades ao público no primeiro domingo de cada mês.

Quero agradecer ao Dr. Stefan Stein, do Heinz Nixdorf MuseumsForum pelas informações elucidativas sobre o interior do turco do xadrez, bem como a Achim "inside" Schwarzmann (de Paderborn), o intelecto do interior da máquina e sucessor de Tibor, Allgaier e todos os demais.

Pelos conhecimentos específicos e de xadrez agradeço ao Prof. Dr. Ernst Strouhal, à Dra. Brigitte Felderer, à Profa. Dra. Andrea Seidler (Viena), a Siegfried Schoenle (Kassel), Swea Starke (Berlim), Dr. Silke Berdux (Munique), e Thierry Amstutz (Neuchâtel).

E, não por último, muito obrigado a Uschi Keil, Ulrike Weis e Donat F. Keusch pelo apoio persistente a esta história.

Este livro foi composto na tipologia Melior
em corpo 10,5/16 e impresso
em papel off-white 80g/m² no Sistema Cameron
da Divisão Gráfica da Distribuidora Record.